JOLIE MATHIS

Das Lied der Unschuld

Roman

Aus dem Amerikanischen
von Michael Siefener

WILHELM HEYNE VERLAG
MÜNCHEN

Die Originalausgabe THE SEA KING erschien 2006
bei The Berkley Publishing Group, Penguin Group, New York

Umwelthinweis:
Dieses Buch wurde auf chlor- und säurefreiem Papier gedruckt.

Deutsche Taschenbucherstausgabe 06/2007

Printed in Germany 2007
Umschlagillustration: © Elaine Duillo / Agentur Schlück GmbH
Umschlaggestaltung: Nele Schütz Design, München
Satz: Satz- und Datentechnik GmbH, Berlin
Druck und Bindung: GGP Media GmbH, Pößneck

ISBN: 978-3-453-58039-8
www.heyne.de

Für Eric
Du hast mir das Fliegen beigebracht.

Erstes Kapitel

»Ich habe mich immer gefragt, wie es wohl ist, einen Mann zu berühren.«

Isabel schaute in Merwyns schönes Gesicht.

»Einen kantigen Kiefer.« Ihre Finger glitten über das struppige Haar an seinem Kinn. »Oder eine Wange.«

Merwyns Augen starrten sie zu beiden Seiten seiner schmalen Nase an. Er schnaubte.

»Wahrlich, welch ein romantischer Bursche du bist.« Sie rieb ihm die Nase und suchte in ihrer Tasche nach einer Hand voll Hafer. »Ich vermute, du hast dir eine Belohnung verdient. Wieder einmal hörst du gebannt meinen dunklen Geständnissen zu.«

Sie vermutete, dass sie die Antworten auf ihre Fragen sehr bald erfahren würde. Im Frühling würde sie heiraten. Ihr Verlobter war hübsch und stark, und sie mochte ihn sehr. Sie würden ein gutes Paar abgeben, und vielleicht würde er ihr erlauben, ein so feines Pferd wie dieses hier ganz für sich allein zu haben.

Der Winterhimmel über ihr wurde immer unruhiger. Windstöße wirbelten ihr unter die Wollröcke. Sie zog an Merwyns Zügeln und führte ihn zum Fluss.

»Sobald du getrunken hast, sollten wir nach Hause reiten. Berthilde wird sich schreckliche Sorgen machen, wenn sie herausfindet, dass wir schon wieder entkommen sind.«

Sobald das Pferd seinen Durst gelöscht hatte, schwang Isabel sich in den Sattel. Sie warf einen Blick in den Himmel. Aus der Ferne drang Donnerlärm herbei. Wie sie es hasste, in die Festung zurückkehren zu müssen, denn dort stank es nach ranzigem Fett und ungewaschenen Leibern. Hier im Wald brachte die Luft den Geruch von Regen herbei und säuberte so ihre Sinne. Merwyn wieherte und stampfte auf.

»Jawohl, alter Herr. Ein weiterer Sprung wird dir nicht wehtun.« Als sie das Pferd wendete, fuhr ihr der Wind unter die Haube und riss sie ihr vom Kopf. »Die Eiche da vorn. Ein letztes Mal.«

Der umgestürzte Baum lag kaum eine Bogenschusslänge entfernt. Isabel trieb den Hengst mit den Hacken zu einem Galopp an. Neben ihnen rauschte der Fluss und wand sich stumpf und grau wie eine gehäutete Schlange um den Baumstamm.

Schneller.

Sie stürmten vorwärts. Merwyns gewaltige Hufe warfen Schlammklumpen hoch.

Schneller.

Isabel lehnte sich vor und presste die Schenkel zusammen. Die Haare peitschten ihr ins Gesicht. Wie sie den kurzen Moment liebte, wenn Merwyns Hufe den Boden verließen. Sie hielt den Atem an.

Sie flogen!

Ein greller Schein blendete sie. Im Himmel krachte es. Ein Blitz!

Merwyn wirbelte herum und wich dem Hindernis aus. Leder schnitt in Isabels Hände. Sie schrie auf. Der Fluss!

Schmerz. Er war so stark, dass er sie benommen machte.

Dunkelheit umfing sie und brachte eine seltsame Kälte mit. Wo war der Weg nach oben, und wo war die Luft?

In Panik schlug sie um sich. Eine unsichtbare Hand ergriff sie. Nein, es waren nur die langen und dürren Zweige eines ins Wasser gestürzten Baumes, die sich in ihrem Hemd verfangen hatten.

Wasser drang ihr in Mund und Nase.

Ranulf würde sehr wütend auf sie sein. Wie oft hatte er ihr schon gesagt, sie solle zuhören und sich benehmen?

In ihren Gliedern breitete sich Mattigkeit aus. Geschah das alles wirklich? Bewusstlosigkeit legte sich wie ein Tuch über sie; es war nicht einmal unangenehm.

*

Wärme. Starke Arme. Frieden.

»*Stúlka litla*«, flüsterte er in ihr Haar.

Als sie aufsah, erkannte sie den Engel und das reine Blau seiner Augen. Regen fiel und umgab seinen Kopf mit einem Strahlenkranz wie aus Diamanten, geradewegs aus dem Himmel herabgefallen.

»Nicht mein eigenes Pferd«, gestand sie.

»Psst«, beruhigte er sie.

Also stimmte es, was ihr die Schwestern über den Himmel erzählt hatten. Hier gab es keine Traurigkeit, kein Bedauern.

*

Keuchend wachte Isabel auf und kämpfte sogleich gegen die kalte Düsternis an. Ein Himmel aus dunklem Karmesinrot erstreckte sich über ihr. Wahrhaftig! *Sie war in die Hölle geschickt worden.*

Doch sie erkannte rasch, dass dem nicht so war. Es war nur der schwere Vorhang, der ihr eigenes Bett schmückte. Eine große Anzahl ängstlicher Frauengesichter starrte auf sie herunter. Bei allen Heiligen, irgendwie war sie in ihr Gemach zurückgekehrt.

»Das Kind lebt, dem Himmel sei Dank«, schluchzte Berthilde. Tränen perlten aus den Winkeln ihrer braunen Augen. »Eada, überbringe sofort dem König die Nachricht.« Eada eilte aus dem Zimmer, während andere Bedienstete vortraten und Isabel mit Laken und warmem Wein bedrängten.

Sie hatte Kratzer an Armen und Beinen, und Brandmale röteten ihre Handflächen. Alles tat ihr weh. Eine Beule von der Größe eines Gänseeis pochte an ihrer Schläfe. Isabel rang um eine Erklärung. Sie erinnerte sich daran, auf Merwyn in den Wald geritten zu sein. Ja, es hatte gedonnert. Und geblitzt. Sie war in den Fluss abgeworfen worden. Sie erzitterte, als sie begriff, wie nahe sie dem Tod gewesen war.

Die Frauen huschten um sie herum und sprachen mit gedämpfter Stimme. Sie kuschelte sich tiefer in die Laken und war dankbar dafür, noch am Leben zu sein. Es gab nur eine mögliche Antwort. Jemand hatte sie gesehen und sie aus dem Wasser gezogen, bevor sie ertrinken konnte.

Sie war wie eine Bäuerin gekleidet gewesen. Sicherlich hatte die Person nicht gewusst, dass sie die Halbschwester des Königs war. Vielleicht hatte Ranulf ihren Retter dafür belohnt, dass er sie heil nach Hause gebracht hatte. Sie stellte sich vor, wie sie einen hübschen, strahlenden Helden mit einer Girlande aus schönen Blumen bekränzte.

Welch ein Abenteuer, dachte sie mit einem schwachen Lächeln.

Sie musste unbedingt in Erfahrung bringen, wer dieser glückliche Knabe war.

»Berthilde, hat jemand ...«

Berthilde brachte sie sofort zum Schweigen. »Versucht nicht zu sprechen, mein Kind.« Berthilde nannte sie immer ›mein Kind‹, obwohl Isabel siebzehn und sie selbst kaum achtundzwanzig Winter alt war. »Ihr habt nichts mehr zu befürchten. Man hat den Missetäter ins Verlies geworfen, und da bekommt er, was ihm zusteht.«

Isabel runzelte die Stirn. »Wer bekommt, was ihm zusteht?«

Berthildes Wangen röteten sich. »Der heidnische Feind, der Euch angegriffen hat.«

Isabel durchforstete ihre Erinnerungen. »Ich bin nicht angegriffen worden. In der Nähe ist der Blitz eingeschlagen, und Merwyn hat mich in den Fluss abgeworfen.«

»Oh, meine Liebste, Ihr hattet einen schrecklichen Schock. Vielleicht ist es das Beste, wenn Ihr Euch nicht daran erinnert.«

Isabel stützte sich auf einem Ellbogen ab. Das noch immer feuchte Haar klebte an ihren Schultern. »Aber ich erinnere mich genau. Merwyn hat mich in den Fluss geworfen, und das war meine eigene Schuld. Niemand hat mich angegriffen.« Falls es hier ein Missverständnis gab, musste sie es beseitigen.

Berthilde lief geschäftig im Raum umher und sagte: »Die Männer hatten großes Glück, dass sie Euch gefunden haben. Das Gewitter ist so plötzlich aufgezogen. Wenn dieser Barbar Euch getötet oder gar Schlimmeres mit Euch getan hätte ...« Ihr Gesicht wurde so dunkel wie eine Eschenbeere. »Oh, ich weiß nicht, was ich dann getan hätte.« Sie rang die rundlichen Finger. »Schmutziges Geschöpf! Während wir miteinander reden, wird er ausgepeitscht.«

»Ausgepeitscht!«

Wie zur Bestätigung von Berthildes Worten drang schwach die Stimme eines Mannes aus den Tiefen der Festung. Sie kündete von Wut und Schmerz.

Isabel setzte sich ruckartig auf. Eine schwache Erinnerung durchfuhr sie. *Blaue Augen. Ihr Engel. Es gab ihn wirklich.*

»Nein!«, rief sie.

Aller Augen richteten sich voller Verblüffung auf sie. Sie schwang die Beine aus dem Bett.

»Legt Euch wieder hin«, befahl Berthilde harsch und drückte ihren Rücken auf das Bettzeug.

Eine stämmige junge Magd kam mit einem Weinpokal herbei. »Mylady, Ihr dürft Euch nicht aufregen. Der Däne verdient nicht weniger als den Tod für das, was er Euch angetan hat.«

Isabel schob den angebotenen Wein beiseite. Granatrote Tropfen benetzten das weiche Leinen ihres Nachthemdes. »Er hat mir nichts angetan. Da liegt ein Irrtum vor. Wer immer dieser Mann ist, er hat mich vor dem Ertrinken gerettet. Ihr müsst meinen Bruder rufen, damit es aufhört, und ...«

Berthilde unterbrach sie: »Diese Satansbrut ... Er ist vom Meer gekommen und hat sich die erste Frau genommen, die er gesehen hat. Mylady, das habt Ihr nun davon, dass Ihr wie die Tochter eines Küfers herumlauft.«

»Hör mir zu ...«

Verärgert versuchte Isabel erneut, das Bett zu verlassen. Aber Berthilde nahm der Magd den Weinpokal ab und drückte ihn gegen Isabels Lippen. »Ihr müsst trinken. Der Wein wird Euch beruhigen.«

Isabels Zorn flammte auf. »Ich bin es leid, immer wie ein Kind behandelt zu werden!« Sie packte den Kragen von Berthildes Wams, biss die Zähne zusammen und zischte: »Bring sofort Ranulf zu mir.« Wein spritzte über ihr Kinn und rann ihr in kleinen Fäden am Hals herunter.

»Meine Liebste, Ihr seid nicht ganz bei Euch.« Mit zusammengepressten Lippen nickte Berthilde der stämmigen Magd zu, die ihr zur Hand ging. Sie sah Isabel an und sagte salbungsvoll: »Es ist zu Eurem eigenen Besten. Unser König hat es so angeordnet.«

Isabel konnte kaum Atem holen, da hielt ihr die Magd bereits beide Arme fest. »Befehl des Königs«, flüsterte die junge Frau, als wolle sie sich mit diesen Worten selbst beruhigen. »Befehl des Königs. Befehl des Königs ...«

»Nein.« Isabel wurde auf das Bettzeug gedrückt und wand sich. Berthilde steckte ihr die Finger in den Mund und öffnete den Kiefer. Trotz Isabels Gegenwehr tropfte ihr die Flüssigkeit in den Mund.

»Nein!«, würgte sie. Der Wein brannte ihr in der Kehle. Bald wurden ihr die Glieder so schwer, dass Isabel sie nicht mehr bewegen konnte.

Niemand achtete auf ihren schwachen Protest und den Wunsch, ihren Bruder zu sehen. Flieh!, drängte sie ihren Körper, doch dieser träge Knochensack weigerte sich.

Sie war eine Gefangene ihrer guten Vorsätze – genau so wie bisher, an jedem Tag in ihrem Leben.

Isabel erwachte bei zurückgezogenen Bettvorhängen in einem verdunkelten Raum. Für gewöhnlich teilte ihre ältere Halbschwester Rowena das Bett mit ihr, doch in dieser Nacht hatte sie offenbar unten in der Halle geschlafen. Schweigen lag über dem Holzpalast ihres Bruders.

War ihr Engel etwa tot? Allmählich verflüchtigten sich die Auswirkungen des Weins. Sie konnte die Gedanken nicht von ihrem blauäugigen Retter abwenden. Nur weil er sie gerettet hatte, war er wie ein Verbrecher eingekerkert worden. War er wirklich ein Däne, wie ihre Magd es behauptet hatte? Wenn dem so war, dann würde nichts ihren Bruder dazu bewegen, ihn freizulassen. Ranulf hasste die Dänen wegen ihres fortgesetzten Eindringens auf englischen Boden. Als König von Norsex, einem kleinen

Reich, das von den Mercianern und Northumbriern bedrängt wurde, verachtete er jeden, der seine Herrschaft bedrohte.

Aber ihre Instinkte und ihr Herz sagten ihr, dass der Mann, der sie aus dem Fluss gezogen hatte, kein Ungeheuer war.

Sie kroch aus dem Bett und zuckte unter den Schmerzen in Gliedern und Kopf zusammen. Sie hielt sich an dem hölzernen Bettpfosten fest, bis die Benommenheit verging. Verstohlen schaute sie zu Berthilde hinüber, die tief auf ihrem Lager nahe dem Kamin schlief.

Schweigend zog sie Rock und Wams an. Um den Kopf legte sie sich eine dunkle Kapuze. Zwar hatte sie schwarzes, schulterlanges Haar, aber ihre bleiche Haut würde die Aufmerksamkeit auf sie lenken wie der Mond in einer wolkenlosen Nacht. Auf dem Bocktisch lagen ein Brotlaib und etwas Käse. Von beidem steckte sie sich ein wenig in die Taschen. Vorsichtig hob sie den Deckel von Berthildes Truhe an und holte einen kleinen Topf mit Heilsalbe hervor. Sie durchquerte den Raum, zog einen Wandvorhang zur Seite und schlüpfte in den schmalen Korridor.

Jahrhunderte zuvor hatten die Römer hier ihre Bergfestung auf einem unterirdischen Labyrinth angelegt. Uralte Steinmauern umgaben immer noch Teile der Burg und bildeten das beinahe uneinnehmbare Fundament von Ranulfs neuer Festung. Die ältere und kleinere Halle ihres Vaters Aldrith kauerte knapp darüber auf einem Felsvorsprung und war vor kurzem in private Gemächer für die Familie des Königs aufgeteilt worden.

Von dort aus lief Isabel durch einen alten Gang, dessen Existenz nur wenigen bekannt war. Über Treppen, die in Erde gegraben und in Stein gehauen waren, stieg sie in die Kellergewölbe hinunter.

Ihr Herz schlug so schnell wie das eines Vogels, als sie

durch die verborgene Tür spähte. Zwei Wachen waren am Eingang zum Verlies postiert und vertrieben sich die Zeit mit groben Geschichten. Von irgendwoher drang das Geräusch beständig tropfenden Wassers. Isabel schlüpfte durch die versteckte Tür, die wie eine Missbildung aus Stein und Schatten wirkte, und huschte in den auf natürliche Weise entstandenen Korridor des Gefängnisses. Eine Fackel hing in einer Wandhalterung. Isabel wich ihrem Licht aus und hielt sich in den Schatten. Sie achtete darauf, dass sie von den übrigen Gefangenen nicht gesehen wurde, die möglicherweise nach ihr rufen und damit ihre Gegenwart enthüllen würden.

Schließlich fand sie ihn in der letzten und fernsten Zelle, abgesondert von all den kleinen Dieben und Nichtsnutzen. Obwohl sie sich an nichts anderes als an seine blauen Augen erinnerte, wusste sie doch sofort, dass dies der Mann war, der sie gerettet hatte.

Durch den schmalen Schlitz in der Tür erkannte sie, dass er sich in die Ecke gekniet und das Gesicht gegen die schmutzige Steinmauer gepresst hatte. Ihr Herz zog sich zusammen. Ketten hielten seine Arme über dem Kopf. Kohlenschwarzes Haar hing verfilzt über Hals und Schultern. Er hätte sich ausruhen und auf den Boden legen können, doch er schien auf der Hut bleiben zu wollen, wie sinnlos das auch war. Auch wenn nur ein ganz schwaches Licht die Zelle erhellte, so *sah* sie doch das Dunkle auf seinem zerfetzten Wollhemd. Dasselbe Dunkle leckte an ihm herunter und fleckte seine Hose. Blut.

Entsetzt hielt sich Isabel die Hand vor den Mund. Sie verstand es nicht. Ihr Bruder war zwar ein junger Monarch, aber er herrschte gerecht und war nicht grausam. Nie zuvor hatte sie einen so schrecklich ausgepeitschten Gefangenen gesehen.

Der Mann war groß und wohlgestaltet. Es trieb ihr die Tränen in die Augen, ihn wegen eines Missverständnisses, das in einem lächerlichen Unglück begründet lag, derart erniedrigt zu sehen. Er hatte sie vor dem Tod bewahrt, und das war nun sein Lohn.

Es gab keinen Zweifel daran, was sie tun musste.

In den Schatten kehrte sie zum anderen Ende des Korridors zurück. Dort hingen Schlüssel an der Wand. Isabel nahm sie vom Haken und schloss die Finger fest um sie, damit sie nicht klapperten. Still wie ein Geist kehrte sie zu der Zelle zurück, drehte langsam den Schlüssel im Schloss und schlüpfte hinein.

Vorsichtig trat sie auf den riesenhaften Mann zu.

»Sir?«, flüsterte sie. Er gab keine Antwort. War er ...tot? Sie berührte ihn oben an der Schulter, der einzigen Stelle, wo das Blut sein Hemd nicht befleckt hatte.

Er wirbelte herum. Die Erde knirschte unter seinen Knien. Gefangen in der stählernen Umklammerung seiner Beine, biss sie sich auf die Lippe, um nicht laut aufzuschreien. Die Schlüssel und die Salbe fielen ihr aus den Händen und landeten mit einem dumpfen Geräusch auf dem erdigen Boden.

Sie konnte ihr eigenes Gewicht nicht mehr tragen und brach an seiner Brust zusammen. Sein moschusartiger Geruch erfüllte ihre Nase. Sie hob den Kopf und begegnete seinem Blick. Sie schmeckte Blut – ihr eigenes Blut.

Warm und rasselnd drängte sein Atem gegen ihre Wange. Ein vereinzelter Fackelstrahl enthüllte zwei azurblaue Augen. Von Wut und Schmerz befeuert, starrten sie Isabel aus einem blutigen, dreckigen Gesicht an; seine stumme Anklage stach tiefer in sie, als es je ein Schwert hätte tun können.

»Ich will dir helfen«, flüsterte sie unter großen Anstrengungen. Feuchtigkeit drang in ihre Kleidung; es waren sein Schweiß und sein Blut. Als seine Beine sie immer noch nicht freigaben, fürchtete sie schon, sie würde vor Mangel an Atemluft ohnmächtig werden. »Bitte. Du zerquetschst mich ...«

»*Litla min*«, murmelte er und ließ sie los. Sie taumelte fort und rang nach Luft. Rasch rückte sie ihre Kapuze zurecht, bückte sich und hob Schlüssel und Salbe auf. *Meine Kleine.* Seine Sprache war von der ihren nicht so sehr verschieden, sodass sie sie ein wenig verstehen konnte.

Hinter ihr versuchte der Däne aufzustehen und sackte gegen die Steinwand.

»Kannst du nicht gehen?« Ihr Flüstern hallte leise von den Wänden wider.

Er spannte sich an, als sie sich auf ihn zu bewegte. Während sie den Schlüssel vor sich hielt, sagte sie: »Ich lasse dich frei. Aber du musst versuchen zu gehen.«

Isabel sah, wie er die Lippen kräuselte; sie sah das Funkeln in seinen Augen und erkannte tiefstes Misstrauen. Aber er schwankte. Er schien eine Verletzung am Fuß zu haben; vielleicht war sie ihm absichtlich zugefügt worden, damit sie ihn an der Flucht hinderte.

Sie setzte ihr Leben aufs Spiel, trotzdem schloss sie die Fesseln auf. Anstatt nach ihrer Kehle zu greifen, wie sie befürchtet hatte, lehnte er sich gegen die Wand.

Mit einem leisen Ächzen ging er in die Knie.

Isabel streckte die Hände aus und bremste seinen Fall. Ihre Muskeln schrieen auf. Als er zusammensackte, kniete sie nieder und versuchte, seinen Kopf in ihren Schoß zu betten. Da saß sie nun und rang heftig nach Atem.

Vermutlich hatte man ihm einen Schlaftrunk aus Kräutern gegeben. Wie sollten sie je den Wald erreichen? Selbst wenn sie nicht so geschwächt von ihren eigenen Verletzungen gewesen wäre, hätte sie einen solchen Riesen niemals tragen können. Vielleicht konnte er aufrecht stehen, wenn er sich ein wenig ausgeruht hatte.

Sie zog ihm das wollene Hemd von den Schultern. Nichts hatte sie auf den Anblick seiner Wunden vorbereitet. Galle stieg in ihrer Kehle auf, als sie sah, wie sich die Peitsche in seinen Rücken gegraben und Haut und Muskeln zerrissen hatte. Falls er überlebte, würde er für alle Zeit gezeichnet sein.

Sie bezwang ihren Widerwillen und trug ihm Berthildes Salbe mit höchster Vorsicht auf. Dabei entspannten sich seine Muskeln.

Da sie ihn für bewusstlos hielt, setzte sie sich nervös in die dunkle Ecke und achtete darauf, dass sein großer Kopf in ihrem Schoß blieb. Ihre Ohren lauschten auf jeden Laut, der zu ihrer Entdeckung führen könnte. Sogar in der Dunkelheit sah sie den machtvollen Schwung seiner Wangenknochen und die kantige Linie seines Kiefers. Falls er eine Frau hatte, musste sie ihn sehr schön finden. Sie hatte geglaubt, alle Nordmänner seien blond, doch dieser hier war so schwarz wie der Teufel, als den Berthilde ihn angesehen hatte.

Ihr Finger glitt an seiner Wange entlang. Das war viel angenehmer als Merwyns struppiges Kinn. Sie sehnte sich danach, ihm durch die Haare zu fahren. Doch sie gab sich damit zufrieden, die Hand auf seinen Nacken zu legen. Vielleicht schenkte ihm ihre Gegenwart ein wenig Frieden in seinem Schlaf.

Seine große Hand tastete nach ihrer kleinen. Sie hielt den Atem an, als er sie mit vernichtender Stärke umfasste. Der letzte Mann, der sie auf diese Weise angefasst hatte, war ihr Vater gewesen, als er in der kalten Dunkelheit eines frühen Novembermorgens gestorben war.

»*Marträð*«, flüsterte der Däne.

»Ja, das ist ein Traum. Ein ganz schrecklicher Traum.«

Sie drückte seine Hand und legte ihre andere Hand sanft auf den schwarzen Scheitel seines Kopfes. Dann beugte sie sich über ihn und betete in fast stummem Flüstern: *Lass ihn leben.*

Wie viel Zeit war vergangen? Sie wagte nicht, ihn noch länger schlafen zu lassen. Die Dunkelheit würde ihnen nicht unbegrenzt Schutz gewähren, und wenn er noch einen weiteren Tag in der Festung blieb, würde er sicherlich sterben.

»Wach auf, Däne. Kannst du stehen?«

Er schlug die Augen auf; sein Blick war scharf und klar. Vielleicht hatte er überhaupt nicht geschlafen, sondern nur Kräfte gesammelt. Obwohl seine Schmerzen überwältigend sein mussten, erhob er sich ohne Isabels Hilfe. Er schien es abzulehnen, an ihr Halt zu finden, und bevorzugte dazu die Wand.

Sie runzelte die Stirn. »Du musst dein Gewicht auf mich verlagern, Nordmann. Die Wände erstrecken sich nicht bis in den Wald, und ich will nicht, dass du stürzt und uns beide dadurch verrätst.«

In seinen Augen blitzte es, und sie erkannte, dass er sie verstanden hatte. Er erlaubte ihr, sich seinen Arm über die Schulter zu legen. Mit einem tiefen Ächzen machte er den ersten Schritt, ohne sich an der Wand festzuhalten. Nach einigen Atemzügen nahm er den größten Teil seines Gewichtes von ihr, trotz des verletzten Fußes.

Eine Kakophonie von Schnarchlauten drang aus der Richtung der Wächter und der Zellen mit den übrigen Gefangenen. Obwohl seine Verletzungen sie langsamer machten, gelang es Isabel, ihn aus der Zelle und zum Geheimgang zu führen. Sie machte nur eine Pause, als sie die Schlüssel wieder an den Haken hing.

Mit jedem Augenblick wurde sie ängstlicher. Zwar war sie ein Mitglied des königlichen Haushalts, doch sie bezweifelte nicht, dass Ranulf sie ins Gefängnis stecken oder sogar hinrichten ließe, wenn er diesen Hochverrat entdeckte.

»Los, uns bleibt keine Zeit mehr.« Sie drängte ihn durch den pechschwarzen Gang in die tiefsten Regionen der römischen Ruinen.

Sie schritten durch hundert Jahre altes, dichtes, beinahe undurchdringliches Dickicht. Wurzeln und Ranken rissen an ihren Kleidern und verkrallten sich sicherlich auch in die Wunden des Dänen, doch er beschwerte sich nicht.

Bald umgaben sie der Geruch von Salzwasser und der Klang der Meereswellen, die gegen das felsige Ufer von Calldarington schlugen. Sie packte den Dänen am Arm und bat ihn, still zu sein. Ihr Bruder kämpfte zurzeit mit dem northumbrischen König um dieses Grenzland, und daher befanden sich Wachen in der Nähe.

Als Isabel keinen Laut hörte, geleitete sie den Nordländer in den Wald und unter ein Laken aus Nebel, der dem Ozean entstiegen war. Sobald sie zwischen die Bäume getreten waren, machte er sich von ihr frei und lehnte sich gegen eine Eiche. Er stieß ein Brummen aus, das aus den Tiefen seiner Kehle kam.

Sie erinnerte sich an das Brot und den Käse, den sie für ihn mitgebracht hatte, und suchte in ihren Taschen herum. War er von einem Schiff gekommen? Vielleicht warteten seine Gefährten auf ihn in einer der vielen Buchten im Süden. Sie streckte ihm ihre Gaben entgegen.

Vor ihren Augen richtete er sich sehr langsam auf. Zum ersten Mal erkannte sie seine wahre Größe.

Ohne Vorwarnung legte sich eine fremde Hand über ihren Mund, und ein Arm packte sie um die Hüfte. Das Brot fiel ihr aus der Hand. Sie kämpfte ...

Bis Isabel sie sah. Fünf Krieger umgaben sie wie Geister im Nebel. In deren Mitte befand sich ihr Nordländer, flankiert von seinen Gefährten. Obwohl der Schmerz ihn niederdrückte, stand er aufrechter und stolzer da als die anderen.

Nun würden sie Isabel töten.

»Hættu þessu.« Das Kommando rumpelte aus der Kehle des Dänen. Die Kapuze fiel ihr auf die Schultern, als der sechste Krieger sie freiließ.

»Dein Name, Kleine?«, keuchte er.

Sie war zu überrascht, um zu lügen, und flüsterte daher die Wahrheit. »Isabel.«

Der Wind sang silbrig und bezwingend in den Bäumen.

»Gott möge mit dir sein, Isabel.«

Obwohl sie nicht einmal zu blinzeln gewagt hatte, verschwanden die Krieger vor ihren Augen wie Gespenster in der Nacht. Nur das trocknende Blut und der Schweiß des Dänen waren auf ihrem Bäuerinnenhemd zurückgeblieben und zeugten davon, dass er wirklich da gewesen war.

Zweites Kapitel

Zwei Winter später

Kol Thorleksson stand an der Spitze seines Heeres. Hinter ihm bildeten einige hundert Fußsoldaten einen massiven Keil aus menschlicher Stärke. Meeresgischt trieb im Winterwind, befeuchtete Kols Haare und Körper mit jeder Bö, doch er spürte die Kälte nicht.

Vekell schritt auf ihn zu und betrachtete die Formation. Eiskristalle glitzerten in seinem goldenen Bart. »Mein Lord, wir haben den Angelsachsen genug Zeit gegeben, ihre Truppen zu sammeln. Sollen wir noch länger zögern?« Sobald er neben Kol getreten war, murmelte er: »Wir hätten seine Halle in der Nacht niederbrennen sollen. Diese Angelsachsen sind im Winter erbärmlich schlaff.«

Kol schätzte den steilen Hang ab, den sie während der Schlacht erklimmen mussten, und betrachtete dann die große hölzerne Festung, die wie eine Treppe in die Erde und das Gestein des Felsvorsprungs gebaut war.

»*Nei*. Ich werde meine Rache hier auf dem Schlachtfeld nehmen, vor den Augen meiner Männer und dem Volk der Angelsachsen.« Er hob die Hand an die Brust. Die Vertiefungen in seinem Kruzifix fühlten sich kühl an. »Und vor meinem Gott.«

Vekell lachte, er war ein Heide durch und durch. »Aber mein Lord, ist Euer Gott nicht ein Gott der Vergebung?«

Kol sah seinen zweiten Kommandanten scharf an und schloss die Finger um das Kreuz. »Einige Sünden kann

Gott vergeben.« Er verbarg das Amulett unter seinem Kettenhemd. »Aber ich kann es nicht.«

Durch verengte Augenschlitze sah Kol zu, wie Ranulf am Ende seiner hastig zusammengestellten Streitkräfte erschien. Der König steckte in einer strahlenden Rüstung und wurde von einer kleinen Kavallerie bewacht; er thronte auf einem schwarzen Streitross.

Kol nickte Vekell zu.

»Aaaagh!«, schrie der bärtige Krieger und spannte die Beine an. Er sprang vor und schleuderte seinen Speer über die ganze versammelte Streitmacht des Feindes. Es war ein symbolischer Akt, der die Nordländer und ihren Heldenmut dem Kriegsgott weihen sollte. Die Kämpfer mit den Schilden brüllten wie mit einer Stimme. Unter Kols Füßen erbebte die Erde.

Unruhe lief durch die Reihen der Angelsachsen. Ihre Tiere wieherten und bäumten sich auf; der Geruch ihrer Furcht durchzog die Luft. Eine Gruppe von Soldaten löste sich aus der Formation und preschte auf den Wald zu.

Zum ersten Mal seit langer Zeit legte Kol den Kopf in den Nacken und lachte.

Er stieß sein Wikingerschwert in die Luft. Auf sein Signal hin verdunkelten die Wurfgeschosse seiner Soldaten die Reihen der Feinde und brachten Vernichtung für Holz, Metall und Fleisch. Kol trat vor, und die Raserei der Schlacht begann.

Durch den Kampfeslärm und das Schreien der Sterbenden brüllte Vekell: »Wir haben das Tor aufgebrochen!«

Kol zog die Klinge aus dem Körper eines toten Gegners. Die Ekstase der Schlacht verebbte. Er richtete sich zur vollen Größe auf und überblickte das Schlachtfeld. Seine Standarte flatterte bereits auf der Ebene südlich der Festung.

Aber wo war der feindliche König?

Während des Getümmels hatte Kol Ranulf aus den Augen verloren. Er wusste, dass sein Feind nicht in der Schlacht gefallen war. Kols Krieger waren angewiesen, Ranulf am Leben zu lassen, denn Kol wollte ihn persönlich töten. Grimmig entledigte er sich eines weiteren Angreifers und überquerte das Feld. Die Sohlen seiner Stiefel aus Bärenfell fanden festen Halt im gefrorenen Grund. Er gesellte sich zu seinen Kriegern, die ungeduldig aufstampften und hin und her liefen, weil sie mit der Erstürmung der Burg beginnen wollten.

Svartkell packte seine Beidhänder-Axt und rief in Richtung der Festung: »Angelsächsischer Bastard! Warum zeigt er sich nicht?«

Ragi, ein alter Berserker, der nackt und nur mit einer Pelzschärpe über der Brust kämpfte, leckte das Blut von seinem Schwert. Mit einem höhnischen Grinsen sagte er: »Wir haben nichts von ihm gesehen. Bestimmt hat sich der Feigling versteckt.«

Vekell führte Kol durch das Burgtor. »Mein *stallari*, man sagte mir, die Frauen des Königs seien noch da.«

Kol spuckte aus und stellte erstaunt fest, dass all seine Zähne noch da waren. »Ich will diesen Ranulf.«

»Und Ranulf sollt Ihr haben«, grinste Vekell. »Der angelsächsische Verräter sagt, dass die Frauen Verwandte des Königs sind. Es sind seine Schwestern.«

Ragi brach in ein gelbzahniges Lächeln aus und keuchte: »*Prinzessinnen!*«

Kol kräuselte die Lippen. »Was ist das für ein Mann, der seine Familie als Wiedergutmachung für die eigenen Sünden zurücklässt?« Doch er kannte die Natur des Mannes, den er vernichten wollte, nur zu gut. »Du hast recht, alter Freund. Falls diese Frauen wirklich blutsverwandt mit Ranulf sind, werde ich ihnen das Leben als meine Geiseln mit Freude zur Hölle machen. Wenn ich sie in der Hand habe, wird Ranulf schon hervorkriechen, und dann werde ich ihn tot sehen.«

Die Krieger versammelten sich um ihn, sie wollten die Erstürmung fortsetzen. Er hob sein Schwert. »Für die Wikinger, meine Gefährten!«

*

Vom äußeren Korridor aus erhaschte Isabel einen Blick auf die Frauen, die sich im Hof zu einer menschlichen Festung gegen die Eindringlinge zusammengeschlossen hatten.

Wo war Ranulf? So lange es sicher gewesen war, hatte sie der Schlacht von dem Schutzwall aus hoch angehäufter Erde aus zugesehen. Sie hatte ihren Bruder nicht fallen sehen. Er war einfach verschwunden.

»Zur Treppe, Mylady.« Berthilde schlug die Tür zu und wandte sich mit halb irrem Blick an sie. »Folgt Prinzessin Rowena in die alte Halle. Schnell!«

Als Isabel sich umdrehte, hörte sie Schreie. Die massive Tür splitterte. Isabel wirbelte herum. Ihre Instinkte drängten sie dazu, die anderen zu beschützen, aber Berthilde schob sie zur Treppe. Die Dienerin blieb zurück und setzte ihr Leben zum Schutz ihrer Herrin ein.

»Berthilde!«, protestierte Isabel.

»Geht, mein Kind. Er wartet im Wald auf Euch.«

Die Tür fiel mit einem Ächzen aus ihrem Rahmen. Isabel schaute über die Schulter. Ein Schwarm fremder Krieger drang in die enge Halle ein. Berthildes Schrei wurde abgeschnitten, als ein riesiger Däne sie gegen die Wand schleuderte. Isabel eilte ihrer Magd mit dem Dolch in der Hand zu Hilfe.

In diesem Augenblick erschien ein weiterer Däne. Seine ungeheuerliche Gestalt erfüllte den Türdurchgang, und er musste sich bücken, um die Halle zu betreten. Er trug nicht das gewöhnliche Lederhemd wie die anderen Krieger, sondern ein Kettenhemd. Er richtete sich zu erschreckender Größe auf. Das breite eiserne Nasenstück seines Helms machte jeden menschlichen Ausdruck auf seinem Gesicht zunichte. Klebriges, schwarzes Blut befleckte seine Brust. Er hielt ein langes, vom Blut gedunkeltes Schwert in der Hand; es war die goldene und silberne Waffe eines skandinavischen Adligen. Am Griff hingen exotische Verzierungen herab, Trophäen aus vergangenen, gewonnenen Schlachten. Der Däne sah sich in dem Raum um.

»*Þarna*!«, rief die Stimme eines Soldaten. *Dort*. Alle Augen richteten sich auf Isabel. Ihr Herz zog sich vor Furcht zusammen. Sie musste unbedingt überleben. *Es gab jemanden, dessen Schicksal davon abhing.* Sie packte ihre Kapuze, als könnte dieses Kleidungsstück sie unsichtbar machen, rannte zur Treppe und warf die Eichentür hinter sich zu. Sie hatte noch nicht den Eisenriegel vorgelegt, als die Tür auch schon aufgeworfen wurde und Isabel knapp verfehlte. Sie fiel nach hinten, rollte auf den Bauch und zog sich die Steinstufen hoch.

Sie hörte ihn hinter sich, den großen, blutigen Dänen, der sich so sehr von den anderen unterschied. Unaufgeregt verfolgte er sie, als ob er wüsste, dass sie ihm nicht entkommen konnte.

Isabel bekämpfte ihre Panik, stolperte aber über ihren Rock, während sie die Treppe hochkletterte. Wenn ihre Halbschwester Rowena Glück gehabt hatte, war sie bereits aus der Festung geflohen. *Und ihr Liebling. Bitte lass ihn überlebt haben.* Als sie die oberste Stufe erreicht hatte, schoss sie kopfüber in den Raum. Sogleich wollte sie die Tür verriegeln, dann in einen der Geheimgänge laufen und die Festung verlassen.

Doch zwei stämmige Arme wanden sich um sie und

zerdrückten sie beinahe. Sie kreischte auf. Der beißende und abgestandene Geruch von Schweiß drang ihr in die Nase. Ein Däne hielt sie in unüberwindlichem Griff. Er packte ihr Handgelenk und drückte es, bis der Dolch zu Boden fiel. Sie versuchte ihn zu kratzen, aber ihre Fingernägel trafen nur den undurchdringlichen Panzer eines Lederhemdes. Mit einem Lachen drängte er sie in die Mitte des Raumes. Zur gleichen Zeit schleuderte ein anderer Krieger Rowena auf sie zu.

Isabels Schwester hielt sich an ihr fest; ihr Gesicht war eine Maske des Schreckens.

Isabel behielt die sie umkreisenden Männer im Blick und flüsterte ihrer älteren Halbschwester zu: »Bist du verletzt?«

Rowena starrte Isabel an, als verstünde sie keine gesprochenen Worte mehr. Der Geruch von Blut und Schweiß erfüllte den Raum. Die Siegesrufe der Männer, gebrüllt in nordischer Sprache, klangen Isabel in den Ohren. Die Tür zum Geheimgang stand offen. Dänen drangen aus der Dunkelheit dahinter in den Raum. Verwirrung und Angst überfielen Isabel. Woher wussten sie um die Existenz des Ganges? Nun begriff sie, warum die Festung so leicht hatte eingenommen werden können.

Im Zimmer wurde es still.

O Gott! Wie sie ihn *spürte.* Die Härchen an ihrem Hals richteten sich auf, und sie drehte sich zu dem großen Nordländer um, der in der Tür stand. Rowena klammerte sich an ihrem Arm fest. Isabel erkannte die Ehrerbietung, welche die anderen diesem Krieger erwiesen. Er war es, der die beiden Frauen nun töten würde – die Schwestern des besiegten angelsächsischen Königs.

Isabel spähte unter ihrer Kapuze hervor und war von Schrecken ergriffen, als sich der Däne näherte. Nun, da ihr Tod bevorstand, ergriff ein Zittern ihren Körper. Er sah wie der leibhaftige Tod aus, der gekommen war, um sie für sich zu beanspruchen. Das Blut ihres Volkes tropfte an seinem Schwert herunter und bildete eine schmale Spur auf dem Fußboden.

Der Däne machte einen weiteren Schritt auf sie zu und zog dabei die Schwertspitze über den Boden. Ein schrecklicher, metallischer Todesgesang hallte durch den Raum mit der hohen Decke. Trotz ihres Entsetzens stand Isabel aufrecht da. Sie wollte ehrenhaft sterben.

Wer würde ihrem Liebsten mitteilen, dass sie tapfer gestorben war? Isabel hob das Kinn und hielt dem Blick ihres Mörders stand. Hasserfüllte blaue Augen wie die eines verstoßenen Engels blitzten sie hinter dem blutigen Helm an.

Der Däne hob sein Schwert. Sie zuckte zusammen, als die Klinge neben ihrer Wange durch die Luft schwirrte. Statt ihr den Kopf abzuschlagen, wie sie es erwartet hatte, hob er mit der Schwertspitze ihre Kapuze an, sodass sie ihr auf die Schultern fiel.

Der Däne machte einen weiteren Schritt auf sie zu. Siegesschreie ertönten aus der Horde, doch ihr Anführer hob die Hand. Sofort wurde es still im Raum.

Nur Isabel hörte seinen geflüsterten Fluch, und dann fragte er: »Bist du das? Isabel?«

Ihr Name stieg im Gemurmel um sie herum auf, zuerst nur ausgesprochen von den Männern, welche den inneren Kreis bildeten, und dann auch von allen Übrigen. Es dauerte nicht lange, und der Raum hallte donnernd wider von dem einmütigen Beifall der Nordländer.

»Isabel!«

Isabel verschloss die Ohren vor diesem verdammungswürdigen Klang. Der Raum drehte sich um sie in einem albtraumhaften Wirbel. *Was hatte sie getan?*

Während Rowena zu Boden sackte, starrte Isabel in

die Augen des Mannes, der noch immer ihre geheimsten Träume bestimmte.

*

Auf dem Podest in Ranulfs großer Halle saß Kol mit durchgedrücktem Rücken in der Yppe des Königs, dem reich verzierten Thron, der die Erhabenheit seines Eigentümers über die Erde symbolisierte.

Um ihn herum feierten seine Soldaten. Zu seinen Füßen lag die Beute aus der Burg: fein geschmiedete Waffen, Juwelen und wertvolle Gefäße, Gold und Silber, Rubine und Perlen. Aber nichts schien ihm so wundervoll zu sein wie die Amethystaugen, in die er nun schaute.

Sie hatte lediglich geflüstert: »*Du*.«

Und dann hatte er zugesehen, wie sich ihre tapfer verborgene Angst in Hass verwandelt hatte. Das junge Bauernmädchen, das ihm vor zwei Wintern das Leben gerettet hatte, war in Wirklichkeit Ranulfs Schwester – die Prinzessin Isabel.

In diesem Augenblick stand sie reglos vor dem Thronpodest, eingehüllt in das Mysterium ihrer Frauenkleidung, und der Hass funkelte in ihren außergewöhnlichen Augen. Die andere blonde Prinzessin kauerte zu ihren Füßen und schluchzte, während die Krieger ihm die Schätze präsentierten.

Seltsam, dass er sie vergessen hatte. Doch sobald er ihr in die Augen geblickt hatte, war die Erinnerung zurückgekehrt. Lebhaft.

Seit jener Nacht vor zwei Wintern hatte er sie aus seinem Gedächtnis verbannt; sie war nur die verschwommene Erinnerung eines Mädchens im Nebel seiner Schmerzen gewesen. Die Jahreszeiten waren vergangen. Selten hatte er an sie gedacht.

Für gewöhnlich nur in seinen Träumen.

Neben ihm bückte sich Vekell; seine Stimme war kaum mehr als ein Flüstern in der lärmenden Halle. »Mein Lord, sie macht mich sprachlos.«

»Ach?« Kol regte sich auf dem Thron. Bei dieser Bewegung sprangen seine Hunde Hugin und Munin auf, setzten sich aber gleich wieder. »Von wem redest du?«

Vekell sah ihn eindringlich an.

Dieser Mann kannte ihn nur allzu gut. Ein Lächeln kräuselte Kols Lippen. »Die ganze Zeit über hatte ich angenommen, sie wäre eine böse kleine Pferdediebin.« Er richtete den Blick auf sie. Bei Gott, wie schockierend schön sie war. Schön und süß und lieblich. Und ganz eindeutig wütend auf ihn. Sein Lächeln wurde breiter. »Ich hatte geglaubt, dass sie ausbrechen wollte und mich ganz einfach mitgenommen hat.«

Vekell warf einen weiteren verstohlenen Blick auf die Prinzessin. »Als ich sie in jeder Nacht im Wald gesehen habe, bei Thor, da habe ich geglaubt ...«

Kol unterbrach ihn mit einem tiefen Lachen. »Ja, wie könnte ich das je vergessen?« Er fuhr mit dem Daumen über das Wirbelmuster, das in die Armlehne des Throns eingeritzt war. »Du hast behauptet, sie wäre eine Schwanenmaid gewesen, geschickt von der Göttin Freya, und hätte die Aufgabe gehabt, mich vor einem unwürdigen Tod zu erretten.«

Vekell runzelte die Stirn. »Ihr mögt darüber spotten, aber es gibt sie wirklich.«

»Damals war ich ihr jedenfalls dankbar.« Kol berührte den Kelch mit den Lippen und nippte an Ranulfs Wein. »Aber jetzt, da ich ihre Herkunft kenne, zweifle ich an ihren Absichten.«

Vekell schüttelte den Kopf und presste die Lippen zusammen. Dann sagte er: »Was immer ihre Absichten waren, sie hat Euch das Leben gerettet, und deshalb verehre ich sie. *Wyrd* hatte es nicht vorgesehen, dass Ihr unehrenhaft, angekettet und blutend in einer dreckigen Zelle sterbt.«

Nein, in der Tat nicht, dachte Kol. *Wyrd - oder das Schicksal oder Gott - hatte andere Pläne mit ihm.* Er hob den Kelch in spöttischer Dankbarkeit vor dem Geist der Hexenmutter, die ihn so rachsüchtig verflucht hatte, als er noch ein Junge von zwölf Wintern gewesen war.

Vekell stieß ein trockenes Lachen aus. »Ich glaube nicht, dass die Prinzessin Euch diese Höflichkeit noch einmal erweisen würde, wenn sie die Gelegenheit dazu hätte.«

Kol spürte, wie ihr Blick auf ihm ruhte. Er fing ihn auf und hielt ihm stand. Plötzlich rauschte Feuer durch seine Adern und gleichzeitig das dringende, tiefe Bedürfnis, etwas zu tun. Etwas zu erobern und für sich zu beanspruchen. Er stieß die Luft durch die zusammengebissenen Zähne aus.

Zum Glück hatte er Übung darin, solche aus Trieben und Hitze geborenen Dränge zu beherrschen. In dem Versuch, sein Lächeln zu unterdrücken, legte er sich zwei Finger vor die Lippen.

Er konnte es nicht verleugnen: *Ihre Furchtlosigkeit erregte ihn*. Er nahm keine Spur von Verängstigung an ihr wahr. Sie musste ihn wirklich zutiefst verachten.

Was immer ihre Gründe gewesen sein mochten, ihn aus der Zelle zu befreien, es freute ihn über alle Maßen, dass sie die Schwester des Mannes war, der ihn hier angekettet und gefoltert hatte. Am liebsten hätte er ihren Verrat wie die Raben vom Dach geschrieen.

Er lehnte sich auf dem Stuhl vor und dachte laut nach. »Glaubst du, Ranulf wusste von ihrem Verrat?«

Vekell zwirbelte ein Ende seines zu mehreren Strähnen geflochtenen Bartes. »Seht Euch nur ihre reiche Kleidung und die Vollkommenheit ihrer Haut an. Falls er es erfahren hat, hat er sie deswegen nicht bestraft.«

Kol schaute Isabel eingehend an und spürte, wie sich alle Muskeln in Schenkeln und Bauch anspannten. Das Gesicht der Frau namens Isabel überlagerte nun alle Erinnerungen an das Mädchen Isabel. Diese Frau war so schön, dass es Verdammnis über seine Seele brachte, wenn er sie nur ansah. Aber er war ja schon verdammt, trotz des Kreuzes, das von seinem Hals herabhing.

Für einige Männer war die Erlösung nicht leicht zu erringen.

Dieser Gedanke machte ihn unruhig. Kol erinnerte sich daran, was ihn an diesen Ort geführt hatte, und er richtete seine Aufmerksamkeit auf all jene Dinge, die mit der Eroberung der Festung zusammenhingen. Als die Nacht hereinbrach, hatte er Berge von Schätzen verteilt. Er war mehr als großzügig gegen seine eigene Söldnerlegion und jene niedrigeren Hauptmänner gewesen, die ihm ihre Streitkräfte für diese Schlacht zur Verfügung gestellt hatten, und er hatte Ranulfs Truhen mit verblüffender Bereitwilligkeit geleert. Wie es seine Gewohnheit war, hatte er nichts für sich behalten.

Doch zum ersten Mal fühlte er die Versuchung.

»Das Fest soll beginnen!«, rief Vekell.

Holz schabte über Stein, als die Krieger große Bocktische von den Wänden in die Mitte des Raumes zogen. Dienerinnen waren aus den vielen Gefangenen der Burg ausgewählt worden, und mit Tränen in den Augen brachten sie dampfende Platten aus der Küche. In der Mitte der Halle brannte ein Feuer in einem kreisförmigen Steinkamin.

Im Rauch und dem schwankenden Licht versammelten sich Kols beste Krieger um die Prinzessin, die wie eine vereinzelte Nachtblüte in einem Wald wirkte – wenn man die andere Prinzessin außer Acht ließ, die ihr zu Füßen heulte. Eine dichte Locke hatte sich unter der Haube hervorgestohlen und leuchtete auf Isabels Schulter. Es war ein vollkommener Gegensatz zu ihrer weißen Haut und den strahlenden Augen.

Die Versuchung wurde zu groß.

Würde ihre Stimme zu jener passen, die melodisch und sanft aus seiner Erinnerung aufstieg? Er streckte die Hand aus und winkte sie heran.

Verräter, klagten ihre Augen ihn an. Sie gehorchte seiner Aufforderung nicht. Der Knoten in seinem Magen wurde noch fester.

Ragi trat aus dem Kreis der Soldaten hervor, welche die Frauen umzingelt hatten.

»Isabel!«, rief er mit einem so starken Akzent, dass Kol sich fragte, ob sie ihren eigenen Namen überhaupt hatte verstehen können. Der grauhaarige Krieger streckte ihr den Arm entgegen und bot ihr Geleitschutz an.

Erkannte die Prinzessin, dass ihr Name in die Brust des alten Kriegers eintätowiert war? Erkannte sie, dass sie für die Legionen zum Gegenstand der Verehrung geworden war, weil sie Kol das Leben gerettet hatte? Er bezweifelte, dass sie einen Blick auf Ragis nackte, noch vom Schmutz und Blut der Schlacht gezeichnete Brust werfen würde.

Die Prinzessin sah den Mann vernichtend an und stieg das Podest hoch, wobei sie die stolze Haltung einer Königin hatte. Ein Auffunkeln von Farbe lenkte Kols Aufmerksamkeit nach unten. Unter dem Saum ihres Rocks erschienen die Kappen von zwei roten, spitz zulaufenden Pantoffeln. Eine unbeabsichtigte Koketterie.

Tejst litla. Wenn sie Liebende wären, würde er sie so nennen: seine rotfüßige Amsel.

Ein Schrei zerbrach den Augenblick. Die blonde Prinzessin hatte ihn ausgestoßen; weißgesichtig stolperte sie hinter ihrer Schwester her. Die junge Frau starrte Ragi entsetzt an, packte Isabels Röcke und versuchte sich hinter ihnen zu verstecken.

Isabel fuhr sanft mit der Hand über die Krone auf dem Kopf ihrer Schwester. Das war die einzige Geste des Trostes, zu der sie in der Lage war. Dann nahm sie die letzte Stufe. Nun konnte sie der Konfrontation mit diesem Ungeheuer, dem sie das Leben geschenkt hatte, nicht mehr aus dem Weg gehen. Vom Thron ihres Bruders aus beobachtete er sie. Seine Augen waren in ihrer Klarheit so verwirrend, dass ihr Glanz von einem übernatürlichen Licht gespeist zu werden schien.

Zum Gruß sprach er nur ein einziges Wort: »Isabel.«

Gott sei mit dir, Isabel. Diese Worte, von ihm gesprochen, hallten aus der Erinnerung zu ihr. Zwei Winter waren vergangen. Wie fest hatte sie an seine Unschuld geglaubt, doch nun musste sie allzu spät begreifen, wie leichtgläubig sie damals gewesen war.

Jetzt stand sie vor dem Mann, der sie verraten hatte. Hitzewellen durchströmten sie, und mit ihnen kam eine Wut, die sie schon ein ganzes Leben lang geschürt zu haben schien.

Als sie endlich sprach, war ihre Stimme kaum mehr als ein Flüstern. Unter dem Stoff ihrer gebauschten Ärmel krallte sie sich die Fingernägel in die Handflächen. »Welch ein wunderbares Geschenk habt Ihr mir gemacht, Nordländer.«

Der Kriegsherr hielt den Kopf schräg und schaute sie noch eingehender an. »Ein Geschenk, Mylady?«

Obwohl seine Worte einen Akzent hatten, beherrschte er Isabels Sprache gut.

»Ja.« Ihr Blick glitt an ihm herunter und wieder hinauf. Unwillkürlich kräuselten sich ihre Lippen. »Mein Albtraum ist lebendig geworden.«

Sein Gesicht blieb so steinern wie zuvor.

Sie verachtete sein Schweigen. Hatte er ihr nichts zu sagen? Zwei Winter voller nächtlicher Flüche und Verwünschungen drängten sich in ihrer Kehle, aber sie durfte es nicht wagen, ihm leidenschaftliche Worte entgegenzuschleudern.

Sie musste ein Geheimnis bewahren, und davon konnte nichts sie abbringen.

Als sich Isabel daran erinnerte, nahm sie all ihren Mut zusammen und sprach mit der Würde, die man von einer Prinzessin erwartete.

»Ihr und Euer Heer müsst Euch sofort von diesen Ufern zurückziehen.«

Er antwortete ihr mit leiser Stimme: »Ihr wisst, dass ich das nicht kann.«

Isabel trat näher und zerrte dabei ihre Schwester hinter sich her.

In Wahrheit hielt dieses Ungeheuer sie vollkommen in seinem Bann, mehr noch als in jener Nacht, da sein Kopf in ihrem Schoß gelegen und sie um sein Leben gebetet hatte. Ein sauberer, geschorener Bart betonte die kantigen Umrisse seines Gesichts. Und seine Augen. *Seine Augen.* Zwei Portale zum gefährlichsten aller Herzen. Eine vollkommene Widerspiegelung all ihrer sehnsüchtigen Jungmädchenträume.

Impulsiv streckte sie die Hand aus und legte sie gegen seine Wange. Er riss die Lippen auseinander. Im Raum hallte es wider vom Geräusch gezogener Schwerter. Die beiden Wolfshunde liefen knurrend umher. Der Nordländer hob die Hand. Er hielt ihrem Blick stand. Unter ihrer Berührung fühlte sich seine Haut warm und fest an; der Wangenknochen war stark.

Sie flüsterte: »Die Schwestern haben mir beigebracht, dass Satan große körperliche Schönheit besaß. Er war einer von Gottes strahlendsten Engeln, der aus dem Himmel gestoßen wurde.«

Plötzlich zog Isabel ihre Hand weg. »Ich bin kein unreifes Mädchen mehr. Ich werde nie wieder einen Engel mit dem Teufel verwechseln.«

»Tatsächlich?« Seine Augen verdunkelten sich, vielleicht war es auch nur der Rauch, der von der Feuerstelle herdrang.

Sie hasste die Vertrautheit seines Blicks, denn darin lag die Behauptung einer Verbindung, die in Wirklichkeit nicht bestand.

»Tatsächlich«, murmelte sie mit klopfendem Herzen. Die bisher so mühsam aufrecht erhaltene Vorsicht fiel von ihr ab. »Ich würde meinen eigenen Tod gern in Kauf nehmen, wenn ich Euch hier und jetzt töten könnte.«

In einer Geste falscher Unterwürfigkeit kniete sie zwischen seinen Schenkeln nieder. »In dieser Halle, und vor Euren Männern.« Sie hielt eine leere Hand hoch. »Wenn ich nur ... einen Dolch besäße ...«

Von überall her drang das leise, erstaunte Gemurmel der Krieger.

Sein Gesichtsausdruck blieb unbeweglich. »Also sollen wir Feinde sein?«

Isabel zuckte unter seinen Worten zusammen. Wollte er sie etwa in eine andere Zeit und an einen anderen Ort mitnehmen? In eine Zeit, die sie so verzweifelt zu vergessen versucht hatte?

»Wir sind nie etwas anderes gewesen.«

Er blähte die Nüstern in männlichem Missfallen. »Habt Ihr wirklich geglaubt, ich käme nie zurück?« Sein Haar war noch feucht vom Schweiß der Schlacht und hing wie polierter Onyx vor seiner dunklen Haut.

»Ich habe jeden Tag gebetet, *Ihr würdet nicht kommen.*« Isabel taumelte unter der Heftigkeit ihrer eigenen Worte.

Der Däne packte sie an den Armen. Sie keuchte unter der Kraft seiner Berührung auf, brachte es aber nicht über sich, mit ihren Bekenntnissen aufzuhören. »Ich habe *jeden Tag* gebetet, mit der Nachricht Eures Todes gesegnet zu werden.«

In den Augen des Dänen blitzte es. Rowena schluchzte eine Warnung. Isabel befreite die Arme aus seinem Griff und schleuderte die Reste der Beute vom Podest.

»Ihr habt bekommen, was Ihr hier gesucht habt«, zischte sie. Ein juwelenbesetzter Kelch polterte die Stufen hinunter. »Also zieht Euch von diesem Ort zurück.«

Ja, geh, betete sie inbrünstig. Ranulf muss leben. Er muss auf seinen Thron in Calldarington zurückkehren, und alles muss wieder so werden, wie es war, denn sonst war alles verloren.

»*Nei.*« Der Blick des Dänen sengte einen Pfad über ihr Gesicht und verbrannte ihre Lippen. »Noch nicht.«

Rowenas Schluchzer wurden schriller.

Isabel steckte die Hände in ihren Rock und richtete sich auf. »Dann erlaubt mir, unserem Onkel im Norden, Ugbert of Wyfordon, eine Nachricht zu schicken. Er wird jedes Lösegeld zahlen, das Ihr für uns fordert.«

»Wird er das?«, murmelte der Kriegsherr und zog einen Mundwinkel hoch.

Natürlich würde er darüber lächeln. Es war erstaunlich, dass er ihr nicht ins Gesicht lachte. Dass er nicht darüber lachte, wer sie war und wie dumm sie gewesen war, als sie ihm damals die Freiheit geschenkt hatte.

Sie runzelte die Stirn. »Ist es nicht das, was Ihr wollt? Noch mehr Reichtümer? So viele, dass Eure Boote unter ihrem Gewicht sinken?«

»Nein, das ist es nicht, was ich haben will.« Unter den dunklen Wimpern fokussierte sich sein Blick. »Ich bin zu diesem Ort gekommen, weil ich nur eine einzige Sache begehre.«

Isabels Herzschlag setzte aus.

Kannte er ihr Geheimnis? Kannte er den Grund dafür, dass sie so inbrünstig gebetet hatte, er möge niemals zurückkehren?

»Ich will Ranulfs Tod«, brummte er. »Vorher werde ich nicht abreisen.«

Am Rande ihres Bewusstseins hörte Isabel, wie Rowenas Schluchzen zu einem lauten Jammern wurde.

Der Däne richtete den Blick auf Rowena. »Wenn Ihr sie nicht zum Schweigen bringt, werde ich das tun.«

Isabels Lippen formten eine Erwiderung, doch ein Schrei aus der gegenüberliegenden Ecke der Halle unterbrach sie. Er kam von einer der angelsächsischen Frauen, die dazu gezwungen worden waren, seinen Kriegern zu dienen. Der Däne schaute nicht einmal in die Richtung des Aufruhrs, sondern beobachtete weiterhin Isabel.

Vielleicht erwartete er, dass sie niederkniete und um ihr Leben und das ihrer Schwester sowie um ihre Ehre bettelte, aber sie war Aldriths Tochter und Ranulfs Schwester. Niemals würde sie so etwas tun. In ihrem Blut steckte der Stolz der Norsex-Dynastie.

Sie hielt seinem Blick stand. »Meine Schwester und ich werden nun in unsere Gemächer gehen.« Sie hob das Kinn und fügte hinzu: »Und Ihr werdet uns eine angemessene Eskorte zur Verfügung stellen, damit wir sicher dorthin gelangen.«

Unflätiges Gelächter hallte von den Holzwänden wider. Irgendwo wurde Steingut zerschmettert. Isabel verzog die Lippen. »Es sei denn, Ihr wünscht, dass wir bleiben und zusehen.«

Sein Lächeln verschwand. Er sah einen riesenhaften Mann an; es war jener, der Vekell genannt wurde, und deutete mit dem Kopf in Richtung des Aufruhrs. Vekell bahnte sich einen Weg durch die Menge und auf die Quelle des Entsetzensschreis zu.

Im nächsten Augenblick brüllte der dänische Kriegsherr einem anderen Krieger einen Befehl zu. Als er den Blick wieder auf Isabel richtete, blitzte es in seinen Augen. »Ihr dürft gehen.« Mit erhobener Hand deutete er an, dass sie und Rowena dem Soldaten folgen sollten.

Mit dem nächsten Atemzug stand er auf. Isabel erstarrte. Ihre Glieder waren wie gelähmt, als stecke sie mitten in einem bösen Traum. Er trat neben sie und neigte das Haupt, als ob er sie küssen wollte. Einen Atemzug lang standen sie da wie Liebende, die eine Zärtlichkeit austauschten, doch Isabel war bloß von der Eindringlichkeit seiner körperlichen Gegenwart gefesselt.

»Es wäre zu Eurem Vorteil, Prinzessin, wenn Ihr uns dabei helfen würdet, Ranulf aufzuspüren.« Obwohl er sie nicht berührte, fühlte sie sich von seiner Stimme ergriffen; sie schickte Hitzewellen über ihren Rücken. »Wir werden später am Abend über Eure Möglichkeiten sprechen, nur Ihr und ich.«

Sein Blick fiel auf ihre Schwester, und er verzog angeekelt die Lippen. »Allein.«

Dann stieg er von dem Podest herunter und verschwand in der Menschenmauer.

Ihr und ich. Allein. Isabel nahm all ihren Hass zusammen und setzte ihn ein, um das rasende Schlagen ihres Herzens zu besänftigen, das sie ausschließlich ihrer Furcht zuschrieb.

Diesmal würde es anders sein. Diesmal war sie wach und auf der Hut und würde sich nicht wieder als Opfer des verräterischen Dänen wiederfinden.

Vielleicht war seine Rückkehr sogar ein Gottesgeschenk. Eine Möglichkeit, Rache zu nehmen. Für ihren König und ihr Volk. Und für sich selbst.

Doch zunächst musste sie dafür sorgen, dass ihr Geheimnis verborgen blieb. Angst durchfuhr sie. Gesegneter Gott! Godric. Er war noch immer da draußen. Und wartete auf sie.

Drittes Kapitel

»Es war so vollkommen«, schimpfte Rowena. »So wunderbar. Und jetzt ist alles zerstört.«

Ihre Schwester hob die zerfetzten Kleider hoch und rückte mit glasigen Augen einige Truhen zurecht. Auch die Gemächer der Frauen waren geplündert worden. Nur das schwache Licht einer Laterne enthüllte die Verwüstung.

Rowena nahm ein Schmuckkästchen in die Hand und spähte hinein. Das Behältnis klapperte unter dem Geräusch ihres Schluchzens leer zu Boden. Von der Tür aus schaute ihr Wächter unverfroren und belustigt zu.

Isabel stand in der Mitte des Raumes und berührte nichts. Hier gehörte ihr nichts. Sie wohnte nicht mehr in diesem Refugium der Keuschheit. Die Gemächer der Frauen waren ein Ort, an dem die Reinheit der adligen Jungfrauen geschützt wurde. Sie hatte ihre Lektion gelernt.

Keine Keuschheit – kein Refugium.

Sie fragte sich, ob auch ihre eigenen Zimmer ausgeraubt worden waren. Doch eigentlich war es ihr gleichgültig. Ihr Atem trieb in der Luft. Sie ließ die Hände an den Seiten herabhängen; sie waren so schwer wie die Gewichte des Webstuhls. Gesegneter Gott, hatte ihre Furcht sie in Stein verwandelt?

Nein! Ihr Puls hämmerte so laut, dass sogar Rowenas Wehklagen angesichts des einen Gedankens verblasste. Isabel richtete den Blick starr auf das Fenster.

Ihr Liebster war dort draußen. Schon der Gedanke daran, dass Godric im Wald auf sie wartete ...

Sie ging hinüber zum Fenster. Der Nordländer kniff die Augen zusammen und folgte ihr mit Blicken. Sie zog die Tierhaut beiseite und drückte den Laden auf. Winterliche Kälte fuhr ihr ins Gesicht und nahm ihr den Atem.

Er würde so frieren. Tränen traten ihr in die Augen, schmerzhaft und scharf in der frostigen Luft. Isabel blinzelte sie fort und atmete tief durch. Sie musste ihn finden. Wenn der Däne heute Abend zu ihr kam, wie er es versprochen hatte, dann würde sie keine Gelegenheit mehr dazu finden.

Isabel spähte hinaus. Kleine Feuer sprenkelten die schmale Ebene um die Burg herum – Beweis für die Gegenwart der Feinde. Dahinter machte der Wald einen Bogen um die westliche Seite der Festung und war so schwarz und so dicht wie ein rußiger Kessel.

Vom Korridor her ertönte eine Stimme. Isabel hielt sich am Fenstersims fest, als der Wächter die Tür öffnete. Einen Augenblick lang lehnte er sich hinaus und sagte etwas, dann drehte er sich um und machte Isabel und Rowena klar, dass sie weiterhin unter Bewachung standen. Sodann verließ er den Raum und schloss die Tür hinter sich. Schritte entfernten sich, und es trat Stille ein. Rowena sah Isabel an.

Der Sims unter Isabels Hand wurde betäubend kalt. Ihr Puls raste. Ein plötzlicher Windstoß, der den Geruch von Salz und Seetang mitbrachte, wehte ihr den Schleier vor Lippen und Gesicht.

Sie musste sich jetzt auf den Weg machen. Ihr Wächter konnte jeden Augenblick zurückkehren.

Rowena zischte: »Ich verachte dich mit jedem Atemzug, den ich tue.«

Aber zuerst schuldete sie Rowena eine Erklärung.

Verfilzte Garnstränge fielen aus Rowenas Händen, als sie vortrat. Rote Flecken verunzierten ihre Haut, und Tränen liefen über ihre Wangen.

»Ich habe dich allen gegenüber in Schutz genommen«, sagte Rowena und stach mit einem schmalen Finger auf Isabel ein. »Aber alles, was sie gesagt haben, stimmt. Du hast dem Dänen bei der Flucht geholfen.« Der Blick ihrer blauen Augen versengte Isabel. »Sag mir doch, ob das wahr ist. Ist das nicht dasselbe Heidenbiest, das unser Bruder vor zwei Wintern eingesperrt hat, weil es dich angegriffen hat?«

Nie zuvor hatte ihre ältere Halbschwester es gewagt, diese Frage zu stellen, denn immer war Ranulf zur Stelle gewesen und hatte Isabel geschützt. Er hatte ihr befohlen, Stillschweigen zu bewahren, und obwohl er es nie laut ausgesprochen hatte, war ihr doch bewusst gewesen, dass ihre schweigende Unterwerfung die einzige Möglichkeit war, ihrem Liebsten die fortdauernde Gunst des Königs zu sichern.

Doch wie sollte Isabel Rowena nun anlügen können? Sie hatte sich schon immer an der kalten Zurückhaltung ihrer Schwester gestört, während Ranulfs deutliche, aber ungebetene Bevorzugung immer deutlicher zutage getreten war. Doch nun war ihr Herrscher fort und möglicherweise schon tot. Isabel war allein dem Rat ihres Gewissens unterworfen.

»Ja, es stimmt.«

Rowena riss die Augen auf, ihr Körper zitterte. Vielleicht war es noch nicht zu spät, die Rivalität zwischen ihnen zu begraben, die Isabel weder mochte noch je bestärkt hatte. »Schwester, ich wollte es dir schon seit so langer Zeit anvertrauen.« Isabel streckte die Arme nach Rowena aus.

Rowena drückte sie weg. Im nächsten Augenblick versetzte sie Isabel eine Ohrfeige.

Ihre Halbschwester bleckte die Zähne. »Nenn mich nicht noch einmal Schwester. Nie wieder.«

Verblüfft stand Isabel da. Obwohl ihre Haut unter dem erlittenen Schlag und der Hitze der Beleidigung brannte, hob Isabel nicht die Hand, um sich die Wange zu reiben. In diesem Augenblick verdiente sie jede Strafe, die Rowena ihr zugedachte.

»Wahrlich«, flüsterte Isabel und nickte. »Ich verstehe deine Wut. Ich habe unzählige Male darum gebetet, dass mir die Freilassung des Dänen vergeben wird.«

Rowena sprang auf Isabel zu und schloss die Hände um ihren Hals.

Isabel griff nach Rowenas Fingern und versuchte die Umklammerung zu lösen, doch Rowena war stärker und größer und ließ nicht los. Isabel bekam keine Luft mehr. Tränen traten in ihre Augenwinkel. Im schwach erhellten Zimmer leuchtete das bleiche Gesicht ihrer Schwester.

»Sag mir, kleine Schwester, geschah dein Verrat absichtlich oder aus Dummheit? Wusstest du von seiner Sünde, als du ihn freigelassen hast? War dir das Schreckliche bekannt, das er getan hatte?«

Isabel konnte nicht sprechen. Sie schüttelte den Kopf.

Plötzlich wurden Rowenas leuchtende Augen matt. »Es spielt keine Rolle mehr. Stancliff ist tot. Hermione hat ihn fallen gesehen, und du bist schuld daran.« Sie drückte die Daumen in Isabels Kehle.

Nein, dachte Isabel und würgte. Stancliff, Rowenas Verlobter, und unzählige andere lagen ihretwegen tot auf dem Schlachtfeld. Ermordet von dem nordländischen Ungeheuer, das sie auf die Welt losgelassen hatte. Vielleicht klebte sogar das Blut des Königs, ihres Halbbruders, an ihren Händen, denn wohin hätte er mitten in der

Schlacht gehen sollen? Ranulf war einer der geschicktesten Krieger und keineswegs ein Feigling. Sie konnte sich nicht vorstellen, dass er einfach auf seinem Pferd geflohen war, egal wie stark der Feind war.

Isabel bekam keine Luft mehr und verlor allmählich das Bewusstsein. Wie lange würde es dauern, bis sie starb, wenn sie sich nicht zur Wehr setzte?

Ihr kam ein Erinnerungsfetzen aus einer anderen Zeit in den Sinn, als sie schon einmal dem Tode nahe gewesen war. Wasser und Dunkelheit. Ein Engel, der sie in das Licht getragen hatte.

Nein, kein Engel.

Der Däne hätte sie ertrinken lassen sollen. Dann wäre er in Ranulfs Gefängnis gestorben, und dies alles wäre nicht geschehen.

Godric.

Stärke brandete durch ihre Glieder. Sie riss Rowenas Hände von ihrem Hals und drückte sie hart beiseite. Beide brachen auf dem Boden zusammen. Schmerzhaft und süß strömte Luft in Isabels Lunge.

»Ich hasse dich«, jammerte Rowena, deren Rock sich unschön um ihre Hüften gebauscht hatte. Mit dem Fuß trat sie gegen Isabels Schenkel.

Isabel packte die Ecke eines Tischs und zog sich daran hoch. Der Geheimgang. Derselbe, den sie von diesem Zimmer aus vor zwei Jahren genommen hatte, um zu den Verliesen zu gelangen. Er war ihre einzige Hoffnung. Der Wandbehang lag schwer und dick in ihren Händen. Sie hob ihn an und schob die Holzvertäfelung zur Seite.

Licht flackerte aus den Tiefen auf, wo eigentlich nur Dunkelheit hätte sein sollen. Zwischen den Stimmen der Männer knirschte Stein auf Stein.

»*Meira. Hérna*.« Mehr, hier.

Die Nordmänner versiegelten den Durchgang.

Isabels Hoffnung verblasste. Sie zog das Brett in der Vertäfelung zurück und ließ den Wandbehang wieder sinken. Wie sollte sie jetzt noch entkommen? Denk nach. *Denk nach*. Sie drehte sich um.

Rowena hob einen Webhaken und stach damit nach ihr.

Isabel wehrte den Angriff ab, fiel aber unter seiner Wucht zu Boden.

»Verräterisches Luder!« Rowenas Flüche hallten ihr in den Ohren.

Die Tür wurde aufgeworfen. Eine männliche Stimme befahl: *»Nei. Hættu þessu!«*

Rowena schlug um sich, als ein Soldat sie von Isabel zurückzerrte. »Du hast Stancliff umgebracht! Du hast sie alle getötet.« Isabel kroch in Sicherheit und stand auf.

»Psst«, beruhigte der Soldat sie. Er trug Rowena zu einem Stuhl. Die Kammer hallte von ihren Schreien wider. Entsetzt wich Isabel zurück, bis die Rückseite ihrer Schenkel das Fenster berührten.

Das Fenster.

Auf der gegenüberliegenden Seite stand die Tür weit offen. Wenn sie ihre Abwesenheit bemerkten, würden sie sicherlich glauben, dass sie in den Korridor geflohen war.

Wenige Augenblicke später hing Isabel mit dem Gesicht zur Mauer gewandt; die Finger und Zehen hatte sie in die schmalen Ritzen zwischen den einzelnen Brettern gesteckt. Efeu wucherte am Holz empor; Ranulf hatte ihn dort hängen lassen, damit der Winterwind nicht so leicht in die Kammern der oberen Halle dringen konnte. Selbst im Frühling würden die schwachen, spinnenartigen Stängel niemals das Gewicht eines ausgewachsenen Mannes tragen, doch in der Vergangenheit hatten sie schon oft ein unschuldiges Mädchen gestützt, das darauf gebrannt hatte, Unfug zu machen und die Welt zu erkunden. Damals hatte Isabel die Gemächer der Frauen verlassen, um die Tiere im Stall zu besuchen oder der Witwe, die am anderen Ende der Burg lebte, einen Korb mit Brot zu bringen.

Ein Laut der Verzweiflung löste sich von ihren Lippen. Sie war nicht länger das kleine Mädchen; sie war eine ausgewachsene Frau mit dem entsprechenden Gewicht und der dazu passenden Größe. Der Schleier flog ihr vom Kopf und wurde vom dunklen Wind davongetragen. Wieso hatte sie nur geglaubt, noch immer hier herunterklettern zu können?

Sie drückte die Stirn gegen die spröden, wintertoten Blätter und schloss die Augen. Godrics Bild erschien inmitten ihrer Benommenheit, und damit kehrte der Mut zurück. Vorsichtig beugte sie die Beine und tastete mit dem Fuß nach dem nächsten Spalt im Holz. Ranken gaben nach und rissen. Schmerzhaft schabten ihre Fingernägel über das Holz und klammerten sich an einen schmalen Sims. Obwohl sie beinahe gelähmt vor Angst war, zwang sie sich, weiter hinabzusteigen. Nach einer Ewigkeit fanden ihre Füße Halt in den dickeren Ranken auf dem steinernen Fundament.

Sie hörte die Rufe der Soldaten in der Nähe, doch es ertönten keine Alarmschreie. Fast geblendet von der Nacht, stolperte sie in den Graben, der die Burg umgab. Brackiges Wasser drang in ihre Pantoffeln und unter ihr Hemd. Es war so kalt. Sie hieß das Unbehagen und die Taubheit willkommen. Wie sehr sie sich dafür hasste, dass sie innerhalb der Festung gewesen war, während Godric im Wald hatte leiden müssen.

Sie hatte nicht daran gedacht, dass das Wasser so laut platschen würde. Steif und angespannt stand sie da und wartete darauf, dass eine Horde Barbaren in einer Todeswoge auf sie niederging. Doch niemand kam. Vielleicht hatten das Jammern des Windes und das nicht so ferne Tosen des Meeres ihre Geräusche übertönt. Vorsichtig nahm sie ihre Wanderung wieder auf und stieg an der gegenüberliegenden Seite aus dem Graben. Schlammige Erde rutschte unter ihren Pantoffeln weg, aber sie grub die Hände in den Matsch und kletterte unbeirrt nach oben.

Sie blieb stehen und betrachtete das Land, auf dem am Tag zuvor die Schlacht stattgefunden hatte. Ihr blieb keine andere Wahl, sie musste in die Finsternis eintauchen. Der Geruch von verbranntem Stroh und Blut hing schwer in der Luft, und ein tief hängender Nebel gaukelte ihren Augen falsche – sicherlich falsche! – Bilder von jenen Männern vor, die am Tage hier abgeschlachtet worden waren. Plötzlich erhob sich vor ihr eine Wand von Bäumen.

Sie schoss in das Unterholz. Godric musste irgendwo hier sein, lebendig und in Sicherheit. Seinen Verlust könnte sie nicht ertragen. Entsetzliche Gedanken schwirrten durch ihren Kopf. War er entdeckt worden? Gefangen genommen? Getötet? Sie näherte sich der Lichtung.

»Godric!«, rief sie in die bodenlose Schwärze. Ihre schlammbespritzten Röcke klebten an ihren Beinen. »Ich bin´s.«

Wie rasend lief sie im Kreis. Keine andere Antwort drang zu ihr als das Raunen des Windes und das Knarren der winterkahlen Bäume.

»Godric!«

Gerade als ein Schluchzen der Trauer in ihrer Kehle aufstieg, sah sie eine Bewegung auf der Lichtung. Einen grauen Blick in der Schwärze. War es ein Mensch – oder dieser verdammte Nebel? Sie war sich nicht sicher.

Eine vertraute Gestalt trat hervor. Isabels Herz hüpfte vor Erleichterung. Sie rannte los. »Liebster!«

Hinter ihr ertönte ein donnerndes Geräusch. Eine geflügelte Gestalt schwirrte an ihr vorbei wie ein Dämon der Hölle; gefrorene, aufgewirbelte Erdklumpen folgten ihr. Isabel wurde von Grauen gepackt.

Närrin! Wie hatte sie es in ihrer betäubenden Angst zulassen können, dass der nordländische Herrscher ihr zum Versteck ihres liebsten Schatzes folgte? In hilfloser Angst sah sie zu, wie er sich im Sattel vorbeugte, das Schwert in der Hand, und Godric einfing.

Ihren Sohn.

*

Ein Kind. In seinen Armen hielt er ein sehr kleines Kind, nicht älter als zwei Winter.

Kol hatte keine Zeit, über diese unerwartete Wendung der Ereignisse nachzudenken.

Bei Isabels Schrei ruckte sein Kopf herum. Es war kein Verzweiflungsschrei, sondern eine Aufforderung zum Kampf. Wie eine Walküre rannte die Prinzessin auf ihn zu. Ihr Gesicht leuchtete vor Zorn, ihr schwarzes Haar flatterte unter dem glänzenden Nachthimmel.

So verzaubert war er von diesem Anblick, dass sie bei ihm war, bevor er etwas dagegen tun konnte. Sie schlug ihm gegen die Schenkel und verkrallte sich in seinen Mantel, als ob sie ihn vom Pferd herunterzerren wollte. Er drückte das Kind an sich und steckte sein Schwert in die Scheide.

»Gebt ihn mir.« Ihr Gesicht schimmerte weiß vor Kälte und den anderen Empfindungen, die ihren Angriff befeuerten. War es Hass oder Angst? Vermutlich beides. Er lenkte sein Pferd zur Seite, damit er sie nicht zertrampelte.

»Mama.«

Das Kind sprach leise, aber das Wort stach Kol ins

Ohr, als ob es von einem tausendköpfigen Heer gekommen wäre. Er sah Isabel an, während er ihr erlaubte, das Kind an sich zu nehmen. Natürlich, neben ihm stand eine erwachsene Adlige. Er hätte wissen müssen, dass sie eine Familie hatte. Und ein Kind.

Und einen Mann.

Warum also fühlte er sich, als ob er einen Schlag mit der flachen Seite des Schwertes erhalten hätte? Eine Vision bildete sich in Kols Gedanken; es war das Bild eines strahlenden, gesichtslosen Helden. *Ihr Mann*. Hass und Eifersucht flackerten tief in seinem Inneren auf und mit ihnen auch starkes Verlangen.

Isabel wich zurück und kniff die Augen zusammen. Sie drückte das Kind an ihre Brust und flüsterte ihm etwas zu. Kol zog an den Zügeln und trieb ihr sein Pferd entgegen. Über den Kopf des Kindes warf sie ihm einen giftigen Blick zu, der ihn offensichtlich verwunden sollte. Doch das Gegenteil war der Fall.

Er wollte sie berühren.

»Kommt her.« Er stieg ab.

»Nein.« Die Augen der Prinzessin verdunkelten sich. Offenbar spürte sie die neue, andere Gefahr. »Das werde ich nicht tun.«

Stille herrschte im Hain. Zu hören waren nur das Rauschen des Windes in den Bäumen und das leise Prasseln des Himmels, der seine gefrorenen Tränen über die Erde vergoss.

War er ihrem Gemahl in der Schlacht begegnet? *Er hoffte es*. Eine lange Reihe von Bildern zog durch seine Erinnerung, eines nach dem anderen. Es waren die Männer, gegen die er gekämpft und die er besiegt hatte. Er sah jeden einzelnen Augenblick des Todes.

Er bewegte sich auf sie zu. Sie zog sich zurück und drückte das Gesicht des Kindes gegen ihren Hals.

Ein Frauenschrei und der Klang von Hufgetrappel lenkten seine Aufmerksamkeit von ihr ab. Vekell brach auf seinem Reittier durch das Unterholz. Vor ihm stoben etwa ein Dutzend Kinder und eine sehr entsetzte Frau davon. Rasch trieben die Soldaten sie wieder zusammen.

»Hermione!«, rief die Prinzessin. Kols Blick glitt über ihre nasse Kleidung, die sich an die langen, schlanken Beine schmiegte. »Kinder!«

Schluchzend fiel die Frau vor Isabels Füße. »Vergebt mir, Mylady. Als der Junge Euch hörte, hat er sich meinem Griff entwunden, und ich wusste nicht, was ich mit den anderen tun sollte.« Um die schmalen Schultern trug sie nur einen dünnen Schal. Die Kinder kauerten sich aneinander. Ihre Gesichter waren eingefallen, die Augen weit geöffnet und auf die Riesen gerichtet, die sie umgaben. Die Kleidung der meisten bot keinen Schutz gegen das Wetter. Einige trugen nicht einmal Schuhe.

Endlich begriff Kol, und er wurde so wütend, dass die Feuer der Leidenschaft, die ihn vor wenigen Augenblicken noch fast verzehrt hätten, plötzlich erloschen.

Er richtete den Blick auf die Prinzessin. »Ihr wusstet, dass sie hier sind.«

Auf ihrem Gesicht lag ein Strahlen, und ihre Lippen waren schwarzrot. Eistropfen glitzerten wie Diamanten in ihrem Haar. Ihr Schweigen gestand alles. Seine Männer stiegen still und wachsam auf ihre Pferde. Hinter ihm schnaubte und tänzelte sein Ross, als spürte es seine Wut. Wind stob durch die Bäume.

Zornig sagte er: »Ihr würdet sie in der Kälte sterben lassen, nur um sie vor mir zu verbergen?« Die Prinzessin schien ihn nicht als Menschen, sondern als Ungeheuer anzusehen.

Sie blinzelte nicht. Sie regte sich nicht. Sie stand nur da, hielt ihr Kind wie die Statue eines lange verstorbenen

Märtyrers in den Armen und forderte ihn mit ihren violetten Augen heraus. Fast schien es, als wäre sie Zeuge jeder einzelnen Sünde gewesen, die er je begangen hatte.

Er hatte genug von ihren Augen und der Art, wie sie ihn abschätzte. Er schritt auf sie zu und ergriff ihren Arm.

Die Kinder weinten. Einige schrieen auf.

Als ob er ein Ungeheuer mit blutigen Fängen wäre, das sie bei lebendigem Leibe verspeisen wollte. Er wurde noch wütender. Um ihn herum wanden und bogen sich die Bäume und schwangen ihr Geäst, als ob auch sie dagegen protestierten, dass er Isabel anfasste. Er hörte ihr Flüstern.

Unwürdig. Ungewollt. Bald vergessen.

Er ließ sie los. An Vekell gewandt, befahl er: »Bringt die Kinder in die Festung.«

Kol ergriff den nächsten Jungen, hob ihn am Hemdrücken hoch und setzte ihn zu Ragi in den Sattel. Als er die Hand wieder fortnahm, erstarrte er. Ein dunkler Handabdruck – sein eigener – befleckte das grobe Wollhemd des Jungen. Er hob die Finger unter die Nase. Sofort erkannte er den Geruch. Blut.

Er wirbelte herum und suchte die Finsternis ab. Die Prinzessin war die Einzige gewesen, die er berührt hatte. Das Blut musste von ihr kommen. Sie rang gerade unter einer Eberesche mit einem seiner Männer um ihren Sohn.

Befehlend rief sie: »Fass ihn nicht an!« Als der Krieger auf sie zutrat, drückte sie ihn fort.

Kol nutzte den Umstand aus, dass sie gerade abgelenkt war, und näherte sich ihr von hinten. Bevor sie etwas unternehmen konnte, hatte er ihr den Jungen aus den Armen gestohlen und den warmen kleinen Körper an den Mann weitergegeben. Das Kind war eingeschlafen und erwachte auch jetzt nicht. Die Prinzessin versuchte, den Mann zu verfolgen, doch Kol versperrte ihr den Weg.

»Wurm!« Panik lag in ihrer Stimme. Ihre kleinen Fäuste prügelten gegen Kols Brustkorb. Er packte ihre Hände.

»Ich hasse Euch«, zischte sie. Ihr Gesicht war eine Maske weiblicher Wut.

»Wirklich?« Er beugte sich so dicht zu ihr herunter, dass ihrer beider Nasen sich beinahe berührten. »Das hatte ich noch nicht bemerkt.«

Ihre Augen weiteten sich in Erstaunen. Einen Moment lang befand sich ihr Atem im Gleichklang. Wie schön sie doch war, selbst jetzt, wo sie bleich vor Kälte war und nach Brackwasser stank.

Der Lärm von Pferden und Männern verebbte, als die letzten Soldaten mit ihren kleinen Gefangenen davonritten.

Kol ließ sie los. Sie taumelte zurück und fiel auf den Hintern.

»Eure Wunde«, sagte er. »Wo ist sie?«

Die Prinzessin ergriff einen Stock und warf ihn auf Kols Kopf zu. Wenn er nicht so schlechter Laune gewesen wäre, hätte er darüber gelacht. Er fing ihre Waffe mitten im Flug und warf sie zu Boden.

Kol zeigte auf Isabel und warnte sie: »Hört mit diesen Dummheiten auf.«

Er hatte vor, ihr beim Aufstehen zu helfen, und beugte sich zu ihr herunter, doch sie wich vor ihm zurück wie eine fliehende Krabbe. Dann sprang sie auf die Beine und hastete auf den schmalen Pfad zu, als ob sie den ganzen Weg nach Calldarington zu Fuß zurücklegen wollte.

Er fing sie ein, ganz sanft, weil er an ihre Verletzung dachte.

»Ihr blutet.« Er sah sie finster an und fuhr ihr mit den

Händen über die steifen Schultern. »Sagt mir, wo die Stelle ist.«

Ihre Kleidung war so dunkel, dass er an ihr keine Spur von Blut entdecken konnte, und ihre leicht geschwungenen Lippen unterbrachen das Schweigen nicht. Ungeduldig wartete er auf eine Antwort und legte die Hände über ihre Brüste. Die Prinzessin zuckte zurück.

»Halt!« Die Lichtung hallte von ihrem schrillen Befehl wider.

Er packte ihren Arm.

»Autsch!«, quiekte sie auf. Kurz verlor ihr Gesicht den hasserfüllten Ausdruck. Doch beim nächsten Atemzug hätte ihre Faust beinahe seinen Kiefer berührt.

Er hielt ihre Hand in der seinen und brummte: »Wenn Ihr das noch einmal tut, dann werde ich Euch zerschmettern, das schwöre ich Euch.« Natürlich würde er das niemals tun, doch seine Drohung erzielte die gewünschte Wirkung. Trotz trat in ihre Augen, doch sie fügte sich seinem Griff.

Sei sanft, ermahnte sich Kol. Zugegeben, er verstand wenig von Frauen, denn seit seiner Kindheit hatte er sich fast ausschließlich in Gesellschaft von Kriegern befunden.

Mit wohl abgewogener Sanftheit untersuchte er den Arm der Prinzessin. Dabei zerbiss er einen Fluch. Die Nacht war so dunkel. Er konnte nichts sehen. Da gab er seine Vorsicht auf, packte ihren wollenen Ärmel und riss ihn sowie das Leinen darunter von der Stulpe bis zur Schulter auf.

Sie versuchte sich freizukämpfen, doch er hielt sie fest. Im Mondlicht glänzte ihre Haut so wundervoll wie Seide aus Quanzhou.

Sie keuchte unter seiner Berührung auf. Blut pulste in seine Lenden. Der Klang des Windes in den Bäumen mischte sich mit dem Rauschen des Blutes in seinem Kopf. Zum Glück reichte sein Wams bis über die Schenkel. Zweifellos würde die Prinzessin noch entsetzter sein, wenn sie die Ausbuchtung in seiner Hose sähe.

Unter Mühen wandte er sich wieder ihrem Arm zu und hatte die Quelle des Blutes rasch gefunden. An ihrem Unterarm war eine kleine, völlig runde Wunde, und eine weitere befand sich oberhalb ihres Ellbogens.

»Sagt mir, wie das passiert ist.«

Sie schaute auf ihren Arm. Erneut machte die Verwunderung ihren finsteren Blick sanfter. War sie sich dieser Wunden überhaupt bewusst gewesen? Doch statt ihm zu antworten, hob sie das Kinn und presste die Lippen noch fester zusammen.

Konnte sie ihm nicht einmal eine so einfache Antwort geben? Verärgert ging er zu seinem Pferd, um ein Stück Leinen zu holen und die Wunde damit zu verbinden.

Als er sich wieder umdrehte, sah er, dass er völlig allein war. Er suchte nach etwas, das er treten oder verfluchen konnte, doch um ihn herum war nur das herablassende Schweigen des alten Waldes.

Rasch schwang er sich auf sein Pferd, trieb es mit den Absätzen an und jagte Isabel nach. Sie war schon fast bis zum Waldrand gekommen, als er sie erblickte. Kol beugte sich im Sattel vor, packte sie um die Hüfte und hob sie auf seinen Schoß.

Nun saß die Prinzessin zwischen seinen Schenkeln und war ein Abbild schweigenden Hochmuts. Nur ein gelegentliches Zittern unterbrach ihre Reglosigkeit. Kol war ganz in Leder gekleidet und vermochte ihr keine Wärme zu spenden, dennoch drückte er sie gegen seine Brust und legte den Arm gegen ihre vorstehenden Brüste. Ihre Kleider hatten verborgen, wie schlank sie in Wirklichkeit war. Ihr Brustkorb war so zart wie ein Vogelkäfig. Widerspenstig stachen die von der Kälte steif gewordenen Brustwarzen durch das Hemd.

Kol schloss die Augen. Und stieß die Luft durch die Nase aus.

Jede Bewegung ihrer Schenkel an den seinen, jeder Druck ihres Hinterns gegen ihn reizte ihn. Verführte ihn. Tief in seiner Brust und, mehr noch, in seinen Lenden wurde seine Erregung immer stärker, doch er würde diesem Drang nicht nachgeben und von seinem Wege abweichen. Sein einziges Ziel war die Auslöschung seines größten und letzten Feindes.

Durch Isabels Adern floss das Blut dieses Feindes. Das Mädchen, das ihm einmal das Leben gerettet und unbewusst, aber heldenhaft seine Dämonen herausgefordert hatte, existierte nicht mehr. Vielleicht hatte dieses Mädchen niemals existiert.

Ranulf lebte noch. Kol spürte es in der Luft, die ihn umgab. Er würde die Prinzessin dazu benutzen, den König hervorzulocken. Es würde kein Entkommen mehr geben. Und keinen Widerstand.

Den Schlüssel zu ihrer Unterwerfung besaß er bereits.

Viertes Kapitel

Zwei Winter zuvor

»Bestimmt habe ich dich nicht richtig verstanden. Einen Augenblick lang habe ich geglaubt, du hättest gesagt, die Prinzessin sei … schwanger.«

Die Holzwände der Frauengemächer dämpften jedes von Ranulfs Worten sofort, und im Raum war es so still, dass Isabel sich fragte, ob … Nein, sie betete darum, dass all seine Bewohner in ein fernes Land entführt worden waren. In ein Land, in dem sie jede Erinnerung an das verloren, was sie soeben gehört hatten.

Sie lag auf dem Bett, hatte sich die Felle über den Kopf gezogen und vergrub die Finger in der Bettwäsche. Jedem göttlichen Wesen, das Wünsche erfüllen mochte, versprach sie voller Inbrunst, dass, wenn es sie wirklich in eine andere Welt versetzte, sie niemals eine Träne vergießen würde, auch wenn sie nicht Lebewohl hatte sagen können.

Nicht der Familie oder den Freunden, nicht einmal Merwyn, den sie nicht hatte besuchen dürfen, nicht einmal, um ihm über die Nase zu streichen, seit …

Seit jenem Nachmittag, als der Däne sie aus dem Fluss gezogen hatte.

Verfluchterweise war der Arzt stocktaub und schrie so laut, als ob Ranulf seine Enthüllung nicht bereits beim ersten Mal verstanden hätte.

»Ja, das Kind wird geboren werden, bevor der erste Frost in die Felder fährt.«

»Psst«, maßregelte Berthilde ihn scharf. Isabel hielt sich die Ohren zu.

Sicherlich lauschten unzählige Ohren auf der anderen Seite der

Tür – die von neugierigen Dienern, welche die Ersten sein wollten, die die Neuigkeit vom rätselhaften Leiden der Prinzessin in die Welt trugen. Es gab schon zu viele Zeugen ihrer Schande.

»Isabel?« Ranulfs heiseres Wort drang durch die Barriere ihrer dicht gegen die Ohren gepressten Hände. Sie wusste, dass er am Bettrand stand. Eine ganze Ewigkeit lang umschwebte die Stille sie.

»Sag mir, dass das Lügen sind!« Sein Rufen nahm ihr den Atem.

Die Felldecke flog von ihrem Körper. Sie duckte sich, fühlte sich entblößt. Licht und Luft schnitten in ihre Haut. Isabel blieb fest eingerollt, wie sie es bei der erniedrigenden Untersuchung durch den Arzt gewesen war. Berthildes abgerissene Schluchzer drangen aus der Ecke des Raumes. Isabel schlang die Arme noch enger um sich, als ob sie die Bruchstücke ihres Herzens allein durch Gewalt zusammenhalten könnte.

»Das war der Däne!«, tobte Ranulf.

»Nein«, flüsterte Isabel in ihr Kissen.

Ihr Engel hätte ihr so etwas niemals antun können. Sie überdachte jeden Augenblick ihres Zusammenseins. Zwar gab es da schwarze Momente und fehlende Erinnerungen, aber sie war sich sicher, dass er ihr das Leben gerettet hatte. Das war alles.

»Du wagst es, für ihn einzutreten?«, brüllte ihr Bruder.

Fürwahr, der Däne war ein Fremder gewesen, aber irgendwie wusste sie, dass ...

Die Matratze schaukelte unter einem plötzlichen Ansturm. Berthilde schrie auf. Hände schlossen sich um ihre Fußgelenke. Das Leinen bauschte sich um ihre Schenkel, als Ranulf sie aus dem Bett zerrte und sie zwang, vor ihm niederzuknien.

Hatte er sie nicht verstanden? Sie wollte nur ruhig daliegen und heil werden. Heiße Tränen rannen ihr die Wangen herab. Umsonst suchte sie nach einer Erklärung für die Ereignisse, für ihre hartnäckige Krankheit ... aber es gab keine Antworten.

Ja, der Nordländer war gekommen, und er war wieder gegan-

gen, und jetzt war sie unerklärlicherweise schwanger, aber sie verharrte fest in ihrem Glauben, dass er daran unschuldig war.

Ranulfs Stimme brach, als er verkündete: »Das war keine unbefleckte Empfängnis.«

Isabel hob den Blick. Der Aufruhr der Gefühle in seinen Augen traf sie schwer. Wut, Zärtlichkeit – und Enttäuschung. »So etwas würde ich nie behaupten.«

Tränen glänzten in seinen Augen – Tränen, die sie bei diesem Kriegerkönig, der für gewöhnlich keine Schwächen zeigte, noch nie gesehen hatte. »Und du, argloses Kind, hast ihn freigelassen.«

Plötzlich tauchte Berthilde am tränennassen Rand von Isabels Blickfeld auf.

»Sire, bitte«, flüsterte sie demütig und faltete die Hände, als ob sie zu ihrem König beten wollte. »Sie ist schon genug gestraft worden.«

Ranulf erbleichte. Er sank vor Isabel auf die Knie. Ihr Halbbruder, der Stolz ihres Vaters, Spross einer langen Ahnenreihe von Helden. Das vom herannahenden Abend geschwächte Sonnenlicht stahl sich durch das Fenster und glänzte auf seinem goldenen Haar.

»Das ist es nicht, was ich für dich vorgesehen hatte, Schwester. Das ist es nicht ...« Er hob die Hand und berührte sie an der Wange.

Isabel vermochte ihn nicht anzusehen. Sie stand auf und kroch in die Mitte des Bettes. Dort drehte sie sich von ihm fort und legte sich hin, die Arme an die Seiten gepresst. Das Leinen spendete noch ein ganz klein wenig Wärme.

»Isabel.« Er drückte ihre Hand auf der Matratze.

Aber nicht Ranulfs Worte, sondern die eines anderen Mannes hallten in ihrem Kopf wider. »Gott möge mit dir sein, Isabel.«

Mit jedem Atemzug wurden die Erinnerungen an ihren blauäugigen Retter schwächer und verzerrter. Sie versuchte verzweifelt, sich zu erinnern, und steckte die andere Hand unter das Kopfkissen. Dort schlossen sich ihre Finger um das Relikt.

Es war ein blutfleckiger Kleidungsfetzen, den sie aus dem Feuer gerettet hatte, als Berthilde nicht hingesehen hatte.

Es war ihre einzige Erinnerung an ihn.

*

»Ich bitte Euch, seht mich nicht so an«, sagte der Däne sanft über seine Schulter hinweg, während er einen weiteren Holzscheit in das Feuer legte.

Auf der anderen Seite des Bettes blieb Isabel eng an den Pfosten gedrückt, wohin sie sofort gekrochen war, als er sie vor wenigen Augenblicken abgesetzt hatte. Sie beobachtete jede seiner Bewegungen, jeden seiner Atemzüge, und spannte ihre Muskeln an, damit sie bereit zur Flucht war. Würde er sie anspringen und ihr die Kleider vom Leibe reißen, oder würde er es genießen, sie langsam anzugreifen?

Er drehte sich um, setzte sich auf den niedrigen Steinkamin und stützte die Ellbogen auf die Knie.

»Als wäre ich ein Ungeheuer.« Er hielt den Kopf schräg und sah sie eingehend an. Seine Stimme drang grollend aus seiner Kehle wie ein vereinzelter erster Donner vor dem Einsetzen des Gewitters. »Mein Name ist Kol, Sohn des Thorlek.«

Als sie immer noch schwieg, runzelte er die Stirn. »Ich dachte, vielleicht wollt Ihr das wissen.«

Kol. Wie lange hatte sie sich nach seinem Namen gefragt?

Aber sie wollte ihm keinen Namen geben. Ungeheuer hatten keinen Namen.

Die Stille schrie zwischen ihnen. Schatten schwärzten das Zimmer, durchbrochen nur vom mageren Licht des Feuers. Irgendwie stimmte der Mann, der da vor ihr saß, nicht mit der harten, entsetzlichen Vorstellung eines sabbernden Unholds überein, die ihr Kopf andauernd hervorbrachte. Fürwahr, seine langen, dunklen Wimpern widersprachen allem Harten in ihm. Sicherlich hatte Satan ihn sehr sorgfältig erschaffen, damit er unvorsichtige Frauen dazu verführte, ihm ihr Herz zu öffnen.

So wie sie es schon einmal getan hatte.

Unter diesen Wimpern ließ er den Blick durch den Raum schweifen. Schatten verdunkelten die Haut unter seinen Augen. Er hob die Hand und rieb sich die Nase.

»Das hier sind Eure Gemächer, nicht wahr?« Er lächelte sie kurz an. Isabel bemerkte weiße, gleichmäßige Zähne. »Sie riechen nach Euch. Daher weiß ich es.«

Isabels einzige Erwiderung bestand in einem Blinzeln. Schließlich verblasste sein Lächeln und machte wieder dem Anschein kalter Gleichgültigkeit Platz. Er schürzte die Lippen, senkte den Blick und bemerkte irgendeinen Gegenstand in der Nähe seiner Füße. Es war eines ihrer Besitztümer. Im Gegensatz zu den Gemächern im unteren Stockwerk war ihre Kammer unberührt geblieben.

Wie ein aufgeregter Vogel auf der Stange wand sich Isabel und kniff die Augen zusammen. Er hatte kein Recht, ihr Eigentum zu berühren.

Aus einem Weidenkorb holte er eine Schreibfeder. Er rollte das zarte Instrument zwischen seinen langen Fingern mit den runden Kuppen hin und her; das elfenbeinerne Weiß zeichnete sich deutlich vor seiner dunklen Haut ab. Erneut spähte er in den Korb, diesmal in eindeutiger Erwartung. Ein ganz schwaches Lächeln kräuselte seine Lippen, als er ein Wachstäfelchen hervorzog.

Erst gestern hatte sie ein paar Verse geschrieben. Nein, eigentlich keine Verse, sondern einen Haufen dummer Worte, die sie mit Godric teilen wollte, wenn er alt genug sein würde, um sie zu verstehen. Dann würde er darüber lachen und begreifen, dass sie nicht die hinterwäldlerische, ältliche Frau war, die die übrigen Bewohner von

Calldarington sicherlich in ihr sahen, wenn sie Isabel gegenüberstanden, der jüngsten Tochter Aldriths und Prinzessin von Norsex.

Der Däne fuhr mit den Fingerspitzen über ihre Worte. Über die Worte, die nur für ihren Sohn gedacht waren.

»Legt das wieder zurück.« Ihre Stimme war nicht lauter als das Rauschen des Rieds. Er schaute auf.

»Wie Ihr wünscht.« Er ließ die Feder und das Täfelchen zurück in den Korb gleiten und stand auf.

Isabels Herz hätte beinahe ihre Brust gesprengt. Sicherlich hatte sie ihn nun verärgert. Ihr Blick glitt über die Schäfte seiner Stiefel aus grobem Leder bis zu seinen Schenkeln, die so dick wie die Basaltsäulen draußen am Deich waren. Hinter ihm schwärzten Schatten die Wandbehänge.

Langsam hob er die Hand und winkte sie heran. »Kommt zu mir.« Bei jedem Wort traten die Sehnen an seinem Hals deutlicher hervor. Er näherte sich ihrer Zuflucht hinter den Vorhängen; seine Stiefel verursachten kaum einen Laut. Für einen so großen Mann bewegte er sich mit beunruhigender Anmut. Eine Haarsträhne fiel ihm über die Wange. »Ich will mir Eure Wunde im Licht ansehen und sie verbinden.«

»Das will ich aber nicht«, flüsterte Isabel.

Er kniete sich halb auf das Bett. Die Matratze schwankte.

»Ich erlaube Euch nicht, mich zu berühren. Nie wieder«, warnte sie ihn. Das Herz pochte ihr gegen die Rippen. Sie drückte sich so fest gegen den Bettpfosten, dass sie fast erwartete, er würde in ihrem Rücken splittern.

Mit der Zeit hatte sie einen gewissen schwachen Trost im Fehlen ihrer Erinnerungen an den Überfall gefunden. Würde sie in der Lage sein, ihre geistige Gesundheit wiederzufinden, wenn er sie erneut angriff, hier und jetzt, und sie alles wach und bei vollem Bewusstsein erdulden musste?

Er beugte sich zu ihr vor und verdunkelte den Feuerschein. »Wenn ich Euch etwas antun wollte, hätte ich das schon getan.« Sicherlich lag in seiner Stimme und seinen Augen eine Zaubermacht, denn beinahe glaubte sie ihm.

Sie sprang aus dem Bett. Die dicken, feuchten Röcke wickelten sich ihr um die Beine. Ihr Blick schwirrte gehetzt durch das Zimmer. Eine Waffe! Zwar lag der juwelenbesetzte Dolch ihrer Mutter in Isabels Truhe, aber es würde ihr niemals gelingen, schnell genug an ihn heranzukommen. Ansonsten sah sie nichts, was ihr helfen konnte. Ein leises Jammern entwand sich ihrer Kehle. Sie ergriff ein schmales Holzscheit, das neben dem Kamin gelegen hatte, und wirbelte herum.

»Bleibt mir vom Leibe!« Sie schwang die armselige Waffe, als wäre sie ein Schwert wie das von Kol. Ihr zerfetzter Ärmel hing wie lose Bänder herab. »Ihr mögt größer und stärker sein als ich, aber diesmal werde ich kämpfen. Diesmal werde ich mit offenen Augen jede scheußliche Sünde beobachten, die Ihr an mir begeht.«

Er hatte sich nicht bewegt, seit sie aus dem Bett gesprungen war. Der Griff seines Schwertes schimmerte an seiner Hüfte. »Allmählich verliere ich die Geduld mit Euch. Legt diesen Stecken hin.«

Ihr Lachen klang rau. »Das glaubt Ihr wirklich, ja? Dass ich mich ergebe, nur weil Ihr es mir befehlt? Nein. Diesmal habe ich eine Stimme. Diesmal kann ich mich wehren.«

Sorgfältig abgemessene Schritte trugen ihn voran. »Ich liege nicht mit Euch, sondern mit Ranulf im Zwist.« Er blieb eine Armeslänge vor ihr stehen.

»Nein, Ihr habt einen Zwist mit mir.« Wut kochte in ihren Adern. Irrtümlicherweise hatte sie angenommen, dass sein Angriff auf ihre Person vor zwei Wintern für sie beide das Wichtigste wäre, sobald sie allein wären und sich von Angesicht zu Angesicht gegenüberstünden. War sie ein so belangloses Opfer gewesen? Isabel fasste das Scheit fester und schüttelte es drohend.

Anscheinend beeindruckte ihn ihre Darbietung nicht, denn sein Gesichtsausdruck änderte sich keineswegs. Wie sehr sie sich wünschte, ihn einzuschüchtern, so wie er sie einschüchterte!

Kühn und gleichzeitig verwirrt stieß sie ihm den Ast gegen den Brustpanzer. *Tapp*.

Sie biss die Zähne zusammen und wollte wissen: »Was ist nun mit unserem Zwist?« *Tapp, tapp, tapp*.

Wenn Isabel Überraschung oder Scham bei ihrem Angreifer erwartet hatte, wurde sie enttäuscht. Thorleksson zeigte weder das eine noch das andere.

Stattdessen schaute der dänische Kriegsherr auf die Spitze ihrer dürren Waffe und blähte verärgert die Nüstern. »Ich bitte Euch, welchen Zwist sollten wir beide denn aus der Vergangenheit haben?«

Isabel sperrte den Mund auf. »Schurke! Wagt Ihr zu behaupten, dass Ihr es nicht wisst?«

Er schritt in einem Halbkreis um die Reichweite ihrer Waffe herum. »Ich weiß, dass ich Euch das Leben gerettet habe.« Langsam löste er sein ledernes Wehrgehenk.

»Nur, um es gleich wieder zu zerstören!«, rief Isabel. Sie hatte die Augen starr auf seine Hände gerichtet, während er vorsichtig das Schwert abnahm. Würde er auch sein Wams ausziehen? Sein Hemd und seine Hose? Sie schluckte. Der Gedanke an einen großen, nackten und *haarigen* Mann, der sie durch das Zimmer jagte, machte sie krank. Trotz ihrer scheinbaren Tapferkeit wich sie vor ihm zurück, bis sie mit dem Rücken gegen einen hölzernen Schrank stieß.

Er machte keine Anstalten, sich seiner Kleidung zu entledigen. Erst einmal waren weiterhin Worte seine bevorzugte Waffe. »Wie ich gesagt habe, habe ich Euch das Leben gerettet. Als Gegenleistung habt Ihr meines verschont.«

Er kam näher. Isabel packte ihre behelfsmäßige Keule fester und hob sie. Sein Blick verurteilte sie genauso stark wie seine Worte. »Wir schulden uns nichts. Ich schulde Euch nichts.«

»Nein. Mir scheint, Ihr schuldet mir ...« – sie wedelte mit dem Ast heftig vor seinem Gesicht herum – »... Ihr schuldet mir etwas, das Ihr nie wiedergutmachen könnt.«

Zorn verfinsterte seine Miene. »Ihr könnt mir meinen rechtmäßigen Anspruch auf Rache nicht nehmen. Ihr habt mich gesehen. Ich war eingekerkert. Und bin zu Unrecht geschlagen worden.«

»Zu Unrecht!«, spuckte Isabel aus. »Das habe ich auch einmal geglaubt! Aber ich war ein dummes Mädchen. Ihr habt jeden einzelnen Schlag verdient, der auf Euren Rücken niedergegangen ist.«

Er beugte sich zu ihr vor. Das Blitzen in seinen Augen war nicht länger nur gefährlich, es war mörderisch.

»Bestie!« Sie schwang herum. Der Ast zischte durch die Luft. Thorleksson trat zurück. Ihre Waffe verfehlte seinen Hals um eine Fingerbreite. Er stieß die Luft durch seine zusammengebissenen Zähne aus.

Er knurrte: »Sagt mir, Prinzessin, warum sich Eure Meinung über mich so sehr geändert hat, seit Ihr mich aus dem Verlies Eures Bruders befreit habt.«

Glaubte er etwa, sie wüsste nichts von der Schmach, die er ihr angetan hatte? *Musste sie wirklich die Worte sagen?* Sie kräuselte die Lippen und zischte: »Vielleicht war es die Erkenntnis der schändlichen Missetat, die Ihr an mir begangen habt?«

»Halsstarrige Frau.« Er schüttelte den Kopf. Sein dunkles Haar glänzte wie polierte Kohle. »Ich hatte Euch nichts antun wollen. Ich wusste nicht, dass Ihr seine Schwester seid. Ich hatte nicht erwartet, Euch je wiederzusehen. Ehrlich gesagt hatte ich bis heute geglaubt, Ihr wäret eine Bäuerin.«

Isabel spürte, wie ihr Gesicht abwechselnd heiß und taub wurde. Wut prickelte ihr den Rücken entlang. Keine Frau verdiente es, vergewaltigt zu werden, wie niedrig oder hoch ihre Stellung im Leben auch sein mochte. »Hätte es Euch aufgehalten, wenn Ihr gewusst hättet, wer ich bin?«

»Nein«, rief er mit gutturaler Stimme aus. »Ihr erwartet von mir, dass ich meine Männer zurück auf die Schiffe schicke und ihnen befehle fortzusegeln, nur weil ich jetzt weiß, dass Ihr die Schwester dieses Elenden seid? *Nei!* Nichts wird mich davon abhalten, meine rechtmäßige Rache zu üben.«

Seine Rache? War sein Angriff auf sie, als sie bewusstlos am Flussufer gelegen hatte, so bedeutungslos für ihn gewesen, dass er ihn nicht einmal als die Hauptquelle ihrer Verbitterung erkannte? Es sah den Männern ähnlich, dass sie nur an sich selbst dachten.

Aber ... Isabel überlegte fieberhaft. Wenn ihm die Erinnerung an seinen Angriff auf sie so fern war, dann war Godric vielleicht noch nicht verloren. Vielleicht würde der Däne niemals vermuten, dass der Junge sein Sohn war, und sie könnte ...

Dieser Moment der Ablenkung wäre ihr beinahe zum Verhängnis geworden. Thorleksson stürzte sich auf sie. Isabel reagierte sofort, wirbelte herum und schlug mit dem Stecken nach ihm. Treffer!

Das Zimmer erbebte vor ...

»*Fiskislor fyrir heila!*« Im Hirn nur Fischgedärm? Das

war sicherlich einer der schlimmsten nordischen Flüche. Isabel drückte sich so heftig gegen den Schrank, dass er ins Wanken geriet. Ihre nun hoch geschätzte, äußerst wertvolle Waffe presste sie gegen ihre Brust.

Ein Streifen Blut erschien auf seiner Wange. Der Nordländer hob die Hand und berührte die Wunde. Er starrte auf seine Fingerspitzen und sah Isabel an.

Mit zorneshaerter Stimme knurrte er: »Entsetzt es Euch so sehr, mich bluten zu sehen?«

Isabel schloss den Mund.

Er schien keine Angst vor einem weiteren verletzenden Schlag zu haben und näherte sich ihr wieder.

Ein grausames Lächeln verzerrte seine Lippen. »Habt Ihr erwartet, dass aus meinen Adern grüne Galle spritzt? Oder vielleicht dampfendes Gift?«

»Barbar!«

»Barbar?« Seine Miene wirkte angespannt. Anklagend stach er ihr mit einem langen Finger zwischen die Brüste. Ihre Wangen erröteten. »*Ihr* seid es, die eine Keule vor *meinem* Gesicht schwenkt, während ich versuche, äußerst vorsichtig mit Euch zu reden.«

Sie drehte sich um. Sein Arm machte eine nur verschwommen wahrnehmbare Bewegung, und er packte ihren Stecken. Ihre Blicke trafen sich und bildeten eine Brücke zwischen ihnen, die so fest war wie der Ast, den beide nun umklammert hielten.

»Ich bin ein Mann, Isabel. Kein Ungeheuer.«

Er riss hart an dem Holz, und Isabel verlor das Gleichgewicht. Sie fiel nach vorn gegen die massive Mauer seines Körpers. Sein Arm schloss sich so fest wie ein Schildgurt um ihre Hüfte. Unerwünschte Hitze leckte an ihren Beinen hoch und schoss ihr bis in die Fingerspitzen. Mit einer Hand ergriff er ihr Kinn und zwang ihren Blick nach oben. Augen voll wilder Gefühle starrten auf sie herunter.

»Ich bin ein Mann«, murmelte er. »Aus Fleisch und Blut.«

Sein Kopf ruckte nieder. Isabel prallte mit einem Keuchen zurück.

Er starrte ihr grimmig und eindringlich in die Augen. Sie verstand nicht. Hätte nie erwartet, dass ...

Panik summte in ihren Ohren. Sie sah ihn an, war zu gelähmt, um sich zu wehren, zu atemlos, um zu schreien.

Thorlekssons Miene wurde hart wie Stein. Seine Hand glitt hoch zu ihrem Nacken, in ihre Haare. Er drückte seinen Mund auf ihren.

Die Welt um sie herum verging in Dunkelheit. Isabel nahm nur noch die räuberische Eindringlichkeit seiner Lippen wahr und den schwachen Geschmack von Salz, als er sie in die Unterlippe biss. In der Ferne donnerten die Wellen an das Ufer von Calldarington und rollten sanft wieder zurück in die See. Auch dieses Geräusch verblasste, verlor sich im Klang ihres ineinander verwobenen Atmens, im Knirschen seines Leders gegen ihren Rock. Sie drückte gegen seine Schultern, aber er ließ sie nicht los. Steif presste er seinen Körper gegen sie und strahlte dabei Männlichkeit und Macht aus.

Einen verrückten Augenblick lang sehnte sie sich danach, ihn zu umarmen, seine Stärke in ihre Lungen zu saugen.

Unschuldig. Er ist unschuldig. Mein Engel.

Seine Zunge teilte ihre Lippen, war kühn und zudringlich, besitzergreifend.

Er konnte nicht unschuldig sein.

»Bestie!« Isabel machte sich endlich von ihm los. Im selben Augenblick brachte sie die Stimme des ahnungslosen Mädchens Isabel zum Schweigen, dem sie keine Aufmerksamkeit mehr schenkte.

Kol fluchte und presste die Hand gegen den Mund.

Erst als sie das Blut darunter hervorquellen sah, erkannte sie, dass sie ihn gebissen hatte.

»Setze mir nicht mit den Küssen eines Liebhabers zu.« Sie wischte sich mit dem Handrücken über den Mund, als ob die Pestilenz auf ihren Lippen tanzte. »Wenn du mich angreifen willst, dann tue es wie die Bestie, die du bist.«

Rasch streckte er den Arm aus. Sie versuchte ihm zu entkommen, doch er packte sie am Saum ihres Hemdes. »*Wie ... du ... willst.*«

Langsam hob er sie hoch, bis ihr Gesicht vor seinem schwebte. Ihre Zehen baumelten über dem Boden.

Er höhnte: »Winde dich, winde dich, du kleiner Käfer.«

»Oh!«, keuchte Isabel. Ihr ganzer Körper war taub vor Entsetzen. Die Bestie konnte lesen. Das war ein Vers, den sie für Godric auf das Wachstäfelchen geschrieben hatte. Dass er diese so närrischen, aber von Herzen kommenden Worte laut aussprach, war ein Übergriff, denn sie nicht ertragen konnte.

Er knurrte die nächste Zeile: »Wie du den Schlamm zu lieben scheinst.«

»Halt den Mund!« Isabel schwang ihre Krallen wie eine Katze, die man beim Genick gepackt hatte. »Diese Worte ... sind ... nicht für dich bestimmt.«

Der Raum drehte sich um sie, und plötzlich spürte sie die Weichheit des Bettes unter ihrem Rücken. Sie fühlte seine Hände und sein Gewicht, als er auf sie kletterte und sich rittlings auf ihren Bauch setzte. Wie hatte sie auch nur einen Moment lang glauben können, er wäre unschuldig!

Sie schlug um sich. »Wie leicht es doch war, deine wahre Natur hervorzulocken!«

»Meine wahre Natur?« Er wurde rot und starrte auf

sie herunter. »Ich habe mich bloß gegen deine bösartigen Angriffe und Beleidigungen verteidigt.« Er schloss die Hand um ihre Finger, mit denen sie ihn hatte kratzen wollen. »Ich glaube, Prinzessin, du bist es, die sich als Barbarin erwiesen hat.«

Isabel befreite ihren Arm.

»Teufel.« Sie wollte ihm eine Ohrfeige versetzen, aber er wandte rasch das Gesicht ab. So bekam sie nur eine Handvoll seiner Haare zu fassen und zerrte daran. Die Vergeltung kam sofort. Er vergrub die Faust in ihren Haaren und zog immer stärker an ihnen, bis Isabel angespannt neben ihm lag.

Von der Tür her ertönte ein Klopfen.

Isabel rang nach Luft und spürte, wie Kols Brust sich an der ihren hob und senkte, genauso unregelmäßig wie bei ihr.

»Herein!«, befahl er. Seine Zähne bildeten eine weiße Linie. Sie fasste seine Haare noch fester und spürte sofort ein rächendes Zerren.

Vekell trat ein; er trug einen Kübel und ein säuberlich gefaltetes Kleiderbündel.

»Wie Ihr befohlen habt, mein Lord. Warmes Wasser und Leinen ...« Der Mann hielt mitten in der Bewegung inne. Seine Augen wurden groß, als er die beiden so ineinander verschlungen sah. »Ähm.« In deutlicher Ehrfurcht wandte er den Blick ab.

Isabel schaute auf und sah, was der Krieger gesehen haben musste: Kols Haare in dunkler Unordnung. Blut auf seinen Wangen und Lippen.

Trotz ihrer gefahrvollen Lage fand ein Lächeln den Weg zu ihren Lippen. Es war gut, ihn vor einem seiner Offiziere so erniedrigt zu haben. Selbst wenn er sie jetzt umbrachte, würde sie halbwegs zufrieden sterben können.

»Stell es ab und geh«, befahl Kol und ruckte mit dem Kopf.

Er fühlte sich heiß und unerträglich kräftig an. Sie *spürte,* wie das Blut unter seiner Haut brauste, als sie seine Unterarme ergriff.

»Seid Ihr sicher, dass Ihr keine Hilfe braucht?«, fragte Vekell. Er legte die Hand über den Mund. Isabel war sich sicher, dass er damit ein Grinsen verbergen wollte.

»Lass uns allein«, brummte der Mann über ihr.

Der Krieger tat, worum sein Lord ihn gebeten hatte. Ohne ein weiteres Wort und einen weiteren Blick ging er und schloss die Tür hinter sich. Holz knisterte im Kamin. Schatten trieben an den Wänden ihre Possen.

»Wehe, wenn du grinst!« Mit einer schnellen Bewegung hatte er ihren Arm gepackt und riss ihre Hand von seinen Haaren.

»Geh herunter von mir!« Isabel spannte die Knie an und trat ungeschickt gegen seine lederbedeckten Beine. Ihr zerrissener Ärmel schlenkerte ihr feucht und fest um den Arm. Kol kniete sich zwischen ihre Beine. Allzu leicht entkam er ihren ausschlagenden Gliedern und hielt ihr die Hände über dem Kopf zusammen. Nun lag Isabel wie eine Missetäterin auf dem Streckbrett da und konnte nur noch die Decke anstarren, während sie verzweifelt nach einem Ausweg suchte. Gegen ihre Schenkel und ihren Bauch fühlte sie seine Wärme und die harten Muskeln.

»Du hast mich dazu gezwungen«, murmelte er. Ein metallisches Zischen zeigte an, dass sich ein weiterer Teilnehmer in ihr Handgemenge stürzte.

»Nein!« Ihr Herz bemühte sich redlich, aus der Brust zu springen. Der Däne hob ein langes Messer. Isabels Kehle zog sich zusammen. Die Klinge glitzerte im Licht.

»Du Tier!«, würgte sie. »Gott wird dich für deine Sünden bestrafen.«

Einen Augenblick lang hielt er inne. Dann drehte er das Messer und fuhr ihr mit den Fingerknöcheln über die Wange. »Ich befürchte, das hat schon jemand anderes getan.«

Beherzt stach er mit der Klinge in den Kragen ihres Hemdes. Isabel drehte das Gesicht zur Wand hin, als kaltes Metall an ihrer nackten Haut entlang glitt. Trotz ihres heldenhaften Versprechens, zuzusehen und nie zu vergessen, gab sie sich nun der Feigheit hin und schloss die Augen. Der Klang des zerreißenden Stoffes fuhr durch die Stille.

Warme Luft breitete sich wie Honig auf der noch feuchten Haut an Arm und Schulter und zu ihrem Entsetzen auch auf der Brust aus. Mit frischer Heftigkeit wand sie sich unter ihm und versuchte zu entkommen.

Er packte sie am Arm.

»Autsch!«, schrie sie. Sie hatte ihre Wunden vergessen.

»Halt still.« Seine Worte klangen rau.

Sie wusste nicht, wie es ihr gelungen war, aber auf irgendeine Weise schien sie ihn verletzt zu haben. War er etwa in seine eigene Klinge gefallen? Sie wand sich noch heftiger.

»Ich befehle dir, damit aufzuhören.«

Etwas Hartes, aber seltsam Biegsames drückte sich gegen die Innenseite ihrer Schenkel.

»Oh.« Als Isabel begriff, was es war, wurde ihr ganzer Körper von einer Hitzewelle überflutet, als hätte sie plötzlich Fieber bekommen. Gerade als sie genug Kraft zum Kämpfen gewonnen hatte ...

Er drückte sich von ihr ab. Sie richtete sich auf einen Ellbogen und sah zu, wie er zur Wand ging, wobei er sich mit der Hand durch die Haare fuhr. Er fluchte heftig. Sie verstand nicht, ob seine Flüche ihr, dem Wandbehang oder etwa der Sintflut galten.

Er stürzte auf eine Holztruhe zu und warf ihren Deckel auf. Mit steinerner Miene schaute er hinein. Beinahe sofort zerschmetterte Ungeduld seinen zuvor noch reglos gewesenen Gesichtsausdruck. Er holte einen Arm voll Kleidung hervor und warf Isabel das ungestalte Bündel zu. »Zur Hölle! Zieh dir etwas an.«

Sie setzte sich auf, machte aber keine Anstalten, die Kleidung zu berühren. Sie begriff ihn nicht. Wenn noch vor wenigen Herzschlägen Lust seine Handlungen bestimmt hatte, warum wandte er dann jetzt die Augen von ihr ab? Sie erstickte die leise Stimme in ihr, die wieder versuchte, seine Unschuld zu behaupten.

In seinen blauen Augen blitzte es. »Ist dir je der Gedanke gekommen, dass vor zwei Wintern dieses ...« Er zeigte mit dem Finger auf die Mitte seines Wamses. » ... dieses *Tier,* dieser Barbar, wie du mich nennst, als Gast nach Calldarington gekommen ist? Weil er eingeladen worden war?«

»Eingeladen!«, höhnte sie. »Du erwartest doch wohl nicht, dass ich das glaube?«

Sein Blick wanderte zu der Stelle, wo sie mit den Händen ihre Brust bedeckte. Dunkelheit lag unter seinen Wangenknochen, und ganz kurz glaubte sie, dass das, was sie in seinen Augen sah, nicht Lust, sondern Sehnsucht war.

Eine Mauer tief in ihrem Herzen drohte auseinander zu fallen. Unmöglich. Röte blühte auf ihren Brüsten und erhitzte ihr Hals und Gesicht.

Er stand breitbeinig da. »Natürlich glaubst du mir das nicht.« Er fuhr sich wieder durch die Haare. »Wir haben bisher kaum ein vernünftiges Wort miteinander gesprochen, aber du weißt schon, dass nur Lügen und Verrat aus meinem Munde kommen.«

Sie zwang sich zu einem Ausdruck der Verachtung. »Was für ein Narr sollte denn einen nordländischen Söldner hierher eingeladen haben, wo es doch gar keinen Grund dafür gibt?«

»Was für ein Narr?«, wiederholte der Däne mit leiser Stimme.

»Ja, ein *Narr.*« Trotzig streckte sie das Kinn vor.

»Du wagst es, *mich* einen Narren zu nennen?« Er presste die Lippen zusammen; dann sagte er. »Der Narr, der mich gebeten hatte, nach Norsex zu kommen ...«

»Ja?«, fragte sie.

Seine nächsten Worte waren leise, aber scharf wie eine Klinge. »Nun, Isabel, wenn du es unbedingt wissen willst: Es war der König selbst.«

Mit einem lauten Lachen tat sie seine Behauptung ab. »Mein Bruder verachtet Fremde, besonders die Nordländer, und hätte dich niemals in sein Königreich eingeladen, vor allem nicht zusammen mit einem ganzen Heer.«

Seine blauen Augen verdunkelten sich. In ihnen schwelte es. »Ich rede nicht von deinem Bruder.«

Nicht von ihrem Bruder?

Isabel schloss den Mund; es machte ein klackendes Geräusch.

Ihr Vater.

Nun grinste der Däne finster und drehte sich auf dem Absatz um. Während er zur Tür hinüberging, trat er mit dem Absatz seines Stiefels gegen den Kübel und stieß ihn um. Das Wasser ergoss sich wie geschmolzener Bernstein über den Boden und nässte die Spitzen ihrer einst scharlachroten Pantoffeln. Er nahm das Leinen vom Tisch, das Vekell herbeigebracht hatte, und warf es ihr in hohem Bogen zu. Das Bündel landete in ihrem Schoß.

»Säubere deine Wunden und verbinde sie. Bestimmt ist der Graben um die Burg mit der schlimmsten Pestilenz verseucht.«

Isabel schaute hinunter auf die dreckigen Fetzen ihrer Kleidung und schnüffelte daran. Bei Gott, wie sie stank. *Dennoch hatte er sie geküsst.*

Schatten verbargen seine Augen. Sie sah nur seine Lippen, die sich bewegten. »Die Salbe, die du damals auf meinen Rücken geschmiert hast ... benutze sie, falls du sie noch besitzt.«

»Warte!«, befahl Isabel. Unbehagen machte ihren Ton scharf. »Mein Sohn. Wann wird er mir zurückgegeben?«

Kols lange Finger schlossen sich um den Rand der Tür. Dahinter sah sie die Schulter eines Kriegers, der anscheinend vor der Tür Wache stand, doch Kol stellte sich so, dass er sie vor jedem Blick von draußen abschirmte. »Bis du dich entschließt, mir Ranulfs Aufenthaltsort mitzuteilen, haben wir beiden nichts mehr miteinander zu bereden. Betrachte bis dahin den Jungen ... nun, sieh ihn als mein Kind an.«

Als sich die Tür schloss, wich alles Blut aus Isabels Gesicht.

*

Eingeladen. Er war *eingeladen* gewesen, verdammt!

Wütend zog Kol seine Hose aus und stellte sich vor das Feuer. Er erlaubte es der Wärme, sein Blut und seine aufgewühlten Gefühle, die noch ungehindert durch seinen Körper schossen, allmählich abzutöten.

In der Ferne schlugen die Wellen gegen das Ufer von Calldarington. Selbst jetzt noch schien der Holzboden unter seinen Füßen im Takt mit dem Ozean zu schwanken.

Allmählich atmete er wieder normal. Vor so langer Zeit hatte er gelernt, seine Wut zu zähmen und ihre Energie zu seinen Gunsten einzusetzen.

Doch was war nun geschehen?

»Bolvaður sé hún«, murmelte er. Er hatte sich doch nur um ihre Wunde kümmern wollen. Sie in warme, trockene Kleidung stecken wollen. Stattdessen hatte er es zugelassen, dass sie ihn anstachelte, und er war genau zu dem geworden, als den sie ihn bezeichnet hatte.

Zu einem Barbaren.

Er erinnerte sich an die verrückte Woge des Verlangens, welches er nach dieser verwirrenden jungen Frau verspürt hatte, und rieb sich mit dem Handrücken über die Stirn.

Allein. Allein. Es war das Beste, wenn er allein blieb. Nur er und seine stillen Gefährten. Selbst jetzt tanzten sie an der Wand; es waren Schatten, die ihr Bestes taten, ihn heimzusuchen. Sie waren immer da – er wusste nicht, ob sie wirklich oder nur die Erzeugnisse seines erfrorenen Gewissens waren – die Überreste der Seelen, die er ins Jenseits befördert hatte. Er hatte nie versucht, mit ihnen Frieden zu schließen. Warum sollte er sich um sie Sorgen machen, wo ihrer doch immer mehr wurden? Für gewöhnlich beachtete er sie gar nicht. Wenn er ihnen Aufmerksamkeit schenkte, würde er sie damit in die Wirklichkeit holen.

Lieber kümmerte er sich um die Dinge des Alltäglichen. Er sah sich in Ranulfs Gemächern um. Er hatte schon in besseren geschlafen. Auch in schlechteren. Das Bett war jedenfalls groß genug für ihn, und nur das war wirklich wichtig. Schlaf und Zurückgezogenheit war der einzige Luxus, den er sich und seinen Dämonen gönnte.

Der Tag war lang gewesen. Mit ruhiger Hand hing er sein Lederwams und den Helm auf den hölzernen Ständer, der Ranulf gehört hatte. Seine übrigen Kleidungsstücke legte er zu einem ordentlichen Bündel zusammen und stellte die Stiefel zum Trocken vor das Feuer. Dann setzte er sich auf einen Stuhl und wärmte sich den Rücken an den Flammen. Ehrfurchtsvoll ölte er sein Schwert ein und steckte es zurück in die Scheide. Er befahl keinem Diener, sich um seine Rüstung zu kümmern oder den Kamin zu feuern.

Er war immer schon allein gewesen und hatte sich inzwischen so daran gewöhnt, dass er die Einsamkeit schätzte. Bei seiner Geburt war er ein ungewolltes Kind gewesen. Seine Sklavenmutter hatte ihn in den Schnee geworfen, damit er stürbe. Er war von Kriegern aufgezogen worden und seitdem nie ohne Gesellschaft und ohne Brüder gewesen.

Aber irgendwie war er trotzdem immer allein gewesen.

Schließlich suchte er seinen Körper nach Verletzungen ab und fuhr sich mit der Hand über Bauch, Schultern und Schenkel. Es wäre nicht das erste Mal, dass er eine Wunde entdeckte, ohne vorher unter ihr gelitten zu haben. Seine Fingerspitzen verweilten auf dem schmalen Striemen auf seiner Wange, den ihm die Prinzessin in ihrer Wut zugefügt hatte. Er entdeckte lediglich einen Kratzer.

Zu einfach. Eigentlich war er enttäuscht, wie leicht die Eroberung Calldaringtons gewesen war. Er war die Reihe der angelsächsischen Toten nicht einmal, sondern zweimal abgeschritten. Der Mann, wegen dem er hergekommen war, hatte nicht unter ihnen gelegen. *Feigling,* einfach zu fliehen und sich zu verstecken, während die anderen für ihn starben. Und für ihre Familien und ihr Land.

Kol nahm sein Messer und polierte auch dessen Klinge. Morgen würde er eine Truppe in das Hochland führen und nach dem feigen König von Norsex suchen.

Und wenn Ranulf ausgelöscht war – was dann?

Obwohl Kols Zukunft kein glückliches Ende für ihn bereithielt, durfte er die Wünsche seiner Männer nicht länger unbeachtet lassen. Bis hierher hatten sie ihn begleiten können, doch den Rest des Weges musste er allein zurücklegen. Vielleicht würde er bald wirklich ganz allein sein. In den letzten Jahren waren seine Männer mit dem Söldnerleben immer unzufriedener geworden, auch wenn es ihnen große Reichtümer bescherte. Er lächelte. Er konnte sich Vekell einfach nicht als gewöhnlichen Bauern vorstellen, verheiratet und mit Kindern gesegnet.

Kinder. Das Lächeln verschwand von seinen Lippen. Aus einem dunklen Ort in seinen Erinnerungen stieg das Bild der Prinzessin auf, wie sie ihr Kind eng an sich hielt. Seit langem verschloss er sich dem Schmerz und dem Bedauern darüber, dass er niemals ein eigenes Kind zeugen würde.

Aber etwas an diesem Ort störte seinen inneren Frieden.

Es war *sie*.

Er ging auf die andere Seite des Zimmers und starrte die Wand an, die ihn von ihr trennte. Sie war da. Trotz des dicken Hindernisses zwischen ihnen konnte er Isabel spüren. Er glaubte sogar, in der Nachtluft ihren flüchtigen Duft zu riechen, der aufstieg aus der Wärme ihrer Schönheit und ihres Hasses.

Im königlichen Gefängnis hatte er seinen Kopf wie ein Kind in ihren Schoß gelegt, während sie über ihm gebetet hatte. Sie hatte mit sanfter Hand sein Gesicht und sein Haar berührt. Ihre Tränen hatten seine Haut befeuchtet. Er verstand es nicht. Wie hatte dieses wohlwollende Mädchen zu der Frau werden können, die nun das Zimmer neben ihm bewohnte? War sie es wirklich gewesen, die ihn so böse angestarrt hatte, während alles Feuer in ihr bis auf das des Hasses erloschen war?

Finster blickte Kol auf den Behang an der Wand, der eine Jagdszene darstellte. Die Jäger waren schmale, schwächlich wirkende Männer und schienen kaum verwegener zu sein als eine Schar Hühner. Im Stillen nannte er jeden einzelnen dieser dürren Jäger ›Ranulf‹.

Sicherlich hatte die Prinzessin gewusst, dass er zurückkehren würde.

Kein richtiger Krieger konnte eine solche himmelschreiende Ungerechtigkeit überleben und danach nicht zurückkommen, um Rache zu nehmen. So etwas in dieser Zeit zu tun, würde nur Feigheit bedeuten.

In seiner Erinnerung war sie eine einfache junge Frau gewesen, rein und keusch. Doch die Frau, mit der er heute zusammengetroffen war, verwirrte ihn über jedes Verstehen hinaus.

»Wer bist du?«, fragte er die Wand, die sie trennte.

Einer der Jäger hatte sich bewegt. Kol war sich dessen sicher. Er verbannte alle anderen Gedanken und starrte den Wandbehang an. Da war wieder ein Schwanken, leicht, aber eindeutig. Er vergrub die Hand in dem Stoff und riss ihn von der Wand. Isabels Duft umwirbelte ihn – Lavendel und Minze. Er hatte ihn auf ihrer Haut und in ihrem Haar gerochen, als er sie dicht an sich gepresst hatte.

Er fuhr mit der Hand über das Holz. Kälte drang hindurch und ein schwacher Lichtschimmer. Er beugte sich vor und besah sich die Stelle genauer. Das Loch war winzig, kaum sichtbar in dem dunklen Mörtel zwischen den Steinen. Es war vollkommen rund; sicherlich hatte es jemand absichtlich gebohrt. Er starrte auf das Guckloch, auf den Zugang zu Isabels Gemach. Er fuhr mit dem Finger um den Rand und dachte über eine mögliche Erklärung für dieses Loch nach.

Mächtige Männer spähten für gewöhnlich jene aus, denen sie nicht trauen konnten, soviel hatte er auf seinen Reisen zu den Höfen der Franken und Byzantiner gelernt. Vielleicht hatten in der Vergangenheit hochgestellte Besucher dieses Gemach belegt, und der König war der Meinung gewesen, dass sie heimlicher Beobachtung bedurften.

Oder ... hatte Ranulf seine eigene Schwester belauert? Nein, sicherlich nicht. Dieser Gedanke verschaffte ihm Unbehagen. Eher war es der alte König Aldrith gewesen, der es genossen hatte, seine junge Königin zu bespähen, die damals sicherlich die bequemen Gemächer nebenan bewohnt hatte.

Kol starrte das Loch an.

Einmal hinzuschauen, wäre keine Schwäche. Schließlich konnte das Loch auch dazu benutzt werden, *ihn* auszuspionieren. Sicherlich gab es auch in dem Wandbehang an derselben Stelle ein Loch, und er würde es finden, wenn er sich nur die Zeit nahm, den Stoff aufzuheben und danach zu suchen. Nur ein Narr würde die Untersuchung an dieser Stelle abbrechen.

Ohne weiter zu überlegen, bückte er sich und spähte hindurch.

Er sah Licht. Einen Augenblick später wurde das Bild klarer, und er erkannte, was sich auf der anderen Seite befand: Ein Bocktisch und der Kamin. Doch dies nahm er nur beiläufig wahr.

Sie stand neben dem umgestoßenen Kübel. Nackt.

Sein Mund wurde trocken. Tief in seinem Bauch begann es. Es war ein langsames, feines Brennen, das sich allmählich ausbreitete und seine Lenden mit flüssigen Flammen überflutete.

Ihre Haut leuchtete makellos im Schein des Feuers. Sie hob ein Stück Leinen auf. Schatten zeichneten die zarten Linien ihrer Rippen nach und verdunkelten die Unterseite zweier voller Brüste mit rosigen Spitzen.

Als sie sich abwandte, litt er zerschmetternde Enttäuschung, wurde aber belohnt mit dem Anblick ihres gelösten Haars. Er erinnerte sich daran. Das glatte, saubere Gefühl an seiner Wange, als sie miteinander gekämpft hatten. Der Duft: Lavendel und Minze.

Dunkel fiel der seidige Vorhang über ihren Rücken und lockte sein Auge zur Rundung ihres ...

Kol flüsterte einen Fluch und trat von dem Guckloch zurück. Sein Körper stand in Flammen.

Ihr kranker, verdammter Halbbruder hatte sie von hier aus angeglotzt. Zu welch anderem Zweck konnte das Guckloch sonst gedient haben?

Er schloss die Augen, doch die Erinnerung an ihre Nacktheit hatte sich in sein Gehirn eingebrannt. Er hätte niemals hindurchsehen sollen. Er war nicht besser als derjenige, der dieses Loch gebohrt hatte.

Und, verdammt in alle Ewigkeit sei er, er konnte an nichts anderes mehr denken als daran, dass er noch einmal hinsehen wollte.

Also starrte er wieder durch die Öffnung.

Er war weder ihr Verwandter noch ein Heiliger. In Wahrheit hatte er beklagenswerterweise kaum ein schlechtes Gewissen, wenn es um Lust ging. Von allen Sünden, die er schon begangen hatte, war diese eine der geringsten.

Er stützte sich mit den Händen an der Steinwand ab, beugte sich vor und spähte wieder in das Nachbarzimmer. Gerade zog sich Isabel ein langes, bleiches Nachthemd über den Kopf. Er erhaschte nur einen kurzen Blick auf ihre sanft gerundeten Hinterbacken und die langen Beine.

Isabel drehte sich um. Sie schaute direkt auf die Wand. Auf ihn. Aber bestimmt konnte sie ihn nicht sehen.

Tränen rannen ihr an den Wangen herunter.

Kol stieß zischend die Luft aus und schloss die Augen.

Mit größerer Anstrengung, als er vor sich selbst zuzugeben bereit war, trat er zurück. So weit, wie es ihm möglich war.

Er fiel auf Ranulfs Bett und starrte die Deckenbalken und ein Kreuz über ihm an.

Natürlich weinte sie. Hatte er etwas anderes erwartet? Sie war eine Frau. Ihr Haus war angegriffen worden, man hatte ihre Liebsten besiegt und getötet. Er hatte ihr das Kind weggenommen. Und vielleicht auch den geliebten Ehemann.

Und er würde nichts daran ändern, selbst wenn er es könnte.

Er schloss die Augen und versenkte sich in die selbst beigebrachte Meditation, die er seit seiner Kindheit anwendete. Er befahl der Dunkelheit, sie möge sein Inneres verzehren: seinen Geist, sein Herz und seine Seele, bis er sich nur noch wie ein flüchtiger Schatten auf der Erde fühlte. Bis ihn das Schicksal, das er in den kommenden Tagen erleiden würde, nicht mehr berührte.

Als er nichts mehr sah, schlief er ein.

Und träumte.

Sie kam an sein Bett; ihre Augen waren strahlend wie Juwelen in ihrer weißen Haut. Es waren keine Tränen mehr zu sehen. Sie glänzte vor Furchtlosigkeit. Er lächelte. Sie erwiderte sein Lächeln.

Er sah das Glimmen in der Nähe ihrer Brust.

Das war kein Traum …

Schnell wie eine Natter schoss seine Hand hoch und hielt den mörderischen Dolch auf.

Fünftes Kapitel

»Wie ...?«, fragte Kol und quetschte ihre Faust.

Die Spitze der Klinge zitterte knapp über seiner bloßen Brust. Wo waren seine Wachen? Wie hatte sie die Sicherheitsvorkehrungen seines Zimmers umgehen können?

Die Prinzessin schaute auf ihn herunter; ihre Wangen brannten, die Augen waren weit aufgerissen. Ihre Oberlippe verzog sich zu einem schwachen Lächeln, doch die Zähne dahinter waren fest zusammengebissen.

»Ich hatte die dunkle Ahnung, dass du Messer magst, Thorleksson.« Sie versuchte ihre Faust aus seinem Griff zu befreien. »Also habe ich dir noch eines gebracht.«

Sie fiel neben ihm auf das Bett, ganz Rundung und vage Weichheit. Der glühende Kamin hinter ihr verlieh ihr einen unwirklichen Glanz. Zwei schmale Füße lugten unter dem Saum ihres Leinengewandes hervor. Wie schön sie war!

Gott möge seine Seele retten. Er spürte nichts als Erregung, während sie sich neben ihm mit dem Dolch in der Hand wand.

»Wer bist du, Isabel?« Kol sah ihr in die Augen, schüttelte ihre Faust, und die Klinge klapperte zu Boden. Er stützte sich auf einem Ellbogen ab. »Die leidende Prinzessin oder die tapfere Kriegerin?«

Ihr Lächeln wurde ein klein wenig breiter. »Weder noch, Nordländer.«

»Was dann?«

Sie beugte sich so nahe zu ihm, dass er das Zittern ihres Atems auf seinen Lippen spürte. Seidige Locken liebkosten seine Schulter. Tief in seiner Brust donnerte etwas. Er begriff, dass es sein Herzschlag war. Mit sanftem Druck zog er ihre Hand auf seinen Brustkorb. Kühle, schmale Finger legten sich auf seine Haut. Isabels Pupillen waren geweitet. Furcht leuchtete in ihren Augen, doch irrte er sich, wenn er in ihnen auch Erheiterung sah?

Er hob den Kopf ein wenig und drückte seine Lippen gegen ihre. Sie stieß den Atem aus und murmelte: »Deine Scharfrichterin.«

Und in diesem Moment schwang ihre andere Hand hoch. Auch wenn er die Klinge nicht sehen konnte, wusste er, dass sie da war.

»Isabel!«, stöhnte er. Ihre Wildheit verblüffte ihn.

Instinktiv wehrte er ihren Angriff ab und warf sich gleichzeitig auf die Matratze. Entsetzt stellte er fest, dass es *seine eigene Waffe* war, die ihm zwischen die Beine fuhr und ihr Ziel nur um Haaresbreite verfehlte.

Seine Lenden.

Während er erschüttert aufkeuchte, zog die Prinzessin wie wild an der Klinge und versuchte sie freizubekommen. Ihre Knöchel stießen heftig gegen ihn. Glühend heiß schoss das Blut in sein Glied. Ein unterdrückter Seufzer entrang sich seinen Lippen.

Die Prinzessin stellte ihre Bemühungen ein und starrte auf seine Leisten. Zwischen ihnen stach der Dolch steif und wie eine männliche Rute hervor. Ihre Wangen röteten sich.

Der Anblick ihrer weißen, schlanken Finger um den Schaft ...

Jesus.

Kol spürte, wie auch er rot wurde. Bestürzt ergriff er ihre Hände und übernahm so die Kontrolle über die Waffe. Er zerrte den Dolch zwischen ihren Fingern hervor und warf ihn zu Boden. Gott, wie sehr es ihn danach verlangte, seine Hände auf sie zu legen. Er zog sie in seinen Schoß.

Mit den Ellbogen versuchte sie sich von ihm fortzudrücken und machte sich so steif wie möglich. »Godric ist mein Kind. Ich werde dich töten, wenn du ihn mir wegnimmst.«

Sie versuchte fortzukriechen, doch er warf sie auf den Rücken und presste sie mit dem Gewicht seines Körpers gegen die Matratze.

»Den Jungen will ich nicht.«

Ihr Haar legte sich wie flüssiger Onyx um ihre Schultern und kräuselte sich, wenn sie den Körper anspannte. Unter ihm stieß Isabel einen lauten Seufzer aus und versuchte ihn abzuwerfen. Doch er hielt sie ohne große Mühen fest und schaute in ihre wilden, violetten Augen. Während sie vermutlich nur daran dachte, wie sie ihn töten konnte, stellte er sich vor, wie er ihr das Hemd hochzog, um die Erektion zu lindern, die augenblicklich wie ein eiserner Spieß zwischen ihnen stand.

»*Nei.*« Er drückte ihr die Hände neben den Kopf und schlang seine Finger um die ihren. »Ich will den Jungen nicht haben. Und auch nicht Norsex.«

Ihre Augen weiteten sich. »Du lügst. Jedes Wort, das du sprichst, ist eine Lüge.«

Für eine Frau zeigte sie beachtliche Kraft. Er drückte seine Schenkel gegen ihre.

»Ich wollte nur Ranulf haben.«

Isabels Leinengewand wand sich um ihren Körper, klaffte am Hals auf und enthüllte die Schwellung ihres Busens. Verlangen legte sich schwer über seine Gedanken. »Aber vielleicht will ich jetzt mehr haben.«

Einige Dinge waren vom Schicksal vorherbestimmt.

Das wusste er nur allzu gut. Warum sollte er dagegen ankämpfen? Isabel könnte die seine sein, solange sein Schicksal es ihm erlaubte.

Als sie gefangen unter ihm lag, fuhr er ihr mit zwei Fingern über die Wange. Erregung blitzte in ihren Augen auf. Sie wandte sich nicht von ihm ab. An seiner nackten Brust spürte er ihren Herzschlag; er war genauso schnell wie sein eigener.

»Dein Gemahl, lebt er noch?« Obwohl er sie in ihrer Sprache angeredet hatte, verstand sie ihn zunächst nicht. Sie senkte die dunklen Wimpern und sah ihn nicht mehr an.

»Ja.«

Er fuhr mit denselben beiden Fingern die zarte Linie ihres Schlüsselbeins nach. Sie keuchte leise auf.

»Warum ist er nicht hier und reißt Holz und Mauern ein, um dich vor mir zu retten?«

Ihre blasse Haut wurde noch ein wenig bleicher. Er spürte, wie sich ihre Brustwarzen durch den feinen Stoff ihres Gewandes gegen seine Haut drückten, und sein Mund wurde trocken.

Er drohte die Beherrschung zu verlieren. »Verehrst du ihn?«

Die Prinzessin gab keine Antwort. Mit seinen Blicken suchte er ihr Gesicht ab. Wie gern er in ihr gewesen wäre und sich in ihrer zerschmetterten, tragischen Schönheit ertränkt hätte. Wie gern er das flirrende Gewebe aus Gefühlen zwischen ihnen in sich aufgenommen und die Erfahrung ihrer unausgesprochenen Beziehung genossen hätte, während sie sich liebten. Der dunkle Rand ihrer Wimpern zitterte, und sie schloss die Augen. Er spürte, wie sie unter ihm erbebte. Sie zerrte ihre Hände frei. Was sie dann tat, versetzte seinen Geist in benommenes Wirbeln.

Sie nahm sein Gesicht zwischen ihre Hände, hob den

Kopf und drückte einen Kuss auf seine Lippen, der so sanft wie die Berührung eines Schmetterlings war.

O Gott. Ungläubig schloss er die Augen. Verlangen durchströmte ihn. Die Welt verschwand. Es gab nichts anderes mehr als die Einladung ihres warmen und biegsamen Körpers unter dem seinen. Ihr süßer Duft war überall um ihn herum. Ihr Mund wurde kühner bei seinem Raubzug.

Er konnte es nicht erwarten, sie ganz zu schmecken, und steckte ihr die Zunge in den Mund. Er bemerkte ihren unregelmäßigen Atem. Ihre Hände packten seine Oberarme.

Mit einem tiefen Ächzen vergrub er die Hand in ihren Haaren und zog sanft ihren Kopf zurück, damit er mit seinen Lippen und Zähnen ihre zarte Haut schmecken konnte. Befriedigung machte sich in seinen Gedanken breit. Er würde Isabel im Bett seines Feindes nehmen. Er legte eine Hand über die feste Schwellung ihrer Brust.

Isabel krümmte sich. »Gibst du mir den Jungen zurück?«

Kol hielt inne. Langsam lehnte er sich nach hinten und schaute in ihr Gesicht. Plötzlich wusste er mit schwarzer Gewissheit, was er darin sehen würde. Tatsächlich erkannte er die Furcht und den Hass, die sich im Zittern ihrer Lippen und der Blässe ihrer Haut verrieten.

Sie benutzte ihren Körper, um im Tausch gegen ihn ihren Sohn wiederzubekommen. Kol hatte noch nie einen solchen Ekel auf sich selbst verspürt.

Schicksal? Fast hätte er laut aufgelacht. Nein, von seiner Seite aus war es nur blinde Lust. Fluchend machte er sich von Isabel los und wich zurück.

»Ich will es aber«, beharrte sie mit leiser Stimme. »Ich will alles tun, was du verlangst, wenn du mir dafür meinen Sohn wiedergibst.«

Er starrte auf den Boden, auf dem zwei Messer lagen. »Kein Handel.« Er bückte sich, hob die Waffen auf und legte sie auf den Kaminsims.

Er hörte, wie sie den Atem einzog. Als er sich zu ihr umdrehte, sah er deutlich das Grauen auf ihrem Gesicht. Seine Narben. Sie hatte sie gesehen. Sein Fluch durchschnitt die Stille, während er sich rasch ein Hemd über den Kopf zog.

Die Prinzessin setzte sich auf; der dunkle Mantel aus Haar fiel ihr über die Schulter. Auf ihrer Wange waren kleine Abschürfungen dort, wo er in seiner Leidenschaft mit dem Bart über ihre Haut geschabt war. *Bestie.* Sie hielt ihn für eine Bestie.

Er war eine Bestie. Vernarbt, innen und außen.

Nur er selbst konnte die lauernden Schatten hören, die ihm ihre Verachtung entgegenlachten.

Unwürdig. Ungewollt. Bald vergessen.

Kol schloss die Augen. Er wollte die Rundungen ihres Körpers nicht sehen und auch nicht die verletzte, verletzliche Schönheit, die seine Vernunft so sehr durcheinandergebracht hatte. Selbst wenn sie willig war, wäre es sinnlos, diesem Verlangen nachzugeben. Nur Rache und Tod konnten seine Geliebten sein.

Mit leiser Stimme fragte sie ihn: »Warum hat mein Vater dich gerufen?«

Kol starrte sie an. Würde sie ihm die Wahrheit glauben? Oder wusste sie bereits, warum ihr Vater seine Botschaft an ihn geschickt hatte? Vielleicht gab sie nur vor, den Grund dafür nicht zu kennen, um sein Verständnis für die Intrigen am Hof von Norsex auf die Probe zu stellen.

Er wählte seine Worte mit Bedacht. »Manchmal stellt mein Heer seine Dienste gegen Entgelt zur Verfügung.«

»Du bist ein Söldner.« Sie machte keine Anstalten, sein

Bett zu verlassen. Daher nahm er an, dass ihr Angebot für die Wiedererlangung ihres Sohnes noch galt, obwohl sie seinen entstellten Rücken gesehen hatte.

Er riss die Aufmerksamkeit von ihrem dünnen Gewand und dem lockenden Schatten darunter los. »Dein Vater hat mich in seine Dienste genommen.«

Die Prinzessin senkte den Blick. Ungläubig presste sie die Lippen aufeinander und schüttelte den Kopf. Dann öffnete sie den Mund, aber bevor sie etwas erwidern konnte, sagte er: »Klage mich nicht der Lüge an.« Schon schwellte wieder der alte Zorn seine Brust. Der Zorn über ungerechtfertigte Anklagen.

Röte dunkelte ihre Wangen. »Aber was du da behauptest, kann nicht wahr sein. Ich wüsste um eine Bedrohung der Herrschaft meines Vaters, sei es von außen oder von innen.«

»Es wäre nur gerecht von dir, wenn du mich anhörst.«

Mit versteinerter Miene setzte sie sich. Kol wartete, bis sie endlich nickte. Erst jetzt fuhr er fort.

»Auf die schriftliche Einladung deines Vaters hin segelte mein Heer vom Frankenland her, wo wir den größten Teil des Winters verbracht hatten. Aber bei unserer Ankunft in Norsex fanden wir ihn schon begraben und Ranulf auf seinem Thron. Er konnte es kaum erwarten, mich vom Antlitz der Erde zu tilgen.«

Verwirrt runzelte sie die Stirn. »Nichts von dem, was du sagst, ergibt einen Sinn. Wenn mein Vater dich und deine Männer herbeigerufen hätte – was ich rundweg bezweifle –, hätte mein Bruder diesen Ruf nicht mit Gewalt und ohne jeden Anlass rückgängig gemacht.«

»Es sei denn, er selbst war die Quelle der Bedrohung und sollte durch meine söldnerischen Dienste beseitigt werden.«

»Das ist lächerlich!«, platzte sie heraus. »Mein Vater

hat Ranulf als seinen Sohn angebetet und als seinen Erben geehrt.«

»Wer hat dann Aldriths Thron bedroht?«

Isabel zog die Knie an die Brust. »Wir haben vor einiger Zeit gegen die Northumbrier und Mercianer gekämpft.«

»Dein Vater hätte sich nicht genötigt gefühlt, in seinem Schreiben ein Geheimnis um diese Feinde zu machen. Die Bedrohung kam aus seinem unmittelbaren Umfeld. Aus den eigenen Reihen.«

Sie sah ihn nicht an. »Du nennst keine Einzelheiten, aus denen sich die Wahrheit deiner Behauptung ergeben könnte.«

»Nun, Prinzessin«, antwortete er scharf, »dazu hast du mir bisher noch kaum Gelegenheit gegeben.«

»Es reicht mir.« Sie schüttelte den Kopf. »Ranulf hatte jeden Grund, deinen Tod zu fordern, und das hatte nichts mit meinem Vater oder seinem *angeblichen* Wunsch nach söldnerischer Unterstützung zu tun.«

Kol drückte die Fäuste gegen die Schläfen und wandte sich dem Feuer zu. Warum hatte er bloß versucht, ihr Verständnis zu gewinnen? Er und die angelsächsische Prinzessin bedeuteten einander nichts; sie waren sich fremd und feind. Es war gleichgültig, ob sie ihm glaubte oder seine Beweggründe oder die dahinter liegende Wahrheit kannte. Dieser Wettstreit mit Worten war ein Abstieg in die Dummheit gewesen, den er nun beenden würde.

Er würde sie in ihren Gemächern einsperren, bis Ranulf tot war, und dann würde er diesen Ort für immer verlassen. Es gab keinen Grund, weiter miteinander zu reden.

Er wandte sich zum Bett. Auf ihm lagen nur noch zerknitterte Laken.

Kol blinzelte ungläubig. Mit einem geflüsterten Fluch

schritt er den Raum der Länge nach ab. Er durchsuchte die Schatten, sogar unter dem Bett. Nirgendwo war Isabel.

Wut stieg in ihm auf. Sicherlich war sie für die Wahrheit noch nicht bereit, wenn sie bei deren erstem Anblick wie ein Wild vor dem Jäger davonlief. Verflucht, diese Frau bewegte sich für seinen Geschmack zu leichtfüßig. Zuerst war sie aus ihrem Gemach und nun aus diesem Zimmer entkommen. Hatten seine Wachen zu viel süßen angelsächsischen Met getrunken? Schliefen sie etwa besinnungslos im Korridor vor seinem Zimmer? Wütend schritt er zur Tür und riss sie auf.

Zwei Wachen nahmen Haltung an. Sie waren auf der Hut und hatten ihre Waffen griffbereit an der Seite.

Er warf die Tür wieder zu.

Natürlich. Er war von ihrem Erscheinen neben seinem Bett so abgelenkt gewesen, dass er gar nicht darüber nachgedacht hatte, wie sie in sein Zimmer gekommen war.

Eine Geheimtür oder ein Geheimgang. Es gab viele in dieser Festung. Seine Männer hatten all jene versiegelt, die von draußen hereinführten. Anscheinend war ihnen einer entgangen.

Weil er zwei Privatgemächer miteinander verband. Die Haut in seinem Nacken prickelte vor Unbehagen, als er sich an das Guckloch erinnerte.

Welche Rolle spielte Isabels Gemahl bei alldem?

Mit zusammengekniffenen Augen betrachtete Kol die Wand, welche die beiden Zimmer trennte. Er legte die Hände darauf und suchte durch die Berührung das, was den Augen verborgen war: einen Durchgang, der groß genug für eine erwachsene Frau war. Oder für einen Mann.

Er spürte die Unregelmäßigkeit, sobald er in die Schatten auf der gegenüberliegenden Seite des Zimmers getreten war, wohin unabhängig von der Tageszeit weder Sonne noch Feuerschein fiel. Es war ein schmaler Spalt im Mörtel zwischen den Holzplanken. Seine Finger fuhren über eine fast unmerkliche Vertiefung.

Er könnte sich mit Gewalt einen Weg zu Isabel bahnen und sie dazu zwingen, die Wahrheit anzuhören. Aber nein… nicht, solange noch derart viele Fragen durch seinen Kopf schwirrten. Er warf einen finsteren Blick auf das Bett. In dieser Nacht würde er keine Ruhe finden, nicht in dieser Festung mit ihren atmenden Wänden. Er zog sich die Stiefel an.

Wenn er schon keinen Schlaf finden konnte, dann wollte er wenigstens Antworten bekommen.

Kurze Zeit später schritt er in die große Halle und band sich die Schleifen seines Lederwamses zu. Schnarchen drang durch die Stille. Vor dem Kamin lagen die Kinder aus dem Wald. Einige angelsächsische Frauen waren bei ihnen; vermutlich waren es jene, denen seine Wächter befohlen hatten, sich um die Kinder zu kümmern.

Er kam näher, suchte nach einem besonderen Kind. Nach einem mit dunklen, glänzenden Locken und dem Gesicht eines Engels. Er fand den Jungen, der sich in die Arme einer Magd gekuschelt hatte. Kol bückte sich und betrachtete das Gesicht des Knaben. Lange Wimpern ruhten auf rosigen, frischen Wangen. Er würde einmal ein prachtvoller Mann werden.

Währenddessen erwachte die junge Frau, die das Kind in den Armen hielt. Als sie den Dänen sah, fuhr sie zusammen. Dann lächelte sie ihn an; es war ein Lächeln, das er nur allzu gut kannte. Sie deutete sein Interesse falsch.

Sanft legte sie das Kind auf das Fell neben sich, streckte den Arm aus und hieß Kol willkommen. Sein Blick glitt über sie. Sie war hübsch, hatte große braune Augen, einen kleinen, rosafarbenen Mund, und ihr Haar hatte die Farbe von Honig. Ein großer Busen zeigte sich im Ausschnitt ihres Hemdes.

Er lächelte, doch nur ganz schwach. Es gab immer Frauen unter den Besiegten, die sich ihren Eroberer aussuchten. Manchmal nahm er das, was sie ihm anboten. Meistens jedoch tat er es nicht. Er schüttelte den Kopf und wandte sich ab.

In seinen Adern brannte das Verlangen nach einer anderen Frau. Nach einer Frau, die nun vermutlich vor ihrem Kamin hockte und Dolche aus Hühnerknochen schnitzte oder ähnliche Dinge unternahm, um einen weiteren Angriff auf sein Leben führen zu können. Trotzdem würde eine andere Frau als sie für ihn keine wahre Befriedigung bedeuten. Kol verließ sie und das Kind.

Vekell erhob sich in einer dunklen Ecke. »Stimmt etwas nicht, mein Lord?«

Kol sprach leise, damit niemand mithören konnte, besonders nicht die Frauen, die in seiner Nähe lagen. »Ich will mit dem angelsächsischen Verräter sprechen. Er ist doch noch nicht abgereist, oder?«

»*Nei*, er ist in der Schlacht verwundet worden. Euer Arzt hat ihn behandelt, und er wird uns vor Sonnenaufgang verlassen.«

Ein Feuer brannte im großen Steinkamin, doch Kol brauchte dessen Wärme nicht. Sein Blut war noch immer von seiner Begegnung mit Isabel erhitzt. Gereizt tastete er nach der Fibel am Schulterstück seines Umhangs. Der scharfe Dorn der smaragdäugigen Viper stach ihm in den Handrücken, und er fluchte. Warum verursachten die schönsten Dinge immer die schmerzhaftesten Wunden?

Wie Isabel, so war auch seine keltische Mutter sehr schön gewesen. Aber anstatt ihm die Liebe einer Mutter zu schenken, hatte sie ihm seit dem Augenblick seiner

Geburt den Tod gewünscht. Als Junge hatte er darauf bestanden, mit eigenen Augen die Frau zu sehen, die ihn so sehr verachtete, dass sie ihn als hilflosen Säugling grausam im Stich gelassen hatte. Er würde niemals den Augenblick vergessen, als Vekell schließlich zugestimmt und auf die Wahnsinnige gedeutet hatte, die allein am Rande der Siedlung lebte. Sie war dort geblieben, streng getrennt von ihm, bis zu jener Nacht, als er ein Junge von gerade zwölf Sommern gewesen war. Nachdem er eine zerlumpte Gruppe von Kriegern angeführt und die Ermordung seines Vaters angemessen gerächt hatte, hatte sie ihn von dem anschließenden Fest weggezogen und einen Mahlstrom von Verwünschungen über seinem Haupt ausgegossen. Vor seinem Dorf war er ein Held gewesen, doch sie hatte ihn dafür verdammt, dass er der Sohn eines Mannes war, der ihr, einer hilflosen Sklavin, vor vielen Jahren seine Lust aufgezwungen hatte. Sie hatte Kol dazu verflucht, jung zu sterben und keine Kinder zu bekommen, damit er Thorleks Namen nicht weitergeben konnte.

In diesem Augenblick spürte er den Fluch einer anderen Frau auf ihm. Er schaute hoch zur Balkendecke. Mit einem Brummen nahm er seine Handschuhe und zog das passgenaue Leder über seine Finger.

Vekell schritt auf den Eingang zu. »Kommt, mein Lord. Ich bringe Euch zu ihm.«

Kol steckte das Wikingerschwert in die Lederscheide und folgte Vekell zusammen mit seinen Hunden in den Hof. Der Geruch des Meeres überströmte und reinigte ihn. Er hieß die Dunkelheit und den Schock der Kälte willkommen.

Als er durch das offene Holztor trat, erschien Svartkell und schritt hinter ihm her, um seine Flanke zu schützen, während sie durch den seichten Graben auf eine kleine Hütte am Rande des Dorfes zugingen. Vor ihr standen mehrere Wachen, die sich die Hände über einem Feuer wärmten, doch bei Kols Erscheinen nahmen sie Haltung an und salutierten vor ihm.

Die Tür aus Tierfell fühlte sich kühl und weich unter Kols Hand an. »Ich will allein mit ihm sprechen.«

Kol öffnete die Tür und trat nach drinnen; die Männer und seine winselnden Hunde ließ er zurück. Einen Atemzug lang bemerkte er nur den Dunst und Geruch brennenden Torfs. Auf dem Erdboden schwelte ein Feuer – eine kleine, glühende Pupille in dem ansonsten pechschwarzen Raum.

In der gegenüberliegenden Ecke regte sich etwas. Kol legte die Hand auf den Griff seines Schwertes.

Ein Mann fragte auf Angelsächsisch: »Wer ist da gekommen?«

»Ich bin es«, antwortete Kol mit kühler Sicherheit. »Thorleksson.«

Der Mann stand fluchend auf. »Ich hatte mich schon gefragt, ob wir uns je begegnen würden oder ob ich nur würdig bin, von Euren Untergebenen aufgesucht zu werden.«

»Eure Wunden schmerzen mich. Bitte setzt Euch.« Obwohl seine Worte höflich waren, lag in Kols Stimme ein scharfer Tonfall. Er nahm Anstoß an der Überheblichkeit des Mannes.

Ranulfs Verräter humpelte auf ihn zu. »Nein. Ich will stehen in Gegenwart Kols, des Sohnes von Thorlek. Des Verbannten. Des Königs der See.«

Der Mann trug noch seine Rüstung. Schwaches Licht zuckte über ein blutbeflecktes Kettenhemd. Schweiß hatte sein langes Haar zu schlangenartigen Strähnen verfilzt.

Auge in Auge standen sie sich gegenüber und starrten einander an. Zwei Wölfe, welche die Macht des anderen abschätzten.

Wölfe jagten gemeinsam. Aber manchmal wendeten sie sich auch gegeneinander.

»Eure Verletzungen«, begann Kol und blickte hinunter auf den mit Leinen umwickelten Schenkel des Mannes. »Sind sie sehr schmerzhaft?«

»Nein, mein dänischer Bruder.« Ein verhaltenes Lächeln kräuselte die Lippen des Spions. »Meine Wunden erhielten den Balsam unseres großen Sieges am heutigen Tage – ihn und das Geschick Eures Arztes.«

Kol vertraute keinem Verräter. Doch der Hass dieses Angelsachsen wirkte augenblicklich zu seinem Vorteil. Er murmelte: »Man sagte mir, dass Ihr Eure Belohnung nicht angenommen habt.«

Der Angelsachse schüttelte den Kopf; seine Oberlippe verzog sich zu einem höhnischen Grinsen. »Gold ist nicht die Belohnung, nach der ich strebe.«

Diese Antwort überraschte Kol nicht. Selten wurden Männer aus Habgier zum Verräter.

Ein merkwürdiger Verdacht drängte ihn zu fragen: »Angelsachse, welche Belohnung schwebt Euch vor?«

Der Mann wandte sich von ihm ab und zog sich in die dunkelsten Schatten zurück. »Ranulfs Tod ist mir Belohnung genug.« Kol hörte das Klappern einer Schwertscheide, die soeben umgebunden wurde, und eine Klinge fand ihre Ruhestatt.

»Dann geht, aber seid vorsichtig. Mein Hauptmann wird Euch an den Rand der Truppen bringen. In zwei Wochen treffen wir uns in Leswick.«

Der Mann kam wieder nach vorn. Seiner Wunde schien es plötzlich besser zu gehen, denn jetzt humpelte er kaum noch. »Ja. Ich werde dort sein, falls mich der Tod bis dahin nicht geholt hat.«

»Vergesst nicht, dass Ranulf mir gehört«, meinte Kol fest.

Er sah, wie der Spion die Lippen zusammenpresste, als er den Verband von seinem Bein abnahm. Darunter sprenkelten dunkle Flecken die Hose des Mannes.

Der Angelsachse richtete sich auf und warf das Leinen ins Feuer. »Auch wenn ich mich nach der Ehre sehne, werde ich mich an den Eid erinnern, den ich geleistet habe.« Der beißende Geruch von verbrennendem Blut drang in Kols Nase.

»Ich habe noch eine zusätzliche Bitte.«

Hinter dem Mann stieg der Torfrauch aus dem Feuer und strömte durch das Abzugsloch in der Hüttendecke.

»Was würde Euch noch erfreuen, mein Lord?«

Kol widerstrebte es, das Ausmaß seiner Begierlichkeit zu enthüllen, und konzentrierte sich auf die aufwärts steigende Spirale des Rauchs. »Bringt alles über Prinzessin Isabels Gemahl in Erfahrung.«

»Über ihren Gemahl?« Ein leises, trockenes Lachen erfüllte die Hütte.

Kol war es nicht gewohnt, der Grund für die Fröhlichkeit eines anderen zu sein. Er schluckte seinen Ärger stumm herunter. Es würde die Zeit kommen, wo er es diesem Mann heimzahlen konnte.

»Ja.« Er blickte in leuchtende Augen. »Ihr Gemahl. Findet heraus, ob er heute Morgen in der Schlacht gefallen ist oder sich zu Ranulfs Truppe von Überlebenden gesellt hat.«

Der Mann zögerte, als koste er einen Leckerbissen. »Ich fürchte, unsere Prinzessin ist ein stimmloses Vögelchen, eingesperrt in den Glanz der Festung auf dem Berg.«

»Eingesperrt? Von wem?«

»Von Ranulf. Er hat ihr nicht erlaubt, einen Gemahl zu nehmen.« Diese Worte hallten wie Donner in Kols Kopf wider. Isabel hatte ihn angelogen! Gerade als er sich geschworen hatte, die Frage nicht zu stellen, hörte er, wie er sie aussprach: »Wer ist dann der Vater ihres Kindes?«

»Beim Christi Blut.« Der Verräter kam näher. Rauch tanzte in schlanken Streifen um seinen Kopf und verbarg die Gesichtszüge. »Ihr habt wirklich keine Ahnung?«

»Sagt mir, was Ihr wisst«, befahl Kol, der bei diesem Spiel allmählich ungeduldig wurde.

Der Mann hielt den Kopf schräg; sein Blick war so scharf wie ein Schwert.

»Nun, mein Lord, das seid Ihr selbst.«

Sechstes Kapitel

»Aber warum sollte die Prinzessin eine solch unerhörte Lüge erzählen?« Vekell schaute sich um und vergewisserte sich, dass niemand in der Nähe stand.

Die Morgenröte fiel auf die östliche Seite der Festung. Unter dem rosigen Licht erschienen die Angelsachsen, die vor Kols Füßen lagen, beinahe lebendig. Doch jeder der Krieger war genauso tot wie am vergangenen Tag. Kol bezweifelte das nicht, denn er hatte das Leichentuch von jedem einzelnen Körper gehoben und noch einmal nachgesehen, ob Ranulf nicht doch zu den auf dem Schlachtfeld Gefallenen gehörte.

Er nickte einem *ðegn* zu, der in der Nähe stand. »Es sei den Angelsachsen erlaubt, ihre Toten zu holen.«

Der Soldat nickte und gab der grimmig dreinblickenden Menge, die am Rande des Feldes lauerte, mit dem Speer ein entsprechendes Zeichen. Kol ging fort; seine Absätze gruben sich tief in den Schlamm. Die Menge löste sich auf. Ellbogen zuckten, Arme schoben und drückten, als die besiegten Bewohner von Calldarington ihm aus dem Weg gingen.

Kol murmelte Vekell verwundert zu: »Sag mir, warum eine Frau lügt, wenn es um den Vater ihres Kindes geht.«

Sein Feldmarschall schüttelte den Kopf. Vekells Atem zog eine lange, in der kalten Morgenluft deutlich sichtbare Spur hinter ihm her. »Bei Fenrirs Fängen! Das hätte ich von ihr nie erwartet.«

»Es ist aber so.« Seit der Enthüllung des Verräters hatte sich Kols Wut verzehnfacht.

Vekell dachte laut nach. »Sie muss einen Grund für eine solche Behauptung haben.«

Sie traten in den Schatten des hohen Erdwalls, der die Burg umgab. Pfeilschäfte stachen aus ihm hervor, Überbleibsel der Schlacht vom vorigen Tag. Kol zog einen von ihnen heraus.

»Sie hat mich der Vergewaltigung angeklagt. All diese Leute …« Mit dem Pfeil deutete er auf kleine Gruppen von Angelsachsen, die an ihm vorbeihuschten. Sie verkrochen sich in ihrer dunklen, unförmigen Kleidung, als könnten sie auf diese Weise seiner Aufmerksamkeit entgehen. »Bei Gott, ganz Norsex glaubt, dass ich ihr Gewalt angetan habe und der Vater ihres Kindes bin.«

»Es ist egal, was sie denken.« Eine Weile ertönten nur ihre Schritte, bis Vekell murmelte: »Ihr und ich wissen, dass ihre Behauptung unwahr ist.«

Der Pfeil in Kols Hand zerbrach. Er warf den Kiefernschaft zu Boden. Vekell blieb stehen und hob ihn auf.

Kol ging weiter. Warum nahm es ihn so mit, dass eines seiner größten Verlangen derart *verraten* wurde? Es stimmte, dass er weder Sohn noch Tochter gezeugt hatte. Die Flüche seiner Mutter, nach denen die Linie seines Vaters mit ihm sterben sollte, hatten sich als wirksam erwiesen. Nur Gott wusste, wie eingehend er ihre Macht in seinen früheren Jahren auf die Probe gestellt und sich durch die Welt geschlafen hatte, mit enttäuschend geringen Auswirkungen. Er hatte nichts als seelentiefe Leere gefunden, die kein noch so großes fleischliches Verlangen je ausfüllen konnte. Schließlich hatte er sein Schicksal angenommen. In den letzten Jahren hatte er Befriedigung in geistlichen Übungen und einer beinahe mönchischen Lebensweise gefunden.

Als sich der Pfad verengte, hielt Kol an. Von diesem höher gelegenen Ort aus, dicht vor dem Tor der Burg, konnte er Calldaringtons Hafen überblicken. Die Drachenbuge seiner Schiffe reckten sich durch den Morgennebel wie frisch gewachsene Ranken, die ans Licht strebten.

Er hatte gelernt, sein Schicksal mit einem gewissen Frieden willkommen zu heißen. Doch nun, da er nach Norsex gekommen war, an den Ort, wo er die Erfüllung seines Schicksals erwartet hatte, zerbrach dieser hart erarbeitete Friede. Neben ihm drehte Vekell die Spitze aus dem zerbrochenen Pfeilschaft.

»Ihr sagt, dass die Prinzessin keinen Mann hat?« Von seiner Hüfte nahm er einen kleinen Beutel. Er zog ihn auf und ließ die Pfeilspitze hineinfallen.

»Ja, sie ist unverheiratet. Sie ist nie verheiratet gewesen.«

Vekell band den Beutel wieder an seiner Hüfte fest. »Dann schützt sie jemanden. Einen Liebhaber. Jemanden, der entweder schon verheiratet ist oder im Rang unter ihr steht. Jemanden, der eine unwürdige Verbindung für eine Prinzessin ist.«

Kols Füße eilten wie seine Gedanken. »Ich kann mir keine andere Erklärung vorstellen.«

Vekell hielt Schritt mit seinem Lord. »Vielleicht ist das der Grund, warum sie Euch damals aus dem Verlies befreit hat, denn wenn Ihr lebend in Calldarington geblieben wäret ...«

»Ja.« Kol presste die Zähne zusammen. Er warf einen Blick hoch zu Isabels Fenster im oberen Stock, knapp über der Brustwehr. Die geschlossenen Läden sperrten die Außenwelt aus. »Sie durfte nicht das Risiko eingehen, dass ihre Lügen ans Tageslicht kommen.«

Vekell packte Kol bei der Schulter. »Wenn das, was

wir vermuten, stimmt, dann habt Ihr für einen anderen Mann gelitten.«

»Ranulf hätte mich auf alle Fälle hinrichten lassen, selbst wenn ihm Isabels Täuschung bekannt geworden wäre.« Ranulf hatte auf ihn gewartet. Ranulf hatte gewusst, dass er kommen würde.

Vekells Lippen zuckten, und er schüttelte den Kopf. »Trotzdem passt da für mich einiges noch nicht zusammen. Sollten wir unser Urteil über die Prinzessin nicht aufschieben, bis wir mit Sicherheit wissen, warum sie solche Lügen verbreitet?«

»Wie schnell du ihr verfallen bist«, spottete Kol, doch in seiner Stimme lag eine unterschwellige Schärfe. »Ihre Handlungen sind verräterisch genug.«

Vekell schaute weg. »Sie ist nicht Eure Mutter. Glaubt nicht, dass sie ...«

Kol wich allen Gesprächen über seine Vergangenheit aus, besonders wenn es um Frauen ging. »Unsere Schiffe«, warf er ein. »Sind sie rechtzeitig ausgeladen worden?«

Vekell seufzte und nickte dann. »Die Felle sind bereits an Land gebracht. Das Elfenbein und die übrigen Sachen werden bald folgen.«

»Gut. Verbreite die Nachricht unter den Einwohnern von Calldarington, dass der Hafen in einer Woche für den Handel geöffnet wird.«

»Ja, mein Lord.«

Seite an Seite gingen er und Vekell durch das hölzerne Tor, das zur Siedlung führte. Von überall her kamen die Grüße der Männer, welche die Schäden aus dem gestrigen Kampf beseitigten. Es waren in der Mehrzahl Dänen, aber auch Slawen, Araber und Franken darunter, Krieger aus aller Herren Länder, die sich – aus welchen Gründen auch immer – seinen Legionen angeschlossen hatten. Vor den Stallungen machte sich eine Gruppe auf Kols Anordnung bereit, nach Ranulf und den überlebenden angelsächsischen Soldaten zu suchen.

Kol vermutete, dass der König in der Nähe war, weil er sicherlich hoffte, die Dänen würden sich wie die meisten nordländischen Plünderer verhalten und die Burg verlassen, sobald sie deren Reichtümer an sich gebracht hatten.

Kol nickte in Richtung der Ställe. »Such dir ein Reittier. Es sind noch ein paar angelsächsische Pferde da, und unsere eigenen werden erst in einem oder zwei Tagen hier eintreffen. Am Nachmittag sehen wir uns das Land an. Ich glaube, hier gibt es viel Platz für Siedlungen.«

Vekell sah ihn scharf an. »Ich muss Euch widersprechen. Ihr habt doch wohl nicht vor ...«

Kol hob die Hand. »Ich glaube, die Angelsachsen werden sich bei entsprechender Vorsicht unsererseits an eine fremde Siedlung gewöhnen.«

Vekell warf einen finsteren Blick auf Kols Hand und dann auf ihn selbst. »Dann werden wir vermutlich eines Morgens erwachen und Löcher in den Rümpfen unserer Schiffe vorfinden, und Ihr werdet Euch im Schutz der Nacht weggestohlen haben, ohne dass wir Euch folgen könnten.«

Kol lächelte trotz des Schmerzes, den er in seiner Brust fühlte. »Ich werde nicht wie ein Feigling gehen.«

»Ihr könnt uns nicht einfach hier zurücklassen. Ihr seid der einzige Anführer, auf den diese Männer hören. Jeder Mann hier hat Euch die Treue geschworen und wird sich bis zu seinem letzten Tag an diesen Eid halten.«

»Wahrlich, mein Freund, ich fürchte, dass diese Eide nicht mehr lange Bestand haben werden. Du weißt genauso gut wie ich, dass sich mein Schicksal bald erfüllen wird. In der letzten Zeit häufen sich die Vorzeichen dafür. Die Männer reden von Träumen. Ich höre ihr Flüstern. Ich merke, wie sie mich ansehen. Als ob ich schon ein toter Mann wäre.«

»*Nei*, Lord. Ihr werde noch unzählige Tage bei uns sein.«

Kol wünschte, dass es so wäre, aber er kannte sein Schicksal. Es war Zeit, mit den Vorbereitungen zu beginnen. »Wir haben keine Heimat, in die wir zurückkehren können. Wir müssen hier Platz für uns schaffen.«

Vekell beharrte: »Ich will nichts mehr davon hören.«

Kol legte die Hand auf Vekells Schulter. »Du kannst mich auf dieser Reise nur bis zu einem gewissen Punkt begleiten, mein Freund. Den Rest muss ich allein zurücklegen. Aber bis dahin werde ich mich um deine Zukunft und die der Männer kümmern.«

Vekell schüttelte den zotteligen Kopf und blieb stehen. Er steckte knöcheltief im Schlamm. Mit düsterem Blick betrachtete er die hohe Mauer von Ranulfs Festung.

Nach einem Augenblick des Schweigens fragte er: »Was wollt Ihr mit der Prinzessin anfangen?«

»Mama!«

Wie Kols einsamer Berserker Ragi es ihr befohlen hatte, betrat Isabel nicht die große Halle, sondern blieb am Eingang stehen und schaute nach drinnen. Obwohl sie an diesem Morgen Kol noch nicht gesehen hatte, spürte sie doch überall seine Gegenwart: in den fremden Männern, die sich um sie drängten, und sogar in der Luft selbst.

»Mama!« Godric wand sich wie ein ungebärdiger Wurm auf Berthildes Schoß. *Winde dich, winde dich, du kleiner Käfer.* Isabel errötete, als sie sich daran erinnerte, wie die Lippen des dänischen Lords diese Worte in der vergangenen Nacht ausgesprochen hatten.

Sie konnte nichts dagegen tun. Sie ging auf ihren Sohn zu, schritt über uralte Mosaiken mit der Aufschrift *Legio IX Severus*. Das war der Name des römischen Kommandanten, welcher den Felsvorsprung, der nun als Calldarington bekannt war, vor sehr langer Zeit erobert hatte. Schon wurden die ausgestreuten Kräuter, die zwischen den Binsen auf dem Boden lagen, bröckelig und zerfielen. Im Raum roch es nach Männern.

Ragi trat auf sie zu und schüttelte den Kopf. »Nein, nein, nein. Mein Lord hat es so befohlen. Ihr dürft das Kind nicht berühren.«

»Habe ich das denn getan?«, fragte Isabel äußerst scharf.

Seine buschigen Augenbrauen krochen hoch wie ein Zwillingspaar von Raupen. »*Nei*, Prinzessin.«

Sie zischte: »Dann entferne dich von mir.«

Der Mann biss die Zähne zusammen und trat zurück, doch er blieb ihr nahe genug, um jegliche Übertretung des Befehls seines Herrn sofort zu bemerken.

Berthilde schaute über Godrics Kopf. Ihre Wangen waren noch rosafarben von einigen Blutergüssen, doch Haar und Kleidung erschienen so frisch wie immer. »Mylady, die junge Wynflaed hat mir gesagt, dass unser Godric die Nacht gut verbracht hat. Sie meinte, die Wolfshunde des Dänen hätten ihm Zerstreuung geschenkt.«

Nun befanden sich keine Hunde in der Nähe des Kamins. Sie mussten ihren Lord irgendwohin begleitet haben. Isabel kniete sich neben ihren Sohn und die Magd und bot ihren ganzen Willen auf, um die Hände an ihren Seiten zu halten.

»Mylady«, warnte Ragi sie, als sie dem Kind noch näher kam.

Isabel beachtete den altersgrauen Krieger nicht. Der goldhäutige Godric lächelte so süß.

Isabel hielt die Hand an das Gesicht ihrer Magd. »Berthilde, deine Wangen. Tut es sehr weh?«

Berthilde errötete. »Nein. Einer der Dänen – es war derjenige, der mich verletzt hat – hat gestern Abend eine Salbe darauf geschmiert. Es ist schon viel besser.«

Es war schwer zu glauben, dass einer dieser Krieger etwas so Wohlwollendes getan hatte. »Wirklich?«

Berthilde nickte. Unter den Blutergüssen errötete sie.

Isabel biss sich auf die Lippe. »Was ist mit Rowena? Hast du meine Schwester gesehen?« Sie fürchtete die Gesellschaft ihrer Halbschwester, und gleichzeitig sehnte sie sich danach. Heute Morgen hatte sie Rowena noch nicht gesehen und litt daher Angst um ihr Wohlergehen.

»Ja.« Berthilde zuckte die Schultern. Als Godric nach Isabel griff, ließ sie ihn auf ihrem Knie auf und ab hüpfen, sodass er sich an ihrem Bein festklammerte und lachte. »Sie bleibt mit ihrer Magd im Zimmer.«

»Mama, guck mal, wie ich Pferdchen reite«, kicherte Godric.

»Guter Junge.« Isabel lächelte und hoffte, dass er ihre düstere Stimmung nicht bemerkte. »Geht es Rowena gut?«

»So gut, wie es ihr unter den gegenwärtigen Umständen gehen kann.« Die Dienerin schaute in die Richtung der Gemächer. »Von Zeit zu Zeit höre ich sie jammern, aber soweit ich weiß, haben die Dänen sie in Ruhe gelassen.« Berthilde sog die Luft ein, als ob sie jede weitere Bemerkung zurückhalten wollte.

Isabel sagte leise und tadelnd: »Sei freundlich zu ihr.«

In Berthildes braunen Augen blitzte es. »Sie behandelt Euch mit großer Unhöflichkeit.«

Selbst jetzt pochten die kleinen Wunden unter Isabels

Ärmel noch. »Sie hat viel durchgemacht. Stancliff ist tot.«

»Das ist eine Tragödie.« Berthilde verlagerte ihr Gewicht auf dem Stuhl und zog Godric enger an sich. »Aber Ihr vergebt ihr zu viel.«

»Vergiss dich nicht, Berthilde.«

»Wie könnte ich das, wo Ihr doch immer mein Gewissen spielt?« Gutmütigkeit ersetzte den Zorn im Blick der Magd, und hinter den Prellungen kam wieder die lebhafte Frau hervor, die mit der Zeit zu Isabels bester Freundin geworden war.

Isabel legte die Hand auf Berthildes Knie. »Dein Lächeln muntert mich immer auf und gibt mir Hoffnung.«

Berthilde beugte sich zu ihr vor. »Haltet diese Hoffnung fest, denn das alles hier wird beizeiten vorbei sein.«

»Mama, halt mich fest.« Godric streckte sich nach Isabel. Ihr Herz verkrampfte sich. Sie hielt ihm die Arme entgegen, wurde aber von Ragis Händen aufgehalten.

Sie drückte sich vom Boden ab. Angst gesellte sich zu ihrer Wut. »Wieso hilft es deinem Lord, wenn er mich von meinem Kind fern hält? Ich weiß nicht, wohin mein König gegangen ist und ob er überhaupt noch lebt.«

Der alte Mann öffnete den Mund, aber er gab ihr keine Antwort.

Mit Tränen in den Augen tröstete Isabel ihren Sohn. »Mein Liebster, ich werde dich sehr bald wieder in den Armen halten. Bis dahin wird dir Berthilde tausend süße Küsse geben.« Sie lächelte, als ob sie den Jungen beruhigen wollte, und verließ die Halle, denn sie konnte es nicht länger ertragen, ihm so nahe zu sein, ohne ihn umarmen zu dürfen.

Selbst wenn sie gewusst hätte, wohin Ranulf gegangen war, konnte Thorleksson doch nicht ernsthaft glauben, dass sie ihn um ihrer mütterlichen Instinkte wegen verraten würde. So etwas würde sie niemals tun. Wie viel Schmerz sie auch immer durchlitt, weil sie von ihrem Kind getrennt war, so war doch Ranulfs Überleben und seine Herrschaft wichtiger.

Abgesehen von den familiären Banden zu ihrem Bruder würde sie niemals vergessen, dass es ohne ihn keinen Schutz und keine Gnade für ihren Sohn gäbe. Schon durch Ranulfs Abwesenheit konnte Godrics Leben in Gefahr sein. Er war zwar ein vaterloses Kind, aber in seinen Adern floss das Blut der Könige, und das allein machte ihn zu einer Bedrohung für all jene, die einen Anspruch auf das wohlhabende Königreich Norsex erhoben. Kinder waren schon aus geringeren Gründen getötet worden.

Mit diesen dunklen Gedanken ging sie durch die Tür, doch eine Brust, so breit wie ein Schiffsrumpf, versperrte ihr den Weg. Der Riese namens Vekell stand vor ihr.

In der vergangenen Nacht hatten in seinem Blick Freundlichkeit und männliches Interesse gelegen, doch heute zeigten seine Augen keine Wärme. Wie alle anderen auch, so schien dieser Krieger Thorleksson als Gott oder König anzusehen, und jeder Angriff gegen ihn war gleichzeitig ein Schlag gegen seine Legion.

Schweigend trat er zurück. Mit ausgestrecktem Arm ermunterte er sie, weiterzugehen. Sie tat es, auch wenn sein stummer Gruß sie zermürbte. Sie betrat den äußeren Korridor, und seine Schritte ertönten schwer und beharrlich hinter ihr. An den Wänden ölten Soldaten ihre Schwerter und besserten die Schilde aus. Blicke hoben sich und glitten über sie, während sie vorbeiging.

Sie hörte, wie die Männer ihren Namen mit starkem Akzent aussprachen.

Verflucht seien ihre heidnischen Seelen! Wie viele Söldner hatte Thorleksson eigentlich hergeführt, nur um ihren Bruder zu töten? Niemand machte Anstalten, ihr entgegenzutreten, aber ihre Blicke waren sehr zudringlich. Sie eilte durch den Korridor. Die bloße Gegenwart der Männer erinnerte Isabel nur allzu deutlich an die verheerenden Veränderungen in ihrem Leben und an die Gefahr für die Zukunft ihres Kindes.

Vor dem Angriff der Dänen war ihr Leben keine große Freude gewesen, wenn sie von der Liebe zu ihrem Kind absah. Ihr Bruder hatte sie streng bewacht. Godrics Zukunft war dem König lieb und teuer gewesen, und er hatte sich sehr um das Kind gekümmert.

Sie drückte das breite Eichenportal der Festung auf. Der unerwartete Glanz des Himmels brachte sie dazu, die Hand zu heben und zu blinzeln. Winterluft machte ihr das Gesicht taub und stach wie mit Speeren durch ihre Kleidung.

»Leb wohl, Calldarington«, murmelte sie. Das flatternde Gefühl von Angst stieg in ihrem Magen auf, aber sie wollte sich jetzt nicht mehr umdrehen.

Um der Wahrheit die Ehre zu geben, war ihr Abstieg durch das Fenster in der vergangenen Nacht ihr erster Weggang von der Festung seit ...

Wahrlich, wie lange war es her? Sie vermutete, dass sie das letzte Mal vor Godrics Geburt draußen herumgestreunt war. Wie konnte das sein?

Wenn sie ehrlich zu sich selbst war, konnte sie diese Frage durchaus beantworten. Vor zwei Wintern hatte Ranulf sie still und absichtlich unter die eiserne Schwinge seines Schutzes geholt. Er hatte darauf beharrt, dass die Finsternis, die einen Mann dazu gebracht hatte, ihr Gewalt anzutun, auch in anderen stecken könnte. Sie wusste nicht, wo sich diese Finsternis verbarg, sondern nur, dass es sie gab.

Doch jetzt war ihr Zufluchtsort von dieser Finsternis

überrollt worden. Gefahr lauerte hinter jedem Vorhang und hinter jeder Wand von Ranulfs palastartiger Festung. Die Verkörperung all dessen, was sie fürchtete, hatte sich im Zimmer neben ihr niedergelassen.

Die Wände der Festung boten ihr keinen größeren Schutz mehr als der Ringwall oder das Land dahinter. Sie durfte nicht länger den Feigling spielen.

Hinter ihr quietschte die Tür, und sie hörte, wie der nordländische Riese hinaustrat.

Die schlammige Straße vor ihr war mit fremden Kriegern und Angelsachsen bevölkert, die allesamt dick in ihre Mäntel eingehüllt waren. Ihre eigenen Schultern bedeckte kein solcher Schutz, aber sie wollte keinesfalls zurückgehen und stieg daher zu der Straße hinunter.

Die Soldaten sahen ihr zu, als sie an ihnen vorüberging, und besprachen sich mit leiser Stimme. Ihre eigenen Leute taten dasselbe. Sie ging ohne festes Ziel. Vekell stapfte hinter ihr her.

Etwas schlug gegen ihre Beine.

Isabel schaute nach unten. Die Überreste eines verfaulten Kohlkopfes glitten hinunter zum Saum ihres Rocks. Ein fauliger Geruch verpestete die Luft.

»Hure!«

Sie riss den Kopf hoch. Es war ein angelsächsisches Wort gewesen. Eine Unmenge Gesichter starrten sie an, aber niemand bekannte sich zu der Beleidigung.

Entsetzen durchfuhr sie. Natürlich! Nun erst würde ihre wahre Bestrafung beginnen. Als Thorleksson vor zwei Wintern aus Ranulfs Gefängnis entkommen war, hatte es nur geflüsterte Anschuldigungen gegeben. Sie hatte die Schuld weder auf sich genommen noch sie verleugnet. Sicherlich hatte Rowena nach der vergangenen Nacht verbreitet, dass die Verdächtigungen tatsächlich der Wahrheit entsprachen.

Eine Prinzessin aus Norsex hatte den Dänen bei der Flucht geholfen. Nun stand sie nicht mehr unter Ranulfs Schutz, und die Abrechnung würde folgen.

Vekell trat an ihre Seite. Stirnrunzelnd blickte er in die Runde, dann bückte er sich, als ob er den Unrat von ihrem Rock abbürsten wollte.

»Nicht.« Sie stellte sich außerhalb seiner Reichweite. »Ich brauche deine Hilfe nicht.«

»Wie Ihr wünscht.« Er richtete sich wieder auf.

Vor sich sah sie die hohen Wände der Kirche.

»Ich will beten«, verkündete sie ihrem unerwünschten Begleiter. *Beten um Weisheit. Um Stärke. Um den Mut, an deinem Herrn Rache zu nehmen.*

Ohne auf die Zustimmung des Kriegers zu warten, schritt sie den schlammigen Weg zur Kirche hoch. Es war ein Ort, den sie seit langem nicht mehr besucht hatte. Pater Janus hatte ihre Vorliebe für die kleine Kapelle innerhalb der Festung verstanden und sich dort um ihre geistlichen Bedürfnisse gekümmert.

Drei Stufen aus Kalkstein führten hinauf zu dem Eichenportal. Auf diesen Stufen hatten sie, Rowena und Ranulf als Kinder gespielt und darauf gewartet, dass ihr Vater aus der Messe kam.

Sobald ihre Hand die beschnitzte Tür berührte, spürte sie Frieden. Doch als sie die Kirche betrat, zerbrach dieser Friede sofort wieder.

Vier Krieger standen hinter dem Portal. Sie versperrten ihr den Zugang und den Blick auf den Altar. Angst durchfuhr sie – und die Erinnerung an die Geschichtsstunden, die man ihr in Lindisfairne gegeben hatte. Nordländer waren gekommen. Mönche waren ermordet, Altäre geschändet worden. Hatten die Barbaren nun auch Calldaringtons christliche Kirche entweiht? Hatten sie vor, sie niederzubrennen? Was war mit Pater Janus geschehen, der sich um die geistlichen Belange des Dorfes kümmerte und zu Isabel auch in schwierigen Zeiten immer freundlich gewesen war?

Eine dunkle Gestalt erhob sich neben ihr.

»Mylady«, sagte Vekell und ergriff sie am Ellbogen. Er gab vor, ihr behilflich zu sein, obwohl dazu keine Notwendigkeit herrschte. »Es scheint, dass er beinahe fertig ist.«

Als er sie beiseite führte, brachte ihre Phantasie schockierende, entsetzliche Bilder hervor. »Fertig? Fertig womit?«

Sie drängte nach vorn und bereitete sich auf die Scheußlichkeiten vor, die sie gleich sehen würde. Sie *wollte* sie sehen, damit ihr Hass noch mehr wuchs. Vekell trat vor sie und packte sie bei den Unterarmen. Über seine Schulter erkannte sie, wovor er sie abschirmen wollte. Sein Anführer kniete demütig vor dem Altar, und eine große Zahl seiner Krieger kniete neben ihm.

»Was tut er da?«

»Das ist doch wohl klar.«

Verblüfft sah Isabel, wie Pater Janus in seinen Messgewändern herbeikam und den Blick fest auf die Krone gerichtet hatte, die der dänische Eroberer trug. Mit leiser Stimme hielt er ihm die heilige Kommunion entgegen.

»Er ist Christ?« Ein bitteres Lachen ertönte in ihrer Kehle.

»Ja.« Vekell zog eine Grimasse. »Ein römischer Missionar hat dafür gesorgt.«

Sie riss sich aus seinem Griff los. »Und du?«

»Ich fürchte, ich stehe so fest im heidnischen Glauben wie zuvor.« Sein Lächeln reichte nicht bis zu den Augen.

Isabel richtete ihre Aufmerksamkeit wieder auf die Abscheulichkeiten, die im Chorraum vor sich gingen. »Worum betet er? Um Stärke, damit er mein Volk ganz vernichten kann? Um Weisheit, die sich bei ihm darin zeigt, dass er den Müttern die Kinder stiehlt?«

Vekell biss die Zähne zusammen. »Redet nicht so über meinen Herrn.«

Die Hochachtung für die Kirche hielt sie davon ab, ihre Antwort herauszubrüllen. »Sag mir, wofür ein solcher Mann betet.«

Mit plötzlicher Heftigkeit nahm er sie beiseite und flüsterte: »Das ist kein Geheimnis. Er betet um den Tod.«

»Um den Tod?«, wiederholte sie. »Um den Tod meines Bruders? Um meinen eigenen Tod? Oder um den meines Volkes?«

»*Nei,* Mylady. Um seinen eigenen Tod.«

Seine Worte hallten in ihrem Kopf wider. »Was ist das für ein Mann, der um seinen eigenen Tod betet?«

»Einer, der *heljar-karl* ist.«

»*Heljar-karl*?«, wiederholte sie.

Er runzelte die Stirn, als suche er nach der passenden Übersetzung. »Verflucht. Zum Tode verdammt.«

Isabel starrte auf Kols dunklen Kopf, den er über die Hände des Priesters gebeugt hielt. Sie hatte von solchen Männern gehört. Von Kriegern, die *Wyrd,* die gleichgültige Weberin des Schicksals, mit dem Mal des Todes gezeichnet hatte.

Sie flüsterte: »Wer nichts mehr hat, wofür er leben kann, ist ein gefährlicher Mann.«

»Ja. Daran würde ich mich immer erinnern, wenn ich an Eurer Stelle wäre.«

Isabel blieb keine Zeit, um darüber nachzudenken, ob seine Worte eine Drohung waren, denn gerade in diesem Augenblick stand Thorleksson auf und drehte sich dem Kirchenschiff zu. Sein Blick traf sich mit dem von Isabel, als er das Kreuz auf seiner Brust anhob. Feierlich presste er die Lippen gegen das Kreuz und steckte es wieder unter sein Wams.

Isabel keuchte auf, denn in diesem Moment erhaschte sie einen flüchtigen Blick auf den Retter ihrer Träume, auch wenn er verwundet war.

»Nein«, flüsterte sie und schüttelte den Kopf. Diesen Retter gab es nicht. Es *durfte* ihn nicht geben, er *durfte* nicht derselbe sein, der ihre Unschuld gestohlen hatte.

Sie wich durch die Tür zurück und stieg die Treppe hinunter. Vom Ozean her wehte der Wind herbei und peitschte ihr das Haar über das Gesicht. Schmale Wege führten zwischen den Hütten der Bauern hindurch. Sie eilte auf den nächsten zu. Isabel wagte es nicht, ihm noch einmal in die Augen zu schauen. Sie durfte es sich nicht erlauben, an seiner Schuld zu zweifeln, sondern musste ihn so vollkommen verdammen, wie er es verdient hatte.

Der Pfad führte sie in das dunklere Herz von Calldarington. Gesichter spähten durch offene Türen, doch als Isabel langsamer wurde, schlossen sich die Türen sofort. Zwei Frauen sahen sie, drückten sich gegen die Wand eines Schuppens und zogen die Kragen ihrer farblosen Umhänge enger zusammen. Sie beobachteten Isabel mit finsterem, misstrauischem Blick.

Niemand sprach sie an. Niemand bot ihr Schutz.

Ich bin nichts als eine Fremde an diesem Ort. Isabel ging noch langsamer. Sie drehte sich um und stemmte die Hände in die Hüften. Als Kind hatte sie jeden Winkel des Ortes gekannt. Aber jetzt fühlte sie sich verloren. Wohin sollte sie von hier aus gehen?

Hinter ihr erklangen schwere Schritte auf dem feuchten Weg. Das Herz raste ihr in der Brust. Die Dänen waren ihr gefolgt. *Er war ihr gefolgt.*

Sie stellte sich ihren Verfolgern entgegen. Es waren drei Männer. Kalt dreinblickende Angelsachsen. Ihre stämmigen Leiber versperrten den Weg, auf dem Isabel hierher gekommen war. Der größte von ihnen trat vor; seine fleischigen Fäuste hielten eine Keule umfasst.

Er fragte spöttisch: »Wohin so eilig, Prinzessin?«

Isabel gefror das Blut.

Ein anderer grinste höhnisch. Seine gelben Zähne glänzten wie Talg im Morgenlicht. »Hure! Hat dein Liebhaber dich hinausgeworfen, nachdem er bekommen hat, was er haben wollte?«

Der dritte Mann rief: »Ja, nämlich unsere toten Söhne und unsere Häuser.« Seine Stimme wurde heiser vor Erregung. »Verräterin.«

Der erste Mann sprang auf sie zu. Isabel fiel nach hinten und spürte die Hände eines anderen Mannes an ihrer Hüfte. Er drückte sie so heftig auf den Boden, dass ihr die Luft aus der Lunge getrieben wurde.

Sie versuchte aufzustehen, aber jemand warf sie wieder hin. Steine quetschten ihr Hände und Knie. Am Rande ihres Blickfelds öffnete sich eine Tür. Leichtfüßige Schritte näherten sich. Waren es die einer Frau? Eine Frau würde ihr sicherlich Schutz anbieten.

»Weibsstück!« Etwas Weiches und Feuchtes traf ihre Wange. Die Überreste einer fauligen Zwiebel fielen zu Boden. »Wegen dir ist mein Mann jetzt tot.«

Hände schlugen auf ihren Hintern ein und zerrten an ihrem Haaren. Zehen und Absätze stachen ihr in die Seiten. Lachen und Flüche durchfluteten ihre Ohren. Isabel grub die Finger in die Erde und spürte, wie die scharfkantigen Ränder von zerschmetterten Muschelschalen ihre Haut ritzten. Inmitten des Aufruhrs schluchzte jemand. Sie erkannte, dass sie selbst es war. Sie biss die Zähne zusammen, gerade als ein Stein sie in der Seite traf. *Das hat sie verdient.* Schlamm spritzte auf ihren Rücken.

Ein Schrei drang durch den Nebel von Isabels Elend.

Eine Frau kreischte. Schritte zogen sich zurück. Isabel kauerte sich auf der Erde zusammen. Warum konnte sie nicht hineinsinken und verschwinden?

Zwei große Hände berührten sie.

»Nein.« Sie wich zurück. Aber die Hände wischten ihr die Haare aus dem Gesicht und strichen ihr über Rücken und Flanken. Männer redeten mit gedämpfter Stimme in nordländischer Sprache.

Er hob sie an seine Brust, und einen erstaunlichen Augenblick lang fühlte sie sich vor allen beschützt, die sie bedrohten. Sie brauchte nicht hinzusehen, um zu wissen, wer sie in den Armen hielt.

Seine Gegenwart war ihr so vertraut geworden wie ihre eigene.

Siebtes Kapitel

Kol schlug seinen Wachen, die sich im Gang vor seinem Gemach drängten, die Eichentür vor der Nase zu. Sie hatten versucht, einen möglichst freien Blick auf die Prinzessin zu erhalten. Isabel hatte sich wie ein schlafendes Kind in Kols Armen zusammengerollt. Er hatte sie schon einmal so gehalten.

Als Kind hatte sie Unschuld und Licht ausgestrahlt, doch nun, als Frau, schien ihre Seele in Schatten gehüllt zu sein. Wie sehnlich wünschte er sich, dass sie weinen, ihn verfluchen oder ihm die Augen auszukratzen versuchte. Doch stattdessen blieb sie reglos und verbarg ihr Gesicht an seiner Brust.

Er legte sie auf das Bett. Obwohl das Licht aus dem Kamin allmählich schwächer wurde, hob sich ihre Haut lebhaft leuchtend von den Fellen ab. Tränen glitzerten auf ihren Wimpern, doch sie hielt die Augen geschlossen.

»Bist du verletzt?«

Sie gab keine Antwort, sondern hob nur die Arme und verschränkte sie vor ihrem Gesicht. Kol wandte den Blick von der üppigen Schwellung ihrer Brust ab, die sich unter dem feuchten, eng am Körper klebenden Hemd abzeichnete. Ihre Röcke hatte man ihr um die Knie gewickelt, und die Strümpfe darunter waren zerrissen. Er zog den Saum herunter, bis er die Knöchel bedeckte, mehr zu seiner Beruhigung als zu ihrer.

»Keine scharlachroten Pantoffeln heute«, dachte er laut.

Stattdessen trug sie fein gearbeitete Lederstiefel, die die zarten Konturen ihrer Waden und die Biegung ihrer Füße betonten.

Er zog die Pantoffeln vor. Vielleicht weil sie ein Bild von Isabel zeichneten, das er nie selbst sehen durfte. Das Bild einer lebhaften jungen Frau mit Freude in den Augen und einem Lachen auf den Lippen.

War sie diese Frau gewesen, bevor er ihrer Welt Vernichtung gebracht hatte? Er war mit solcher Gewalt und Plötzlichkeit über ihr Leben hereingebrochen und wusste daher nicht, wie er sich Isabel vorstellen sollte. Sein Blick fuhr über ihren Körper. Nichts sprach von einer offensichtlichen Verletzung. Ihr halb hinter den überkreuzten Armen verborgener Mund zitterte.

Weinte sie wegen schmerzender Gefühle oder wegen körperlicher Schmerzen?

Es machte einen weiteren Versuch. »Bist du in der Lage, deine Glieder zu bewegen?«

»Lass mich in Ruhe«, sagte sie mit leiser, belegter Stimme. Sie rollte sich auf die Seite, wandte sich von ihm ab und drückte die Hände gegen das Gesicht. Ein Seufzen kam von ihren Lippen.

»*Nei,* Prinzessin. Es gibt zu viele Fragen, die einer Antwort bedürfen, und ich möchte diese Antworten gern von dir hören.« Er beugte sich vor und strich ihr die Haare aus dem Gesicht. Sie zuckte zurück, wie er es erwartet hatte.

Er blieb dort; seine Hand lag bewegungslos auf ihrer Wange. Wie verführerisch es war, Mitleid mit ihr zu empfinden. Sie trösten zu wollen. Rief sie in allen Männern ein solches Verlangen hervor?

War sie wirklich die kunstreiche Verführerin, als die er sie ansah? Eine bösartige Frau, die sogar von ihrem eigenen Volk verachtet wurde? Etwas in ihm fand es unmöglich, diesem Verdacht zuzustimmen. Jetzt schien sie nur eine junge Frau zu sein, deren Herz gebrochen war, aber er schreckte davor zurück, jemanden zu bemitleiden, der sich wie die Feinde in seiner Vergangenheit entschieden hatte, ihn mit Lügen in die Irre zu führen.

»Welche Sünde hast du begangen, dass dein eigenes Volk sich derart gegen dich gewendet hat?«

Er erwartete keine Antwort, sondern nur Schweigen und vielleicht weitere Tränen. Doch stattdessen nahm sie ruckartig die Arme vom Gesicht. Ihre Unterlippe war leicht geschwollen, und an der Schläfe hatte sie einen Bluterguss. Sie stützte sich auf die Ellbogen und sah ihn so eindringlich an, dass sein Puls raste. Das geschah selten und war auch in den härtesten Schlachten ungewöhnlich für ihn.

»Du willst meine Sünde hören?« Hitze flackerte tief in ihren Augen und mit ihr eine unmissverständliche Anklage.

Er runzelte die Stirn. »Du siehst mich an, als ob du mich für das verantwortlich machen willst, was dein Volk dir angetan hat.«

»O nein. Da bin ich ganz allein schuld.« Bitterkeit färbte ihre Stimme. Sie brachte sich in eine sitzende Lage und zuckte aus einem Grund zusammen, den sie verschwieg. Tränen klebten an ihren Wimpern. Unter dem fleckigen Hemd hoben und senkten sich die Brüste im Takt ihres schweren Atmens. »Denn wenn ich dich im Verlies meines Bruders hätte sterben lassen, wäre das alles nicht passiert.«

Vorsichtig meinte er: »Vielleicht ist es besser, wenn du wieder schweigst.«

»Du willst, dass ich still bin, wo ich doch gerade erst zu reden angefangen habe?« Sie atmete einige Male tief ein, als ob ihr die Luft ausginge. »Vor zwei Wintern habe ich dir aus dem einfachen Grund geholfen, weil ich ein dummes Mädchen war, das glaubte, du hättest ihm das Leben gerettet.«

»Genau das habe ich getan.«

Ihr höhnischer Blick verriet ihm, dass sie dies inzwischen nicht mehr glaubte.

»Das habe ich getan«, wiederholte er harsch. »Oder bist du der Meinung, der Fluss hätte dich aus eigener Kraft ausgespuckt?«

Sie saß still da, aber er sah das Zittern, das durch ihren Körper lief. Er wusste, dass sie fror. Also zog er sich zum Kamin zurück, legte einige Scheite auf den Aschenhaufen und entzündete sie. Währenddessen dachte er angestrengt nach.

Als er sich wieder zu ihr umdrehte, fragte er: »Wessen klagst du mich an, Isabel?«

»Das spielt keine Rolle.« Sie beobachtete misstrauisch jede seiner Bewegungen. »Wichtig ist nur, was die anderen glauben.« Sie zeigte mit dem Arm in Richtung des Fensters, aus dem man, wenn es geöffnet wäre, die Siedlung hätte überblicken können.

»Und was glauben sie?«

Ihre Miene verhärtete sich, als ob er sie dazu zwänge, eine Erniedrigung einzugestehen, die für sie unerträglich war. »Sie glauben, dass wir ...«

Sie schluckte schwer. In ihrem Gesicht zuckte es, als ob ihr eine Biene in die Kehle geflogen wäre.

Es war schwer für ihn, seine Ungeduld zu unterdrücken. »Sag es einfach.«

»... dass wir Liebende sind.«

Kol lachte. Es war ein scharfer, freudloser Laut. Doch im nächsten Moment zog eine verblüffende Abfolge von Bildern vor seinem geistigen Auge vorbei. Sein Körper, verschlungen mit dem der Prinzessin. Schweiß. Zufriedenheit. Freude.

Er schob diese Bilder beiseite.

Stattdessen fragte er: »Warum glauben sie eine solche Lüge? Hat es in deiner Vergangenheit so viele Liebhaber gegeben?«

Die Prinzessin fuhr sich mit der Hand über die Wangen und wischte sich die Tränen fort. »Du Schwein! Du ekelst mich an.« Sie packte eines der bestickten Kissen, die wie Juwelen auf dem Bett des Königs lagen, und warf es nach Kol. Er fing das Kissen auf und drückte es sich gegen die Brust. Auf seinen Lippen lag eine Warnung, doch sogleich erstarrte Isabel und drückte sich die Hand gegen die Leiste. Kurze, flache Atemzüge drangen zwischen ihren Lippen hervor.

»*Tröll hafi þig*.« Er ließ das Kissen fallen und trat an ihre Seite. »Du bist verletzt. Schon zum zweiten Mal in genau so vielen Tagen. Du darfst dich nicht mehr in Gefahr bringen.«

»Ich bin nicht verletzt. Ich brauche deine Hilfe nicht.« Schmerz schwächte ihre Stimme und bewies die Unaufrichtigkeit ihrer Behauptung. Sie schloss die Augen und fiel zurück auf das Bett. »Ich will nur, dass du endlich gehst und mir meine Dienerin schickst. Sie heißt Berthilde. Du wirst sie unten in der Halle finden.«

»*Nei*.« Kol schüttelte den Kopf. Schon bewegten sich seine Hände über ihren Körper.

»Fass mich nicht an!« Sie packte seine Hände. Die ihren waren erschreckend kalt.

Ihre Blicke verkrallten sich ineinander. Einen Atemzug lang herrschte zwischen ihnen eine seltsame Vertrautheit, die nach Kols Vermutung von den Küssen und dem Gerangel der letzten Nacht herrührte.

»Deine Magd kümmert sich um den Jungen, und das wird sie auch weiterhin tun.«

Sie senkte die dunklen Wimpern und unterbrach dadurch die Verbindung. Mit ihren weißen Zähnen biss sie sich auf die geschwollene Unterlippe. Offenbar hatte sie gehofft, er würde es erlauben, dass ihr Sohn gemeinsam mit der Magd herkommen durfte. »Wenn nicht sie, dann hole bitte meine Schwester.«

»Sprichst du von derselben Schwester, die dich gestern Abend zu erstechen versucht hat?«

Sie drückte seine Hände beiseite. Mit Ausnahme zweier lebhafter roter Flecken auf den Wangen war ihr Gesicht leichenblass. »Ich will nicht, dass du dich um mich kümmerst.«

Er wich zurück, warf sein beschmutztes Wams zu Boden und rollte sich die Ärmel auf. »Ich werde deine Pflege keiner Angelsächsin überlassen. Nicht nach dem, was ich vorhin miterlebt habe.«

Sie kniff die Augen zusammen und sah ihn scharf an.

»Verstehe meine Besorgnis nicht falsch. In zwei Tagen brechen wir auf, und dann musst du in der Lage sein, genauso schnell wie meine Männer zu reiten.«

»Reiten?« Die Angst machte ihre Stimme sanfter. »Wohin?«

Vorsichtig ergriff er ihre Handgelenke. »Versuch aufzustehen.«

Sie sah ihn finster an und erlaubte ihm, sie auf die Beine zu stellen. Sicherlich wollte sie nur so weit vom Bett fortkommen wie möglich.

Sie packte seinen Arm. »Bitte antworte mir. Wohin reiten wir?«

Er führte sie zum Kamin. »Wenn ich es dir sagen würde, dann hättest du in den nächsten zwei Tagen nichts, worüber du nachdenken kannst.«

Ihre gerunzelte Stirn und die nach unten gezogenen Mundwinkel zeigten deutlich an, dass sie seine Art von

Humor nicht schätzte. »Was ist mit meinem Sohn? Reitet er mit uns?«

Kol zog einen Stuhl in den Kreis der Wärme.

Sie schüttelte seinen Arm. »Antworte mir. Es ist nicht sicher, ihn allein und ohne Schutz hier zu lassen. Selbst jetzt befürchte ich ... oh!«

Mit bleichen Gesicht sackte sie gegen ihn.

Er setzte sie auf den Stuhl und kniete vor ihr nieder. »Du musst mir nun vertrauen.«

»Natürlich.« Kein Lächeln begleitete ihr Lachen. »Das werde ich ohne Unterlass tun.«

Er zog ein Messer aus seinem Gürtel. »Wir müssen uns deine Verletzung ansehen, und deine Kleidung sitzt so eng, dass wir sie dir nicht über den Kopf ziehen können, ohne dir noch mehr Unannehmlichkeiten zu bereiten. Die Schwierigkeit durchzuatmen und die Schmerzen in der Seite deuten darauf hin, dass du eine gebrochene oder gequetschte Rippe hast.«

Voller Furcht senkte sie den Blick auf die Klinge. »Das wird wohl zu einer unwillkommenen Angewohnheit.«

»Begib dich nicht mehr in Gefahr, und ich werde mit der täglichen Zerstörung deiner Kleider aufhören.« Obwohl er mit leichtem Ton hatte sprechen wollen, klangen seine Worte wie eine Drohung. Das erkannte er daran, dass Isabel sofort erstarrte. Er versuchte, ihr die Furcht zu nehmen. »Glaube mir, ich habe viel Erfahrung mit Verletzungen.«

»Wie es wohl üblich bei jemandem ist, dessen Leben sich nur um Töten und Verstümmeln dreht.«

Kol stieß hörbar die Luft aus. Er würde es ihr nicht wieder wie in der letzten Nacht erlauben, dass sie ihn zu einer Überreaktion anstachelte.

Er packte den Saum ihres Kleides und bemühte sich, nicht gleichzeitig den Unterrock anzufassen. Die Prinzessin wehrte sich nicht; sie sprach kein einziges Widerwort. Sie bewegte sogar kaum einen Muskel. Durch die dicke Wolle wisperte seine Klinge nach oben, bis er auch das letzte Stück Stoff zwischen ihren Brüsten durchtrennt hatte.

Er streifte ihr das Gewand von Schultern und Armen, bis es über die Lehnen des Stuhls fiel und auf dem Boden zu einem dunklen Flecken wurde.

Einen Moment lag starrten sie einander an.

Plötzlich schaute sie weg und zitterte. Den Blick hielt sie auf den Kamin gerichtet. Mit leiser, heiserer Stimme fragte sie: »Dürfte ich vielleicht etwas Wasser haben, damit ich mich waschen kann?«

Das war keine unvernünftige Bitte. Die Untersuchung konnte bis danach warten. »Selbstverständlich.«

Er stand auf und ging zum Kamin. Von einem Haken über dem Feuer nahm er einen kleinen Topf. Darin plätscherte Wasser gegen die Seiten des Gefäßes. Er kehrte zu Isabel zurück und hielt ihr den Topf entgegen. Sie formte die Hände zu einer Schale und benetzte sich das Gesicht mit der kristallklaren Flüssigkeit.

Das Wasser glitzerte auf ihrer Haut, tropfte hinunter und befeuchtete das Leinen über ihren Brüsten. Der Stoff nahm dieselbe zarte Färbung an wie die Haut darunter.

»Besser?« Sein Mund war so trocken geworden, dass er keine längeren Sätze mehr sprechen konnte.

»Ein bisschen.«

Gebannt schaute er zu, wie sie sich die Haare über eine Schulter legte und mit den Fingern hindurchfuhr. »Wenn du erlaubst, möchte ich mir gern den Gestank aus dem Haar waschen.« Der dunkle Saum der Wimpern verbarg ihre Augen. »Und von der Haut.«

Es war ein Wunder, dass der Topf nicht zersprang, so

fest hielt er ihn zwischen seinen Händen. Falls sie nach dem roch, womit die Angelsachsen sie beworfen hatten, so bekam er es nicht mit. Vielleicht schwächten seine Augen, die auf den verschatteten Spalt zwischen ihren Brüsten starrten, seine übrigen Sinne.

»Bitte«, murmelte sie. »Ich kann diesen Geruch nicht mehr ertragen.«

Sein Blut brodelte und floss dick durch seine Adern. Zugleich erwachte ein dunkler Verdacht in ihm.

Aber ihre Bitte war so zart vorgebracht, dass er sie nicht ablehnen konnte. Er hob den Topf und goss ihr das Wasser über die erhobenen Hände und das nach oben gerichtete Gesicht. Sie strich sich mit den Händen über die Wangen und durch das Haar. Das Wasser sprudelte über ihre Schultern. Über ihren Hals. Ihre Brüste. Das Untergewand schmiegte sich eng an ihren Körper und enthüllte die aufgerichteten Brustwarzen sowie, weiter unten, den dunklen Schatten zwischen ihren Schenkeln.

Wie geschickt sie in dieser vorgespielten Lockung war. Er wusste, dass sie ihn verführen wollte. Wie in der vergangenen Nacht. Um ihren Sohn wiederzubekommen. Um Kol zu beeinflussen.

Wie dumm seine Hoffnung gewesen war, sie könnte eine ehrenhafte Gemahlin und Mutter sein, wo sie doch in Wahrheit genauso verschlagen und zielstrebig war wie Samsons Delilah.

Aus dem Topf tröpfelte es nur noch; er war leer. Kol stellte ihn auf dem Boden und kniete sich vor sie. Wasser nässte die Knie seiner Hose.

Tropfen glitzerten auf ihren Wimpern. Sie wich seinem erhitzten Blick nicht aus.

»Sag mir, wo du die Schmerzen am stärksten spürst.«

Sie ergriff seine Hand und drückte sie gegen ihre Seite. »Hier.«

Unter dem nassen Leinen strahlte ihre Haut eine schwache Wärme aus. Ihr Haar war nun, da es nass war, länger als zuvor, und glänzte auf Schultern und Brüsten. Er suchte eine Rippe nach der anderen ab und fuhr dabei mit den Fingerspitzen über ihren Oberkörper.

»Hier?« Kol runzelte die Stirn und versuchte eine Falte im Untergewand zu glätten, damit er eine mögliche Verletzung besser ertasten konnte. Es war schwer, überhaupt irgendetwas zu erfühlen, während das Blut ihm so heftig durch den Kopf rauschte.

»Du kannst es ausziehen.«

Ihre Worte hallten durch den Donner seines Herzschlags. Er packte ihr Untergewand bei den Knien. Langsam zog er es hoch. Er hörte, wie der feuchte Stoff über die Schenkel glitt. »Würdest du ohne es nicht besser sehen können?«

Jeder Zoll von Kols Körper pulsierte, als ob er zu viel Wein getrunken hätte. Das Verlangen wirbelte in seinen Lenden wie eine warme Zunge, wohl geübt und mit dem kühnen Versprechen des Vergnügens.

Abermals ergriff sie seine Hand, doch diesmal legte Isabel sie auf ihre Hüfte oberhalb seines Messers. »Kümmere dich nicht um meine Sittsamkeit. Schließlich hast du selbst gesagt, dass ich in zwei Tagen fähig sein muss zu reiten.«

Er zog das Messer fort und schob ihr das Untergewand bis zur Hüfte hoch. Dann zog er ihr es über die Arme, wobei er seinen Zorn kaum im Zaum halten konnte.

Im Feuerschein glänzte ihre Haut wie Bernstein. Stolz setzte sie sich, lehnte die Schultern zurück und streckte die Brüste vor. Die Beine waren nur bis zu den Knien von Strümpfen bedeckt und leicht gespreizt. Er wusste, dass sie ihn dabei beobachtete, wie er sich an ihr satt sah.

Er befand sich am Rande des Abgrunds. Es wäre so

einfach, das anzunehmen, was sie ihm darbot, und ihr im Gegenzug das zu geben, was sie haben wollte. Wie wundervoll schwer ihre Brüste in seinen Händen sein würden.

Das Verlangen drückte gegen seine Schenkel. Er fuhr mit dem Daumen über ihre nackte Haut bis knapp unter die Brust.

Er sah ihr nicht ins Gesicht, denn er wusste, was er darin lesen würde. Er hatte es bereits in der vergangenen Nacht bemerkt. Die höhnisch gekräuselten Lippen. Der Hass in ihren Augen.

Was für eine Närrin sie doch war, wenn sie glaubte, dass er so schwach sei.

Er legte die ausgebreitete Hand auf ihre nackte Haut. »Fühlst du den Schmerz hier?«

Sie nickte und wandte das Gesicht ab, zweifellos um ihren Abscheu zu verbergen.

Mit einer plötzlichen Bewegung legte er ihr den Arm um den Rücken. Sie keuchte auf, und er wusste, dass er ihr wehgetan hatte.

»Ist es das, was du willst?«, fragte er flüsternd. Er drückte ihr die Hand auf die Brust.

»Ja«, keuchte sie. »Das will ich.« Brannte da Hass oder Leidenschaft in ihren Augen?

Er drückte seine Lippen auf die ihren, sanft zunächst, doch als seine Erregung stieg, quoll auch sein Zorn hoch, und sein Kuss wurde heftiger. Er forderte sie mit dem Mund heraus. Er wollte, dass sie sich ihm ergab. Und sie tat es, öffnete die Lippen und erlaubte ihm, dass er ihr die Zunge tief in den Mund steckte. Er massierte ihre Brüste, senkte den Kopf und nahm eine der Warzen in den Mund. Sie jammerte auf, und er hörte das Kratzen ihrer Stiefel über den Boden.

Es war fast so, als wäre ihre Lust echt.

Aber er war kein Narr. Er biss sie sanft, und sie schrie auf. Ihr Kopf fiel in einem vollkommenen Bild der Leidenschaft nach hinten. Seine steife, in der Hose gefangene Rute drückte gegen ihre geöffneten Schenkel.

Er befand sich zu nah am Rand des Abgrunds.

Leise sagte er ihr ins Ohr: »Bekommst du so immer das, was du haben willst?«

Sie wurde steif in seinem Griff.

»Der Junge. Du willst, dass er dir zurückgegeben wird.«

»Das weißt du doch.« Ihre Worte klangen erstickt.

»Und du würdest alles geben, um ihn wiederzuhaben.«

»Ja.« Sie verkrallte die Hände in seinem Hemd. »Alles.«

Er wich ein wenig von ihr zurück, hielt sie aber noch fest bei den Schultern gepackt. Nackt und verwundbar zitterte sie, hielt jedoch seinem Blick stand.

»Gib ihn mir zurück.« Sie versuchte die Arme um seine Hüfte zu schlingen, doch er stand auf und entwand sich ihrem Griff. Verwirrung lag auf ihrem Gesicht. Waren ihre Verführungsversuche bisher etwa nie fehlgeschlagen?

Jetzt! Schleudere ihr ihre eigenen Lügen ins Gesicht.

»Erkläre mir, Isabel, warum ich für den Besitz von etwas, das mir bereits gehört, einen Handel eingehen sollte?«

»Wie bitte?«, keuchte sie. Ihre Miene war kaum anders als die eines Gegners auf dem Schlachtfeld, der einen Speer in den Bauch bekommen hatte.

»Ich meine den Jungen.« Sein Atem verlangsamte sich. Es quälte sie, und das genoss er zu sehen. Sie hatte es für ihre Lügen verdient. »Glaubst du, ich wüsste nicht die Wahrheit?«

Sag die Wahrheit, Isabel. Sprich sie aus, und ich werde dir vergeben.

Die Prinzessin aber wollte ihre Lügen nicht gestehen. Stattdessen erhob sie sich von dem Stuhl, schwankte ein wenig und ließ ihre Kleider hinter sich zurück. Nackt bis auf die Strümpfe und Stiefel ging sie fort.

Er wollte sie packen. Er wollte sie dazu zwingen, den Namen ihres Liebhabers, des Vaters ihres Kindes preiszugeben. Den Namen des Mannes, dessen Strafurteil ihm tiefe Furchen in den Rücken eingegraben hatte.

Sie hob eines der Felle vom Bett auf und legte es sich über die Schultern.

»Ich bestehe darauf, dass du dich ausruhst«, befahl er kalt. »Du leidest an einer geprellten Rippe. Das ist zwar keine gefährliche Verletzung, aber sie darf nicht noch schlimmer werden.«

»Ich will gehen.« Sie drehte sich um und betrachtete die Wand. Er wusste, dass sie nach der Geheimtür suchte. Ihre Verführung hatte nicht gewirkt, und nun wollte sie ihn verlassen.

»Du kannst dir wünschen, was du willst, aber du bleibst hier.« Er wollte grausam sein und ihr dieselben Qualen bereiten, die sie ihm bereitet hatte.

»Du brauchst nicht nach der Geheimtür zu suchen. Nach deinem Besuch in der letzten Nacht und der Zurschaustellung dieser schönen Messer habe ich dafür gesorgt, dass sie für immer geschlossen wird.«

Sie wirbelte herum; in ihren Augen brannte der Hass. »Ich will weg von dir!«

Sein Blick glitt über sie. »Es ist klar, dass man dir nicht vertrauen kann, also musst du bewacht werden. Du bleibst hier, in diesen Gemächern, bis ich etwas anderes befehle. Dein Zimmer wird mein Marschall zum persönlichen Gebrauch erhalten.«

»Ich muss in diesen Gemächern bleiben?« Entsetzen weitete ihre Augen. »Zusammen mit dir?«

»Prinzessin«, tadelte er. »Aus deinen Handlungen noch vor einigen Augenblicken hatte ich eigentlich geschlossen, dass du etwas um mich gibst.«

Die Prinzessin kreischte auf und griff nach einer leeren Schale.

Gerade als Kol die Tür hinter sich geschlossen hatte, hörte er, wie das Gefäß von innen gegen die andere Seite schlug.

Das Lachen, das aus seiner Brust quoll, fühlte sich gut an. Wirklich sehr gut.

*

Später in der Nacht hörten die Soldaten in der großen Halle der Festung mit dem Erzählen ihrer Geschichten auf und legten ihre Spiele beiseite. Lange nachdem sich der letzte Gefährte auf einer Bank niedergelassen hatte, nahm Kol vor dem Feuer Platz. Um ihn herum schliefen seine Krieger und ein paar verstreute Angelsachsen. Obwohl er schon seit einiger Zeit todmüde war, wusste er, dass er nicht einschlafen würde.

Er konnte einfach nicht damit aufhören, über Isabel nachzudenken. Er war wütend auf sie, und gleichzeitig begehrte er sie. Wie passte das zusammen? Wegen der Feindseligkeiten zwischen ihnen hasste er jeden einzelnen Augenblick, den sie gemeinsam verbrachten. Und doch saß er nun hier, war schon die zweite Nacht schlaflos und versuchte sich einen Grund auszudenken, sich ihr zu nähern.

Er zuckte zusammen, als ihn jemand am Ärmel zupfte. Über die Armlehne des Stuhls hinweg schauten ihn zwei große, dunkle Augen an.

Es war Isabels Junge.

»Schafen?«

Kol gab keine Antwort darauf. Er drehte sich um und starrte in die Dunkelheit des Raumes. Die Magd des Kindes, die Frau namens Berthilde, schnarchte auf ihrem Lager. Vekell schlief auf einer Bank zu ihren Füßen. Kol schaute wieder das Kind an.

»Schafen?«, fragte der Junge erneut.

Kol mochte Kinder ... auf eine unbeholfene Art. Er hatte nie Gelegenheit gehabt, mit ihnen umzugehen, ohne dass Vater oder Mutter in der Nähe waren und befürchteten, er könnte ihre Nachkommenschaft als Ärgernis ansehen und sie ... und was? Sie zerschmettern?

Er war der Meinung, dass der Junge eine Antwort verdient hatte. »*Nei,* ich kann nicht schlafen. Warum fragst du?«

Der Junge zuckte die Achseln. Er sprach leise, und seine Stimme erinnerte Kol an den Klang eines zwitschernden Vogels »Ich auch nicht schlafen. Spielen?« Unter dem Ärmel seines Hemdes holte er zwei kleine hölzerne Krieger hervor und hielt sie gegen das Licht. Der eine ähnelte eindeutig Ranulf.

»Nur wenn ich den hier bekomme.« Kol deutete auf den anderen, einen Krieger mit dunklen Haaren und einem roten Hemd.

Godric streckte ihm das Spielzeug entgegen, und Kol nahm es an. Als das Kind seinen Daumen packte, ließ er es zu, vom Stuhl weg und zum Lager des Jungen hingezogen zu werden. Kols Wolfshunde standen auf und jaulten, dann trotteten sie hinter ihm her.

Godric sprang auf das Lager und warf einen Blick über die Schulter zu Berthilde. Er legte einen Finger vor die Lippen. »Psst.«

Kol nickte. Er empfand unerwartete Freude an dieser

verschwörerischen Tat. Sie legten sich beide auf die Seite, das Gesicht einander zugewandt. Die Hunde drängten sich zwischen die Schlafenden hinter ihnen und streckten sich aus, Hugin auf der einen Seite, Munin auf der anderen. Der Blick des Jungen traf den von Kol. Schweigend brachten sie ihre Krieger in Schlachtposition.

Es dauerte nicht lange, bis Godric die Augenlider zufielen. Bald war er eingeschlummert, und seine kleinen Finger hielten das hölzerne Abbild seines Onkels umklammert. Als der Däne sicher war, dass der Knabe tief schlief, zog Kol ihm das Spielzeug aus der Hand und drückte ihm stattdessen den dunkelhaarigen Krieger zwischen die Finger. Kol setzte sich auf, ging auf den Kamin zu und warf das winzige Spielzeug hinein. Es flog in einem Bogen über drei schlafende Männer und brachte einen Funkenschauer hervor, als es auf die Scheite fiel.

Kol kehrte zu der Pritsche zurück, auf der Godric schlief. Im Feuerschein war die Haut des Jungen glatt und rot. Seine kleine Brust hob und senkte sich bei jedem Atemzug. Kol starrte ihn lange an und wünschte, er könnte die Dinge vergessen, die er und Isabel einander gesagt hatten. Die Dinge, mit denen sie sich verletzt hatten.

Er wünschte, er wüsste, wer der Vater des Jungen war und warum Isabel ihn über die Umstände der Geburt belog.

Er wünschte sich aus tiefster Seele, dass er ein anderer Mann wäre.

Achtes Kapitel

Kriegerjunge,
Von Männern gehegt.
Mit Schwert und mit List
Rächt' er des Königsvaters Tod.

Führer der Männer! Kein Kind mehr.
Mögen die Skalden auf ewig ihn künden.
Kol der Leuchtende!
An ihn erinnert euch
In Rune und Sang.

Isabel stand vor der Tür zur großen Halle. Ihre Hand ruhte auf dem beschnitzten Rahmen, der von den Künstlern ihres Bruders geschaffen worden war und ineinander verschlungene Ranken, eine Sperlingsschar und eine sorgfältig hineingearbeitete Schlange zeigte.

Kol hatte Isabels Anwesenheit beim abendlichen Fest befohlen, und sie hatte in der Hoffnung zugestimmt, dann ihren Sohn wiederzusehen. Doch als sie sich der Schwelle näherte, hörte sie die Stimme des dänischen Skalden, in der eine solche Ernsthaftigkeit lag, dass sie ihn nicht unterbrechen wollte.

Hexe, ehrlose Mutter.
Liebe hat nie
Ihre Brust geschwellt.

Ihre Rache schwor sie
Am schuldlosen Sohn
Für die Taten des Vaters.

Ihre Verwünschungen quollen hervor.
Tod unserm tapfersten Herrscher!
Tod, wo des Lebens Heldenmut
Noch nach Verausgabung strebte.

Noch folgten ihm Männer,
Dem verfluchten, dem heljar-karl.
Stimmen rufen: Anführer der Krieger!
Führer der Menschen!

In den dunkleren Nebeln, den Schatten,
Gelüstete den Halbbruder es,
Sein Führerthron war ihm nicht genug.
Unser edelster Krieger ward verdammt und
Ungerecht verbannt.

Isabel lehnte sich gegen die Wand. Warum tat es ihr im Herzen so weh, diese dunkle Geschichte zu hören? Eine Hexenmutter, die ihn verfluchte, als er noch ein Kind war? Und ein Halbbruder, der ihn verbannt hatte? Zu Unrecht, wenn das Lied der Wahrheit entsprach.

Wir folgen diesem König der See.
Mutter, beschützest du nicht deinen Sohn?
Nein. Allein tritt seinem Tod er entgegen,
Erhobenen Schwertes. Mit offenen Augen.

O ihr Barden, erinnert euch.
Er wird leben für ewig
Im Herzen der Krieger.

Für ewig in Runen,
Für ewig in aller Erinnerung.

In der Halle stand drückend die Stille. Vielleicht hatte das Fest noch nicht begonnen, und der Skalde saß allein da und bereitete sich auf den abendlichen Auftritt vor. Sie wollte einen Blick in den Raum werfen, doch eine Hand packte sie am Arm und drehte sie um, bis sie die Wand im Rücken spürte.

Sie starrte in seine Augen. In die Augen des Königs der See. Des Mannes, den diese Söldner als ihren einzigen Herrscher auf Erden ansahen. Desselben Mannes, den zu hassen und an dem zu rächen sie sich geschworen hatte.

Doch zu ihrer großen Scham empfand sie weder Feindschaft noch Abscheu, sondern nur einen eigentümlichen Zauber. Hatte seine böse Umarmung sie auf irgendeine Weise verhext?

»Komm«, sagte er. Falls er jetzt irgendetwas empfand, so enthüllte sein Gesichtsausdruck nichts davon.

Er geleitete sie über die Schwelle, seine Hand an ihrem Ellbogen. Zu ihrem Erstaunen säumten Krieger die Wände und die Reihen zwischen den Bocktischen. Alle standen, erkannte sie, und erwarteten ihren Herrscher. Weder Godric noch Rowena waren irgendwo zu sehen. Nein, kein einziger Angelsachse befand sich unter ihnen.

Er führte sie durch die Reihen der Männer. Isabel vermochte nicht die Augen von ihm abzuwenden. Nicht von seinem vorgestreckten Kinn, nicht von der dunklen Höhlung unter seiner Wange. Wie kalt und unnahbar er erschien. War er wütend auf sie, weil sie tags zuvor versucht hatte, ihn zu verführen? In Wirklichkeit war sie aus demselben Grund wütend auf sich selbst, aber sie war so verzweifelt gewesen und hätte alles getan, um endlich ihren Sohn wiederzubekommen. Hatte Thorleksson sie in die Halle bestellt, um sie vor seinen versammelten Männern zu bestrafen?

Vekell stand auf dem Podest, mit dem Rücken zu der Wand, an der die Schilde hingen. Ihr entging nicht der Ausdruck des Missvergnügens, mit dem Kol seine Männer betrachtete. Vielleicht galt sein Ärger gar nicht ihr. Kol half ihr die Stufen hinauf, blieb aber hinter ihr zurück, um mit einem der *ðegns* zu reden, die am Rande des Podests standen.

Vekell zog die Bank vor dem Tisch zurück und half ihr zu ihrem Platz. Sie beugte sich zu ihm vor. »Ist er wütend?«

Er antwortete ihr mit leiser Stimme. »Ihm gefällt das Lied nicht.« Kurz schien es so, als ob sie und der Däne sich miteinander verschworen hätten. Doch er gefiel ihr nicht. Sie beugte sich von ihm fort und löste damit das Bündnis auf. In der gegenüberliegenden Ecke der Halle stand der Skalde. Er hatte die Arme vor der Brust verschränkt und die Augen fest geschlossen. Offensichtlich behagte ihm das Missfallen seines Herrn nicht.

Kol setzte sich neben sie, doch er war mit den Gedanken anderswo, als ob Isabels Gegenwart zu unwichtig für ihn wäre. Er roch nach Holzfeuer und Gewürzen, was Isabel verwirrte. Heute Abend trug er ein Hemd aus dunkelstem Blau. Zwei kecke Streifen, die von Goldstickerei eingerahmt waren, stiegen vom Saum bis zum Hals, schlangen sich über die Schulter und liefen am Rücken wieder herab. Dieses exotische Muster unterstrich nur seine mächtige Gestalt. Ein weitgereister Kaufmann hatte einst Ranulf ein ähnliches Kleidungsstück angeboten, doch ihr Bruder hatte den byzantinischen Stil abgelehnt. Isabel hingegen hatte solche Gewänder immer beeindruckend gefunden. Sie boten ihr einen Blick auf ferne Welten – Welten, die sie so gern mit eigenen Augen gesehen hätte, bevor sich ihr Leben geändert hatte.

Seit damals hatte sie kaum etwas anderes als das Innere der Festung und den Ausschnitt der Welt hinter ihrem Fenster zu Gesicht bekommen.

Dienerinnen brachten Platten mit Brot und gekochtem Fleisch herein. Krüge mit Wein und Met wurden auf die Tische gestellt. Die versammelte Menge unterhielt sich mit gedämpfter Stimme.

Isabel war Kols mangelndes Interesse an ihr gleichgültig. Würde er sie ansehen, so würde er ihr verkrampftes Gesicht bemerken. Gleich nach den Ereignissen des vergangenen Abends hatte sie eines seiner Hemden angezogen, denn sie hatte nichts anderes gefunden, womit sie ihre Nacktheit bedecken konnte. Dann war sie auf den Stuhl vor dem Feuer zurückgekehrt und hatte seine Rückkehr erwartet. Wie sehr Isabel sie gefürchtet hatte! Doch um die Wahrheit zu sagen, hatte sich zu dieser Frucht auch Vorfreude gesellt.

Am vergangenen Abend hatte er sie begehrt. Das hatte sie deutlich gespürt. Doch er war wütend über ihren Versuch gewesen, ihn zu verführen. Wenn er die wilde Bestie aus ihrer schattenhaften Vergangenheit war, warum hatte er dann nicht seinem Verlangen freien Lauf gelassen und sich das genommen, was sie ihm angeboten hatte? Warum bestürzten ihn ihre Beweggründe, wo doch ein gewohnheitsmäßiger Vergewaltiger sofort seinem dunklen Drängen nachgegeben hätte?

Sie hatte viel Zeit gehabt, über diese Fragen nachzudenken, denn Kol war nicht zurückgekehrt. Er hatte sie den ganzen Tag über allein gelassen, wenn auch unter Bewachung, bis seine Einladung gekommen war, zusammen mit einer großen Truhe, in der ihre Kleidung steckte.

Nun, da sie neben ihm saß, wuchs ihre Verwirrung um

das Vielfache. Nicht ohne ein gehöriges Maß an Abscheu hatte sie erkennen müssen, dass in ihrem Herzen noch immer Jungmädchenträume wohnten. Träume von einem Helden. Oder einem Retter.

Früher hatte sie so fest daran geglaubt.

Aber wenn nicht er Godrics Vater war, wer war es dann? Bei dieser Frage öffnete sich in ihrem Geist eine dunkle Unendlichkeit.

Jemand, dem sie vertraut hatte.

Zur gleichen Zeit konnte sie sich niemanden innerhalb des *Werod* ihres Bruders vorstellen, der es wagen würde, ein solches Verbrechen an ihr zu begehen.

Selbst wenn Kol nicht der Angreifer war, der sie vor zwei Wintern schwanger zurückgelassen hatte, war sein Zwist mit Ranulf zu groß, um noch gütlich beigelegt werden zu können.

Oder?

Bevor sie zu einer Entscheidung dieser Frage kommen konnte, musste sie die Wahrheit erfahren. Hatte ihr Vater den dänischen Söldner nach Norsex gerufen, und wenn ja, warum?

Kol hatte behauptet, Ranulf habe seine Ankunft erwartet und ihn töten wollen. Konnte das stimmen? Sie würde es erst dann wissen, wenn sie mit Ranulf gesprochen hatte.

»Geht es dir gut?« Kols Stimme schnitt durch ihre Gedanken.

Eine Magd lehnte sich vor und füllte seinen Klauenhumpen mit Wein. Unter dem Tisch streifte sein Schenkel den ihren.

»Ja.« Anspannung erhitzte ihr Blut. Es brachte sie aus der Fassung, dass er sich um sie kümmerte. Sie hob die Hand zum Bluterguss an ihrer Schläfe. Wie schwer es selbst für einen kurzen Augenblick zu vergessen war, dass er sie in der letzten Nacht so vertraut berührt hatte. Sie erinnerte sich allzu deutlich an seine warmen, von den Waffen schwieligen Hände auf ihrer Haut. Sie schluckte schwer, denn ihre Erinnerungen gingen noch viel weiter – bis zu seinem Mund an ihrer Brust und seiner erregten Männlichkeit, die hart gegen ihren Körper gedrängt hatte. Trotz des Kindes, das sie geboren hatte, kannte sie nur die Gefühle einer Jungfrau, sodass sich jeder Kuss und jede Berührung unauslöschlich in ihr Gehirn eingebrannt hatten.

»Haben die Schmerzen in deiner Seite nachgelassen?«

»Ja, sie sind fast ganz verschwunden.« Ihre Zunge fühlte sich an, als wäre sie aus Wolle gesponnen.

»Gut.« Er nickte. Mit kühler Miene griff er zu der nächsten Platte und schnitt ihr mit einem Messer, das einen Elfenbeingriff besaß, ein großes Stück Fleisch ab. »Du musst essen.«

Isabel betrachtete ihren Teller. Es stimmte. Seit dem Tag der Schlacht hatte sie nichts mehr gegessen. Heute Morgen hatte man ihr etwas zum Frühstück gebracht, aber nach allem, was geschehen war, hatte sie zu große Angst gehabt, es zu essen.

Nachdem sie den ersten Bissen heruntergeschluckt hatte, stellte sie die Frage, die ihr am wichtigsten erschien. »Soll ich morgen früh abreisebereit sein?«

Einige Atemzüge lang schwieg er. »*Nei*. Ich habe mich anders entschieden. Du bleibst hier, mit Vekell als Wächter für deine Sicherheit.«

Ihr blieb kaum Zeit, etwas auf seine Ankündigung zu erwidern, denn in diesem Augenblick näherte sich Berthilde dem Podest. Sie hielt Godric in den Armen.

Isabel stand auf. Kol nickte, und Berthilde stellte den Jungen auf die Füße. Sein kleines Gesicht verzog sich zu einem Lächeln. »Mama!«

Aber er rannte nicht in ihre Arme. Stattdessen griff er nach Kol. »Ih-mir. Halt mich.«

»Sei gegrüßt, mein Kleiner.« Kol hob den Jungen auf seinen Schoß.

Isabel runzelte die Stirn. »Wie hat er dich genannt?«

»Ymir.« Zum ersten Mal an diesem Abend kräuselte ein Lächeln seine Lippen. »Nicht wahr, Godric? Ymir, der Eisriese, geboren aus schmelzendem Eis und heißem Dampf.«

Er biss sich auf die Unterlippe und steckte sich vor Übermut Godrics Kopf unter seinen Arm. »Aus seiner Armbeuge entsprangen Mann und Frau. Was davon bist du, mein Kleiner?«

Godric quietschte und kicherte. Isabels Verdruss wurde stärker.

»Du hast Zeit mit ihm verbracht.« Sie ließ sich wieder auf ihren Stuhl fallen.

Kol zuckte die Achseln. Seine Schultern waren so breit, dass das Kind dahinter nicht mehr zu sehen war. Er nahm eine kleine Holzschale von der Platte auf dem Tisch. Darin glitzerte ein mit Honig bestrichenes Stück Brot. Das war Godrics Lieblingsessen.

»Hmmm!« Ihr Sohn zog die Schale an sich heran.

Kol lehnte sich so weit zu Isabel hinüber, dass sein Atem ihr Ohr berührte. »Ein Vater sollte sich um sein Kind kümmern, nicht wahr?«

Isabels Brust krampfte sich zusammen.

Erhob er tatsächlich Anspruch auf den Jungen? War es das Eingeständnis seiner Sünde? Oder hatte er irgendwo das Gerücht über seine Vaterschaft gehört und verspottete sie nun in seinem Zorn darüber, dass er unschuldig angeklagt worden war?

Sie brachte es nicht über sich, jetzt die Wahrheit über ihre Schändung zu verlangen – nicht in diesem Raum voller Fremder. »Du bist grausam. Es ist nicht richtig, ein Kind der Mutter wegzunehmen, wenn ihre Fürsorge alles ist, was es in seinem Leben je erfahren hat.«

Kols Augen funkelten unter dem Schatten seiner Wimpern. »Was ist mit deinem Gemahl?« Zorn straffte seinen Kiefer. »Hat er sich geweigert, meinen Sohn als den deinen anzuerkennen?«

Die Lügen brannten auf Kols Lippen. *Dein Gemahl. Mein Sohn.*

Das Kind kuschelte sich gegen seine Brust; es war ein kleines Bündel aus Wärme. Kol versuchte, nicht hinzuschauen. Nicht auf die glänzenden Wolken, die unter der wollenen Kappe hervorlugten, und auch nicht auf die geschwungenen Wangen des Jungen.

Wie sehr er sich ein Kind wünschte. Eins wie dieses, wenn er wählen könnte. Warum hatte Gott Isabel so gesegnet, eine Frau, die den Jungen mit einem Netz aus Täuschungen umwob, wenn es Menschen wie ihn selbst gab, die alles für ein solch göttliches Geschenk tun würden? Welcher Vater würde einen so wundervollen Sohn verleugnen?

»Hund!«, lachte Godric. Unter dem Tisch stöberten Hugin und Munin nach Krumen.

Kol blickte in das nach oben gerichtete Gesicht der Frau, die ihn trotz allem, was gegen sie sprach, immer noch fesselte und anzog. Sie zu verletzen, war nicht so befriedigend gewesen, wie er erwartet hatte. Vielleicht war Ehrlichkeit die einzige Möglichkeit, die Wahrheit herauszubekommen.

»Nicht ich bin grausam gewesen, sondern du.«

Verwirrung legte sich wie eine Wolke über ihren Blick. »Ich verstehe deine Anklage nicht.«

Obwohl es in dem Raum geschäftig herging, schien es mit einem Mal nur sie beide auf der Welt zu geben.

Er legte eine Hand über Godrics Ohr. »Ich habe dieses Kind nicht gezeugt. Warum hast du es zugelassen, dass der Junge das glaubt?«

Tränen traten ihr in die Augen, aber sie sah nicht weg. »Versuche nicht, mich zu belügen, wo es doch keine andere Wahrheit geben kann.«

»Ich bin nicht sein Vater.« Er las keine Täuschung auf ihrem Gesicht, was ihn auf eine bisher noch nicht bedachte Möglichkeit brachte. Unter dem Tisch packte er ihr Handgelenk. »Hast du keine Erinnerung an die Umstände, unter denen der Junge gezeugt wurde?«

Sie zog die Hand nicht weg. »Das ist ein Segen für mich, denn ich glaube nicht, dass ich eine solch schreckliche Erinnerung überleben könnte.«

»Ich habe dich nicht angegriffen. An jenem Tag ist zwischen uns nichts dergleichen vorgefallen.«

Ihre Stimme war heiser vor Erregung. »Dann sage mir, wie ich zu diesem Kind gekommen bin, wo ich doch mit keinem anderen Mann zusammen war.«

Kol war von ihrer Behauptung verblüfft und sah auf den Jungen herunter.

»Hund?«, rief Godric. »Hund, komm her.«

»Ah!« Kol nahm dem Jungen die Schale mit dem Brot aus der Hand. Mit einem lauten Klappern prallte sie vom Tisch ab und fiel auf den Boden vor dem Podest. Unzählige Krieger sprangen auf. Godric heulte laut.

Isabel packte Kols Arm. »Warum hast du das getan?«

Kol gab keine Antwort. Es blieb keine Zeit dazu. Er drückte Godric in seine Armbeuge und legte die Hand um den Kiefer des Jungen.

»Mach den Mund auf.« Er drückte zu, bis das Kind aufkreischte.

»Was ist los, Lord?« Vekells Schatten fiel über sie.

»Tritt zurück; ich kann nichts sehen.«

Isabel zerrte an seinem Ärmel, weil sie das Kind haben wollte. »Du tust ihm weh. Gib mir meinen Sohn!«

»Die Hunde«, zischte Kol durch die zusammengepressten Zähne. »Die Hunde haben das Brot gefressen.«

Isabel bückte sich und lugte unter den Tisch. Im nächsten Augenblick hörte er ihr angsterstticktes Keuchen: »Godric!«

In ihrem Geist legte sich das Bild der Wolfshunde über das Gesicht des Jungen. Weißer Schaum vor ihren Schnauzen. Ihre Augen schimmernd vor Schmerz.

Sie starben.

Godric schluchzte gegen Kols Schulter. »Hungrige Hündchen. Fütter Hündchen.«

»Rührt eure Kost nicht an!«, rief Vekell den Leuten in der großen Halle zu. »Sie könnte vergiftet sein.«

Isabel hörte das Murmeln der Menge.

»Gift.«

»Verrat!«

Krieger stürmten herbei und untersuchten die Hunde. Andere liefen durch die Tür, die in die Küche der Festung führte, wohl um all jene zu befragen, die das Essen zubereitet hatten.

Isabel schrie auf und griff nach ihrem Sohn. Als Kol schließlich festgestellt hatte, dass der Junge noch nichts von dem Brot gegessen hatte, ließ er ihn los.

Godric klammerte sich an seine Mutter. Tränen perlten von seinen dunklen Wimpern. »Böser Mann. Hat Mund wehgetan.«

Kol verfluchte sich selbst. Obwohl er gewusst hatte, dass der Junge in Gefahr war, und er sich um seinen Schutz bemüht hatte, hatte er nicht vorausgesehen, dass ein solcher Angriff hier in der Festung stattfinden könnte, während der Junge auf seinem Schoß saß.

Isabel schaute auf. Sie sah aus wie ein in die Enge getriebener Elch, wild und verängstigt. Mit dem Kind auf dem Arm erhob sie sich von der Tafel.

»Gestern Abend habe ich dich gewarnt, dass er in Gefahr ist. Begreifst du das nicht? Es gibt Leute, die auf den Tag warten, an dem Ranulf entthront wird, damit sie Norsex für sich beanspruchen können. Godrics Existenz steht diesen Ansprüchen im Wege, denn durch mich fließt in seinen Adern das Blut der Dynastie von Norsex.«

»Ich werde den Jungen beschützen.« Kol stand auf. »Während ich weiter nach der Wahrheit suche.«

»Du kannst ihn nicht schützen, wenn du gleichzeitig Ranulfs Tod willst.« Sie bebte vor Wut.

»Es gibt keinen Grund, weshalb du und ich Feinde sein müssen.«

»Du bist nur ein Feind unter vielen.« Hastig schritt sie das Podest hinunter.

»Prinzessin.« Kol versuchte den Streit zu schlichten, der sich vor seiner ganzen Legion abspielte. »Komm zum Tisch zurück, damit wir uns über diese Dinge weiter unterhalten können.« Er deutete auf den Sitz neben sich.

Isabel schüttelte den Kopf. »Neben dir zu sitzen heißt, deine Gegenwart in diesem Königreich gut zu heißen. Es war ein Fehler von mir, dass ich mich auch nur einen Moment lang zu dir gesetzt habe.« Heftig hoben und senkten sich ihre Brüste. »Ich mache dich für die Gefährdung meines Kindes verantwortlich. Vor deiner Ankunft war er nicht in Gefahr.«

Krieger erhoben sich, als sie an ihnen vorbeilief, und starrten sie an. Isabels Erregung machte sie noch schöner. Bei der Tür drehte sie sich um, und durch den großen, vollen Raum trafen sich ihre Blicke. »Wenn du es noch einmal wagst, mir Godric wegzunehmen, werde ich dir eigenhändig die Kehle herausreißen.«

Sie wirbelte davon; ihr feuerrotes Kleid hinterließ eine Flammenspur in seinen Gedanken.

*

Isabel erwachte in der Dunkelheit zugezogener Bettvorhänge. Unter ihrem Fenster hörte sie den Lärm von Pferden und Männern. Sie drehte sich um, damit die Schmerzen in ihrer verletzten Seite abnahmen.

In der vergangenen Nacht hatte sie trotz Kols Verbot wieder ihre eigenen Gemächer bezogen. Sie hatte erwartet, er würde sie nach ihrem Fortgang aus der großen Halle verfolgen, doch das hatte er nicht getan. Im Gegenteil, ihr und Godric war erlaubt worden, die Nacht in Frieden zu verbringen. Dafür war sie sehr dankbar gewesen, denn sie hatte seit zwei Nächten nicht geschlafen und war von der Erschöpfung beinahe überwältigt worden. Sie hatte Godric im Arm gehalten, bis er eingeschlafen war, und an mehr erinnerte sie sich nicht.

Nun bereitete sich Kol darauf vor, Calldarington ohne sie zu verlassen.

Sie vergrub sich noch tiefer in die Felle und versuchte sich einzureden, dass es ihr gleichgültig war. Sie wollte sich nicht an seinen dunklen, brütenden Gesichtsausdruck erinnern, als sie gestern Abend die Halle verlassen hatte. Godric war ihr zurückgegeben worden, und außer seinem Wohlergehen zählte nichts mehr. In der Dunkelheit streckte sie die Arme nach ihrem Sohn aus.

Sie fand nichts. Keinen warmen kleinen Jungen. Kein warmes Bettzeug.

Mit einer Hand teilte sie den Bettvorhang. Blassblaues Licht legte sich wie Speere auf die Kissen.

»Godric, wo bist du?« Der Klang ihrer Angst hallte scharf in dem leeren Raum wider. Sie kletterte aus dem

Bett, kniete sich auf den kalten Holzboden und spähte unter das Gestell, doch sie konnte bis zur anderen Seite hindurchsehen.

Sie stand auf. »*Godric!*«

Draußen wieherte ein Pferd. Eine Kälte, die nicht vom Wintermorgen herrührte, fuhr Isabel den Rücken herunter.

»Nein.« Sie eilte zum Fenster und schob die Bedeckung beiseite. Dann öffnete sie die Läden.

In der Ferne schritt ein Heer von Fußsoldaten die Bergstraße hinauf. Selbst aus dieser Entfernung hörte sie den Gleichtritt auf dem Boden. Unter ihrem Fenster erschienen weitere Krieger, die die Siedlung verlassen wollten. Diese Männer saßen auf gewaltigen Pferden, wie Isabel sie nie zuvor gesehen hatte. Die Dämmerung schimmerte auf dem Kettenhemd ihres Anführers; er ritt das größte und schwärzeste Tier. Zu ihrem Erstaunen befand sich Rowena bei der versammelten Truppe; sie war dick in einen Umhang eingewickelt, als ob sie auf eine Reise gehe.

Kol beugte sich vor und schien zu einem zerzausten Bündel auf seinem Schoß zu sprechen. Selbst aus dieser Entfernung erkannte Isabel das in die Höhe gereckte Gesicht ihres Sohnes.

»Nein!« Sie rannte vom Fenster weg und warf die Tür auf. Zwei Wachen lehnten gegen die Wand, während Isabel an ihnen vorbeiflog. Sie waren offenbar so verblüfft von ihrem plötzlichen Erscheinen, dass sie zunächst nichts unternahmen, doch bald donnerten ihre Schritte hinter Isabel her, die barfuß die Treppe hinunterhastete. Sie bahnte sich einen Weg durch den unteren Korridor. Gestalten stießen gegen sie; ihre Gesichter waren verschwommen. Sie drückte sich durch die große Eichentür.

Schon ritten die Soldaten auf das Tor zu. Isabel drang

ein in die Mauer aus Pferden; ihre Füße wateten durch den Schlamm. Die Tiere scheuten und wieherten, als Isabel zwischen ihnen umherlief.

Wie ein Schatten, der über die Erde fiel, erschienen das große schwarze Pferd und sein Reiter vor ihr.

»Thorleksson!«, rief sie.

Als sich Kol im Sattel umdrehte, lugte Godric hinter ihm hervor. Auch Rowena wandte sich um.

»Geh zurück in die Festung«, befahl Kol. Sein Reittier wurde nicht langsamer.

»Du kannst ihn mir nicht wegnehmen.« Sie rannte neben ihm her. Ihr Atem stieß in scharfen Wellen Wolken in die Luft. Sie packte Kol an der Hose und verkrallte die Finger in seinen Lederstulpen.

Er schlang den Arm um den Jungen. »Ich sorge nur für seinen Schutz.«

Godric kam unter den dichten Decken hervor. »Mama, guck mal. Großes Pferd.«

»Wo er hingeht, da gehe auch ich hin.« Verzweifelt klammerte sie sich an den Steigbügel. Das kalte Silber stach ihr in die Hände.

»Lass mich los.« Er zerrte Fuß und Steigbügel frei. Mit den Hacken trieb er das Pferd an. Isabel stolperte, doch im letzten Augenblick streckte sie die Hand aus und packte das Pferd am Schweif.

Sie würde es nicht zulassen, dass er ihr den Sohn wegnahm.

Sie rutschte aus und fiel in den Schlamm. Nässe drang ihr bis auf die Haut.

Godric schrie: »Nein, nein, nein! Meine Mama!«

Verzweiflung packte sie, trotzdem hielt sie sich weiterhin am Pferdeschweif fest. Die Schmerzen in ihrer Seite kehrten zurück. Plötzlich hatte ihre grausame Reise ein Ende.

Sie lag im Matsch, hatte die Hände noch immer im Schweif des Pferdes verkrallt.

»Verflucht seiest du, steig auf.«

»Mein Lord«, warnte jemand mit leiser Stimme und trat neben sie in den aufspritzenden Schlamm. Vekell stellte sie auf die Beine.

Von seinem Sattel aus schaute Kol zornig zu ihr herunter. »Du willst mitkommen? Dann komm. Denk aber daran, dass es dein eigener Wunsch war.«

Obwohl Vekell noch immer ihren Arm hielt, griff Isabel nach Kols Sattel, denn sie wollte hinter ihm aufsitzen.

Er zerrte heftig an den Zügeln und lenkte das Pferd zur Seite. »Besorge dir dein eigenes Pferd. Los. Die Zeit wird knapp.«

Neuntes Kapitel

Er hätte es ihr nicht erlauben dürfen, mitzukommen. Aber ihr Kind hatte geweint, und das hatte sein versteinertes Herz erweicht.

Kol lenkte Morke über die stumpfen, flachen Steine der alten römischen Straße. Neben ihm kamen seine Späher immer wieder zwischen den Bäumen hervor und verschwanden erneut im Wald auf der Suche nach feindlicher Gegenwart. Vor und hinter ihm ritt seine Kriegereskorte. Obwohl er eine Konfrontation mit seinem angelsächsischen Feind nicht fürchtete, wollte er in diesem fremden Land vorsichtig sein.

Es war nicht mehr weit bis zur Abtei.

Im Hof der Festung hatte er sich schlecht benommen. Wie er sich wünschte, er könnte Isabel so sehr verachten, wie sie ihn verachtete! Bis tief in die Nacht hatte er über seine Schwäche für sie nachgedacht. Isabel spürte sie, das wusste er, und er durfte es nicht zulassen, dass sie diese Schwäche gegen ihn einsetzte.

Durfte er ihrer Behauptung glauben, wenn er diese Vorsicht walten ließ? Glaubte sie wirklich, er wäre der Vater ihres Kindes, oder spielte sie mit seinem Mitgefühl, indem sie ihm eine unglaubhafte Geschichte über fehlende Erinnerungen aufgetischt hatte?

Als ihre Verführungsversuche fehlgeschlagen waren, hatte sie vielleicht nach einer anderen Möglichkeit gesucht, ihn gefügig zu machen. Möglicherweise war die enge Verbindung, die er zwischen ihnen beiden spürte, gar nicht echt, sondern nur von der Prinzessin vorgespielt, um ihren eigenen Zwecken zu dienen.

Er spürte ihre bohrenden Blicke im Rücken. Deutlich erinnerte er sich daran, wie Isabel auf eine rasch gesattelte Stute geklettert war, auf eines der kleineren angelsächsischen Tiere, die er und seine Männer rasch abgestoßen hatten, als ihre kräftigeren Araber auf den Tierschiffen eingetroffen waren. Isabels schlammbeflecktes Untergewand hatte unter ihrem Kleid hervorgelugt, das sie in der Gegenwart seiner Männer übergestreift hatte. Dabei war sie nur durch ihre Dienerin abgeschirmt worden, die einen Umhang in dem schwachen Versuch hochgehalten hatte, ihrer Herrin eine gewisse Zurückgezogenheit zu ermöglichen.

Danach hatte er Isabel ihren Jungen zurückgegeben, wobei er ihrem Blick ausgewichen war, der ihn so inständig darum gebeten hatte, nicht grausam zu sein und ihr und ihrem Sohn nichts anzutun. Doch diese Gewissheit wollte er ihr nicht geben. Er durfte ihr nicht erlauben, seine Rache an Ranulf zu vereiteln, denn er argwöhnte, dass genau dies hinter allem steckte, was sie sagte und tat.

Kol schaute hoch in den Himmel. Dort flog ein winterlicher Rabe mit weit ausgestreckten Flügeln dahin. Kol musste sich von den Gefühlen befreien, die seine augenblickliche Lage mit sich brachte, und seine Entscheidungen von der Wahrheit abhängig machen, nicht aber von dem verrückten Verlangen seines Herzens. Nun war sein Verstand klar und frei von der Schwäche der vergangenen Tage.

Die *Wahrheit* war: Sie hatte geschickt versucht, ihn zu verführen, und das mehr als einmal. Ihrem eigenen Eingeständnis zufolge würde sie alles tun, um das zu bekommen, was sie haben wollte, sei es die Rückkehr ihres Sohnes oder die Rückkehr ihres Bruders, des Königs, auf seinen Thron.

Beinahe hätte er ihren Behauptungen vom letzten Abend geglaubt. Woher kam diese Blauäugigkeit? Vermutlich setzte die Prinzessin ihre Täuschungen noch immer zu ihrem Vorteil ein. Sie versuchte, sein Mitgefühl zu gewinnen und dadurch seine Verteidigung zu schwächen.

Er wollte unbedingt herausfinden, was noch an Falschheit zwischen ihnen stand. Jede weitere Täuschung von ihrer Seite würde sein Misstrauen bestätigen.

Er zog an den Zügeln, bremste sein Reittier ab und ritt neben Isabel, die schützend das schlafende Kind unter ihrem Mantel barg. Hinter ihnen folgte Prinzessin Rowena außer Hörweite. Sie hatte keine Anstalten gemacht, neben ihrer Schwester zu reiten.

Zu seiner Überraschung sprach Isabel, bevor er es tat.

»Hast du herausgefunden, wer gestern Abend das Attentat auf meinen Sohn begangen hat?«

Der Rabe ließ sich auf einem Zweig in der Nähe nieder. Mit seinen abgrundtief schwarzen Augen beobachtete er sie beide. Kol hörte das Gemurmel seiner Männer und wusste, das auch sie das Omen bemerkt hatten.

Er sah weg von dem Unglück bringenden Aasfresser und antwortete der Frau neben ihm: »Unsere Suche hat nichts ergeben außer einer ganzen Küche voller kreischender Frauen, die uns keine nützlichen Einzelheiten berichten konnten. In Zukunft wird alles Essen von den Frauen selbst in Gegenwart meines Marschalls vorgekostet.«

»Glaubst du wirklich, dass die Küchenmägde vorhatten, meinem Sohn das Leben zu nehmen?«, fragte Isabel barsch und drückte ihr Kind enger an sich.

»Vielleicht auf Geheiß eines anderen.«

Isabel schaute fort; Schmerz lag auf ihrem Gesicht.

Nach einer Weile sagte Kol: »Es ist schön hier.«

Sie gab ihm keine Antwort.

»Bist du mit deinem Gemahl oft auf diesen Pfaden geritten?«

Sie schaute hinunter auf ihren Sohn. »Ja«, antwortete sie unsicher. »Das sind wir.«

Sie log immer noch. Welchen Beweis ihrer Doppelzüngigkeit brauchte er noch? *Sie soll der Meinung sein, dass du ihr glaubst*. Die Wahrheit würde seiner Vermutung nach schon sehr bald ans Licht kommen.

Er trieb sein Pferd zu einem schnelleren Lauf an. In ihm wurde es so schwarz, dass er nicht einmal mehr das Ächzen und Schaukeln der Bäume neben dem Pfad bemerkte. Er schloss die Augen und ließ sich von seinem Reittier durch die Finsternis seines eigenen Geistes tragen.

Warum quälte es ihn so, belogen zu werden? Fälschlicherweise angeklagt zu werden? Es war doch nicht das erste Mal in seinem Leben, dass er für ein Verbrechen bestraft wurde, welches er nicht begangen hatte. Wem gegenüber wollte er seine Unschuld kundtun, wenn er die Gelegenheit dazu hätte? Gegenüber Ranulf? Diese Vorstellung war lachhaft. Vielleicht hatte Ranulf ihn aus dem Glauben heraus gefoltert, dass Kol die Unschuld seiner Schwester gestohlen hatte, doch er wusste, dass noch mehr dahinter steckte.

In seinem Kopf näherten sich die einzelnen Teile dieses Rätsels einander an, aber sie passten nicht zusammen. Irgendetwas fehlte noch.

An jenem Tag hatten die Hunde ihre Zähne in sein Fleisch geschlagen. Fesseln hatten um seine Handgelenke gelegen. Im Angesicht des Todes hatte er preisgegeben, wer er war und dass Aldrith seine Söldnerlegion angefordert hatte.

Selbst jetzt noch erinnerte er sich mit vollkommener Klarheit an diesen Augenblick.

Ranulfs Gesicht war so weiß wie der Lehm geworden, der diese nördlichen Marschlande umgab. Er hatte den Holzgriff der Peitsche gepackt und gesagt: »Ich wusste, dass du kommen würdest.«

In der Ferne erhoben sich die Mauern der Abtei aus einem Kranz aus immergrünen Gewächsen. Erleichterung durchströmte Kol. Aus gutem Grund lebte er nur in der Gegenwart, denn er hasste fast jede einzelne Erinnerung an die Vergangenheit. Warum hatte er auch nur einen Atemzug lang geglaubt, Isabel würde ihm eine andere Art von Erinnerung gewähren, wo doch auch sie ihn mit ihren Lügen und Absichten betrogen hatte?

Das Tor der Abtei schwang auf. Die Äbtissin und einige Schwestern traten hervor; ihre Augen waren argwöhnisch auf die Krieger gerichtet. Er hatte einen Boten geschickt, der ihre Ankunft angekündigt und den Schwestern versichert hatte, dass sie von seinen Streitkräften nichts zu befürchten hatten. Doch sicherlich bedeuteten ihnen die Behauptungen eines nordischen Barbaren nur sehr wenig.

Obwohl er sich wegen dem, was er vorhatte, wie ein Ungeheuer fühlte, würde er sich nicht umstimmen lassen, nicht von den Tränen eines Kindes oder den Forderungen einer Mutter.

Er stieg ab und sah die Prinzessin an. Sie ritt vor; ihr schlammbespritztes Untergewand hing zu beiden Seiten des Sattels herab. Er sah ihre Erleichterung. Zum ersten Mal, seit er in ihr Leben eingebrochen war, lächelte sie beinahe.

Mit atemloser Stimme sagte sie: »Du willst, dass ich und Godric hier in der Abtei bleiben?«

»*Nei*, Isabel. Du nicht.«

Die Hoffnung auf ihrem Gesicht verblasste. Also gut. Sie verstand.

Nur Godric würde hier Unterschlupf finden.

»Darf ich nicht bei ihm bleiben?« Sie sah ihren Sohn an, und ihre Lippen zitterten. Wunderschöne, violette Augen blinzelten die Tränen fort.

»Nein, das darfst du nicht.« Kol nahm die Zügel ihrer Stute in die Hand und führte sie auf die Äbtissin zu. »Der Junge wird hier in Sicherheit sein.« *Und du wirst nicht mehr in der Lage sein, mich weiterhin mit seiner Hilfe zu beeinflussen.*

Tränen traten auf ihre Wimpern. »Ich bitte dich inständig darum.«

»Übergib ihn der Äbtissin, Isabel.«

»Warum bleibt meine Schwester hier?« Isabels wässeriger Blick fiel auf Rowena, die bereits hinter den hohen Mauern verschwand.

»Weil sie mir missfällt.« Kol sah zu den Bäumen; er wollte auf keinen Fall in Isabels Gesicht blicken. »Sie heult die ganze Zeit.«

»Missfalle ich dir etwa nicht?« Sie drückte das Gesicht gegen den Hals des Kindes.

»Doch, aber auf andere Weise.«

»Ich werde nur wieder versuchen, dich umzubringen.«

»Übergib das Kind der Äbtissin, Isabel.«

Sie stieß rau den Atem aus. »Du hast recht. Es ist besser so.« Sie stieg ab und wandte dabei nicht den Blick von ihm. »Weil er dann von dir getrennt ist. Trotzdem sollte mir erlaubt werden, bei ihm zu bleiben.« Eine vereinzelte Träne fiel auf ihre Wange. Sie küsste den schlafenden Jungen auf die Stirn, wischte die Tränen von den Stellen weg, wo sie auf seine Haut gefallen waren, und schritt voran, um ihn der Äbtissin zu übergeben.

Trotz Kols Entschlossenheit lag ein beinahe unerträgliches Gewicht auf seinem Herzen.

Als die Prinzessin zu ihrem Reittier zurückging, bedachte sie ihn mit einem hasserfüllten Blick. »Das werde ich dir nie vergeben. Niemals.«

Kol sah zu, wie sie an ihm vorbeistürmte. Er senkte den Blick zu ihrem wirbelnden Rock, der gegen ihre schlanken Beine schlug. Gott möge ihm beistehen! Sie befanden sich gerade bei einem unerträglich herzzerreißenden Abschied, und er hatte eine Erektion von der Größe seines fränkischen Schwertes.

Von seinem verräterischen Körper wollte er wissen, warum er sein Verlangen nach ihr noch immer nicht vergessen hatte. Warum verachtete er sie nicht mit derselben Heftigkeit, mit der er ihren Bruder verachtete? Die Erinnerung an das, was unter den formlosen, schlammbefleckten Gewändern steckte, verursachte ihm größten Schmerz.

Zum Glück kam die Ablenkung schnell. Das Donnern von Hufen kündigte einen herannahenden Reiter an. Ein zischendes Geräusch ertönte, als die Schwerter gezogen wurden, und Kols Männer schützten den engen Pfad, auf dem sie hergekommen waren. Doch der Reiter wurde schnell erkannt und passierte die Linien.

Svartkell preschte heran. Seine langen, kupferfarbenen Locken wehten ihm über die Schultern.

»Mein Lord!«, rief er, während er vom Pferd sprang und sich vor Kol stellte. Ein Lächeln lag auf seinem Gesicht. »Es wird Euch sehr erfreuen, dass der Northumbrier mit Euren Bedingungen einverstanden ist. Morgen werden wir seine Einwilligung erhalten.«

Kurz darauf nahm Kol seinen Umhang von den Schultern und ging auf die andere Seite der Lichtung. Dort saß Isabel auf ihrem Pferd, den Blick starr auf die Äbtissin gerichtet, die mit Godric in dem offenen Portal stand.

»Zieh das hier an.« Er hob das Kleidungsstück mit zwei Fingern.

Hochnäsig reckte sie das Kinn vor und weigerte sich. »Ich will nichts von dir.«

»Dein Mantel ist zwar hübsch, aber nicht warm genug.«

»Mein Hass auf dich hält mich warm.« Sie packte den Sattelknauf. Kol sah die Unterseite ihres Handgelenks und die blasse Durchsichtigkeit ihrer Haut. Kälte ließ ihre geschmeidige Gestalt zittern.

Er wusste, dass sie fror. Er legte seine Hand auf die ihre, die immer noch den Knauf hielt. Erstaunt riss sie die Augen auf, als er in den Sattel kletterte und seine größeren, muskulöseren Beine sich um ihre schlossen. Ihre Hand war wie erfroren unter der seinen.

»Steig ab«, verlangte sie. Das Tier tänzelte zur Seite und wehrte sich gegen Kols Gewicht. Isabel wand sich zwischen seinen Schenkeln. Sie stieß mit dem Ellbogen gegen seine Brust. Er legte ihr einen Arm um die Hüfte.

Knapp unterhalb der kreisförmigen Fibel, die ihren Mantel zusammenhielt, sah er ihre Haut aufblitzen. Eine entzückende Röte kroch von der Schwellung ihrer Brüste unter dem Hemd bis in ihrem Nacken. Wenn er seine Lippen dort gegen ihre Kehle pressen würde, würde er ihre Haut als warm und duftend erfahren.

Kol spürte, wie Vekells Missbilligung vom anderen Ende der Lichtung bis zu ihm herüberreichte und ihn bedrückte. Warum ihn das so beunruhigte, wusste er nicht.

»Du musst lernen, den Befehlen deines Herrn zu gehorchen, Isabel«, murmelte er ihr ins Ohr.

»Du bist nicht mein Herr«, zischte sie, drehte sich um und schaute ihn böse an.

Er hielt sie noch immer um die Hüfte gefasst, zog ihr seinen Mantel über die steifen Schultern und befestigte seine Vipernfibel vor ihrer Kehle. Dabei spürte er die Spannung und Auflehnung in ihr. Er widerstand dem Drang, die Hände in ihren Haaren zu vergraben und deren seidige Masse zu sich heranzuziehen.

»Du wirst dankbar für die Wärme sein.« Er behielt seine kühle Haltung bei. »Denn wir kehren nicht nach Calldarington zurück.«

Angst legte sich auf ihre Stimme. »Wohin reiten wir?«

Unter seinem Mantel legte er ihr die Hand auf den Bauch und spürte das nervöse Zucken ihrer Muskeln.

»Vielleicht wird die Neugier dich enger an mich binden?«

Warum fühlte er sich dazu genötigt, sie so Besitz ergreifend zu berühren, während seine Krieger in der Nähe waren? Und während die Äbtissin einen ungehinderten Blick auf sie hatte? Weil plötzlich der Drang, sie auf die Probe zu stellen, übermächtig geworden war. Nun war er sich sicher; er war ein Narr gewesen. Isabel war keine unschuldige Maid, sondern eine in der unerlaubten Liebe erfahrene Frau. Wie viel würde sie ihm erlauben?

Nichts, wie er rasch herausfand. Sie ergriff seine Hand und schob sie weg. Heftige Aufregung blühte auf ihren Wangen.

»Nein.« Sie drehte sich nicht um und sah ihn nicht an. »Meine Neugier ist befriedigt. Erlaube mir bitte, in die Festung zurückzukehren. Ich habe Pflichten, und sie sind wegen deines Einbruchs in unser Leben vernachlässigt worden.«

Er gab nach und lockerte seinen Griff. Ihre Bestrafung würde kommen, wenn die Zeit reif war. Nicht hier, vor seinen Männern und den Klostermauern. Er zerbiss die Wut, die sich in ihm angestaut hatte, zwischen den Zähnen.

»Deine Pflichten werden dir nicht weglaufen.« Zu jeder Seite ihrer Hüfte zog er an den Zügeln und brachte damit die Stute in Bewegung. »Heute Morgen hast du darauf bestanden mitzukommen, und jetzt wirst du die Reise bis zum Schluss durchhalten.« Außerdem konnte er die bewaffnete Eskorte nicht entbehren, die er ihr auf den Rückweg hätte mitgeben müssen.

Er lenkte ihr Pferd neben das seine, stellte den Stiefel in den silbernen Steigbügel und wechselte hinüber zu seinem eigenen Reittier. Kühle Luft löschte die Wärme, die ihre eng aneinander gedrückten Körper erschaffen hatten. Er schaute ein letztes Mal in ihre wütenden, amethystfarbenen Augen und trieb sein Pferd fort.

Warum verzehrte er sich nach ihr, obwohl er um ihre Doppelzüngigkeit wusste? Jede heisere Äußerung, die von ihren Lippen drang, verursachte ihm eine Gänsehaut. Die leiseste Berührung ihres Körpers schickte Wellen der Erregung durch ihn.

Wusste sie ihrem Liebhaber, oder ihren Liebhabern, zu gefallen? Eifersucht regte sich in Kol.

Als ob sie ihm trotzen wollte, galoppierte die Prinzessin an ihm vorbei und nahm einen Platz in der Vorhut der Truppe ein. Seine Augen folgten der geraden Linie ihres Rückens bis hinunter in den Sattel. Sein Mantel, den er ihr geliehen hatte, verbarg ihre Pobacken, doch noch vor kurzem hatte er sie an seinen Schenkeln gespürt. Warum, weich und weiblich.

Verschämt schluckte er einen Fluch hinunter. Er zog am Zügel, wirbelte das Pferd herum und eilte auf die Äbtissin zu. Sie wich zurück, aber nur einen einzigen Schritt. Godric lag in ihren Armen, eingewickelt in Felle. Was würde er tun, wenn er erwachte und herausfand, dass seine Mutter fort war?

Kol nahm das Kreuz von seinem Hals und legte es auf die kleine Gestalt. »Es ist wertvoll. Betrachtet es als mein

Geschenk, im Namen des Kindes der Prinzessin. Außerdem lasse ich ein Kontingent hier, damit es die Abtei verteidigt.«

»Die Abtei verteidigt?« Verwirrung legte sich über ihr Gesicht. »Vor wem?«

Kol gab keine Antwort darauf. »Behaltet den Jungen stets in Eurer Nähe.«

Nun trieb er sein Pferd dazu an, zu den anderen aufzuschließen. Sein Akt der Reue hatte nicht geholfen, seinen Kopf von dem zu befreien, was ihn quälte. Wer in seiner Nähe würde erwarten, dass hinter seiner Maske der Gefühllosigkeit eine Mischung aus vergangenen Erlebnissen in schockierenden Blitzen aus Schwarz und Rot pulsierte? Doch die glänzenden weiblichen Gesichter, die sich windenden, schweißfeuchten Leiber waren durch Bilder einer anderen Frau ersetzt worden. Einer Frau, die wie keine andere war.

Er fuhr sich mit den Fingern durch die Haare und bahnte der Kälte einen Weg zur Kopfhaut. Der Herr wusste, dass er seinen verdammten Mantel nicht mehr brauchte – und auch nicht mehr sein Kruzifix. Er fühlte sich innerlich ausgezehrt.

Während sie nordwärts ritten, in den Wald hinein, erhaschte er einen flüchtigen Blick auf seine Geister, die in den Schatten der Bäume tanzten. Sie lachten und verspotteten ihn und deuteten mit ihren langen Skelettfingern auf die Prinzessin.

Nicht die Deine, höhnten sie. *Niemals die Deine.*

Nicht gut genug für die Liebe einer Mutter, nicht gut genug für die einer Frau.

Zehntes Kapitel

Es war am späten Nachmittag, als Isabel sah, wie Kol Vekell das Zeichen gab, anzuhalten und die Pferde zu tränken. Sie setzte ihr Reittier neben Kols Marschall. »Hinter dem Wäldchen dort ist ein Fluss.«

Vekell hob fragen die Brauen, doch sie ritt voran, ohne ihm eine weitere Erklärung zu geben. Ja, sie kannte dieses Land gut genug, obwohl es einige Zeit her war, seit sie es zum letzten Mal besucht hatte. Es gehörte Aiken of Leswick, dem jungen Krieger-*Eorl,* dem Mundschenk ihres Bruders, des Königs. Aiken war überdies ihr Verlobter gewesen.

Als sie zu dem Fluss kamen, trieb Isabel ihre Stute voran, damit sie trank. Einige der Dänen ritten in den Wald, nachdem ihre Reittiere den Durst gestillt hatten.

»Wohin gehen sie?«, fragte Isabel Vekell, der wie immer dicht neben ihr blieb.

»Auf die Jagd.« Er kniete sich auf den Boden und hob das Vorderbein seines Pferdes. Aus dem Gürtel nahm er sein Messer und pulte den fest gewordenen Schlamm aus dem Huf des Tieres. »Wenn Ihr einen Augenblick allein sein wollt, Lady, dann ist jetzt der richtige Zeitpunkt dafür.«

Ohne lange nachzudenken, ritt sie in die den Soldaten entgegengesetzte Richtung. Als sie einen geschützten Platz fand, stieg sie ab. Sie packte den Saum ihrer Röcke und hätte sie beinahe gelüftet, doch in diesem Augenblick bemerkte sie eine leichte Bewegung zwischen den Bäumen.

Ein Schrei stieg in ihrer Kehle auf.

Dort, nur einen Steinwurf entfernt, stand ein Mann, den Rücken gegen einen Baumstamm gedrückt. Schlamm bedeckte seinen ganzen Körper. Durch den Dreck leuchtete das Weiße in seinen Augen schockierend hell.

»Isabel«, keuchte er.

»Aiken!« Aiken, der Mann, der seinen Heiratsantrag zurückgezogen hatte, als sie das Kind eines anderen Mannes erwartete.

Einen Augenblick lang bewegte er sich nicht. Er starrte sie nur mit kummervoller Miene an. Mit einer Hand, an der die Knöchel weiß hervorstanden, packte er sein Schwert. Ächzend glitt er an dem Baumstamm herunter und setzte sich auf die Erde. Isabel stürmte vor und ging neben ihm auf die Knie.

Er stöhnte: »Sag mir ... sag mir, dass du nicht verletzt bist.« Mit einer blutbefleckten Hand packte er ihren Ärmel. Er trug noch seine Kriegerrüstung. Im Kettenhemd steckten Überreste von Blättern und Gras. Matsch hatte sein langes, goldenes Haar stumpf gemacht.

Und da war Blut auf seiner Hose und dem Leder seiner Stiefel. Isabel fuhr ängstlich mit der Hand über sein Knie und bis hoch zum Schenkel, aber sie entdeckte keine Verletzung. Als sie die Lendengegend erreicht hatte, ergriff er ihre Hand.

»Nein.« Seine Stimme war rau, aber fest. Er drückte ihre Hand so fest, dass sie schmerzte. »Ich will nicht, dass du es siehst.«

Obwohl sie zitterte, zwang sie sich zu einem strengen Gesichtausdruck. »Aiken, du bist verletzt. Du musst mir erlauben, dass ich mich um dich kümmere.« Sie konnte wenigstens den Blutfluss mit Schlamm oder Blättern stillen und ihn so verstecken, dass er von den Dänen nicht gefunden werden konnte.

Er berührte ihre Wange, doch dann fiel seine Hand herab, als ob diese Geste ihn zu viel Kraft gekostet hätte. Seine grünen Augen brannten vor körperlichen und seelischen Schmerzen.

»Du kannst nichts für mich tun.«

Die Resignation, die Isabel in seiner Stimme hörte, entsetzte sie. Zwar hatten sie seit Godrics Geburt kaum mehr als einen Gruß ausgetauscht, aber sie empfand noch viel für diesen Mann. Er war ihr am Hofe ihres Vaters vorgestellt worden, als sie erst vierzehn Sommer gezählt hatte, und es war ihm rasch gelungen, ihre Bewunderung zu erregen. Obwohl sie den Schmerz der Entlobung hatte ertragen müssen, hatte sie doch seine Gründe dafür verstanden.

Sie zog seinen Arm über ihre Schulter und trieb ihn an, aufzustehen. »Los, Aiken. Du musst so schnell wie möglich zur Grenze gelangen. Dort wird dir jemand weiterhelfen.«

Er hatte die Muskeln und den Knochenbau eines geborenen Kriegers und wog daher dreimal so viel wie sie. Ganz kurz berührte seine Hand ihr Haar. Nacktes Verlangen glitzerte in seinen Augen.

Das verstand sie nicht.

»Nimm sie«, beharrte Isabel und deutete auf ihre Stute. Ihr Herz schlug unregelmäßig vor Furcht und Drängen. »Du musst sofort gehen. Sie werden bald nach mir suchen.«

Langsam stand er auf und stützte sich dabei an dem Baumstamm ab. Mit großer Anstrengung hoben beide gemeinsam sein Schwert auf und steckten es in die Scheide. Sein Atem ging in scharfen Stößen, als ob ihm seine Lungen nicht erlaubten, genug Luft einzusaugen.

»Nur wenn du mit mir kommst.«

»Nein.« Isabel schüttelte den Kopf. »Der Däne hält

Godric und Rowena gefangen, und ich gehe nicht ohne die beiden.«

Aikens Verletzungen hinderten sie auf dem Weg zu der Stute, die wachsam die Ohren aufgerichtet hatte.

»Kannst du aufsteigen? Ich werde sie irgendwie ablenken, bis du entkommen bist.«

»Nein, das wirst du nicht«, zischte er und drückte mit der Handfläche fest gegen seine Wunde. Er bekannte ihr: »Ich würde lieber sterben, als dich ihnen zu überlassen.«

Isabel empfand den beinahe übermächtigen Drang, sich an Aiken zu klammern, ihn um Hilfe zu bitten und gemeinsam einen Weg zu finden, wie sie ihren Sohn retten konnten. Doch sie wusste, dass es nur den unausweichlichen Kampf zwischen ihr und dem Dänen herauszögern würde, wenn sie jetzt davonlief.

Kol würde sie niemals gehen lassen. Irgendwie betrachtete er sie als Beute. Und da sie es gewesen war, die ihn auf die Welt losgelassen hatte, musste sie es auch sein, die diesen Eroberungsfeldzug und dieses Grauen aufhielt. Selbst wenn sie ihr Leben bei dieser Aufgabe verlor, denn das schuldete sie ihrer Familie und ihrem Volk, auch wenn sie von ihnen keine Vergebung erwarten durfte.

Sie hielt Aikens Blick mit gefestigtem Herzen stand. »Sei nicht närrisch. Du verschwendest bloß deine Ritterlichkeit.«

Es bedurfte ihrer ganzen Stärke, seine Hände von ihrer Schulter abzuschütteln. Sie nahm sein Kinn in die Hand. Mit sanfterer Stimme bat sie ihn: »Sieh mich an und hör mir zu.«

Die Hand, die er erhob, um sie auf die ihre zu legen, bebte, doch seine Stimme tat es nicht. »Du kannst mich nicht dazu zwingen, dich hier zurückzulassen. Welcher Ehrenmann würde dich diesen Männern überlassen? Besonders diesem einen Mann? Er ist es, nicht wahr? Die Bestie, die …«

»Du musst«, beharrte sie. »Das Überleben von Norsex ist wichtiger als deine Sorgen um meine Sicherheit. Du musst Ranulf erreichen. Sag ihm, dass sich die Dänen auf Dauer hier festsetzen wollen.«

Aiken machte sich von ihr los und wandte sich der Stute zu. Er ergriff den Sattelknauf, stieg aber nicht auf. Stattdessen lehnte er die Stirn gegen den Sattel. Erschöpfung zeigte sich im Absacken seiner Schultern und seinem rasselnden Atem.

Plötzlich drehte er sich um. In seinen Augen leuchtete es.

»Hat er dich berührt, Isabel?« Sein Gesicht verzerrte sich zu einer Grimasse, als ob diese Worte aus bitterster Galle bestanden hätten. »Hat einer dieser Barbaren dich angefasst?«

Isabel schluckte schwer. Blitzartig erinnerte sie sich an Kols Gesicht über ihr, an seinen kantigen Kiefer, der den Feuerschein widerspiegelte, an seine Augen, in denen die Brunst brannte.

»Nein«, log Isabel.

Unter Aikens eindringlichem Blick errötete sie. Die glatte Haut auf seiner Stirn runzelte sich, und seine Nasenflügel bebten.

»Wenn ich früher bei Ranulf um deine Hand angehalten hätte, wären wir jetzt verheiratet, und vielleicht hättest du unter dem Dänen nie leiden müssen …«

»Nein.« Isabel schüttelte heftig den Kopf. »Es gibt nichts, was du dagegen hättest tun können.«

Er streckte die Unterlippe vor und gab zurück: »Wenn ich dich schon zu meiner Braut gehabt hätte, wärest du an jenem Tag nicht allein ausgeritten.«

Isabel lachte auf trotz ihrer Angst, dass sie jeden Augenblick entdeckt werden konnten. »Wieso bist du dir da so sicher?«

»Wildfang.« Traurigkeit verdunkelte sein Lächeln.

Aiken hatte sich vor und nach ihrer Verlobung immer höchst förmlich verhalten. Nie hatte sie vermutet, dass er ihr so tiefe Gefühle entgegenbrachte, zumindest keine solchen, wie sie sich jetzt auf seinem Gesicht zeigten.

Gefühle, von denen sie sich früher einmal eingeredet hatte, dass sie sie für ihn empfand.

Plötzlich sagte er: »Ich habe mir noch keine andere Braut gesucht, weil ich nur dich haben wollte.«

Isabel runzelte die Stirn. »Du selbst hast unser Verlöbnis aufgelöst.«

»Nein. Mein König hat mir befohlen, das aufzulösen, was uns verbunden hat.«

Diese Enthüllung verblüffte Isabel. Warum hatte Ranulf so etwas getan? In der Nähe knirschte laut ein Ast im Wind, und sie beide zuckten zusammen.

»Wir haben jetzt keine Zeit dafür.« Isabel zog die Sattelriemen fest. »Geh. Du kannst weder unserem König noch unserem Volk helfen, wenn du tot im Wald liegst.«

Verloren schwang er sich mit deutlicher Pein und Anstrengung in den Sattel. Isabel schlug hart gegen den Rumpf der Stute. Das Pferd galoppierte davon. Aber Aiken wendete es und setzte es neben Isabel. Er beugte sich tief herunter, legte ihr eine Hand um den Nacken und zog sie an sich heran.

»Ich hätte um dich kämpfen sollen.«

Sein Mund berührte ihren, und dann war er fort. Isabel schaute ihm nach und presste ihre Fingerspitzen gegen die Lippen.

»Ja«, murmelte sie. »Du hättest um mich kämpfen sollen. Aber du hast es nicht getan.« Sie sah ihm nach, bis er aus ihrem Blickfeld verschwunden war. Dann drehte sie sich um.

Und keuchte auf.

Kol stand nur eine Armeslänge von ihr entfernt. Ihr Atem stockte. Ihr Herz schlug lauter als der rauschende und gurgelnde Fluss in der Nähe. In seinem Blick konnte sie nichts lesen, keine Wut, keine Missbilligung. Keinen Verdacht. Würde er nicht all das zeigen, wenn er Aiken gesehen hätte? Sein Schwert steckte noch in der Scheide.

Um die Stille zu durchbrechen, log sie. »Mein Pferd. Es ist fortgelaufen. Ich habe überall nach ihm gesucht.«

»Böses Tier«, erwiderte er gelassen.

»Ja. Böse. Wirklich böse.« Isabel leckte sich über die Lippen und bemühte sich, besorgt dreinzublicken. »Es war schon den ganzen Tag eigensinnig. Ich bin nicht überrascht, dass es meine Rufe nicht beachtet hat.«

»Ach ja?« Er richtete die blauen Augen auf sie. Ihre innere Fassung schwankte. *Hatte er zugesehen?* Sie fühlte sich, als wäre er ein Wolf, der sie beobachtete. Um seine Entscheidung zu treffen.

»Ja«, bestätigte sie leise. Ihre Stimme war beinahe erstickt vor Angst.

»Reitest du oft?« Er machte einen Schritt auf sie zu.

»Reiten?« Sie blinzelte und trat zurück. Als er näher kam, verlor sie beinahe den Verstand. Was hatte er sie gefragt?

»Ja, reiten. An jenem Tag vor zwei Wintern habe ich dich reiten sehen. Es hat dir eindeutig Spaß gemacht. Wenigstens bis zu dem Augenblick, als dein Pferd dich in den Fluss geworfen hat.«

Isabel wurde es kalt unter den schweren Gewändern. Die Worte des Dänen kamen der klaffenden Öffnung ins Nichts gefährlich nahe. Es war eine Zeit, an die sie sich nicht erinnern konnte, die sie aber immer noch entsetzte. Hatte er sie vom Wald aus beobachtet, wie ein Jäger, der auf den besten Augenblick zum Angriff wartet?

»Ich darf nicht reiten. Nicht mehr, seit du …« Sie senkte den Blick, richtete ihn auf nichts Besonderes. Auf alles außer ihm. Schicht für Schicht vermodernder Blätter bedeckte den Waldboden. Ihr erdiges Aroma stieg auf und trieb durch die Luft. »Nicht nach dem, was passiert ist. Ranulf erlaubt es nicht.«

Seine Stimme wurde unmissverständlich hart. »Du hast mir einmal erzählt, dass du oft mit deinem Gemahl ausreitest. Stimmte das etwa nicht?« Er trat nahe an sie heran. »Oder habe ich dich falsch verstanden?«

Sie geriet durcheinander. »Ich wollte damit sagen, dass ich nicht mehr ohne Begleitung meines Gemahls oder ohne eine lächerliche Eskorte ausreiten darf. Warum also sollte ich es noch tun? Meine Freiheit ist weg.«

Mit unsicherer Hand drückte sie einen Zweig beiseite und spähte angestrengt in den dichten Wald, als ob sie nach dem verschwundenen Tier suchte. Alles tat sie lieber, als ihn anzusehen.

»Ich habe dir deine Freiheit nicht genommen, Isabel.«

»Doch, das hast du.« Sie wirbelte herum und sah ihn an.

»An jenem Tag habe ich dir nur das Leben gerettet.«

Ein dunkler Abgrund breitete sich um sie herum aus und drohte sie zu verschlucken.

»Ich will darüber nicht reden.«

Was war los mit ihr? Nichts hatte sie sich sehnlicher gewünscht, als ihm das vorzuhalten, was er ihr angetan hatte, und ihm ihre Anklagen mit lauter Stimme entgegenzuschleudern. Doch jetzt, als sie die Möglichkeit dazu hatte und er sie mit seinen blauen Augen so eindringlich anstarrte, schreckte sie davor zurück.

Er blinzelte nicht einmal. »In Ordnung. Reden wir über etwas anderes.«

Sie stand da, gebannt von seinem Blick. Wie durch einen Tunnel sah sie die Bewegung seiner Lippen.

»War das dein Gemahl?«

Die Frage hallte mit solcher Gewalt in ihrem Kopf wider, dass Isabel beinahe gestolpert wäre. Sie brauchte Halt und lehnte sich gegen einen Baumstamm.

»Wie bitte?«

Er kam näher, immer näher. »Derjenige, der auf deinem bösen Pferd gesessen hat.« Sie blickte gebannt auf seine Lippen. »Der Mann, der dich geküsst hat. War das dein Gemahl?«

Ihr Atem kam in raschen, flachen Stößen. Er umfasste ihr Kinn und machte es ihr unmöglich, wegzuschauen. Nun sah sein Mund grausam aus.

»Das war keine schwierige Frage.«

Mit der anderen Hand zog er ihr langsam die Kapuze von den Haaren. Sein Blick war auf ihre Lippen gerichtet. O Gott! Sie spürte seinen brennenden Blick und die Hitze, die von seinem Körper ausging.

»Ja«, platzte sie heraus und drückte sich gegen den Baum. »Das ist mein Mann.«

Vielleicht würde er sie nicht mehr berühren und nicht mehr diese beklagenswerte Schwäche in ihr erwecken, wenn er glaubte, dass sie verheiratet war.

»Und du würdest mich niemals anlügen?«

Das Blut raste in ihrem Kopf. Sie hörte sich kaum flüstern: »Nein.«

Er nahm seine Hand weg. Etwas in seinem Gesicht wurde kühler. »Dann verstehe ich natürlich, warum du ihm zur Flucht verholfen hast.«

Er trat einen Schritt zurück. »Komm. Wir kehren zu den anderen zurück.«

Isabel zögerte. War das alles? Erleichterung tröpfelte in kleinen, beinahe ausgetrockneten Rinnsalen durch ihre Adern. Gab es keine Bestrafung? Natürlich hielt der Mann, den sie verachtete, sie immer noch gefangen, aber Aiken würde inzwischen schon weit geritten sein.

Schweigend und vor sich hin brütend folgte der Däne ihr über den schmalen Pfad. Wie sie sich nach der Gesellschaft seiner verhassten Krieger sehnte!

Sie betraten die Lichtung, auf der die anderen warteten. Sofort spürte sie, dass Erregung in der Luft lag. Einige Soldaten saßen auf ihren Pferden. Die Tiere tänzelten und umkreisten eine gemeinsame Beute. Andere Krieger waren zu Fuß unterwegs. Aber sie verwehrten Isabel die Sicht. Sie liefen umher wie Wölfe auf der Jagd.

Isabels Stute schritt reiterlos in der Nähe umher.

»Nein! Aiken!« Mit einem erschrockenen Blick erkannte sie, dass er sich im Mittelpunkt des Dänenheers befand. Auf den Knien, geschlagen, blutig, ein Lederband um den Hals. Sie wollte auf ihn zu rennen, wurde aber von hinten festgehalten. Kol packte sie am Unterarm und führte sie dann auf die Versammlung zu.

Aiken schaute durch den Schleier seiner Haare auf. Hass explodierte in seinen Augen.

»Du!«, brüllte er Kol an und sprang auf die Beine. »Fass sie nicht an.«

Isabel schrie auf und versuchte zu ihm zu laufen, aber Kol hielt sie zurück. Isabel musste tatenlos zusehen, wie die Männer Aiken mit einem Tritt in die Lenden und einem Zerren am Halsband ruhig stellten. Er fiel auf alle viere, keuchte auf und sank mit dem Gesicht nach unten in den Schlamm.

»Nein«, schluchzte sie.

Kol zerrte sie weiter vor, durch den Kreis der versammelten Krieger. Hier zwang er sie, sich neben den gestürzten Angelsachsen zu knien. Doch grausamerweise gestattete er ihr nicht, ihn zu berühren.

Kol kauerte sich zwischen die beiden. Er vergrub die Faust in Aikens Haaren und zog seinen Kopf hoch. Der Mann jammerte unmerklich.

»Sieh ihn an«, befahl Kol ihr ruhig.

Isabel gehorchte. Unter dem Schmutz war Aikens Haut totenblass. Sie musste etwas tun. Sie würde weiterhin lügen, wenn es ihn rettete.

»Du darfst ihn nicht töten«, weinte sie. »*Bitte.* Er ist mein Gemahl.«

Kol sah Aiken an, als wäre dieser ein für den Kochtopf bestimmtes Hähnchen. Leidenschaftslos murmelte er: »Er wird vermutlich an seinen Wunden sterben.«

»Dann hilf ihm. Du hast doch bestimmt Ärzte in deinem Heer.«

Er blickte sie an; in seinen Augen lag nicht das geringste Mitleid.

Isabels Wut war stärker als ihre Angst. »Du hast gesagt, dass du jetzt verstehst.«

»Das tue ich.« Seine Stimme war sanft, doch diese Sanftheit sprach der Art Hohn, wie er Aikens Kopf an den Haaren hielt. Es sah so aus, als wäre er nur noch einen winzigen Schritt davon entfernt, eine Trophäe zu werden. »Ich verstehe jetzt, dass du mich belogen hast. Dieser Mann ist nicht dein Gemahl.«

Isabels Kopf ruckte hoch, und sie starrte Kol an. Es war, als hallte ein Donnerschlag in ihrem Kopf wider.

Er kennt die Wahrheit. Die ganze Zeit über hatte er gewusst, dass sie nicht verheiratet war, und er hatte nur mit ihr gespielt.

Er beugte sich vor. Sie konnte den Blick nicht von seinen Augen abwenden. »Und ich habe mitbekommen, Isabel, dass dieser Mann, wer immer er sein mag, dich geküsst hat, dann weggeritten ist und dich mir überlassen hat. Verdient er nicht schon deswegen den Tod?«

Die Welt schien plötzlich nur noch aus Stille zu bestehen. Er ließ Aikens Haare los. Der Kopf des Angelsachsen schlug auf den Boden.

Kurz darauf hoben zwei Krieger Aiken auf den Rücken eines Pferdes und führten ihn in die Richtung, aus der sie gekommen waren, auf Calldarington zu. Um Isabel herum rafften die Männer das Wild zusammen, das sie in der Zwischenzeit erjagt hatten. Sie stand auf, betäubt bis in die Seele, ging zu ihrer Stute und wartete dort still und getrennt von den anderen, bis die Gruppe ihre Reise ins Landesinnere wieder aufnahm.

Bald erreichten sie Leswick, das auf einem lang gestreckten, niedrigen Hügel lag. Obwohl die Halle und die Nebengebäude noch standen, drang kein Rauch aus den Dächern. Niemand stieß bei der Ankunft der Dänen einen Warnruf aus. Leswick schien verlassen zu sein.

Vekell lenkte sein Reittier herum und setzte es neben Isabel. »Hier werden wir die Nacht verbringen.«

Isabel zog den Mantel eng um sich, denn die grimmige Kälte der Winternacht breitete sich allmählich auf der Erde aus.

Wie sollte sie hier Geborgenheit finden, wenn sie wusste, dass der Mann, dem Leswick gehörte, möglicherweise schon tot war?

Elftes Kapitel

»Wo sind sie?« Isabel trat in die Halle.

Aikens Heim war zwar ein großes Gebäude, hatte aber nicht solche Privatgemächer wie Ranulfs mächtige Festung.

Sie ließ den Blick durch das dunkle Innere schweifen. Er hatte versucht, hierher zu kommen. Vielleicht um zu sterben.

Sie ging in die Mitte des Raums und hielt die Hände über den Kamin. Die Scheite waren zwar schon zu Asche verbrannt, gaben aber noch ein wenig Wärme ab.

»Von wem redet Ihr?« Vekell ging an den Wänden entlang. Seinen Augen entging nicht die kleinste Einzelheit.

An den Wänden hing eine große Zahl wertvoller Teppiche, doch dazwischen waren die Spuren der Gewalt zu sehen, die der Tag gebracht hatte: die Umrisse der fehlenden Schilde und Schwerter, die vom Kaminrauch auf die weiß getünchten Wände gemalt worden waren. Die männlichen Mitglieder des Haushalts hatten sicherlich die Waffen ergriffen, sobald sie von der dänischen Bedrohung gehört hatten. Wie alle treu ergebenen Lehnsherren war auch Aiken zur Verteidigung seines Königs und des Reiches ausgeritten und hatte pflichtgemäß jeden einzelnen Mann eingesetzt.

Isabel fuhr mit den Fingern über die Umrisse eines kurzen Schwertes. »Hier hat eine Familie gewohnt und mit ihnen viele andere Menschen. Ich will wissen, ob es ihnen gut geht.«

Aikens verwitwete Mutter und seine junge Schwester würden hier auf seine Rückkehr gewartet haben, zusammen mit den Frauen und Kindern der zahlreichen Vasallen.

Vekell zuckte die Achseln. »Wir haben sie nicht verjagt. Wer immer vor unserer Ankunft hier war, hat den Ort aus eigenem Antrieb verlassen.«

Isabel nickte erleichtert. Obwohl dieser Mann ihr Feind war, vertraute sie darauf, dass er die Wahrheit sagte. Er hatte keinen Grund, sie zu belügen. Inständig hoffte sie, dass die Leute von Leswick die northumbrische Grenze überquert und Unterschlupf bei ihren benachbarten Brüdern und Schwestern gefunden hatten.

Schritte erklangen auf der Schwelle. Obwohl Isabels Herz schneller schlug, war es nicht Kol, der nun erschien. Stattdessen traten einige Krieger ein, welche die Arme mit Holz beladen hatten. Bald loderte der schlafende Kamin wieder auf. Über die Flammen hingen sie einen Eber an einem Spieß; es war eines der Tiere, welche die Dänen gejagt und erlegt hatten.

So wie der Lord dieser Burg gejagt und erlegt worden war.

Isabel vermied es, in die leblosen Augen des Tieres zu blicken, aber sie vermochte nicht das Geräusch des Blutes zu überhören, das zischend in die Flammen fiel.

Die Krieger gingen wieder. Vor dem Feuer rieb sich Vekell die Hände und lächelte. »Bei Odins Baum! Mir scheint's schon ein ganzes Leben her zu sein, seit ich zum letzten Mal Wildschweinfleisch gekostet habe. In den letzten Tagen habe ich so viel Fisch gegessen, dass mir bestimmt bald Kiemen wachsen.«

Sie spürte, wie sein Blick auf ihr ruhte; er schien eine Antwort zu erwarten. Unter Kols Mantel rieb sie sich die Arme und schaute weg.

»Hmm.« Er schritt hinüber zu einigen Holztruhen, die entlang der Wand aufgereiht standen. Nachdem er eine Weile in ihnen herumgesucht hatte, zog er zwei Felle hervor und ging mit ihnen unmittelbar auf den Kamin zu. Er ließ die Felle fallen, eines neben das andere. Mit der Stiefelspitze strich er sie glatt.

»Setz Euch. Es ist warm hier vor dem Feuer.«

Isabel drückte mit der Spitze ihres Stiefels eines der Felle weg vom anderen. Eng in ihre beiden Mäntel gewickelt, ließ sie sich nieder.

Vekell setzte sich auf das andere Fell; er wirkte so stämmig und massig wie eine uralte Eibe. »Meine Gesellschaft behagt Euch nicht.«

»Das stimmt.« Se sah ihm in die Augen. »Aber warum sollte dir das etwas ausmachen?«

Er zuckte die Achseln. »Ich vermute, weil ich so viel von Euch halte.«

»Wir sind Feinde.«

»Vor noch nicht allzu langer Zeit habt Ihr meinem Herrn das Leben gerettet.« Er sah hinunter auf seine Hände, die große Knöchel hatten und vernarbt waren. »Wir sollten keine Feinde sein.«

»Solange dein Herr meinen Bruder umbringen will und während euer fremdes Heer dieses Königreich besetzt hält, können wir nichts anderes sein.«

Die Flammen malten tanzende Schatten auf die Wand. Vekell schwieg lange. Dann sagte er: »Glaubt Ihr *wirklich*, dass mein Herr Godrics Vater ist?«

Isabel antwortete mit entrüsteter Miene: »Du hast kein Recht, so frech zu reden.«

Er sah sich im Raum um und beugte sich dann zu ihr vor. »Es ist niemand in der Nähe, also können wir die Wahrheit sagen.«

Seltsamerweise fühlte sich Isabel nicht von dem Riesen neben ihr bedroht. Warum sollte sie also nicht offen reden? Von allen Leuten kannte er die dunkle Seite seines Lords sicherlich am besten, und sie würde in der Lage sein, die Wahrheit auf seinem Gesicht zu erkennen.

»Thorleksson ist der Vater meines Sohnes.« Ihre Augen glänzten wegen der Erniedrigung, diese Anklage einem Fremden gegenüber vorbringen zu müssen. Sie blinzelte die Tränen fort. »Daran habe ich keinen Zweifel.«

Sie hatte wirklich keinen Zweifel daran. Nicht mehr. Wenigstens sagte sie sich dies, denn die Möglichkeit eines zweiten Angreifers, eines Angelsachsen, erschien ihr völlig unwahrscheinlich.

Vekell richtete sich auf, als ob die Offenheit ihrer Behauptung ihn überrascht hätte. Vielleicht hatten ihn auch nur ihre Tränen beunruhigt. Obwohl sie weiterhin allein in dem großen Raum waren, senkte er die Stimme. »Dann erinnert Ihr Euch sicherlich nicht mehr daran, wie das Kind empfangen wurde?«

Warum sollte sie ihr Herz vor diesem Fremden entblößen? Sie versteifte sich. »Ich bin sicher, er hat dir meinen Bericht erzählt.«

Seine Augen wurden zu hellen Teichen der Aufrichtigkeit. »Mein Lord ist ein sehr schweigsamer Mann. Er hat mir nichts davon gesagt.«

Isabel drückte den Saum von Kols Mantel.

Aha!, sagte sein Gesichtsausdruck. »Wenn Ihr Euch nicht daran erinnert, wie könnt Ihr dann von der Schuld meines Herrn überzeugt sein?«

Sie machte eine ungeduldige Handbewegung. »Du musst nur hinschauen, dann siehst du die Ähnlichkeit der beiden.«

Vekells Stimme klang belegt, und sein Akzent wurde deutlicher. »Das Gesicht des Jungen gleicht dem Euren. Die dunkle Hautfarbe meines Herrn kann Zufall sein.«

»Ich falle nicht andauernd in Ohnmacht, wo jeder Mann mich ...« Sie schloss die Augen und spürte, wie die Hitze ihr in die Wangen schoss. »Was ich sagen wollte, ist, dass es bisher nur eine Gelegenheit gegeben hat, in der ein Mann ...« Sie schluckte schwer. Dieses Gespräch wurde viel zu persönlich für ihren Geschmack.

Vekell kaute nachdenklich auf seinem Daumennagel herum. »Es muss eine andere Erklärung geben.«

»Warum, wo doch diese eindeutig die Wahrheit ist? Ja, er hat mir das Leben gerettet. Und weil ich geglaubt habe, er wäre ein Held, habe ich ihm zur Flucht verholfen.« Sie drückte die Fäuste gegen ihre Knie. »Aber er war kein Held.«

»O doch, das war er. Ich war von dem Augenblick an bei ihm, wo er Euch aus dem Wasser gezogen hat, und habe zugesehen, wie er Euch ins Dorf getragen hat. Er hat für Euch sein Leben aufs Spiel gesetzt und trägt noch immer die Narbe von dem Pfeil, der ihn traf, als er Euch in den Armen hielt und mit seinem eigenen Körper schützte.« Vekell klopfte sich mit der Faust auf die Schulter.

Isabel zog ihre Kapuze tiefer ins Gesicht. »Ich kann dir nicht glauben. Es ist so gut wie unmöglich, dass ein Angelsachse aus den Reihen meines Bruders es wagen würde, mich anzugreifen.«

»*So gut wie unmöglich* ist nicht *unmöglich*.«

»Nein«, flüsterte Isabel. »Selbst wenn eine solche Abscheulichkeit geschehen wäre und ein solcher Angriff stattgefunden hätte, warum kann ich mich dann nicht daran erinnern?«

Sie hatte erwartet, dass er wütend wurde, aber stattdessen sagte er mit sanfter Stimme: »Versteckt Euch nicht vor dieser Wahrheit, meine Kleine. Welchen Grund hätte ich, Euch Lügen zu erzählen? Mein Lord hatte mir befohlen, im Wald zu bleiben, aber ich sah von dort aus zu.

Ließ er Euch fallen, als ihm der Pfeil Fleisch und Knochen durchbohrte?«

Isabel presste die Hände gegen die Ohren, trotzdem hörte sie seine Worte noch.

»*Nei*. Er hielt Euch fest.« Vekell streckte die Beine aus, als wolle er zu ihr hinüberrutschen. »Er hielt Euch, bis sie Euch ihm aus den Armen nahmen und ihn in das Innere der Festung Eures Bruders schleppten. Das allein beweist doch seine Hochachtung einer Jungfrau gegenüber.«

»Bitte hör auf. Ich will nichts mehr darüber hören.«

Aber seine Worte und seine Verteidigung von Kols Ehre hallten in ihrem Kopf wider. Vekell saß einfach nur da und sah sie an. Langsam ließ sie die Hände sinken. Draußen vor der Halle kamen die Stimmen der Männer näher.

Vekell sagte eindringlich: »Er hat nicht das getan, was Ihr ihm vorwerft. Das ist unmöglich, und zwar aus Gründen, die ich Euch nicht mitteilen darf.« Der Feuerschein glimmerte auf seiner Hose. Zum ersten Mal sah sie die grauen Strähnen und die Altersfältchen auf seiner Haut. Er drückte die Faust gegen seine Brust. »Ich schwöre, dass er unschuldig ist.«

Kol trat über die Schwelle. An seiner Seite waren einige seiner Heerführer. Er senkte den Blick zu Vekell und Isabel, die auf ihren Fellen sitzen blieben. Als er sprach, klang seine Stimme so fröhlich, wie Isabel sie noch nie gehört hatte.

»Was? Du hast noch kein Fest für uns ausgerichtet?«

Vekell stützte sich mit den Händen ab und grinste, während er aufstand. »Entschuldigung, mein Lord. Diese alten Knochen wollen sich nicht mehr regen, wenn sie sich einmal niedergelassen haben.« Er lachte und drehte den Spieß mit dem Eber daran.

»Das ist die schlechteste Entschuldigung, die ich je gehört habe.« Kols Lächeln wirkte gezwungen; es war wie das Lächeln von jemandem, der es nicht oft zeigte.

Isabel schenkte ihren Neckereien wenig Beachtung, denn ihr Kopf brummte vor Fragen. Vor allem wollte sie wissen, ob Vekell die Wahrheit gesagt hatte.

Unter ihrer Kapuze sah sie, wie Kol einem jungen Soldaten zunickte. »Thrand, ich brauche deine Hilfe.«

Gemeinsam gingen sie zum anderen Ende der Halle und zogen mehrere große hölzerne Wandschirme herbei. Diese stellten sie vor das Feuer und hängten Leinenlaken darüber. Sobald sie damit fertig waren, kehrte Kol an Isabels Seite zurück.

»Ich entschuldige mich für den Mangel an Zurückgezogenheit, aber ich glaube, in dieser Nacht wirst du es warm und behaglich haben.«

Isabel nickte und zwang sich, an Aiken zu denken und daran, wie Kol ihn misshandelt hatte. Sie löste Kols Mantel über ihrem eigenen und legte ihn auf den Boden aus gestampftem Lehm, als ob sie dadurch jegliche Macht, die Kol über sie besaß, verneinen könnte.

Nein, es würde eine lange und elende Nacht werden. Sie bezweifelte, dass sie überhaupt schlafen konnte.

*

Kol betrat den Stall. Es war ein schmales Gebäude, das an die Halle angebaut war. Wind pfiff durch die Balken und raschelte im Stroh. Bei ihrer Ankunft war der Stall leer gewesen. Nun standen die Pferde hier, auf denen er und seine Männer geritten waren. Ihre Wärme schützte sie ein wenig vor der kalten Luft.

Er sprach in die Dunkelheit hinein: »Zeig dich.«

»Ich bin hier.«

Kol sah den Atemdunst des Angelsachsen.

»Hast du ihn gesehen?«

»Ja.«

Kols Blut rauschte schneller. Ranulf lebte. Er sehnte sich nach dem Augenblick, in dem er ihm von Angesicht zu Angesicht gegenüberstehen würde. Er würde seine Rache haben, und zwar bald.

»Wo ist er jetzt?«

»Er bewegt sich von einem Versteck zum anderen, ohne irgendjemandem zu sagen, wohin er geht. Selbst jetzt werde ich Schwierigkeiten haben, ihn wiederzufinden.«

»Wo war er beim letzten Mal?«

»In einer der vielen Höhlen entlang der Klippen von Calldarington.«

Die Vorstellung, dass Ranulf von einem unsichtbaren Aussichtspunkt auf die Festung herabschaute, gefiel Kol gar nicht. Er hatte seinen Männern mehr als einmal befohlen, die Klippen und ihr Höhlengewirr abzusuchen.

»Und?«

Der Verräter zuckte die Achseln. »Und manchmal zieht er sich zurück, um Euren Kriegern zu entgehen, und verschwindet in den Wäldern im Westen. Er will sich mit Osbeorht treffen, dem Northumbrier, und hofft, gemeinsam ein Heer gegen Euch aufstellen zu können. Aber in der Vergangenheit hat Ranulf die northumbrische Oberhoheit mehrfach in Frage gestellt, und deshalb macht es Osbeorht Spaß, ihn hinzuhalten.«

Kol nickte. »Besteht dein Einfluss auf Ranulf noch?«

»Bisweilen.«

Es war Zeit, den Verräter auf die Probe zu stellen. Kol teilte ihm den genauen Ort mit.

»Du hast zwei Tage, ihn davon zu überzeugen, dass es ein sicherer Platz ist. Bring ihn dorthin; ich werde auf ihn warten.«

»Das werde ich tun.«

Lange standen sie schweigend da, bis der Spion sagte: »Die jüngere Prinzessin begleitet Euch doch, oder?«

Kol antwortete widerstrebend: »Das weißt du, denn sonst würdest du nicht fragen.«

Ein leises, rasselndes Kichern drang aus der Finsternis. »Das Wissen darum würde Ranulf in den Wahnsinn treiben, denn sie ist bei weitem seine Lieblingsschwester. Und was ist mit dem Jungen? Mit *Eurem Sohn*? Ist er auch hier in Leswick Hall?«

»Das Kind ist in der Festung von Calldarington geblieben«, log Kol. Wenn dieser Mann Ranulfs Tod wünschte, hatte er möglicherweise auch nichts gegen den Tod von Isabels Sohn, dem einzigen männlichen Nachkommen, in dessen Adern das Blut der alten Linie von Norsex floss. Es war nicht das erste Mal, dass Kol sich fragte, ob der Verräter vielleicht für den Angriff auf Godrics Leben verantwortlich war. Aber er brauchte den Angelsachsen noch eine Weile. Danach würde die Wahrheit ans Licht kommen, und falls eine Bestrafung nötig war, würde sie erfolgen.

»Geh jetzt.«

»Zwei Tage.« Er hörte das Rascheln einer Bewegung, und der Schatten verschmolz mit der Nacht. »Bis dann.«

Kol stand noch eine Weile da und atmete die Dunkelheit ein, bis sie ihn von innen und außen verschlang. Kalte Luft drückte gegen seine Haut, und bald fühlte er sich wie betäubt. So sollte es sein. Er zog es vor, wenn sein Hass ohne die benommen machende Hitze seiner jungen Jahre auskam und seine Entscheidungen nicht von Gefühlen behindert wurden.

Zwischen den Wachen hindurch ging er zum Hintereingang der Halle. Sobald er die Schwelle überschritten hatte, umwob ihn der würzige Duft ausgestreuter Kräuter. Wärme umfloss ihn und drang wie besänftigende Hände unter seine Kleidung.

Sie lag hinter dem Wandschirm, doch der Feuerschein beleuchtete ihren liegenden Körper hinter dem hauchdünnen Stoff. Allzu deutlich sah er die Kurve ihrer Hüfte und das Heben und Senken ihres Busens.

Draußen umstanden die Soldaten die Halle und beschützten ihn vor all jenen, die versuchen könnten, ihn zu töten, bevor er sein Ziel erreicht hatte. Nur er wusste, dass die Person, die ihn am stärksten bedrohte, hier lag. Sie atmete ruhig im Schlaf, im Gegensatz zu Vekell und Svartkell, die auf den Bänken lagen und deren Schnarchen die Stille des Raumes zerschmetterte.

Kol schnallte seine Rüstung ab und zog das Wams aus. Er zog sich ein Fell an den Platz zwischen den Kriegern und Isabel und legte sich mit dem Gesicht zur Prinzessin. Erst jetzt erkannte er, dass sie gar nicht schlief. Ihr Atem ging zwar leise, aber er war rau und tief.

Sie vergoss Tränen, eine junge Frau allein mit ihren Feinden. Die Schwärze in ihm wurde stärker. Trauerte sie um den großen, goldhaarigen Angelsachsen, den sie im Wald gefangen hatten? Tiefe Gefühle durchströmten ihn; es war eine verwirrende Mischung aus Bedauern, Eifersucht und Mitleid.

Er griff unter den Schirm und packte den Rand des Fells, auf dem sie lag. Sie schloss die Finger um seine Hand, als wollte sie ihn abwehren, doch er zog sie zu sich heran und rückte gleichzeitig näher zu ihr, bis nur noch ein winziger Zwischenraum und ein dünner Schleier aus Stoff sie trennten.

Der Feuerschein umrandete sie golden, doch da die Flammen hinter ihr prasselten, konnte er ihre Augen nicht erkennen.

»Ein glücklicher Mann ist der, der eine Frau wie dich

hat, die um ihn weint.« Kol sprach leise, damit er nicht die Krieger in seiner Nähe weckte. »Ist er der Vater des Jungen?«

Sie sog scharf die Luft ein. »Er kann es nicht sein.«

»Liebst du ihn?«

Sie schüttelte den Kopf. »Ich will nur, dass er überlebt. Seine Mutter und seine Schwester haben niemanden sonst.«

Ihre Worte hallten in seinem Kopf wider. Sie behauptete, den Angelsachsen nicht zu lieben. Sein Herz tat einen Freudensprung, aber gleichzeitig dämpfte er seine Hoffnung. Was wünschte er sich? Isabels Hingabe, während er danach trachtete, ihren Bruder, den König, zu vernichten?

Ja. Genau das war es, was er wollte.

Er vergrub seine Finger tiefer im Fell und zog Isabel näher an sich, bis ihr Gesicht nur noch eine Handbreit von seinem entfernt war. Durch das dünne Leinen sah er das Glitzern ihrer Tränen. Er fuhr ihr mit dem Daumen über die Wange und zog eine Spur durch die Feuchtigkeit. Und über ihre Lippen.

Ihre Hand bewegte sich hinter dem Leinen und packte den Kragen seines Hemdes. Mit einem Drängen, das er nicht verstand, zerrte sie ihm den Stoff von der Schulter, bis die nackte Haut sichtbar wurde. Mit den Fingerspitzen fuhr sie über die Narbe.

Er murmelte: »Ich schwöre, dass ich dir an jenem Tag nichts angetan habe.«

»Ich würde es so gern glauben.« Sie presste die Wange in seine Handfläche.

Er fuhr an der Biegung ihres Halses entlang und spielte mit ihren Haaren.

Dann drückte er seine Lippen gegen ihre Stirn, während er genießerisch den warmen Duft ihrer Haars durch das Leinen einsog. Er spürte ihren Atem an seiner Wange. Sein Mund fuhr über ihren. Sie wandte sich nicht ab. Kol hatte noch nie solch eindringliche, aber bittersüße Freuden erfahren. Sein Körper pulste angesichts ihrer sanften Ergebenheit.

Er konnte nicht widerstehen und zog das Leinen beiseite. Das Blut schoss ihm in den Kopf. Sanfte Lippen pressten sich auf seine Mundwinkel.

Zu süß. Zu berauschend.

Er stieß die Luft aus und zog das Leinen zwischen ihnen herunter. »*Nei*, Isabel. Ich begehre dich allzu sehr und fürchte dabei, dass du mich gar nicht haben willst.«

Als er sich aufsetzte, stützte sie sich auf den Ellbogen. In ihren hellen Augen lag Bestürzung.

Er flüsterte: »Das alles ist gleichgültig. Letztendlich. Schlaf jetzt.« Er stand auf, zog sich sein Wams über und packte sein Schwert. Dann trat er hinaus in den Hof und schritt quer durch den Matsch zu einer Gruppe seiner Krieger.

Bald kehrten die Kälte und das Gefühl der Taubheit zurück, und er war froh, wieder klar denken zu können.

Zwölftes Kapitel

Obwohl ein ganzes Meer von Männern sie umgab, fühlte sie sich vollkommen einsam.

Isabel lenkte ihre Stute den Felsenpfad hinauf, knapp hinter Vekell. Seit der vergangenen Nacht hatte Kol ihre Gesellschaft gemieden. Wie dankbar sie dafür war! Scham rötete ihre Wangen; das war eine dauerhafte Erinnerung daran, wie der Feuerschein und die Einsamkeit ihr das Bild eines Mannes und einer Verbindung vorgegaukelt hatten, das nicht existierte. Es war eine Illusion der Nacht gewesen. Doch im Tageslicht sah sie ihre Notlage mit deutlichster Klarheit.

Sie war eine Prinzessin aus Norsex, die von einem Kriegsherrn gefangen gehalten wurde, der ihr vor zwei Jahren die Unschuld geraubt hatte. Der nun ihren Bruder mit dem verzehrenden Verlangen jagte, ihn zu töten. Wie hatte sie in ihrem kindischen Verlangen diese Dinge nur für einen Augenblick vergessen können?

Die Gruppe, in der sie ritt, kam soeben aus dem Wald hervor und betrat den Bergpfad. Sie vereinigte sich mit dem großen Kontingent dänischer Fußsoldaten, die sie nicht mehr gesehen hatte, seit sie am vergangenen Tag Calldarington verlassen hatten. Die Schritte der Soldaten hallten von den hohen, zerklüfteten Klippen wider, so gleichmäßig wie ein ruhig schlagendes Herz.

War sie Zeugin eines Marsch in die Schlacht? Warum sonst, fragte sie sich, war eine so große Streitmacht zusammengestellt worden? Angst fuhr ihr über das Rückgrat. *Hatte man Ranulf gefunden?*

Eines wusste sie: Sie näherten sich Lothairs Klamm.

Ihre Stute kämpfte gegen den Wind an. Isabel trug widerstrebend den pelzbesetzten Mantel des Dänen, doch er half kaum, die Kälte zu vertreiben, die verstohlen unter den Saum kroch. Obwohl Isabel die Hände in die Ärmel gesteckt hatte, waren sie taub vor Kälte geworden.

Lothairs Klamm markierte die westliche Grenze von Ranulfs Königreich. Als Kinder hatten sie und ihre Halbgeschwister dieses Naturwunder mit ihrem Vater besucht. Sie hatten auf dem Felsvorsprung gesessen und Kiesel und Eschenzweige in die bodenlose Tiefe geworfen. Aldrith hatte sie gewarnt und ihnen gesagt, die Schlucht hätte keinen Boden. Wenn sie in die Dunkelheit fielen, so hatte er behauptet, dann würden sie sich im brennenden Land der Oger wieder finden.

Weder sie noch die anderen waren tapfer genug gewesen, die Wahrheit dieser Aussage auf die Probe zu stellen, obwohl sich Isabel nun fragte, ob die Oger nicht eine bessere Gesellschaft als die Dänen wären. Das betraf besonders den großen Dänen, vor dem sie sich erniedrigt hatte, indem sie ihn letzte Nacht geküsst hatte.

Sie erinnerte sich an das leuchtende Gesicht ihres Bruders aus der Kindheit und fragte sich, wo er nun sein mochte. Mit dem Blick suchte sie die verwitterten Klüfte ab, als ob sie durch ihren bloßen Willen herausfinden könnte, wo er und seine überlebenden Offiziere sich versteckten und ihren Gegenschlag planten. Alles andere war undenkbar. Sie dachte es dennoch.

War er tot?

Wind peitschte ihr ins Gesicht. Ihre Augen wurden feucht. Ihre Hände ergriffen die Zügel.

Nein. Das war nicht möglich. Ihr Bruder war nicht nur

ein starker Herrscher, er war auch ein kluger Krieger und Stratege. So einfach würde er nicht unterliegen. Er wäre ein sehr gefährlicher Gegner für den Dänen. Das war der Grund dafür, dass sie sein Verschwinden vom Schlachtfeld noch immer nicht verstand. Ranulf war kein Feigling.

Sein Weggang musste Teil eines Plans sein. Eines Plans, der zum Besten des Königreiches war, auch wenn er bedeutete, dass Isabel und Rowena zurückgelassen worden waren. Vielleicht schmiedete Ranulf in diesem Augenblick an irgendeinem Herdfeuer ein Bündnis zwischen verfeindeten Herrschern, damit sie eine gemeinsame Front gegen die Dänen bildeten.

Ja, gütiger Gott, flüsterte sie. Mach, dass es so ist.

Seit ihrer Geburt war Ranulf ihr Beschützer gewesen – ein jüngeres Abbild seines Vaters. Nicht nur ihr Beschützer, sondern auch der Beschützer ihres Volkes. Und Isabel war sich sicher, dass er diese Rolle immer noch spielte.

In ihr stieg eine größere Angst auf. Die adligen Dynastien der Insel waren aus Verrat und Blutvergießen hervorgegangen. Ohne den Schutz ihres Bruders musste sie weiterhin um Godrics Leben fürchten. Sie betete darum, dass die Versprechen des Dänen stimmten und ihr Kind in der Abtei in Sicherheit war. Ihre geflüsterten Bitten verwehten im Wind.

Als sie sich der Klamm näherten, zog sich das Kontingent der Krieger, mit dem sie ritt, zunächst unter einen geschützten Felsvorsprung zurück. Vekell bedeutete ihr mit ausgestrecktem Arm, dasselbe zu tun. Sie war dankbar, dem schneidenden Wind entkommen zu können, und drückte sich gegen die steile Felswand.

Um sie herum zogen sich die Fußsoldaten die Stiefel aus. Zu Isabels Entsetzen blieb es nicht bei diesem einen

Kleidungsstück. Fellwesten und Wollhemden wurden abgelegt, und nackte Oberkörper kamen zum Vorschein. Sie keuchte auf und wandte den Blick ab, als auch die Hosen zu Boden fielen.

»Du hast nichts zu befürchten.«

Isabel sah ruckartig auf. Kol saß auf seinem ungeheuren schwarzen Tier und hielt die Zügel in der Hand.

In diesem Augenblick bestand Isabels größte Angst darin, dass auch er sich seiner Kleidung entledigen könnte.

Ein verstohlener Blick zeigte ihr, dass die Krieger nur ihre Fellwesten wieder angezogen hatten, die kaum ihre Oberkörper und Lenden bedeckten. Sie schaute Kols Schultern und Arme an, die völlig in schützendes Leder und das Eisen eines Kettenhemdes gehüllt waren. Ihr Mund wurde trocken. In jener ersten Nacht hatte sie ihn ohne Hemd, beinahe nackt gesehen. Selbst jetzt stand dieses Bild ihr noch deutlich ins Gedächtnis geschrieben. Die harten Rundungen seiner Muskeln und die Vollkommenheit seines männlichen Körpers machten seine vernarbte Haut wieder wett. Sie wandte sich ab.

Offensichtlich hatte sich ihr Verstand bereits dafür entschieden, dass er unschuldig war, wenn sie sich solchen Gedanken hingab. Durfte sie sich diesen Glauben leisten? Durfte sie jemand anderen verdammen? Einen gesichtslosen, unbekannten Angelsachsen? Sie schaute auf, aber Kol war schon nicht mehr da.

Vekell befand sich noch angekleidet neben ihr. »Eure Zügel, Mylady.«

Er streckte die Hand aus. Verwirrt gab Isabel sie ihm.

Vekell lächelte. »Versucht, unglücklich und gepeinigt auszusehen.«

»Gepeinigt?« Sie kniff die Augen zusammen. »Ich bin von hundert nackten Barbaren umgeben. Erscheine ich nicht schon genug gepeinigt?«

»*Nei,* ich glaube, es ist noch etwas mehr Gefühl notwendig.« Als ihre Miene unverändert blieb, hob er die Hand und kniff mit zwei Fingern die Luft. Mit einem schurkischen Lächeln drohte er: »Vielleicht hilft es, wenn ich Euch in den Hintern kneife?«

Isabel blickte finster drein. »Das würdest du nicht wagen.«

»Eines Tages werdet Ihr mir dankbar sein, Prinzessin. Das schwöre ich Euch.« Mit einem Kichern trieb er sein Reittier vorwärts, fort vom Schutz des Felsvorsprungs. Isabel packte den Sattelknauf mit beiden Händen und ärgerte sich, weder die Stute noch die allgemeine Lage unter Kontrolle zu haben, denn sie spürte, dass etwas von großer Tragweite bevorstand. Erregung lud die Luft auf und führte dazu, dass ihr die Nackenhaare zu Berge standen.

Umgeben von mehr halbnackten Männern, als sie zählen konnte, gesellten sie und Vekell sich zu einer Gruppe berittener Soldaten und erkletterten die letzte Steigung zur Klamm. Sie sah sich um, entdeckte aber Kol nirgendwo.

Keine Bäume boten Schutz vor dem Wind. Unter ihnen erstreckte sich nur kahler Fels. Isabels Haar flatterte ungeschützt, frei und wild. Auf der gegenüberliegenden Seite des Abgrunds sah sie eine Bewegung. Und Farbe.

Das Banner von Osbeorht, dem Herrscher von Northumbria.

Sie erspähte zwar nicht Osbeorht selbst, aber seinen Lehensmann Thrydwolf. Der Mann saß auf einem Pferd und trug eine Rüstung. Zu beiden Seiten von ihm befanden sich northumbrische Soldaten. Einige waren beritten, andere zu Fuß. Viele hielten weiße Schilde hoch, was den Wunsch ihres Anführers nach einem friedlichen Gespräch anzeigte.

Isabel wandte sich an Vekell und rief in den Wind: »Falls ich gegen Lösegeld freigekauft worden sein sollte, werde ich trotzdem nicht gehen.«

»Nein?« Obwohl er laut rief, ging seine Stimme beinahe unter.

»Nicht ohne meinen Sohn.«

Er beugte sich im Sattel vor. »Macht Euch keine Sorgen.« Er zog an ihren Zügeln und trieb sie auf diese Weise zu einer Stelle, von der aus sie für die Northumbrier besser zu sehen war. »Mein Herr würde niemals ein solches Abkommen schließen.«

In diesem Augenblick heulte der Wind schrecklich auf.

Doch dann begriff Isabel, dass es nicht der Wind war, den sie hörte. Sie bekam eine Gänsehaut. Überall um sie herum brüllten und tobten die nackten Krieger. Sie knirschten mit den Zähnen und rissen sich an den Haaren. Manche heulten wie Wölfe.

Wie Tiere.

Die dänische Meute, vor kurzem noch eine höchst disziplinierte Streitmacht, teilte sich in der Mitte, und aus ihr ritt Thorleksson hervor. Obwohl ein Helm sein Gesicht bedeckte, wusste sie sofort, dass er es war.

Isabel schaute hinüber zu den Northumbriern, die sich an der gegenüberliegenden Seite der Klamm aufreihten. Sie sah, wie ein Zittern das Heer durchlief. Der Feigling Thrydwolf senkte sein Schwert. Die Felsen hallten vor dem erniedrigenden Schlagen von Metall auf Stein wider. Isabel richtete ihre Aufmerksamkeit wieder auf Kol und versuchte ihn durch die Augen der Northumbrier zu sehen.

Sie begriff ihr Entsetzen.

Er wirkte wie ein Wesen aus einem Albtraum. Einen Augenblick lang herrschte auf beiden Seiten der Schlucht vollkommene Stille.

Ein geschwärzter Helm verdeckte sein Gesicht. Auf der Schädelplatte waren zwei Ohren – oder Hörner – mit scharfen Spitzen angebracht. Das Kinnstück lief ebenfalls in einer Spitze aus. Die Maske verlieh ihm das Aussehen eines Dämons, der soeben aus der Hölle entwichen war. Am seinem Körper hingen das Kettenhemd und Felle herab. Als er näher kam, bebte die Luft unter den Rufen und Schreien seines Heeres. Isabel keuchte auf und versuchte ihre Stute zu beruhigen, während einige Soldaten sich vor Kol niederwarfen, als ob sie ihn anbeteten. Oder sich opferten.

Hier waren die Barbaren von Lindisfarne.

Kols Ross machte keinen einzigen Fehltritt. Es schritt über jeden einzelnen der Männer, doch seine scharfen, metallbeschlagenen Hufe berührten nirgendwo Fleisch.

Kol ritt bis zum Rand der Schlucht. Neben seinem Schenkel hielt er einen mit Nägeln beschlagenen Streitkolben. Er strahlte Überheblichkeit und kaum verborgene Wildheit aus. Ein Mann, der über eine Höllenarmee von Barbaren herrschte.

Plötzlich ritt er davon. Seine Männer wichen zurück; es war wie das Kräuseln von Brackwasser. Dann wandte er sich wieder den Northumbriern zu und trieb die Absätze seiner Stiefel in die Flanken des Pferdes. Das Tier galoppierte auf die Klamm zu. Ein Schrei erhob sich in Isabels Kehle. Sie presste sich die Hand vor den Mund unterdrückte den Schrei.

Mann und Tier sprangen mit geisterhafter Leichtigkeit über den Abgrund. Das Pferd landete auf der anderen Seite; seine muskulösen Fesseln spannten sich unter dem Aufprall an. Das metallische Klirren des Kettenhemdes hallte von den Steinen genauso wider wie das dumpfe, gutturale, zufriedene Grunzen, das tief aus der Kehle des Rosses drang.

Eine Hand voll berittener Dänen folgten ihm auf dem Rücken ihrer kräftigen Pferde über die Klamm. Die unbekleideten Soldaten, die sich wie Berserker aufführten, rannten auf den Rand der Schlucht zu, als wollten sie den unmöglichen Sprung in geistloser Treue zu ihrem Herrn versuchen, aber sie wurden von ihren Kameraden zurückgehalten. Sie knurrten und hatten Schaum vor dem Mund wie tollwütige Tiere, die Blut in der Luft gerochen hatten.

Unruhe legte sich über die northumbrischen Linien. Isabel bemerkte, dass einige Männer auf dem Felsplateau vor Todesangst ohnmächtig geworden waren. Von jenen, die tapfer genug waren, um noch aufrecht zu stehen, traten die meisten einen oder zwei Schritte zurück, als der dänische Führer und seine Krieger vorpreschten.

Kol wandte sich nicht persönlich an Thrydwolf. Stattdessen näherte sich ein Mann aus seiner Legion dem Abgesandten des Königs, vermutlich um die Rolle des Übersetzers anzunehmen. Isabel konnte nicht hören, was gesprochen wurde, aber aller Augen blickten dorthin, wo sie auf ihrem Pferd saß.

Vekell murmelte: »Macht außer Euren Atemzügen keine andere Bewegung.«

Er führte sie näher an den Abgrund heran, von wo aus sie für die Northumbrier deutlicher sichtbar war. Schreckliche Bilder zuckten durch Isabels Kopf. Sie zeigten ihr, wie sie als Opfer für gierige heidnische Götter in die Klamm gestoßen wurde.

Thrydwolf nickte unter seiner schweren Rüstung. Einige northumbrische Soldaten trugen eine Truhe von der Größe einer kleinen Kuh herbei und öffneten sie, damit Thorleksson ihren Inhalt begutachten konnte.

Isabel sträubte sich.

Vekell nahm ihre Frage vorweg. »Das ist kein Lösegeld, Mylady.«

Nein, dachte Isabel. Es war Osbeorhts Bezahlung dafür, dass sein Königreich von den Dänen verschont blieb. Zumindest eine gewisse Zeit lang. Wie würde Ranulf ohne die Hilfe von Verbündeten je wieder die Herrschaft über Norsex antreten können?

»Feiglinge!«, platzte Isabel heraus. Das Wort wurde zitternd von den Steinen zurückgeworfen und schien im Wind zu wirbeln. Alle Augen richteten sich auf sie, einschließlich des bodenlosen Blicks hinter der Maske. Vekell brachte sie zum Schweigen, lächelte sie aber an. Gelächter drang aus der dänischen Horde, doch von den Northumbriern kam nur Schweigen.

Zwei berittene Dänen packten die Truhe und trugen sie zwischen sich fort. Sie ritten in einem weiten Bogen, wurden immer schneller und sprangen gleichzeitig über den Abgrund. Kol kam hinter ihnen, gefolgt von seinen übrigen Männern.

Die Heere trennten sich. Sie zogen sich von den bloßen, ungeschützten Felsen zurück, an denen sie sich getroffen hatten, und begaben sich in die Wälder. Unter Kols steifem Winken machten sich dänische Patrouillen in jeder Richtung auf, um die Grenze von Norsex zu sichern.

Bald ritt Isabel wieder neben Kol.

Sie fühlte sich betäubt, als wäre sie gezwungen worden, bei einer Hinrichtung zuzuschauen. Denn eine Hinrichtung war es gewesen. Ranulfs Möglichkeiten, einen erfolgreichen Gegenangriff zu führen, waren gründlich vereitelt worden.

Die ganze Zeit über hatte der Däne dies geplant. Er hatte sie am vergangenen Abend geküsst und ihr die Tränen abgewischt, während er gewusst hatte, dass er am nächsten Morgen ihre Welt zerstören würde.

Niemand musste ihr erklären, dass es keine Rettung

von Norsex durch eine vereinigte englische Streitmacht geben würde. Ranulf hatte zwar nicht auf gutem Fuß mit Osbeorht gestanden, aber so etwas hätte sie niemals erwartet: eine vollständige Kapitulation und dazu die Zahlung eines großen Vermögens. Osbeorht hatte Ranulf den Rücken gekehrt.

Überall um sie herum hallten das Gelächter und der Spott der Dänen. Sie hatten die Northumbrier mit ihrem Schauspiel einer Berserkertruppe entsetzt und auf diese Weise beträchtliche Reichtümer erworben.

Isabel war dadurch genauso erniedrigt worden wie ihr Bruder. An diesem Tag war Ranulf von einem Mann überlistet worden, der mit großer Leichtigkeit jede Rolle annahm, die seinen gegenwärtigen Zwecken diente. War es das, was er in der letzten Nacht mit ihr vorgehabt hatte? Hatte er sie dazu bringen wollen, an seine Unschuld zu glauben?

Aber zu welchem Zweck? Nur um der boshaften Freude willen, die er empfinden musste, wenn sie seine Geschichte glaubte?

Sie richtete den Blick starr und fest wie einen spitzen Pfeil auf seinen Hinterkopf. Er ritt an der Spitze des Heeres und hatte inzwischen seine dämonische Maske abgelegt. Nun sah er einfach nur wie ein Mann aus. Zum ersten Mal erkannte sie im Profil sein Lächeln, sein Lachen, und kämpfte gegen unwillkommene Bewunderung an. Um ihn herum sonnten sich seine Männer in seinem Vergnügen und umkreisten wie Hunde die Füße ihres Herrn.

Vekell ritt neben ihn. Der Wind trug seine Worte an Isabels Ohren. »Thorleksson, ich habe den Männern befohlen, die Umgebung abzusuchen. Falls Ranulf hier ist, werden wir ihn finden.«

Kol nickte stumm. Einige der Dänen drangen in den

Wald vor, andere begaben sich zu den Felsklippen. Wie Insekten, die nach Nahrung suchen, liefen sie zwischen den Felsen umher, krochen in Höhlen und Spalten und suchten nach Anzeichen von Isabels Bruder und seiner verbliebenen Krieger.

Isabel beruhigte sich damit, dass ihr Bruder nicht so einfach zu finden wäre. Vielleicht ruhten er oder seine Männer sich tatsächlich in diesen Höhlen aus, aber sie wären niemals so leicht aufzuspüren und zu fangen. Aiken war wegen seiner Verwundung eine Ausnahme gewesen.

Bis weit nach Mittag stieg sie mit den anderen hinunter, doch dann ertönte das tiefe Signal eines Horns. Isabels Blick suchte die weißen Felsen nach dem Ursprung des Lautes ab. Soldaten sprenkelten ein felsiges Plateau und winkten ihrem Anführer zu.

Kol lenkte sein Tier neben das von Isabel. »Deine Stute schafft den Aufstieg nicht.«

Steif erlaubte sie ihm, sie zwischen seine Schenkel zu ziehen, aber nur, weil ihre Neugier nichts anderes zuließ. Was erwartete sie auf der Klippenspitze?

Er trieb sein Pferd hinauf. Erde und Stein zerfielen unter den Hufen des Rosses und rollten hinter ihnen den Hang hinunter. Sie folgten Kols Männern und kamen schließlich zu einer Höhle. Ohne ein Wort zu sagen, stieg Kol ab und ging hinter einem Soldaten, der eine Fackel trug, in das schwarze Loch hinein. Isabel blieb mit mehreren anderen Männern draußen.

Welche Geheimnisse mochte diese Höhle enthalten? Vielleicht steckte ihr Halbbruder, der König, darin. Wie dieser Gedanke sie quälte! Sie stieg ab. Ein junger Krieger kam auf sie zu. Er war offenbar unsicher, ob er ihr den Zutritt erlauben sollte. Sie umrundete ihn und begab sich in die Finsternis.

Das Winterlicht fiel schwach durch einige Löcher in der Decke. Entlang den Wänden lagen Vorräte, fest verzurrte Felle, Bettrollen und irdene Gefäße sowie Feuerholzstapel, außerdem standen dort sogar einige grobe Bettgestelle. Zuerst tat ihr Herz einen Satz, als sie glaubte, dies könnte das Versteck ihres Bruders sein, doch dann sah sie genauer hin und bemerkte, dass alles von Staub bedeckt war.

Sie war nie zuvor hier gewesen, aber sie wusste um diesen Ort. Als Thorleksson vor vielen Jahren zum ersten Mal in Calldarington erschienen war, hatte rasende Angst das Dorf ergriffen, da die Einwohner sicher gewesen waren, dass knapp hinter dem Horizont Massen von Barbaren lauerten und bereit zum Angriff waren. Während des ganzen Frühlings und Sommers waren entlang des hohen Küstenwalls Wachtposten aufgestellt worden, damit sie sofort Signal geben konnten, wenn die ersten nordischen Schiffe gesichtet wurden.

Damals waren Höhlen wie diese als Versteck für ganze Familien eingerichtet und mit Proviant für mehrere Wochen versehen worden, denn die Nordländer blieben nie lange. Sie kamen, plünderten und gingen wieder.

Bis auf Kol. Isabel wusste, dass er nicht gehen würde, bevor er nicht das Blut des Königs von Norsex vergossen hatte. Oder bei diesem Versuch starb.

In diesem Moment erschien er aus der Dunkelheit. Er hob die Hände, um Isabel aufzuhalten. »Das hier willst du auf keinen Fall sehen.«

»Was ist das?« Angst durchfuhr sie. Sie versuchte an ihm vorbeizusehen, erblickte aber nur schwarze Leere.

»Einer deiner angelsächsischen Krieger.« Er bückte sich, damit er sich nicht den Kopf an der niedrigen Höhlendecke stieß. »Er ist tot. Vermutlich ist er bei der Schlacht entkommen und seinen Verletzungen erlegen.«

»Ich will ihn sehen.« Isabel versuchte an ihm vorbeizuhuschen.

Er versperrte ihr den Weg. »Es ist nicht Ranulf.«

Schatten verbargen seine Augen. Würde er sie in einer solchen Sache anlügen?

»Ich erinnere mich an das Gesicht deines Bruders. Sehr deutlich.« Er bestätigte noch einmal: »Es ist nicht dein König.«

Isabel sagte nichts dazu.

Er zog sich zurück. »Wir werden die Leiche ins Dorf bringen, damit seine Familie ihn beerdigen kann.«

Isabel nickte. Sie kehrte zum Eingang der Höhle zurück. Dort zerrte sogleich der Wind an den beiden Mänteln, die sie trug, drang unter diese und fuhr ihr mit seiner Kälte bis in die Knochen. Sie rieb sich die Arme und fragte sich, ob ihr je wieder warm sein würde.

Bald wurde die in Leinen eingewickelte Leiche des Kriegers herausgetragen. Zwei Soldaten hoben den Körper auf ein Pferd und begaben sich in Richtung des Dorfes. Isabel fragte sich unwillkürlich mit schwerem Herzen, ob auch Aiken inzwischen aus dem Leben geschieden war.

Hinter ihr gab Kol Anweisungen an die verbliebenen Krieger, die ihre Suche fortsetzen sollten. Isabel sah von der Höhle aus zu, wie die Männer aufstiegen. Schnee fiel aus dem grauen Himmel.

Lasst mich nicht hier mit ihm allein. Allzu rasch verhallte das Hufgeklapper.

Sie versuchte die dunkle Gegenwart hinter ihr nicht zu beachten und schaute hinaus über das Tal. Düstere Wolken rollten vom Ozean herbei, doch unter diesem finsteren Baldachin schien Norsex im Frieden dazuliegen. Bald würde sich der Frühling über der Erde ausbreiten. Trotz allen menschlichen Elends behielt die Natur ihren Lauf bei.

Als sie schließlich die Stille nicht mehr ertragen konnte, sagte sie: »Wir sollten zur Festung zurückkehren. Selbst wenn der Sturm nicht bis hierher ins Binnenland kommen sollte, bricht bald die Dämmerung herein, und der Abstieg wird dann viel schwieriger sein.«

»Das glaube ich nicht«, antwortete er gelassen.

Isabel drehte sich um. Kol stand dicht hinter ihr, so nahe, dass er sie berühren konnte, wenn er es wünschte. Sie machte große Anstrengungen, damit ihre Stimme nicht schwankte. »Aber der Schnee wird sicher bald zu Eis werden.«

Er regte sich nicht, sondern hielt den Blick mit beängstigender Starre auf ihr Gesicht gerichtet. »Es ist Zeit, dass du und ich diese Sache zwischen uns aus der Welt schaffen.«

Sie fühlte sich gefangen und wich zurück, aus der Höhle hinaus. »Zwischen uns ist *nichts*.«

Schnee umwirbelte sie. Der Wind trieb vom Ozean herbei, peitschte über die Ebene und sang mit Tönen wie aus einem leisen, traurigen Harfenlied.

»Ja, das habe ich mir auch gesagt.« Langsam folgte er ihr einige Schritte, blieb aber innerhalb der Höhle. »Ich wollte dich verdammen, so wie du versucht hast, mich zu verdammen, aber es hat nichts genützt.«

Isabel hob den Arm, als wollte sie seine Worte abwehren. »Ich kann meine Anerkennung keinem Mann geben, der meinen König töten und alles zerstören will, was für mich und meinen Sohn von Bedeutung ist.«

Er blickte finster auf ihre erhobene Hand, als ob diese ihn beleidigte. »Kannst du nicht zugeben, dass es zwischen uns Gefühle gibt, die nichts mit Ranulf zu tun haben? Kannst du ihn nicht einmal für einen Augenblick vergessen und dir die Wahrheit eingestehen?«

Sie sah die Flammen in seinen Augen, und so verboten ihre Reaktion darauf auch war, fühlte sie doch ebenfalls einen Funken in sich. »Wie du gestern Abend gesagt hast, ist das alles am Ende unwichtig.«

»Ich habe mich geirrt. Du bedeutest mir etwas.«

Sie holte zitternd Luft. »Bedeute ich dir mehr als deine Rache an Ranulf?« Würde sie sich opfern, um ihren Bruder zu schützen? Selbst das wusste sie nicht genau.

Er gab einen zischenden Laut von sich und schaute zu Boden. Dann hob er wieder den Blick und sah Isabel an. »Am wichtigsten ist für mich im Augenblick dein Wissen darum, dass ich dir nicht die Unschuld geraubt habe.« Sein dunkles Haar verschmolz mit der Finsternis der Höhle hinter ihm. Obwohl er keine Bewegung machte und nicht versuchte, sie zu ergreifen, sah sie die Anspannung in ihm. »Ich will von deinen Lippen hören, dass ich unschuldig bin.«

Wind fuhr ihr in den Rücken, als wollte er sie auf Kol zutreiben, doch sie stemmte sich dagegen. »Wie kann ich einem Mann vertrauen, der meine ganze Welt und die Welt meines Sohnes in Schutt und Asche legen will?« Sie wandte sich von ihm ab und wollte in den wirbelnden Schnee fliehen.

»Lass mich nicht allein.«

Sie spürte ein Zerren an ihrem Mantel, als Kol sie packte und in seine Arme zog. Sie starrte in sein Gesicht, das genauso angespannt war wie seine Lippen.

Er reckte den Kiefer vor und sagte: »Hör endlich auf damit, wegzulaufen.«

Sie schrie erstickt auf, als er seine Lippen auf ihre presste. Er flüsterte in ihren Mund: »Du kennst die Wahrheit. Das sehe ich in deinen Augen.« Seelentiefe Aufrichtigkeit machte seine Stimme rau. »Ich habe dir nicht wehgetan. Ich würde dir niemals wehtun.«

Isabel stieß ihn zurück und befreite sich. Wenn sie an

Kols Unschuld glauben sollte, würde sie alles verraten, was in ihrem Leben von Bedeutung war. Ihre Vergangenheit, ihre Gegenwart und ihre Zukunft.

»Du kannst hier bleiben, wenn du willst«, sagte sie mit zitternder Stimme. »Ich jedenfalls kehre ins Dorf zurück.«

Hinter ihr rief er: »Isa...«

Ein lautes Knacken zerriss die Stille um sie herum, gefolgt von einem raschen, saugenden Laut.

Rumms.

Isabel erstarrte. Sie wartete auf den Klang seiner Schritte. Seiner Stimme. Doch sie hörte nichts als das Rauschen und Knirschen der Bäume.

Der Wind versuchte ihr die Kapuze vom Kopf zu reißen. Sie krallte die Finger in den Stoff und hielt ihn vor der Kehle zusammen. Dann drehte sie sich um und stellte fest, dass Kol rücklings auf dem Boden lag.

Sie starrte auf die Sohlen seiner Stiefel. Die Schatten der Höhle hatten ihn von der Hüfte an verschlungen. Erst jetzt bemerkte sie neben seiner Schulter ein Eisstück von der Größe eines Schneidebrettes.

»Bist du ...tot?«, flüsterte sie.

Er gab keine Antwort. Natürlich konnte er keine geben, falls er wirklich tot war.

Ihr Herz flehte stärker, als ihr lieb war: *Bitte nicht*. Doch im nächsten Augenblick brummte ihr angelsächsisches Prinzessinnen-Gehirn vor den Möglichkeiten, die sich nun vor ihr auftaten. Sie bückte sich und berührte mit den Fingerspitzen seine Kehle. Unter der warmen Haut schlug ein stetiger Puls.

Erleichterung rang mit Enttäuschung.

Sie sollte ihn jetzt verlassen und an Ranulfs Seite fliehen, wo ihre Treue nicht mehr auf die Probe gestellt würde. Sie betrachtete seine geschlossenen Augen und die dunklen Wimpern, die auf den Wangen lagen, als schlafe er den Schlaf der Gerechten.

Würde er Godric für ihre Flucht bestrafen, wenn er aufwachte? Sie biss sich auf die Lippe und schaute hinüber zu Morke, der im Schnee tänzelte.

Isabel schloss die Augen und stellte sich den Dänen so vor, wie er ihr am Rande der Klamm erschienen war: das Gesicht hinter der geschwärzten Maske verborgen, den Streitkolben einsatzbereit in der Faust. Sie rief sich in Erinnerung, dass *das* der Mann war, gegen den sie kämpfte.

Sie würde das tun, was sie tun musste.

Sie streckte die Hand dem Pferd entgegen. »Hierher, guter Junge.«

Dreizehntes Kapitel

Sein Kopf. Wie er schmerzte!

Kol blickte durch seine Augenschlitze. Über ihm schimmerte dunkelgelb und schwarz eine niedrige Decke aus unebenem Stein. Er versuchte sich auf die Seite zu rollen. Felle raschelten. Seine Arme … seine Beine …

… waren gefesselt.

Gefesselt an Händen und Füßen, angebunden an einen groben hölzernen Rahmen. Mit einem Knurren zerrte er an seinen Fesseln. Dünne Lederstreifen schnitten ihm in die Haut. *Nei,* es waren keine Lederstreifen; es war der lederne Gürtel, den die Prinzessin um die Hüfte getragen hatte, als er sie zum letzten Mal gesehen hatte.

Er betrachtete seine Fesseln eingehend.

Wo war sie? Mit einem Zucken des Bauches wand er sich ein wenig zur Seite. Unter ihm knarrte ein Bett. Eine Armeslänge entfernt brannte ein kleines Feuer. Eis rahmte einen Rauchabzug über ihm ein. Es schmolz unter der Feuerwärme, tropfte durch die Höhlendecke und zischte und fauchte in den Flammen.

Er spähte über den behelfsmäßigen Kamin nach draußen.

Schneeverschwommene Dunkelheit starrte ihn vom Eingang der Höhle her an wie das vom grauen Star erblindete Auge eines alten Mannes. Die Nacht war hereingebrochen. Dann trat die Prinzessin in sein Blickfeld.

»Komm endlich«, murmelte sie.

Sie zog an Morkes Zügeln, und das Ross folgte ihr

mit einem großen Bündel dürren Reisigs im Schlepptau. Damit verbarg die Prinzessin nun den Höhleneingang. Dann drehte sie sich um, band das Tier an einen der kräftigeren Äste, legte ihm eine Decke über den Rücken und trat ins Innere.

Sie bückte sich, damit sie sich nicht den Kopf an der niedrigen Höhlendecke anstieß, und kam näher.

»Warum bin ich gefesselt?« Er bäumte sich gegen seine Stricke auf. Benommenheit plagte ihn. Das Bett unter ihm beschwerte sich knarrend.

Sie gab keine Antwort, sondern kniete sich neben das Bett. Schnee glitzerte auf ihrem dunklen Haar. Jetzt erst bemerkte er, dass sein Schwert neben ihr auf dem Boden lag. Sie hob es mit beiden Händen auf und starrte die Klinge an, als wäre sie ein Spiegel.

Kol schluckte.

Sie konnte die Waffe kaum halten. Ihre Arme zitterten unter dem Gewicht. Schatten sprenkelten die zarte Haut unter ihren Augen. Wann hatte sie zuletzt geschlafen? Unter seinem Mantel, den sie noch immer trug, erkannte er den schlammverkrusteten Saum ihres Hemdes.

Schlamm vom vergangenen Morgen, als er sie durch den Matsch einer Winterstraße gezerrt hatte. Ein Kreis von Bildern drehte sich in seinem Kopf: Erinnerungen daran, wie er sie an jenem Tag behandelt hatte. Er hatte ihr das Kind weggenommen. Und heute hatte er dafür gesorgt, dass ihr Bruder keine militärische Unterstützung von den benachbarten Königreichen erhalten würde.

Das alles waren gute Gründe dafür, dass er sich gefesselt wiederfand.

Dennoch würde er sich mit dieser Gefangenschaft nicht abfinden, vor allem deshalb nicht, weil ihm die Art und Weise, wie Isabel das Schwert ansah, unheimlich war.

Sie runzelte die Stirn. Erleichterung durchfuhr ihn, als sie das Schwert senkte, auch wenn er unter dem metallischen Klirren zusammenzuckte, mit dem es auf die Erde traf. Er wünschte, sie würde seine Waffe nicht so sorglos behandeln!

Er blieb stumm. *Nun* war nicht die richtige Zeit für einen Tadel.

Isabel atmete flach und ungleichmäßig. Zwischen ihren Lippen bildeten sich Atemtröpfchen.

Er fragte: »Wieso bin ich hier?«

»Dir ist ein Eisbrocken auf den Kopf gefallen.« Sie deutete auf eine glitzernde Erhebung ganz in der Nähe des Eingangs. »Und danach war dein Pferd von großer Hilfe.«

Hufspuren furchten den Boden. Er sah die Vertiefung, wo er über die Erde gezogen worden war. Finster sah er Morke an. Verdammtes Tier. Nach all den Schlachten, die sie gemeinsam überlebt hatten! Verraten an eine Frau mit einer sanften Stimme und einer verführerischen Art. Sie hatte nicht einmal einen Apfel gehabt, den sie dem Pferd hätte anbieten können.

Eine breite Planke lag neben ihm, mit deren Hilfe sie ihn sicherlich auf das niedrige Bett gerollt hatte, auf dem er nun lag.

Mit leiser Stimme sagte er: »Es geht dir nicht gut, und deswegen geht es auch mir nicht gut. Was hast du vor?«

Sie beachtete ihn nicht, sondern hob einen Dolch, der früher in einer Scheide an Kols Wade gesteckt hatte. Die schmale Klinge gleißte im Feuerschein. Schlanke Finger umfassten den Griff und überprüften das Gewicht der Waffe. Es war nicht das erste Mal, dass er sie mit einer Klinge in der Hand sah, doch diesmal fesselte Leder seine Arme und Beine, und er fand diesen Anblick daher nicht sehr betörend.

Er würde nicht schweigen, während sie darüber nachdachte, welchen Teil von ihm sie abschneiden wollte.

»Isabel!«

Er versuchte sich zu setzen, doch seine Fesseln pressten ihn zu dicht an das Gestell und zwangen ihn dazu, wie eine Schildkröte auf dem Rücken zu liegen.

»Sieh mich an«, bedrängte er sie.

Sie schüttelte den Kopf. Vermied es, ihm in die Augen zu schauen. »Sei bitte still. Ich höre dir nicht länger zu.«

Draußen jammerte und heulte der Winterwind wie eine klagende Witwe. Isabel beugte sich über seinen Bauch. Sie zerrte die Felle von seiner Brust.

Kalte Luft berührte sein nacktes Fleisch. Seine Kopfhaut zog sich zusammen. Isabel hatte ihm nicht nur das Kettenhemd ausgezogen, sondern auch das Wams und das Hemd.

Die Schatten tanzten und wisperten um sie herum und schienen in Vorfreude zu vergehen. *Bald wird er vergessen sein.*

»Wir sollten anfangen.« Isabels Stimme klang schrill. Er sah die schnelle Bewegung ihrer Wimpern und ihr schweres Schlucken. »Es ist nicht nötig, es in die Länge zu ziehen.«

»Ich bitte dich, schau mir in die Augen und sage mir, was du vorhast.«

»Du erteilst hier keine Befehle mehr. Das tue nur noch ich.« Nach wie vor sah sie ihn nicht an. »Und ich befehle dir zu schweigen.«

»Ich habe dir die Unschuld nicht geraubt, Isabel.« Er ballte die gefesselten Hände zu Fäusten. »Ich schwöre, dass Godric nicht mein Sohn ist.«

Nun sah sie in seine Richtung. In ihren Augen glitzerte es; sie waren zwei lebendige Juwelen in einem ansonsten alabasternen Gesicht. »Warum hältst du noch immer an dem Glauben fest, ich wüsste nicht, was du mir an jenem Nachmittag am Fluss angetan hast? Ich erinnere mich zwar nicht mehr daran, aber es gibt genügend Beweise.« Ihre Stimme war zwar dumpf geworden, hatte jedoch nichts von ihrer Schärfe verloren.

»Beweise?«

»Er sieht aus wie du!«, rief sie.

»Sieh dich doch an! Er kommt eindeutig auf dich, auf seine Mutter. Jesus! Deine Haare sind genauso dunkel wie meine eigenen.«

Kols Hände wurden eiskalt. Er spürte nicht mehr, wie ihm das Leder in die Haut schnitt. Wie konnte er sie bloß dazu bringen, die Wahrheit anzuerkennen?

»Ich bitte dich, sieh mich an.« Er versuchte, sanft zu reden, doch das war in Anbetracht der gefährlichen Lage schwer. Wenn sie ihn nur ansehen würde! Doch ob sie ihm nun volle Aufmerksamkeit schenkte oder nicht, er musste ihr sagen, was er zu sagen hatte.

»Ich habe dich aus dem Fluss gezogen und ins Dorf getragen. Dort wurde ich gefangengenommen, und wir beide wurden in die Festung gebracht. *Das ist alles.* Sonst ist zwischen uns nichts vorgefallen.«

Seine Worte bedeuteten ihr anscheinend nichts, denn sie beugte sich weiterhin über ihn und riss ihm mit einer ruckartigen Bewegung die Felle vom Körper. Nun baumelten sie an seinen Stiefelspitzen. Isabel zog sich zurück; dabei fuhren ihre Haare über seinen Brustkorb und reizten ihn mit ihrem Duft, was er sogar in seiner gefährlichen Lage als sehr verführerisch empfand. Er bekämpfte ein plötzliches Aufwallen des Verlangens.

Wie er selbst, so liebte und hasste auch Isabel aus ganzem Herzen, und zwischen diesen beiden Extremen gab es nur wenig. Wie es wohl sein würde, die Hingabe dieser Frau zu besitzen?

»Mir das Leben gerettet«, murmelte sie. Als sie ihn nun anschaute, waren ihre Wimpern von Tränen umrahmt. »Nur um es zu zerstören.« Sie wischte sich über die Augen. »Nicht dass Godric mir das Leben zerstört hätte. Er ist meine größte Freude, aber das spricht dich nicht von dem los, was du mir angetan hast.«

»Das war ich nicht. Das hat dir ein anderer Mann angetan.«

Sie beugte sich wieder vor, doch diesmal sah sie ihm tief in die Augen. Ihr Atem glitt federleicht über seine Lippen. »Nein, *du* hast das getan. Du hast mir meine Ehre genommen, meine Jungfernschaft und meine Zukunft.«

Sie schwang den Dolch so nahe vor seinem Gesicht, dass er den metallischen Geruch schmeckte. »Da war kein anderer Mann.«

»Es muss einen gegeben haben.«

»Ich will deine Lügen nicht mehr hören. Besonders du solltest wissen, wie wichtig Vergeltung ist. Und jetzt werde ich meine üben.«

Isabel packte den Dolch fester. Trotz der Kälte wurden ihre Handflächen um den Elfenbeingriff feucht.

Der Däne sagte durch seine zusammengebissenen Zähne: »Godric kann nicht mein Sohn sein. Ich wünschte, er wäre es, denn er ist der feinste Knabe, den ich je gesehen habe, aber er ist nicht mein Kind.«

Isabels Nasenflügel bebten. Sie wollte die unangenehme Aufgabe endlich hinter sich bringen. »Verschwende nicht deinen Atem. Jetzt ist nicht die Zeit für Schmeicheleien.«

»Du verstehst es nicht.« Die feine Linie zwischen seinen Zähnen wurde so dünn wie die Schlinge eines Jägers. »Ich würde … es als Gottesgeschenk betrachten, wenn er mein Sohn wäre, nicht durch Gewalt, sondern …« Er stieß den Atem in schweren Zügen aus und murmelte: »Guter Gott, gib mir die rechten Worte ein.«

Isabel packte den Dolch mit beiden Händen. »Es ist schwer, eine Frau zu belügen, die einen hinrichten will, nicht wahr?«

»Ich lüge nicht!« Die Worte drangen aus der Tiefe seiner Brust.

Isabel runzelte abermals die Stirn und schüttelte den Kopf. Warum fühlte sie sich immer so elend, wenn sie ihm in die Augen schaute? Sicherlich war die Ernsthaftigkeit, die sie in diesem blauen Blick sah, nur gespielt. Wie viele weitere Beweise seines Geschicks im Täuschen und Verführen brauchte sie noch?

Diese Gelegenheit durfte sie nicht verstreichen lassen. Mit zitternder Hand berührte sie seine Brust, und zwar genau dort, wo sie mit dem Dolch zustoßen würde. Sein Herz schlug heftig unter ihrer Handfläche. Sie zog die Hand schnell wieder fort.

Wie konnte sie nur jemandem das Leben nehmen? Selbst wenn es bloß das von Kol war? Sie schluckte ihre Angst herunter und leckte die Schweißtropfen ab, die sich auf ihrer Oberlippe gebildet hatten.

Wenn sie Kol tötete, ersparte sie ihrem Volk die Tyrannei eines fremden Eroberers. Außerdem würde sie dadurch Rache am Tod der vielen Väter und Söhne nehmen. Und Rache für sie und ihren König. *Denk immer daran.* Sie hob die Klinge.

Er warf sich herum in dem Versuch, seine Fesseln abzuwerfen. »Ich habe deinen Sohn nicht gezeugt. Das ist unmöglich!« Sein Bauch zuckte; er war eine Ebene aus glatten, stark ausgebildeten Muskeln. Die Beine des Bettes stießen mit einem dumpfen Laut auf den Erdboden.

Isabel wich vor seiner Raserei nicht zurück. Sie richtete sich auf und hob die Klinge.

»Willst du mich nicht verstehen?« Seine Stimme brach. »Warum muss ich es aussprechen? Ich bin *gelda*.«

Isabel erstarrte, als sie dieses Wort hörte, aber sie senkte den Dolch nicht.

»*Gelda*«, wiederholte sie.

»Ich habe noch nie ein Kind gezeugt, und ich werde es nie können.« Seine Lippen kräuselten sich unter der Anstrengung, diese Worte auszusprechen. Sie erkannte, dass ihn nicht Abscheu, sondern tiefste Scham trieb. »Das ist mein Fluch und mein Schicksal.«

In seinen Augen zeigten sich Wut und – zu ihrem Entsetzen – auch das Schimmern von Tränen. Seine Haut rötete sich, als ob das, was er gerade gesagt hatte, unaussprechliche Erniedrigung über ihn brächte. Er ächzte, lehnte sich zurück und wandte das Gesicht ab.

Etwas in ihr brach zusammen. Sie hielt den Dolch umkrallt und wollte die Macht, die er ihr verlieh, nicht aufgeben.

»Du würdest alles sagen, nur um mich aufzuhalten«, flüsterte sie.

»Es ist die Wahrheit«, murmelte er mit fester Stimme. »Ich bin verflucht, *heljar-karl,* und zum Sterben verdammt. Und ich werde in Vergessenheit sterben, ohne Söhne, die meinen Namen unsterblich machen.«

Isabel erinnerte sich an Vekells Enthüllung, dass sein Herr um den Tod betete. »In der großen Halle hat der Skalde davon gesungen, wie deine Mutter dich verflucht hat. Ist das der Grund, warum du … *heljar-karl* bist?«

Sie hörte kaum seine geflüsterten Worte: »Ja, das ist er.«

Isabel packte den Dolch wieder fester. »Was musst du für eine schreckliche Seele haben, wenn sogar deine eigene Mutter dich verdammt hat.«

Als wäre in ihm eine halb verheilte Wunde wieder aufgebrochen, drehte er ihr den Kopf zu und sah sie finster an. Seine Arme kämpften gegen die Fesseln. Isabel befürchtete schon, er könnte sie zerreißen. Sie wich zurück und drückte sich gegen die Steinwand.

Seine muskulöse Brust hob und senkte sich, als er angestrengt Atem holte. Seine Stimme hallte von den Felsen wider: »Sie hat mich nur deswegen verflucht, weil ich geboren wurde.«

»Bestimmt nicht.«

Sein Blick brannte sich in ihre Augen. »Sie hat mich verabscheut, weil mein Vater sie, eine hilflose Sklavin, missbraucht hatte.«

Isabel dachte an ihren Godric. Sie liebte ihn, egal wer sein Vater war oder wie seine Geburt zustande gekommen war.

Der Dolchgriff wurde immer schweißfeuchter in ihrer Hand. »Ein Kind ist nicht verantwortlich für die Taten seines Vaters.«

»Meine Mutter war anderer Ansicht. Als ich geboren wurde, bat sie die Hebamme, sie möge mich in den Schnee werfen, damit ich sterbe.« In seinem Kiefer zuckte es. »Vekell fand mich. Er hat mir das Leben gerettet. Von diesem Tag an habe ich im Gemeinschaftshaus der Krieger gelebt.«

»Sie hat dich verflucht, als du ein Säugling warst?« Wieso verspürte sie Mitleid mit ihm? Sie konnte es nicht verhindern.

»*Nei,* ihre Todesflüche kamen später, als ich schon zwölf Winter auf Erden verbracht hatte. Davor aber hat sie mich nicht einmal gegrüßt, wenn sich unsere Wege zufällig kreuzten.«

»Was ist passiert, dass sie dich nach so langer Zeit verflucht hat?«

Lange antwortete er nicht. Dann sagte er: »Als Junge

habe ich meinen Vater verehrt. Nach seiner Ermordung durch einen benachbarten Lehnsherrn habe ich seine Krieger angeführt und seinen Tod gerächt. In der Nacht, in der unsere Krieger ins Dorf zurückkehrten, lockte meine Mutter mich mit zarten Worten weg vom Fest, nur um dann böse Flüche über meinem Haupt auszuschütten. Sie starb im folgenden Sommer, verrückt und einsam. Doch durch ihre Flüche lebt das Böse in mir weiter.«

Isabel setzte sich und schwieg.

»Dennoch würde ich niemals …« – er kräuselte die Lippen, als ob die Worte, die er sprach, ihn anekelten – »… meinen Willen einer Frau *aufzwingen,* denn ich habe das Elend gesehen, das eine solche Tat mit sich bringt. Ich habe es selbst durchlebt.«

Isabel drückte die Fingerspitzen gegen ihre zitternden Lippen. »Wie kann ich dir glauben? Wenn du nicht Godrics Vater bist …«

Wer ist es dann?

In diesem Moment schlugen Kols Blicke sie ans Kreuz. »Dann steche mir die Klinge ins Herz. Wenn ich das getan haben sollte, dessen du mich anklagst, verdiene ich nichts anderes.« Langsam wandte er den Kopf ab und schaute zur Höhlendecke. »Bringe es hinter dich und geh. Lass mich in Frieden sterben.«

Isabel sah zuerst ihn an und dann den Dolch in ihrer Hand. Sie schloss die Augen, und zum ersten Mal versuchte sie die Mauer zu durchstoßen, die sie vor den schrecklichen Dingen schützte, welche damals an jenem Tag geschehen waren. Doch keine Erinnerung zeigte sich ihr.

Da war nichts anderes als Regentropfen.

Und seine Stimme.

Stúlka litla.

Und Frieden.

Isabel riss die Augen wieder auf und sah durch ihre Tränen den unschuldigen Mann an, den sie beinahe getötet hätte.

In ihrem Gemach in Calldarington stand eine Truhe. Am Boden dieser Truhe hielt Isabel ein kleines Holzkästchen versteckt, bedeckt mit Laken und Kleidung. In diesem Kästchen befand sich der einzige Rest des Hemdes, das sie damals getragen hatte. Es war befleckt von seinem Blut.

Schon damals hatte ihr Herz ihn von aller Schuld freigesprochen. So wie heute.

Untadelig. Er hatte sich von Anfang an untadelig benommen. Seine Bestrafung im Verlies ihres Bruders war ungerechtfertigt gewesen. Und er hatte ihren Hass nicht verdient.

Isabels gebrochenes Seufzen hallte durch die Höhle. Sie kroch vor. Kol wandte ihr das Gesicht zu. Verwirrung machte seine Miene sanft. Mit zitternden Händen band sie seine Handfesseln los. Dann rutschte sie nach unten, wo seine Füße über den Bettrahmen hingen, und durchschnitt das Lederband.

Mit offenen und nach oben gerichteten Handflächen bot sie ihm den Dolch dar. Das Bettgestell knarzte, als er sich aufsetzte. Sie neigte den Kopf und erwartete seinen Zorn.

Vierzehntes Kapitel

Kol nahm Isabel den Dolch aus der Hand. Er rieb sich die wunden Stellen an den Gelenken und tastete nach der Beule an seinem Kopf. »Verneige dich nicht vor mir, Prinzessin. Das liegt nicht in deiner Natur. Sieh mir in die Augen.«

»Das kann ich nicht.« Sie schüttelte den Kopf. Doch im nächsten Moment sah sie hoch. Der Anblick ihrer weit geöffneten, schutzlosen Augen nahm ihm den Atem.

»Ich habe dir Unrecht getan. Ich hätte dich beinahe getötet.«

»Du hast es aber nicht wirklich getan.« Kol hob die lederne Dolchscheide vom Boden auf, schob die Klinge hinein und steckte sich die Waffe in den Stiefel. »Warum nicht?«

Ihre Miene schwankte zwischen Verzweiflung und Erleichterung. »Aus demselben Grund, aus dem ich dir vor zwei Wintern zur Flucht verholfen habe. Du hast nichts Unrechtes getan.«

Kols Herz donnerte in seiner Brust. Endlich hatte sie die Wahrheit erkannt. Ein Hochgefühl erfüllte ihn. Doch Isabel schien es nicht gut zu gehen. Ein Beben durchlief ihren Körper. Kälte glitzerte auf ihrer Haut.

Er griff nach dem Fell, das zu seinen Füßen lag. »Du zitterst.«

»Ich habe Angst.«

Kol legte den Pelz um sie. Durch irgendein Wunder war ihm Isabel zurückgegeben worden. Sie war das Mädchen, das ihm das Leben gerettet und ihn mit so großem Mitgefühl behandelt hatte. Jetzt wollte er sie nur noch beschützen. »Wovor du auch immer Angst haben magst, habe keine vor mir.«

Sie machte sich nicht von ihm frei. Stattdessen schaute sie auf und berührte ihn an der Wange. Aus tiefster Überzeugung sagte sie: »Das habe ich nicht.«

Er konnte es nicht glauben, dass sie seine Umarmung zuließ. Eine seelentiefe Zufriedenheit breitete sich in ihm aus, als er ihren Körper an seiner Brust spürte. Er wurde beständig wärmer.

Nach einer Weile flüsterte sie: »Ich bin so müde.«

»Dann schließ die Augen, Isabel, und schlafe.«

Sie drehte das Gesicht zu seiner Schulter. Ihr Atem strich über seine nackte Haut. Allmählich atmete sie langsamer, und ihr Körper wurde schlaffer. Kol hatte Kopfschmerzen und wollte sich so gern hinlegen. Doch er wagte nicht, sich zu bewegen, damit sie nicht aufwachte.

Obwohl das Feuer langsam erstarb, machte er keine Anstrengung, Isabel beiseite zu schieben und sich um die Glut zu kümmern. Nun brannte das Feuer in seiner Brust so heiß, dass es sie beide wärmte.

*

Isabel erwachte, als sie weiches Fell an ihrer Wange und die Hitze des Mannes neben ihr spürte. Natürlich war es in einer so kalten Nacht notwendig, die Wärme miteinander zu teilen. Das Feuer brannte nahe der Stelle, wo sie lagen, doch Isabels Atem wurde trotzdem zu Dunst. Sie zog sich das Fell über die Nase und bewegte sich ganz leicht, damit sie mehr von Kols Nähe hatte.

Er atmete flach. Sicherlich schlief er. Doch die Müdigkeit, die Isabel vorhin überfallen hatte, war nun verschwunden. Sie fühlte sich hellwach. In ihrem Inneren schwirrte es vor einer besonderen Art von Aufregung, deren Grund sie nur dem Mann zuschreiben konnte, der neben ihr lag. Dem edlen und unschuldigen Mann. Dem Mann, der sie vor noch nicht allzu langer Zeit als junge Frau so beeindruckt hatte.

Sie regte sich kaum, denn sie wollte ihn nicht wecken. Sie genoss das wunderbare Gefühl, dem Mann nahe zu sein, dessen Gegenwart ihr so unbegreiflich angenehm war. Auch wenn sie noch in Hemd und Rock gekleidet war, spürte sie doch, wie seine Beine hart gegen die Rückseiten ihrer Schenkel drückten. Sein muskulöser Bauch lag gegen ihren Hintern gedrückt.

Wenn er schlief, konnte sie ihn einmal ansehen, ohne in Verlegenheit zu geraten. Endlich war der böse Verdacht verschwunden, der sein Bild so lange verzerrt hatte. Langsam drehte sie sich um und betrachtete ihn.

Und stellte fest, dass sein Blick auf sie gerichtet war.

»Schlaf weiter«, sagte er. »Es ist noch nicht Morgen.«

»Du … du schläfst nicht?«

»*Nei,* Isabel.« Er wandte den Blick nicht von ihr ab. Ihre Gesichter waren einander so nahe, dass Isabel seinen Atem auf ihren Lippen spürte.

»Schmerzt dein Kopf sehr stark?«

»*Nei.*«

»Ist dir kalt?« Sie drehte sich ihm ganz zu. Sofort bereute sie diese Bewegung, denn nun berührten sich ihre Körper nicht mehr.

»Das Gegenteil ist der Fall, glaube ich.«

Röte stieg in Isabels Wangen. Sie spürte die Energie, die zwischen ihnen beiden floss. Sie war schon immer da gewesen, verborgen hinter Misstrauen und Angst. Der Feuerschein enthüllte die Biegung von Kols Nacken und die dicken Sehnen an seiner Schulter. Isabels scheuer, aber neugieriger Blick wanderte über seine Brust. Dunkles Haar bedeckte sie und auch die unteren Teile des Torsos. Die Felle vereitelten jede weitere Neugier.

Zwei stumpfe Finger hoben ihr Kinn an. Der Blick seiner Augen durchbohrte sie.

»Kehre in den Schlaf zurück.«

Isabels Inneres krampfte sich unter ängstlicher Erregung zusammen. »Aber ich bin nicht müde.«

Warum rollte sie sich nicht zur Seite und schloss die Augen, wie er es wollte? Sie wusste es nicht. Sie wusste nur, dass sie ihm nahe sein wollte. Vielleicht noch näher, als sie es nun schon war.

Er stieß leise die Luft aus und fuhr mit der Handfläche an ihrem stoffbedeckten Arm entlang. Ihr Herzschlag wurde unregelmäßig. Die Luft blieb ihr im Halse stecken, als er mit der Hand tiefer fuhr und unter den Fellen auf ihrer Hüfte liegen blieb.

Wie sehr er sie erregte. Er hatte sie schon immer erregt, selbst inmitten des Aufruhrs ihres Hasses. Sie sog die Luft ein und versuchte, sich zu beruhigen und vernünftig zu handeln, doch seine Haut verströmte einen exotischen Duft und zerstreute ihre Gedanken wie Stäubchen in einem Sonnenstrahl. Sie legte ihre Hand auf seine.

Er ist ein Fremder.

Nein, er war nie ein Fremder gewesen, zumindest nicht von dem Augenblick an, als sie in sein vom Regen umkränztes Gesicht gesehen und ihn für einen Engel gehalten hatte. Damals hatte ihre Seele ihn erkannt. Und jetzt erkannte ihre Seele ihn wieder. Sie würde ihm beistehen und einen Weg finden, Frieden zwischen ihm und Ranulf zu stiften.

Er schlang die langen Finger um ihre. Dann senkte er den Kopf und fuhr mit seinen Lippen über die ihren.

»Ah, Isabel«, murmelte er. Er schlang ihr den Arm

um die Hüfte und zog sie an seinen Körper heran. Isabel schwelgte in den Empfindungen, die sein harter, an sie gedrängter Körper in ihr hervorrief. Er fuhr mit der Hand über den unteren Teil ihres Rückens. Die Kriegermuskeln furchten seine Brust und drückten sich gegen ihren Busen. Die andere Hand vergrub er in ihrem Haar, wiegte ihr Haupt damit, als wäre sie etwas äußerst Wertvolles für ihn.

Als er den Kopf senkte, fiel eine seiner Haarsträhnen gegen ihre Wange. Kol warf einen dunklen Schatten vor den neugierig springenden und zuckenden Flammen. Mit Mund und Zunge bedrängte er ihre Lippen, bis Isabel sie freiwillig öffnete, ihn einließ und seine kühnen Streifzüge mit ihren eigenen beantwortete. Früher hatte sie seine Kraft gefürchtet. Nun hingegen feuerten seine Verwegenheit und Stärke nur die Verzückung an, die in ihrer Brust aufstieg.

Mit einem leisen Ächzen biss er ihr auf die Unterlippe und sog daran. Die leiseste Reibung seiner Hand ... die Härte seiner Schenkel gegen die ihren ...

Jede Berührung entzündete Flammen tief in ihrem Bauch. Es war ein Gefühl, dass so eng mit Angst verbunden und doch so anders war. Köstlich und heftig. Plötzlich fühlte sie sich zwischen den Beinen fest und schwer. Kol fuhr mit dem Mund über die Wölbung ihrer Kehle. Scharfe Zähne streiften ihre Haut. Ihr entfuhr ein leises Stöhnen, das sich mit dem Ächzen verband, welches tief aus Kols Brust drang. Isabel fühlte sich betrunken und mutig. Sie betastete Kols Haut und schmiegte ihren Körper an seinen. Näher. Noch näher. Das Verlangen stieg mit jeder Berührung, mit jedem Kuss.

Dunkel lockte das Paradies, und sie ergab sich ohne Reue und ohne den Gedanken an das Morgen.

War dieser Hunger schon immer in ihr gewesen? Nein.

Eine solche Ekstase würde sie niemals in einem anderen Mann finden können. Sie hatte immer auf Kol gewartet. Er packte ihren Rock und schob ihn nach oben, über ihre Strümpfe. Ihre Schenkel spannten sich an, als er mit der Handfläche über die Bänder fuhr und dabei wie zufällig mit ihrer nackten Haut in Berührung kam. Isabel verkrallte die Hände in seinem Hosenbund.

Sein Blick brannte sich in ihre Augen. Er machte einige harsche, knappe Atemzüge. »Verflucht und in die Hölle verbannt soll ich sein! Was tue ich da?«

Schatten und Feuerschein malten die Umrisse seines Körpers nach und erleuchteten seine hohen, breiten Wangenknochen und das kantige Kinn.

»Nur das, wonach ich mich sehne.« Dieses Geständnis verursachte ihr keinerlei Schamgefühl. Sie wusste, dass er sie mit der Reinheit des Herzens begehrte, die sie in seinen Augen sah. Sie drückte seine Hand gegen ihre Schenkel.

Seine Wangen wurden noch etwas röter. Er schüttelte den Kopf. Und zog seine Hand unter der ihren fort.

»Ein Mann hat dich missbraucht. Und sobald du mich mit deinem Vertrauen beschenkst ...« Er biss die Zähne zusammen und versuchte sich zurückzuziehen, aber Isabel nahm sein Gesicht zwischen ihre Hände. Kols Blick war dunkel und aufgewühlt.

»Dieser Mann warst nicht du.«

Ganz kurz sah Isabel ihn vor sich – das einsame Kind, ein Junge, der ohne die Liebe seiner Mutter aufwachsen musste. Ein verstoßener Junge.

Kols Stimme klang rau und heiser. »Ich will dir nichts mehr antun. Wenn du wüsstest ...« Sein Gesicht wurde härter, und der Krieger in ihm kam wieder zum Vorschein. »Ich habe viele schreckliche Dinge getan und habe durchaus vor, noch weitere zu begehen.«

Zu Isabels Enttäuschung richtete er sich auf. Die Felle glitten ihm in den Schoß, während er die Beine über den Bettrand schwang. Wie rasch er ihr entschlüpft war!

»Kol …«

Licht flackerte auf seinem Rücken.

Er fuhr fort: »Ich hatte wirklich nicht vor, dich zu verführen.«

Obwohl sie die Narben bereits in jener ersten Nacht in Ranulfs Zimmer gesehen hatte, konnte sie ein Aufstöhnen nicht unterdrücken. Der Feuerschein enthüllte, dass sie tiefer und zahlreicher waren, als sie damals bemerkt hatte. Sie waren der grausame Beweis für die Rache ihres Bruders.

Kol machte ein zischendes Geräusch und hob rasch sein Hemd vom Höhlenboden auf.

Isabel kniete sich und umarmte ihn von hinten; sie schlang ihm die Arme um den Brustkorb. Sein Körper wurde hart wie Stein. Einen Moment lang bewegte er sich nicht; ja er schien nicht einmal zu atmen.

Dann steckte er die Arme in das Hemd, doch sie ergriff seine Gelenke.

»Nein.« Sie schmiegte sich gegen seinen Rücken, als ob sie die schartigen Wunden mit ihrem eigenen Körper und einem Teil ihrer Seele ausfüllen könnte.

»Warum willst du sie vor mir verbergen?«, flüsterte sie.

Er saß ganz still in ihrer Umarmung. Unnachgiebig wie Stein.

»Kol, es ist nicht Mitleid, was ich für dich verspüre.«

Er gab keine Antwort darauf.

Langsam ließ sie seine Handgelenke los und zog ihre Arme unter den seinen hervor. Sanft glitt sie mit den Handflächen über den unteren Teil seines Rückens, von wo die Narben aufstiegen. Er zuckte zusammen, und seine Muskeln spannten sich unter ihrer Berührung an.

»Nicht«, sagte er zwischen zusammengepressten Zähnen hindurch. Er ließ sein Hemd zu Boden fallen und griff nach hinten, wie um ihren Liebkosungen Einhalt zu gebieten. Irgendwie wusste sie, dass er sich nur deshalb nicht zu ihr umdrehen wollte, weil er es nicht über sich brachte, sie jetzt anzusehen. Schmerz strahlte von ihm aus. Isabels Herz hämmerte schwer, denn auch sie empfand Schmerz.

Sie wusste, dass seine Narben tiefer waren als jene, die sie sehen konnte.

»Ich weiß, dass er dir wehgetan hat«, murmelte sie. Sie vermied es, Ranulfs Namen auszusprechen. Sie wollte nicht, dass er nun hier war, nicht jetzt. »Und ich weiß, dass diese Schmerzen unverdient waren.« Ihre Stimme wurde heiser. »Ich würde alles dafür geben, wenn ich es ungeschehen machen könnte.«

Sanft, aber bestimmter als zuvor schob sie seine Hand beiseite und sagte:

»Ich weiß, dass du deine Narben noch nie gesehen hast. Zumindest nicht alle.« Kein Spiegel würde sie deutlich wiedergeben. Außerdem wusste sie aus endlosen, einsamen und in Finsternis verbrachten Nächten, wie schrecklich die Bilder der Phantasie sein konnten.

»Vielleicht hast du nur diese hier gesehen?« Sanft berührte sie seine Schultern, wo die kleineren Narben wie Federn auf seiner Haut lagen. In Gegensatz zu den anderen.

Er gab keine Antwort.

»Ich will dir sagen, was ich sehe.« Ohne zusammenzuzucken, fuhr sie mit der Hand nach oben, über die zerschnittene Haut seines muskulösen Oberkörpers. Leise sagte sie: »Sie schwingen sich hinauf. Kühn.«

Dann bewegte sie ihre Finger auf die Schultern zu. »Und nach außen, über deine Schultern.« Leidenschaftlich presste sie die Lippen darauf. Er stieß scharf die Luft aus und erbebte, als könnte er ihre Berührung nicht ertragen.

»Was du dir in deinem Kopf vorstellst, muss schrecklich sein.« Sie hielt inne und legte ihre Handflächen auf ihn. »Aber weißt du, was ich sehe?«

»Isabel«, warnte er sie mit rauer Stimme.

Das Feuer knisterte in der Stille.

»Flügel«, flüsterte sie gegen seine Haut, gegen die Mitte seines Rückens. Gegen das Innerste seines Seins. »Die Flügel eines Engels.«

Sein rauer Atem hallte durch die Höhle.

Er griff hinter sich und fuhr Isabel über den Kopf. Sie packte seine Hand und legte sie gegen ihre Wange.

»Ich bin kein Engel«, murmelte er mit belegter Stimme.

»Für mich bist du einer.« Leise fügte sie hinzu: »Welcher Mann ohne Narben könnte mich ergründen, Kol, wo ich doch selbst so viele Narben habe?«

Er drehte sich zur Seite und zog sie auf seinen Schoß.

Sie spürte seine Lippen und das leichte Kitzeln seines Bartes auf ihrer Wange. »Es wird immer kälter in der Nacht.«

Als sein Atem ihre Haut berührte, prickelte Erregung an Isabels Rücken herunter. Er zog für sie die Felle zusammen, die sie wärmten, und seine Nähe berauschte sie. Sie drückte ihr Gesicht gegen seinen Nacken und sog seinen Duft ein. Neugierig fuhr sie mit den Händen über seinen Bauch und den Brustkorb und genoss das Gefühl seiner festen und gleichzeitig geschmeidigen Haut. Sein Herz schlug schwer – im Einklang mit ihrem eigenen.

»Isabel.« Sein Mund suchte und fand den ihren. Sein

Kuss begann sanft, dann wurde er hungrig und drängend. Kol packte sie an den Hüften. Seine Lippen verließen nicht die ihren, als er mit der Hand ihren Schenkel bis zur Wade herabfuhr. Starke Finger schlossen sich um den Knöchel. Drehten Isabel um, sodass sie bald rittlings auf ihm saß. Noch nie war sie einem Mann so nahe gewesen, doch es fühlte sich einfach richtig an. Er zog sie näher zu sich heran.

»Was wir da tun, ist kein Spiel«, murmelte er. Seine Hände glitten über ihre Strümpfe, über ihre Schenkel. »Wenn du alles wüsstest ...«

Sie kümmerte sich nicht um seine Vergangenheit und die Dinge, die er getan hatte, weil er hatte begreifen wollen, warum ihn seine Welt so behandelt hatte. Um alles andere würden sie sich morgen kümmern. Zusammen.

»Psst.« Sie küsste ihn. »Ich weiß alles, was ich wissen muss.«

Seine Finger zerrten an den Bändern ihres Hemdes. Schwielige Finger teilten das Leinen, fuhren über ihre Haut. Sie blieb vollkommen still und genoss jede einzelne Berührung. Ihre Brüste schwollen an. Mit drei Fingern strich er über ihre nackte, zarte Haut.

Die Wirklichkeit wich weit zurück. Isabel stieß einen langen, zitternden Seufzer aus.

Mit einem letzten Zerren an den Bändern sprangen ihm die Brüste in die Hände. Sie wurden von breiten, rauen Händen umfasst und gedrückt. Verlangen schoss durch ihre Adern. Mit den Beinen zog sie ihn näher an sich heran.

Er senkte seinen dunklen Kopf. Vorfreude machte ihre Brustwarzen steif. Isabel spürte zunächst seinen Atem und dann endlich seinen warmen, feuchten Mund. Er glitt mit der Zunge über die empfindlichen Spitzen. Während sie die Hände um seine Schenkel schlang, beugte sie sich zurück und bot sich ihm ganz dar. Seine breiten, langfingrigen Hände strichen zu ihrem Brustkorb herunter, dann zum unteren Teil des Rückens und hielten sie dort fest.

Durch das verschwommene Leuchten ihres Vergnügens spürte sie, wie er zuerst ihre Hüfte und dann ihre Hinterbacken umfasste.

»Kol«, keuchte sie, als sie jenen Teil von ihm, der noch mit Leder bedeckt war, hart und fest gegen ihren Körper drängen fühlte. Dort, wo ihre Schenkel zusammenstießen, begann ein heftiges Zucken.

Die Leidenschaft machte ihren Mund trocken. Nie zuvor hatte sie geahnt, dass ein solches Vergnügen daraus erwachsen konnte, in der Nähe eines Mannes zu sein. Nun dachte sie nur noch daran, das Verlangen zu stillen, das so wild in ihr aufbrandete.

Aber sie wusste nicht, wie. »Bitte.«

Mit sanftem Druck zog er ihr den Rock über die Schenkel. In ihrem Bauch zitterte es, als er mit der Hand weiter hinunter fuhr und sie auf den Beckenknochen legte. Von dort aus tastete er sich weiter vor, bis er zwischen ihren Beinen angelangt war.

Sie spannte die Beine an. Streckte die Zehen aus. Jammerte.

Seine Berührung verriet große Vertrautheit mit dem weiblichen Körper. Sicherlich waren da schon andere vor ihr gewesen, erkannte Isabel. Ein dunkles Gefühl der Eifersucht durchfuhr sie. Doch sie spürte, wie seine Hand zitterte, als er sie berührte. Offenbar fühlte er etwas für sie. Vielleicht genauso viel, wie sie für ihn fühlte.

Starke Finger strichen über ihre empfindlichste Stelle. Vergnügen durchpulste sie, als er mit dem Daumen ihre Spalte öffnete.

»Ich muss in dir sein.«

»Ja«, flüsterte sie. »Los.«

Er stieß den Atem durch seine zusammengebissenen Zähne aus. »Ich will dir keine Angst machen.«

»Ich habe keine Angst.« Sie sagte die Wahrheit. »Ich habe keine Erinnerung. Nur die Bilder, die mein Kopf erschafft. Ich will, dass du derjenige bist, der sie durch die Wirklichkeit ersetzt.«

Die Höhle taumelte, als er Isabel auf den Rücken bettete. Seine Dunkelheit und sein Gewicht legten sich auf sie.

»Ist dir kalt?«, murmelte er. Sein Gesicht war rot und wunderschön. »Ich will nicht, dass dir kalt ist.«

»Nein. Ist mir nicht.«

Der muffige Geruch der Felle wirbelte zwischen ihnen, doch sie schenkten ihr Wärme unter dem Hintern. Ihre Hände stießen mit seinen zusammen, als sie ihm die Hose ausziehen wollte.

Dunkelheit bedeckte ihre Körper. Isabel sah angestrengt hin, konnte aber jenen Teil von ihm nicht erkennen, auf den sie so neugierig war. Sie packte seine Schultern. Er legte sich zwischen ihre gespreizten Schenkel und schlang einen Arm um sie. Mit der anderen Hand stützte er sich ab.

Endlich wölbte er seinen Körper über ihr und drang mit seiner Rute zwischen ihre Schenkel. Sie fühlte sich dort unten geschwollen und quälend empfindlich an.

Folter. Wunderbare, vollkommene Folter.

Seine Hand bewegte sich zwischen ihren Beinen. Spreizte sie noch mehr. Sie spürte einen sanften Druck. Und seine langen Finger. Er drängte in sie hinein. Sie konnte sich nicht beherrschen, warf sich gegen seine Hand, presste die Schenkel zusammen. Ihr Stöhnen hallte von den Steinwänden der Höhle wider. Es war ein so eindringliches, wunderbares Gefühl. Aber irgendetwas fehlte noch.

»Bitte ...« Sie barg das Gesicht an seiner Brust und schämte sich wegen der alles verzehrenden Macht ihres Verlangens. Langsam zog er sich von ihr zurück. Zwischen seinem Daumen und dem Zeigefinger drückte er etwas. Eine zarte, verborgene Perle ...

»Kol!« Sterne explodierten und blendeten sie mit ihrem Licht. Sie bog den Rücken durch und spürte im selben Augenblick, wie seine Schenkel sie umklammerten und auseinander spreizten.

»Sieh nur«, keuchte er, »wie wunderbar es zwischen Mann und Frau sein kann.«

Sie sah hin. Dort unten, zwischen ihren beiden Körpern, fiel das flackernde Licht auf sein Glied, einen dicken Stamm, der über ihren gespreizten Schenkeln lag. Und sie sah ihr eigenes, erwartendes Fleisch. Die feuchten, dunklen Locken.

Er packte seine Rute und führte sie ans Ziel. Isabel starrte zwischen ihren schwellenden Brüsten hindurch und über das hoch geschobene Hemd. Seine dicke Eichel drang in sie ein, verschwand in ihr. Dann kam der Druck. Sie krallte die Fingernägel in seine Haut und schlang die Schenkel um seine Hüfte.

Er ächzte auf. Immer tiefer drang er in sie ein, bis seine Rute ganz in ihr verborgen war und sein Körper dicht auf dem ihren lag.

Sie stöhnte. Heftig zog er sich zurück, glitt fast wieder aus ihr heraus. »Siehst du?«

Sie schrie auf, packte ihn, spürte das Zucken seiner Muskeln. Einen Moment lang starrte sie in seine brennenden Augen. Dann schaute sie wieder auf die Stelle, wo sie miteinander verbunden waren. »Ja.«

Er stieß in sie. Die Woge der Lust erschreckte sie, verblüffte sie.

Er saugte an ihren Brüsten. Als er sich wieder in sie

bohrte, kreischte sie beinahe. Das Bett knarrte unter ihnen. Stimmen – ihre Stimmen – hallten von den Höhlenwänden wider. Er packte ihre Fußknöchel und drückte ihre Beine über den Rand des schmalen Bettes, wobei er sie noch mehr für sich öffnete.

Isabels Instinkt leitete sie. Sie hob die Hüfte, und ihre eigenen Stöße kamen den seinen entgegen. Die Hitze stieg. Trotz der kalten Luft glitzerten Schweißtropfen auf ihrer Haut. Isabel konnte die Augen nicht schließen, konnte nicht wegsehen. Die Felle glitten an Kols kraftvollem Rücken herunter, und der Feuerschein enthüllte das verschattete Zucken seines Bauches und seiner Hüfte. Wie schön er war. Auch sie fühlte sich schön. Ihre Brüste zitterten bei jedem Stoß. Die Brustwarzen glitzerten vor der Feuchtigkeit, die sein Mund dort hinterlassen hatte. Und ihr Blick glitt tiefer. Sie sah zu, wie seine Rute in sie eindrang. Dieser Anblick verblüffte und fesselte sie.

Die Lust in ihrem Unterleib wuchs und drang nach draußen in ihre Glieder. Sie wollte mehr.

»Ja, Isabel. Jetzt.« Seine eigenen Bewegungen, seine Stöße wurden noch heftiger.

Die Nacht zerplatzte zu einem auseinander brechenden Bogen aus Purpur und Diamanten und Feuer. Leuchtend. Strahlend. Unwirklich.

Sie brach in den Himmel ein, die Ewigkeit teilte sich vor ihr und gewährte ihr einen Blick auf ihre eigene Unsterblichkeit. Immer höher wirbelte sie in Spiralen hinauf, verbunden mit so vielen anderen.

Wunderbar. So wunderbar, dass sie aufschrie, als sie in einem hellen Blitz wieder zurück zur Erde fiel, in die Arme aus Fleisch und Blut, die sie noch festhielten. Es pulsierte in ihr, um sie herum, durch sie hindurch.

Kol hielt Isabel fest. Zu fest. Er hatte Angst, sie könnte verschwinden. Er drückte das Gesicht gegen ihren Hals, denn sie sollte nicht sehen, wie sehr er sie brauchte. Bis jetzt hatte er selbst nicht gewusst, wie stark sein Bedürfnis nach ihr war.

Für ihn hatte das Wissen darum, dass er keine Kinder zeugen konnte, den Liebesakt zu einem rein fleischlichen Exorzismus für seine Wut gemacht. Doch was soeben zwischen ihm und Isabel geschehen war, hatte ihn bis in die Seele versengt.

Er hätte es ihr sagen sollen. Hätte ihr alles sagen sollen. Aber jetzt … jetzt war es zu spät.

Fünfzehntes Kapitel

Das Morgenlicht fiel über die steinerne Schwelle der Höhle. Kol ergriff einen Zweig und stocherte damit in den Überresten des Feuers herum. Was in der vergangenen Nacht noch ein loderndes Feuer gewesen war, hatte sich bei der Ankunft des Morgens zu Asche abgekühlt. Er warf den Stecken fort und stand auf.

»Wir müssen gehen.« Er nahm seine Hose und zog sie sich über die Hüften. »Sonst wird man nach uns suchen.«

»Ja.« Isabel beobachtete ihn von ihrem Fellbett aus ohne Scham und mit einer Zuversicht, die er nicht teilte. Sie reckte und streckte sich mit katzenhafter Trägheit.

In der Nacht hatte sie jeden Teil von ihm berührt. Sie hatte sein Verlangen erfahren und befriedigt wie keine andere Frau vor ihr. Selbst jetzt, als sie ihn einfach nur anblickte, erregte sie in seinen Lenden ein prickelndes Gefühl.

Er zog zuerst den einen Stiefel an, dann den anderen. Er hatte die Hölle für das verdient, was zwischen ihnen geschehen war – und für die Schmerzen, die er ihr nun zufügen würde. Bis in den frühen Morgen hinein hatte er wach gelegen, während sie in seinen Armen geschlafen hatte. Wie sehr er sich auch danach sehnte, ihre Gefühle konnten keinen Bestand haben. Sein Plan war in Gang gesetzt, und er konnte die Durchführung nicht mehr aufhalten. Wenn sie davon erfuhr, würde sie ihn noch mehr hassen als zuvor. Er berührte die Beule an seinem Kopf.

Konnte er seine Dummheit auf diese Verletzung schieben?

Sie hatten sich unter Vorspiegelung falscher Tatsachen geliebt. Isabel glaubte, er hätte ein Herz irgendwo tief in seinem vernarbten Körper verborgen. Einige Stunden lang hatte auch er selbst diese Lüge geglaubt. Doch seine verzweifelte Hoffnung war ein Truggespenst der Nacht gewesen, das sich im ersten blassen Licht des Morgens aufgelöst hatte.

Wut rang mit dem Verlangen in seiner Brust. Verstohlen beobachtete er, wie Isabel ihre Strümpfe knapp unter den Knien festband. Nach den Entbehrungen der letzten Tage hätten die meisten Frauen schmutzig und abgerissen ausgesehen. Isabels Wangen dagegen erröteten in einem frühlingshaften Strahlen. Ihr Haar glänzte wie die Seide aus dem Osten. Wenn sie nur die Seine sein könnte!

Unter dem dichten Schutz ihrer Wimpern sah sie auf und schenkte ihm ein scheues Lächeln. Sie wollte Gewissheit von ihm haben. Es war eine Schande, dass er sie ihr nicht geben konnte. Er bückte sich tief hinunter, legte ihren Rock auf das Bett neben ihr und landete seinen ersten Schlag. Mit einer Stimme, die so kalt wie die Luft in der Höhle war, sagte er: »Ich warte draußen auf dich.«

Ihr Lächeln wurde zu – gar keinem Lächeln mehr. Er drehte sich um, bevor sie möglicherweise seinen Ausdruck des Bedauerns sah.

Draußen kniete er sich in den Schnee und untersuchte Morkes Hufe. Die Schuld an seinen Qualen traf ausschließlich ihn selbst. Er hatte sie in seinen Verteidigungsring hereingelassen. In seinen Ring, der ihn vor dem gefährlichsten seiner Feinde beschützte: der Hoffnung.

Er hörte ihren sanften Schritt auf dem Stein hinter

ihm. »Es wäre besser, den Abstieg zu Fuß zu machen. Wenn das Tier auf dem Eis ausrutscht …«

»Natürlich«, pflichtete sie ihm mit ruhiger Stimme bei.

Barsch nickte er. »Gut.«

Er zerrte an Morkes Zügeln und ging über das schmale Plateau. Ihre Schritte folgten ihm leicht und rasch. Bald befand sie sich neben ihm.

»Willst du Ranulf eine Botschaft schicken, sobald wir in Calldarington angekommen sind?«

Die Erwähnung von Ranulfs Namen erweckte den wilden Teil in ihm.

»Das wird schwierig sein, da ich nicht weiß, wo Ranulf steckt.« Er schaute starr geradeaus. In seiner Stimme lag eine sardonische Schärfe. »Weißt du es vielleicht?«

Neben ihm stolperte Isabel über eine Unebenheit im Boden. Er bezwang den Drang, sie aufzufangen.

»Du weißt genau, dass das nicht der Fall ist.« Unter den dunklen Falten ihres Mantels erschien ihre schlanke weiße Hand. Sie schob sich eine dunkle, lästige Locke von der Wange. »Ich habe mich nur gefragt, ob man einen Boten auf die Suche nach ihm schicken könnte. Vielleicht einen Krieger aus Norsex. Jemanden, dem er vertraut.«

Die Hoffnung in ihrer Stimme machte ihn krank. Sie hatten sich geliebt, und nun erwartete sie, Frieden zwischen den beiden Männern in ihrem Leben stiften zu können. So einfach war das für sie.

Er blieb stehen. Morke hielt hinter ihm inne, ohne dass ein Befehl dazu nötig gewesen wäre. »Und welche Botschaft soll ich ihm deiner Meinung nach schicken?«

Wind fuhr durch ihr Haar und blies es ihr aus dem Gesicht. Langsam wandte sich Isabel Kol zu. Sie war blass vor der Erkenntnis, die ihr gerade gekommen war.

»Du hast noch immer vor, ihn zu töten.«

Sie starrte ihn an. Kol gab sich weiterhin leidenschaftslos. Obwohl ihr Elend sie zerriss, konnte er ihr keinen Trost spenden.

»Kol!«, schrie sie und schlug sich die Hände vor die Lippen. Sie schien ihre gesamte Ruhe zusammenzuklauben; erst dann ließ sie die Hände wieder sinken. »Der Streit zwischen euch beruht auf einem Missverständnis. Das weißt du jetzt.«

Kols Aufregung kochte über. Ihre Worte verleugneten alles, was er ihr über die Bitte ihres Vaters um militärischen Beistand berichtet hatte. Es war, als klagte sie ihn der Lüge an.

»Ich habe dir schon gesagt, dass Ranulfs Hass auf mich nicht nur aus der Sorge um dich erwachsen ist.«

»Woraus denn sonst noch?«, wollte sie wissen.

Kol antwortete darauf mit Schweigen.

»Sag es mir, Kol. Was ist da noch? Sieh mich nicht so an, als wären wir Fremde. Von der ersten Nacht an hast du angedeutet, dass Ranulfs Bösartigkeit weit über deine Bestrafung im Verlies hinausgeht. Du hast aber nie einen Beweis für deine Behauptungen vorgelegt.«

Kol fühlte sich wirklich wie ein Fremder, als er sie ansah und gleichzeitig die Finger um die Zügel seines Pferdes krampfte.

Ihr kurzes Lachen durchfuhr ihn wie eine Klinge. »Ich verstehe. Du weist mich schon zurück. Das ging ja sehr schnell.«

Kol sagte das, von dem er wusste, dass es die Wahrheit war. Selbst wenn Isabel es noch nicht erkannte. »*Nei*. Du bist es, die mich zurückweist.«

Er ging fort, in Richtung Calldarington.

Sie rief ihm nach: »Warum sagst du so etwas?«

Er drehte sich um und zertrat dabei die dünne Schneekruste unter seinem Absatz. »Bist du bereit, dich von Ranulf abzuwenden?«

»Warum sollte ich das tun?« Sie hob flehend die Hände und trat auf ihn zu. Sein Herz reagierte so heftig auf ihre Nähe, dass er ein paar Schritte zurückweichen musste, um sich gegen ihre bittenden Augen und ihre ernste Stimme zu wappnen.

Sie fuhr fort: »Ja, es war falsch, dass Ranulf dich gefoltert hat. Aber er hat dich nur bestraft, weil er glaubte, ich wäre angegriffen worden. Das ist alles. Mehr steckt nicht dahinter, vor allem kein Ränkespiel und keine geheimen Beweggründe.«

Kol schüttelte den Kopf. »Dein Vater hat mich gerufen, weil ich eine Bedrohung von innerhalb seines Hauses vereiteln sollte. Und diese Bedrohung ging von Ranulf aus.«

»Das ist unmöglich.«

Feindseligkeit machte seinen Tonfall bitter. »Es macht mich wütend, dass du ihn immer noch so übertrieben hoch schätzt. *Ich wünschte, du wüsstest das über Ranulf, was ich weiß.*«

»Ich glaube nicht einmal, dass der Ranulf, den du mir da beschreibst, überhaupt existiert. Du machst ihn zum Dämon, damit du weiter nach ihm suchen kannst.« Isabel lief an ihm vorbei und hatte den Blick fest auf den Pfad vor ihr gerichtet.

»Weißt du, er beobachtet dich heimlich«, spuckte Kol aus.

Isabel erstarrte. Plötzlich schien ein unsichtbares Gewicht auf ihren Schultern zu liegen. Offenbar hatte er in ihrem Innern eine bestimmte Saite zum Erklingen gebracht. »Was sagst du da?«, keuchte sie.

Die Worte, die er auszusprechen gedachte, stärkten und beschämten ihn zugleich. Sie waren eine Waffe, mit der er sie verletzen wollte. »Er sieht dir durch ein Loch in der Wand deines Gemaches zu.«

Kol verlagerte sein Gewicht, nahm die Zügel in die

andere Hand, hielt aber den Blick auf Isabel gerichtet, denn er wollte unbedingt ihre Reaktion sehen. Mit leiser Stimme wiederholte er: »Er beobachtet dich.«

Isabels Gesicht drückte keinerlei Regung mehr aus.

Eine unangenehme Kälte fuhr Kol über den Rücken. Er ließ Morkes Zügel fallen, hielt den Kopf schräg und schaute Isabel ins Gesicht. Todunglücklich stammelte er: »Du bist nicht überrascht?«

Isabels Lippen teilten sich, aber keine Worte kamen zwischen ihnen hervor.

»Du zeigst nur Scham über diese Enthüllung?«, klagte er sie an.

Isabel bekam kaum mehr Luft. Sie konnte nicht mit Kol darüber reden. Mit *niemandem.* Mit zitternden Fingern drückte sie sich den Ärmel ihres Mantels gegen den Mund.

Kol packte sie bei den Schultern. »Was ist zwischen dir und Ranulf? Bei Gott, Isabel, gestehe endlich die Wahrheit.«

Sie spürte kaum seinen starken Griff. Der Schock seiner Worte hatte sie zu sehr betäubt. Sie schaute ihm in die Augen und war entsetzt von dem Ekel, den sie darin las.

Plötzlich ließ er sie los und wich zurück. Kälte und Hitze überspülten ihn in abwechselnden Wellen. Sie konnte es nicht ertragen, dass er glaubte, sie hätte eine blutschänderische Beziehung zu ihrem Bruder.

»Ranulf ist nicht mein Bruder.«

Kol riss die Augen auf. »Was hast du gerade gesagt?«

»Ranulf und ich sind nicht blutsverwandt.« Isabel schloss die Augen. Während sie dieses Geheimnis laut aussprach, beging sie an Ranulf einen Verrat, der sich wie ein gewaltiger Felsbrocken auf ihre Brust legte.

»Sag mir alles.« Er machte einen weiteren Schritt zurück, als ob er sich nicht nur von ihr, sondern auch von allen Gefühlen, die er für sie empfand, entfernen wollte. Der Schnee auf dem Boden spiegelte sich in seinen Augen wider und verlieh ihnen die Farbe eines gefrorenen Sees.

Isabel fühlte sich fiebrig. Sie fuhr sich mit ihren kalten Händen über die Wangen. Irgendwie kamen nun die Worte.

»Als Ranulfs Mutter meinen Vater heiratete, trug sie schon das Kind eines anderen Mannes in ihrem Leib. Das war ein Geheimnis, das sie bis zum schicksalhaften Tag der Geburt meiner Schwester Rowena für sich behielt. Erst kurz vor ihrem Tod gestand die Königin meinem Vater alles.«

Kols Miene war immer noch wie aus Stein gemeißelt. Er machte weder einen Schritt auf sie zu noch einen von ihr fort. Hinter ihm lag Calldarington fern und unbeteiligt auf dem breiten Felsvorsprung. »Rede weiter.«

Sie holte tief und energisch Luft. »Ranulf erfuhr es erst, als er schon ein junger Mann war.« Sie ging zu einem Baum in der Nähe und lehnte sich gegen ihn. »Eines Tages verlor er bei der Jagd die Kontrolle über den Lieblingshengst unseres Vaters und fiel mit ihm in einen schmalen Graben. Das Tier brach sich beide Vorderläufe. Als Vater dem leidenden Pferd die Kehle durchschnitt, war er überaus wütend und enthüllte Ranulf, dass er nicht sein rechtmäßiger Sohn sei.«

Kol sog den Atem ein und warf Isabel einen abschätzenden Blick zu. »Trotzdem hielten dein Vater und sogar der Witan von Norsex Ranulf in hohen Ehren, und er wurde als Erbe benannt.«

Sie zuckte die Achseln. »Soweit ich weiß, wurde über die Angelegenheit nie wieder gesprochen; sie blieb ein Geheimnis zwischen Ranulf und Aldrith. Vermutlich hat mein Vater nicht einmal gewusst, dass Ranulf mir die Wahrheit gestanden hat. Selbst wenn wir die väterliche Zuneigung einmal beiseite lassen, bleibt die Tatsache, dass mein Vater keine männlichen Nachkommen gezeugt hat. Also gab es auch keine weiteren männlichen Erben. Es war wichtig, dass Ranulfs Thronanspruch nicht in Frage gestellt wurde – um unser aller und daher auch um meines Vaters willen.«

Kol drückte seine Finger in die Handflächen. Er schüttelte den Kopf, als wolle er sich von ihren Worten befreien. »Deshalb ist es ihm aber noch lange nicht erlaubt, dich mit Lust im Herzen durch ein Loch in der Wand zu bespähen. In den Augen der christlichen Kirche ist er dein Bruder.«

Isabel wurde zornig. »Ich weiß von keinem Guckloch. Die Tür … sie ist schon immer da gewesen, seit der Zeit, als mein Vater die Halle erbaute. Ranulf hat sie nie benutzt. Ich kann nicht glauben, dass er mich ohne mein Wissen beobachtet hat, aber …«

»Aber?«

»Als ich zur Frau wurde, muss ich gestehen, dass ich gespürt habe, wie …« Isabel zuckte innerlich zusammen, denn sie wusste, dass sie die Worte nicht mehr zurücknehmen konnte, sobald sie einmal gesagt waren. Doch gleichzeitig schien es ihr eine Erleichterung zu sein, sie auszusprechen. Sie hatte lediglich bisher niemanden gehabt, dem sie sie hatte anvertrauen können. »Ich habe Ranulfs Interesse an mir gespürt. Immer wieder habe ich mir gesagt, dass es aus seiner Einsamkeit herrührt. Weißt du, schon vor langer Zeit war entschieden worden, dass Ranulf niemals heiraten würde. Mein Vater hat Attentate sowohl aus der Familie seiner ersten Frau überlebt als auch aus der seiner zweiten Frau, meiner Mutter. Beide Familien wollten ihm den Thron wegnehmen. Ranulf machte es vom Beginn seiner Herrschaft an klar, dass er sich keine Rivalen durch Heirat schaffen wollte. Seitdem ist er seiner Keuschheit ergeben geblieben. Falls er sich Geliebte genommen hat, dann weiß ich nichts davon.«

Kol trat auf sie zu, packte sie grob am Kinn und zwang sie, ihn anzusehen. »Sag mir die Wahrheit, Isabel, denn ich will nicht, dass noch mehr Lügen zwischen uns stehen.«

Isabel erbebte unter der Macht seiner unausgesetzten Anklage, die sie regelrecht krank machte. »Er hat mich nie berührt. Niemals. Damit könnte ich nicht leben.«

»Warum kannst du es nicht zugeben? Es ist doch allzu deutlich.« Kol ließ sie los. In ihren Augen glimmerte eine wilde Hitze. »Er ist der Vater deines Kindes.«

Isabel drehte sich der Magen um. »Deine Anklagen ekeln mich an. Glaubst du, ich könnte es ertragen, mit ihm in Calldarington zu leben, wenn das die Wahrheit wäre? Nein, Ranulf ist nicht das fehlende Glied in meiner Kette des Unglücks. Er hätte niemals eine solche Sünde gegen mich begangen.« Sie drückte ihre Handfläche dort gegen die Brust, wo ihr Herz mit beängstigender Geschwindigkeit schlug. »Tief in meinem Inneren weiß ich, dass das die Wahrheit ist.«

Kol ballte die Hände zu Fäusten. »Du verteidigst ihn immer noch, obwohl du weißt, dass es ihn nach dir gelüstet.«

Diesmal war es Isabel, die ihn am Arm packte. »Falls seine Lust auf mich jemals eine solche Größe erreicht hat, dann blieb sie in seinem Herzen verschlossen. Das schwöre ich dir. Er war nichts anderes für mich als mein Bruder und mein König sowie der Beschützer meines Sohnes.«

»Ich begreife das nicht«, murmelte Kol und machte sich von ihr frei. Er ging auf den Hügelgrat zu, von dem aus man Calldarington überblicken konnte.

Sie hob die Hände. »Was soll ich denn noch tun, Kol? Ich bin eine Prinzessin dieses Reiches, die ein vaterloses Kind zur Welt gebracht hat, einen Sohn ohne Zukunft außer der, die der König ihm zu verleihen bereit ist.«

Kol schwieg weiterhin und drehte ihr den Rücken zu.

»Was hätte ich denn deiner Meinung nach tun sollen? Ranulf hat weder in Wort noch Tat irgendein Verlangen nach mir gezeigt. Als ich sein Interesse gespürt habe, war es nur ein unbestimmtes Gefühl meinerseits. Hätte ich da meinen Sohn nehmen und mit ihm im Wald leben und den Rest unserer Tage in der Verbannung verbringen und dabei Wurzeln und Beeren essen sollen?« Sie ließ die Arme sinken. »Das geschieht nur in Kindermärchen.«

Er hob Morkes Zügel vom Boden auf und sah Isabel hart an. »Ich werde dich nur noch ein einziges Mal fragen. Bist du bereit, ihn zu verlassen?«

»Er ist nicht der Böse, für den du ihn hältst. Bitte zwinge mich nicht zu dieser Wahl«, bat sie ihn.

»*Bist du bereit?*«

»Ich bin es nicht«, flüsterte sie.

Ohne ein weiteres Wort machte er sich an den Abstieg.

Sie folgte ihm und rief: »Verstehst du meine Lage denn nicht? Verstehst du nicht, dass ich dir ein Geheimnis anvertraut habe, welches Ranulfs Anspruch auf den Thron von Norsex zunichte machen könnte?«

Kol hielt die Hand hoch, aber er verlangsamte seine Schritte nicht. »Es ist mir jetzt klar, dass wir nicht in der Lage sind, ein vernünftiges Gespräch zu führen.«

In einem Anfall übler Laune rammte Isabel den Stiefel in den Schnee, wobei ein weißer Klumpen fortgeschleudert wurde. »Ein vernünftiges Gespräch kann nicht aus unvernünftigen Anschuldigungen erwachsen.«

Den Rest des Abstiegs brachten sie in Schweigen hinter sich. Je näher sie dem Dorf kamen, desto mehr wuchs Isabels Angst. Nun hatte sie weder die Liebe und Treue ihres Volkes noch die von Kol. Sie hatte nicht einmal ihren Sohn, zu dem sie zurückkehren konnte. Schlimmer noch, sie hatte das Vertrauen des Mannes missbraucht, der sie trotz unterschwelliger Spannungen wegen seiner unausgesprochenen Bewunderung immer nur wie ein Bruder behandelt hatte.

Als sie den Dorfrand erreichten, spürte Isabel, dass Aufregung in der Luft lag. Auf den Gesichtern von Kols Männern zeigte sich ein Lächeln. Krieger zogen große Holzbohlen mit Truhen und Bündeln darauf vom Hafen ins Dorf.

Ein dänischer Offizier rief Kol zu: »Mein Lord! Die Boote der Nachhut sind heute Morgen eingetroffen.«

Kol nickte. »Das ist gut. Sind alle wohlbehalten?«

»Ja, mein Lord.«

Die Boote der Nachhut? Isabel betrachtete den fernen Hafen. In der Tat sprenkelte eine kleine Gruppe nordländischer Schiffe die Küstenlinie.

»Was ist mit den anderen, die wir erwarten?«

»Wir haben sie weder gesehen noch eine Nachricht von ihrem baldigen Eintreffen erhalten.«

Isabel ging dicht hinter Kol durch die Gruppe der Männer, bis der Schatten der Festung den Boden verdunkelte.

Eine Menschenmenge saß auf der Treppe. Es waren so viele, und ihre Gesichter waren Isabel fremd. Es handelte sich um nordländische Frauen und Kinder sowie um lärmende, sich wild gebärdende Männer. Sie benötigte keinen Gelehrten, der ihr erklärte, dass sie soeben die Wiedervereinigung der Krieger mit ihren Familien beobachtete. Wenn sie Kols Bemerkung über die ›anderen‹ richtig verstanden hatte, würden bald noch weitere folgen.

Viele lächelten ihren Herrn an und grüßten ihn, als sich Kol ihnen näherte. Wortlos gab er Morkes Zügel aus der Hand und schritt auf die Festung zu. Isabel zögerte neben dem großen Tier; sie stand knöcheltief im Schlamm der aufgewühlten Straße. Ein Soldat führte Morke in Richtung der Ställe.

Isabel wusste nicht, wo sie hingehen sollte. Sie fühlte sich in Calldarington fremder als je zuvor. Was bedeutete das Erscheinen der nordischen Familien? Würden sie wieder abreisen, sobald ihr Anführer seine Rache geübt hatte? Oder wollten sie sich hier niederlassen?

Sie fühlte sich verraten – erst Kols verletzende Worte auf dem Hügel und jetzt das hier. Ein Zustrom von Ausländern würde ihr angelsächsisches Volk auf vielfältige Weise beeinflussen, im Großen wie im Kleinen.

Eine Männerstimme sagte hinter ihr: »Mylady.«

Isabel erkannte die Stimme eines Freundes und drehte sich um. Pater Janus stand neben der Straße auf einer höher gelegenen, flachen Erdscholle.

Er lächelte erleichtert. »Ich hatte gehofft, Euch wohlauf zu sehen. Als Ihr gestern Abend nicht mit den anderen zurückkehrtet …« Er lächelte wieder, kniff dabei aber die Lippen zusammen, und Falten bildeten sich auf seiner Stirn.

Isabel ging mit ausgestreckten Armen auf ihn zu. »Es geht mir gut, Pater. Trotz allem. Und wie ist es mit Euch?« Er ergriff ihre Hände.

»Mir geht es so gut, wie es die Lage erlaubt.« Er nickte. »Die Dänen haben unsere Kirche nicht zerstört. Glücklicherweise ist ihr Anführer unseres Glaubens.«

»Ja, schon das allein ist ein Segen.« Der bloße Gedanke an Kol drückte ihr aufs Herz. Sie warf einen raschen Blick in Richtung der Halle.

»Gestern Abend haben mich die Dänen ins Verlies gerufen, damit ich mich um Master Aiken of Leswick kümmere.«

Isabel schloss die Augen und betete darum, Pater Janus möge ihr nicht sagen, dass der Krieger gestorben sei. Unsicher fragte sie: »Und wie geht es ihm?«

»Als ich bei ihm eintraf, hatte der dänische Arzt bereits seine Wunden gesäubert und verbunden. Wenn Gott es will, wird er überleben.«

»Das ist gut«, seufzte Isabel vor Erleichterung.

Pater Janus legte ihre Hand in seine Armbeuge. »Ich habe gehört, der gute Godric ist in die Abtei gebracht worden?«

»Ich will gar nicht daran denken. Zwar glaube ich fest daran, dass er in Sicherheit ist und die Schwestern sich gut um ihn kümmern, aber was ist mit seiner Zukunft? Er ist immer noch ein kleines Kind, und wer soll sein Beschützer sein, falls Ranulf nicht zurückkehrt?«

»Wir können die Unsicherheit nicht aus unserem Leben tilgen.« Pater Janus schüttelte den Kopf. »Vielleicht bringt die Rückkehr zu unseren alltäglichen Gewohnheiten Frieden in Eure Tage. Ich werde jetzt die Messe für Euch lesen, wenn Ihr mit mir in die Kirche kommt.«

In der Vergangenheit hatte Isabel für gewöhnlich die Messe in der Privatkapelle der Festung gehört, doch nun brachte sie es nicht über sich, dorthin zu gehen. Es bestand die Gefahr, dass ihr Kol über den Weg lief.

»Ja, ich begleite Euch.«

Zusammen legten sie und Pater Janus die kurze Strecke zur Kirche zurück. Isabel nickte jedem Vorübergehenden zu und war sehr dankbar für Janus´ Geleit, denn sie erinnerte sich noch allzu deutlich daran, wie sie in den Straßen von Calldarington angegriffen worden war. Dennoch genoss sie die alltäglichen Gerüche um sie herum, denn sie waren ein Zeichen für das Überleben und die gute Gesundheit ihres Volkes: Gebratenes Fleisch und gebackenes Brot. Sie waren der Beweis dafür, dass das Leben trotz der Gewalt und Unruhe dieser Zeiten weiterging.

Pater Janus führte sie die Stufen hoch und drückte das Portal auf. Als sie im Inneren der Kirche waren, schloss er die Tür sorgfältig hinter ihnen und verriegelte sie.

Isabel schaute auf den Altar. Als sie das letzte Mal hier gewesen war, hatte Kol dort gekniet. Nun lag das Kirchenschiff verlassen da. Ein Gefühl des Friedens legte sich über sie; es war, als hätte der Aufruhr der vergangenen Tage den geschützten Raum zwischen diesen Mauern nicht erreicht.

Pater Janus führte sie den Mittelgang entlang. Sie erwartete, dass er sein Messgewand anzog und sich die Stola über die Schultern legte, damit er anfangen konnte, aber er tat es nicht. Stattdessen zog er Isabel an die Seite des Altars.

Sofort bemerkte sie eine Veränderung in der Luft, als ob eine unsichtbare Kraft den Raum um sie herum eingenommen hätte. Ein Blick in das Gesicht des Priesters sagte ihr, dass er dasselbe empfand. Angst machte seine Stirn noch zerfurchter.

»Wartet hier«, flüsterte er, als ob diese Worte ihm den Atem nähmen.

»Was ist das?«

»Still, Prinzessin. Vergebt mir meine Ungeduld, aber wartet bitte hier, wie ich Euch gebeten habe.«

Er verschwand in den Schatten, kehrte aber beinahe sofort wieder zurück. Doch nein, die Gestalt, die nun aus der Dunkelheit trat, war nicht Pater Janus.

Sechzehntes Kapitel

»Ranulf«, flüsterte sie.

Einen Augenblick lang stand er bloß da und schien genauso erstaunt über ihr Erscheinen zu sein, wie sie es über das seine war. Er trug dieselbe Kleidung wie auf dem Schlachtfeld, wo sie ihn zum letzten Mal gesehen hatte. Unter dem Kettenhemd hingen die Leinenärmel schmutzig und zerrissen herab. Ranulfs Wangenknochen stachen hervor, und Haare und Bart waren ungepflegt.

Es war fast, als stünde da ein Fremder vor ihr.

Doch der Mann, der auf sie zugehastet war, hatte die Augen ihres Bruders – ja, *ihres Bruders,* denn nichts anderes war Ranulf, auch wenn er nicht blutsverwandt mit Isabel war. Mit seinen breiten Händen berührte er ihre Wangen.

Tränen schimmerten in seinen Augen. »Ich hatte befürchtet, du wärest tot. Wissen sie nicht, dass du meine Schwester bist?«

Sie ergriff seine Hand. »Doch. Sie bewachen mich streng, aber sie haben mir nichts angetan.«

»Auch nicht entehrt?« Seine Stimme war rau vor Sorge. »Isabel, ich könnte das Wissen nicht ertragen, dass es mir schon wieder nicht gelungen ist, dich zu beschützen.«

»Ich bin nicht entehrt worden.« Ihr Gesicht wurde heiß und rot, als sie sich blitzartig an die Leidenschaft erinnerte, die sie mit Kol geteilt hatte.

»Du lügst, um mir die brüderlichen Schmerzen zu ersparen.« Eingehend betrachtete er ihr Gesicht und versuchte das zu erkennen, was sie nicht gestehen wollte. »Ich schwöre es dir, Isabel, ich werde deine verletzte Ehre mit meinem Schwert rächen.«

»Nein, Ranulf.« Sie schüttelte den Kopf. »Ich sage die Wahrheit.«

»Und warum weinst du dann so bitterlich?«

Erst jetzt bemerkte Isabel die Feuchtigkeit auf ihren Wangen. »Weil ich so froh bin, dich lebend zu sehen.« *Aber in meinem Herzen habe ich dich wenigstens zum Teil an den Dänen verraten.*

Erleichterung glättete seine Gesichtszüge. Als er sie an sich heranzog, legte sie ihm die Stirn gegen die Brust. Sie war wirklich froh, ihn lebend zu sehen. Aber wenn sie ihren Bruder und König tatsächlich ehrte, wieso hatte sie ihn dann im Stich gelassen? Sie hatte Ranulfs dunkelstes Geheimnis an seinen gefährlichsten Feind verraten.

Kol hatte sie in der Höhle geliebt, und in dieser Liebe war auch Vertrauen gewesen. Hatte sie einen Fehler begangen? Irgendwo in der Kirche brannte Weihrauch. Der schwere und reiche Geruch machte Isabel krank. Nur ein volles Geständnis würde ihr schlechtes Gewissen beruhigen. »Ranulf, ich muss ...«

»Und was ist mit Rowena? Geht es ihr ebenfalls gut?« Er hielt sie bei den Schultern gepackt und sah ihr in die Augen. »Ich will in allem die Wahrheit von dir erfahren, Schwester.«

Isabel ergriff seine Hände. »Der Däne war sehr schnell ihre Tränen leid und hat sie in die Abtei verbannt, damit sie dort ihre Tage gemeinsam mit den Schwestern verbringt.«

Trotz der Anspannung stieß Ranulf ein kurzes Lachen aus. Seit ihrer Kindheit war Rowena wegen ihrer heftigen Launen ein schwieriger Mensch.

Das Lächeln fiel wieder von Ranulfs Lippen ab. »Ich hatte nicht geglaubt, dich wiederzusehen. Dich wohlauf zu wissen, ist die größte Belohnung in meinem Leben, egal was in den kommenden Tagen geschehen wird. Ich hoffe, du versteckst die Wahrheit nicht vor mir. Vor nicht allzu langer Zeit war ich verständnislos und habe mich schlecht benommen. Jetzt bemühe ich mich, ein besserer Mensch zu sein.«

Seine Aufrichtigkeit schmerzte sie. *Gestehe es ihm.*

»Ranulf.« Sie schloss die Finger um seinen Unterarm. »Du musst anhören, was ich dir zu sagen habe.«

»Wir werden später Zeit zum Reden haben. Jetzt müssen wir gehen.«

Eine weitere Stimme gesellte sich zu ihrem geflüsterten Gespräch. »Ja, denn jeden Augenblick, den wir länger hier bleiben, schweben wir in Gefahr.« Ein Mann, dessen Gesicht zum Teil von einer Kapuze verdeckt wurde, trat aus den Schatten.

Isabels Puls schlug heftig. »Stancliff! Hermione hat gesagt, du wärest in der Schlacht gefallen. Du wärest tot.«

Stancliff ergriff ihre Hand. Dunkle Ringe langen unter seinen Augen. Er küsste ihren Handrücken. »Sage es nicht Rowena. Noch nicht. Ich möchte es selbst tun, wenn die Zeit reif und unsere Zukunft gesichert ist.«

»Aber du *musst* mir erlauben, es ihr zu berichten.« Eine größere Freude hatte Isabel in den letzten Tagen nicht empfunden. Rowenas Verlobter hatte überlebt! Vielleicht würde ihre Halbschwester ihr jetzt vergeben.

Ranulf warnte leise: »Nein, Isabel. Es muss ein Geheimnis bleiben, denn du weißt genau, dass unsere Schwester unter einer allzu lockeren Zunge leidet.«

Er hatte recht. Rowena behielt ein Geheimnis genauso gut für sich, wie ein Sieb Wasser hielt. Ranulf lenkte den

Blick auf seinen Soldaten, als wollte er diesen ermuntern, ihm zu widersprechen.

Doch Stancliff zuckte nur die Schultern. Ein verstohlenes Lächeln legte sich über seine Lippen. »Es ist zwar traurig, aber es ist eine Schwäche, die ich ihr gern vergeben werde, wenn all das hier vorbei ist und ich sie wieder in meinen Armen halten kann.«

»Wenn all das hier vorbei ist?« Erst jetzt erkannte Isabel, dass mehrere Krieger in den dunklen Ecken des Altarraums lauerten. Zweifellos warteten draußen noch weitere, die ihren König in Sicherheit bringen wollten. Wie groß ihre eigene Stärke auch sein mochte, so mussten ihr Bruder und seine Männer doch Hilfe von den Bewohnern des Dorfes gehabt haben, um dieses Treffen mit Isabel möglich zu machen. »Habt ihr eine Strategie, wie ihr diese Besatzung beenden könnt?«

Ranulf nickte und sah sie scharf an. »Ja, Isabel, wir werden eine Gegenoffensive starten.« Auf Stancliffs Zeichen hin führte er sie in den hinteren Teil der Kirche. »Es ist nur eine Frage der Zeit, bis Norsex von dem Barbaren befreit ist.«

Eine Kugel aus Feuer bildete sich in ihrem Magen. *Der Barbar*. Der Barbar, mit dem sie die letzte Nacht verbracht hatte. Ach! Wie sehr er sie auch an diesem Morgen verletzt hatte, so wusste sie doch genau, dass Kol kein Barbar, sondern ein edler und stolzer Mann war, dem eine schreckliche Ungerechtigkeit widerfahren war. Doch auch wenn Kol schuldlos gelitten hatte, konnte Isabel in Ranulfs Augen nichts von der Verworfenheit erkennen, deren Kol ihn angeklagt hatte. Sie war so verwirrt. Sie unterstützte Ranulfs Anspruch auf den Thron, verspürte aber keine Befriedigung bei dem Gedanken an Kols bevorstehende Niederlage.

Die Krieger schlüpften mit einsatzbereiten Waffen hinaus; einer nach dem anderen verschwanden sie durch die hintere Tür. Stancliff folgte ihnen, doch unter dem gewölbten hölzernen Türbogen hielt er inne.

Isabel wusste zwar, dass dies weder die Zeit noch der Ort war, um ihren König zu befragen, aber sie konnte nicht einfach schweigen. »Werden uns die Northumbrier ihre Streitkräfte leihen? Ich habe mit eigenen Augen beobachtet, wie sie Thorleksson eine Bezahlung im Gegenzug für Frieden angeboten haben. Würden sie es wagen, ihre Vereinbarung mit ihm zu brechen?«

Ranulfs Nasenflügel bebten. »Ich brauche die Northumbrier nicht, und auch nicht ihren verräterischen König. Schon lange gelüstet es sie nach Norsex. Sie lauern an der Grenze und beobachten unsere Vernichtung wie Geier, die unseren Leichnam zerrupfen werden, sobald die Nordleute das bekommen haben, was sie wollten.«

Sie ergriff den Stoff seines Ärmels. »Wie kannst du dann einen Sieg vorhersehen? Unsere übrig gebliebenen Streitkräfte sind sehr gering.«

»Diese Einzelheit ist mir nicht entgangen.« Seine Stimme wurde schärfer. »Aber wie ich schon sagte, werden wir all dies später besprechen, sobald wir an einen sichereren Ort zurückgekehrt sind.«

Stancliff bedeutete seinem König, es sei Zeit zum Aufbruch. Isabel spürte, wie ihre Haut kalt wurde. Sie hatten vor, die Prinzessin mitzunehmen.

»Wohin wollt ihr mich bringen?«, fragte Isabel mit leiser Stimme, während sie zusah, wie Ranulf von Stancliff ein dunkles Bündel entgegennahm. Es war ein grobes Bauernhemd. Er zog es ihr über den fein gewebten Mantel.

»Du kehrst mit uns nach Caervon zurück. Von dort aus werden wir unseren Gegenangriff führen.«

Isabel stand da wie ein Kind. Sie ließ es zu, dass man

ihr die Kapuze über den Kopf zog, aber in ihr tobte eine Schlacht. »Was ist mit Rowena? Und mit Godric? Er wird ebenfalls in der Abtei festgehalten.«

Ohne ihr eine Antwort zu geben, führte Ranulf sie unter dem Türbogen hindurch. Er sah sie nicht mehr an.

Isabel drückte seine Hand von ihrem Arm fort. »Nein.«

Sie wich vor ihm zurück und schob sich den Mantel von den Schultern. »Ich kann nicht weggehen, solange mein Sohn eingesperrt ist. Ich werde sein Leben nicht durch meine Flucht aufs Spiel setzen.«

»Isabel!«, rügte er sie. »Du stellst meine Geduld auf eine harte Probe. Komm mit mir. Ich befehle es dir. Wenn wir angreifen, kann ich ansonsten nicht mehr für deine Sicherheit garantieren.«

»Es geht mir nicht um meine eigene Sicherheit, sondern um die meines Sohnes. Wenn ich jetzt fliehe, gefährde ich damit nicht nur Godric, sondern auch Rowena.« Sie richtete ihren bittenden Blick auf Stancliff. »Verstehst du das nicht?«

»Vertraue deinem König«, sagte Stancliff sanft.

Isabel kniff die Lippen zusammen. Zu viele Männer verlangten Vertrauen von ihr, doch sie konnte nur so wenig davon geben. Sie vertraute lediglich darauf, dass sie es gut meinten. Aber jemand hatte in diesem verwirrenden Kampf unrecht. Kol oder Ranulf?

In ihrem Verlangen, dies zu erfahren, platzte sie heraus: »Er behauptet, unser Vater hätte ihn nach Norsex gerufen.«

Ranulfs Gesicht wurde starr. »Ihn gerufen? Eine offensichtliche Lüge. Warum sollte unser Vater einen Söldner in unsere Mitte einladen, wenn es doch vollkommen unnötig ist? Unser *fyrd* ist fähig genug, was in den Grenzstreitigkeiten bewiesen wurde.«

»Thorleksson sagt, die Bedrohung kommt von innen.«

Er brüllte: »Und ich sehe, dass du ihm glaubst!« In seiner Wut erkannte sie auch Verletzlichkeit, als ob er spürte, dass sie ihn bereits verraten hatte.

»Wir müssen gehen«, drängte Stancliff.

Es war, als hätte Ranulf Stancliff nicht gehört. Er sah Isabel an. »Wir beide wissen, was er dir angetan hat.«

Nein. Diese Entgegnung lag ihr schon auf der Zunge, als laut an den Türen der Kirche gerüttelt wurde.

Ranulf packte ihren Arm mit schmerzhaftem Griff. »Wenn ich besiegt und getötet werde, wird dein Sohn nicht mehr lange leben. Unsere Feinde werden von allen Seiten auf uns einstürmen und unser Blut von der Erde tilgen. Glaubst du wirklich, du allein kannst ihn vor diesem Schicksal bewahren? Komm jetzt mit mir, und wir werden uns gemeinsam um Godrics Rettung kümmern.«

Männerstimmen erklangen aus der Richtung des Kirchenschiffs.

»Geh jetzt, Bruder«, bat Isabel und befreite ihren Arm. »Bevor du gefangen genommen wirst.«

»Verdammt seist du, Isabel.« Ranulf legte die Hand auf den Schwertgriff, und einen Moment lang befürchtete sie, er würde hier auf dem gepflasterten Boden des Altarraumes gegen den Dänen kämpfen wollen. Doch er zog sich in die Dunkelheit zurück. »Wir werden bis morgen früh im Wald im Norden lagern. Denke an deine adlige Abstammung. Und an deine Pflicht deinem Volk gegenüber.«

*

Kol stand in der Allee neben der Kirche und wartete auf Isabel. Er wollte die Messe, die Pater Janus für sie las, nicht unterbrechen. Doch sie hatte die vergangenen zwei

Tage in der Wildnis verbracht. Sie brauchte frische, warme Kleidung und Essen. Trotz der Abkühlung ihrer Gefühle, für die er allein verantwortlich war, wollte er dafür sorgen, dass es ihr gut ging. Es war wichtig für sie und ihr Kind, dass die Prinzessin in den kommenden Tagen stark und gesund blieb.

Nicht weit entfernt feilschten Vekell und Ragi mit einem angelsächsischen Kaufmann über irgendeinen Gegenstand. Vekell schüttelte den Kopf und trat von einem Fuß auf den anderen. Offenbar war er der Verlierer bei diesem Handel. Kol lächelte schwach. Sah er es falsch, wenn er glaubte, dass seine Leute hier irgendwann Fuß fassen würden?

Es war für ihn qualvoll gewesen, heute Morgen Isabel zu verletzen. Er bereute seine Worte und Taten bitter, denn sie hatten der Prinzessin sehr wehgetan. Doch ihre unvermeidliche Trennung war leichter, wenn sie keine tieferen Gefühle für ihn empfand. Es war ihm lieber, dass sie den Stachel des Verrats schon jetzt spürte und nicht erst dann, wenn Ranulf getötet wurde.

Kol schaute hoch in den Himmel. Mittag war schon fast vorüber. In diesem Augenblick warteten Svartkell und dreißig dänische Krieger im Wald bei Leswick darauf, dass der Verräter mit Ranulf erschien. Eigentlich hätte Kol bei ihnen sein sollen, doch seine unvorhergesehene Nacht mit Isabel hatte dies unmöglich gemacht. Trotz allem, was an diesem Morgen geschehen war, konnte er nicht behaupten, dass es ihm leid tat.

Ein in einen farblosen Mantel gehüllter Bauer ging durch die Allee. Der Mann schaute in Kols Richtung; sein Gesicht wurde von einer Kapuze eingerahmt. Er ging an dem Dänen vorbei. *Bekannt.* Kol richtete sich auf und packte seinen Schwertgriff. Er hatte den Mann schon einmal gesehen. Vielleicht in der Schlacht.

Kol bog um eine Ecke und suchte die schlammige Straße nach dem Mann ab, doch Calldaringtons Winterschatten hatten ihn bereits verschluckt.

Die Haare in Kols Nacken richteten sich in Vorahnung auf. Sein Instinkt drängte ihn dazu, die Stufen zur Kirche hinaufzueilen. Doch die Tür war verriegelt.

»Vekell!«, rief er. »Ragi!«

Kurz darauf taumelte ihm Pater Janus entgegen. Er hatte die Stimme in deutlicher Warnung an alle erhoben, die sich in der Kirche befinden mochten.

»Mein Lord, ich kann jetzt nicht die Messe lesen, denn ich werde eiligst am Krankenbett eines Dorfbewohners gebraucht.«

Vekell stellte sich dem Priester in den Weg. Kol betrat das Kirchenschiff. Sein Schwert machte ein wisperndes Geräusch, als er es aus der Scheide zog.

Pater Janus flehte schrill: »Wäre es Euch recht, wenn ich heute Abend vor der Vesper in die Kapelle der Festung komme?«

Vor dem Altar wirbelte Isabel herum. Sie hatte die Augen weit aufgerissen, und ihre Wangen waren gerötet. Sofort *wusste* Kol Bescheid.

Die Wut verlieh seiner Stimme und seinen Gedanken die nötige Ruhe. »Mylady.«

Ragi trat auf ihn zu. »Da sind Fußabdrücke. Eine ganze Menge.«

Der alte Krieger drückte die Hintertür auf und untersuchte den schlammigen Pfad hinter der Kirche.

Kol näherte sich Isabel und umkreiste sie. »Du hast ihn gesehen.«

Vekell fluchte leise.

Isabel schüttelte den Kopf. »Nein, ich bin in die Kirche gegangen, um …«

In diesem Augenblick flackerte die Flamme, die er eifersüchtig in der Tiefe seines Herzens gehütet hatte, ein letztes Mal auf und erstarb.

»Lüg mich nicht an!«, brüllte er. Isabel zuckte zusammen, als ob seine Worte ihr einen körperlichen Schlag versetzt hätten.

Nun war seine Stimme nicht mehr lauter als ein Zischen. »Komm.«

Er führte sie an Pater Janus vorbei, dessen Augen feucht geworden waren, und durch das Kirchenschiff und zur Tür hinaus. Zu seiner Verärgerung warteten zahllose Angelsachsen schweigend und aufmerksam am Rande der matschigen Straße.

»Zur Festung, Isabel.«

Sie tat einen Schritt die Treppe hinunter.

Eine Männerstimme drang aus der Menge: »Ihr seid unsere Lady, Prinzessin Isabel!«

Isabel hielt in ihrem Abstieg inne. Kol versuchte zu erkennen, welcher Angelsachse ihr diese Ermunterung zugesprochen hatte. Wurde sie denn nicht gehasst, weil sie Kol befreit und angeblich ein Kind von ihm hatte? Es schien ihm keine Einbildung zu sein, dass sie unter ihrem Wintermantel nun größer und stolzer geworden war.

»Geh weiter«, brummte er.

Isabels Mantel flatterte hinter ihr her, als sie den Rest der Stufen hinunterschritt und die Straße zur Festung betrat. Vekell und Ragi bildeten mit gezogenen Schwertern ihre Eskorte.

»Lass unsere Herrin frei, du dänische Geißel!«

»Du nordisches Gift!«

Kol spürte einen Schlag gegen die Brust und hörte das Klirren von Metall. Jemand hatte einen Stein nach ihm geworfen! Als er von Isabels Treffen mit Ranulf erfahren hatte, hatte ihn eine betäubende Wut gepackt. Und jetzt, bei diesem Akt des angelsächsischen Widerstands, verlor er die Geduld.

»*Stellt mein Wohlwollen nicht auf die Probe!*«, brüllte er.

Vor seinen Augen zerstreute sich die Menge, was ihm ein gewisses Gefühl der Befriedigung verschaffte. Seine Nasenflügel bebten, als er Isabel an sich zog und sie tadelte: »Es scheint, dass deine wankelmütigen Untertanen dich wieder in ihrer Mitte aufnehmen wollen.«

Sie hielt den Blick auf die Festung gerichtet, doch auf ihren Lippen zeichnete sich ein zufriedenes – nein, ein selbstgefälliges – Lächeln ab. »Niemand kann wankelmütiger sein als du, Däne.«

Sie ging schneller und ließ ihn allein auf der Straße stehen. Kol wollte ihr nachsetzen, riss sich aber zusammen. Genau das hatte er gewollt: einen Grund, sie aus seinen Herzensbindungen zu entlassen. Lass sie gehen. *Lass sie gehen – für immer.*

In der Ferne ertönte ein Horn. Vorn auf der Straße wirbelte Isabel herum. Wie wunderschön sie doch ist, dachte Kol in schmerzlichem Verlangen, obwohl nun das Lachen von ihren Lippen gewichen war.

»Was war das?«, wollte sie wissen.

Er ging auf die Stallungen zu und rief über die Schulter: »Geh zur Festung. Du wirst es bald erfahren.«

Isabel raffte mit einer Hand die schweren Röcke und stieg die Stufen zur Befestigungsanlage hoch. Ein heftiger Wind vom Meer blies ihr die Haare aus dem Gesicht.

Reiter kamen aus dem Wald hervor und stürmten auf das Dorf zu. Es waren einige hundert. Rüstungen und Waffen funkelten im Licht der Morgensonne. Standarten peitschten den Himmel. Die Welt um Isabel herum geriet in Aufruhr. Der Weg unter ihren Füßen schwankte, als die großen hölzernen Tore zugeschlagen wurden.

Krieger reihten sich an den Wänden auf. Andere sammelten sich im Innenhof.

Panik summte in ihrem Blut. War Ranulfs Angriff so rasch erfolgt? Hatte Kol ihn vorhergesehen? Sofort begriff sie, dass sie noch nicht bereit war, die Antwort auf diese Fragen zu hören, wie immer sie auch lauten mochte.

Sie wollte unbedingt einen letzten Blick auf Kol erhaschen und folgte ihm. Dabei umrundete sie eine geschlossene Formation aus Kriegern und Waffen, lief über Treppen und Stege bis zum äußersten Rand des Erdwalls. Ein Banner flatterte vor der heranpreschenden Horde her, doch aus dieser Entfernung war es nur ein Strich aus nichtssagendem Gold.

Von unten drang der Klang der Pferdehufe auf den schweren Holzplanken vor dem Tor herauf.

Isabel hielt den Atem an, als Kol durch die Öffnung ritt und die Einwohner sorgsam vor sich hertrieb, die beim ersten Anzeichen des Angriffs Schutz hinter den hohen Mauern der Festung suchen wollten. Ziegen blökten und Kinder weinten.

Kol hatte sich ein Kettenhemd übergestreift. Das Licht spiegelte sich in der Schwertscheide an seiner Seite. Sein Haar fiel offen herunter, kein Helm bedeckte es. Finger der Angst strichen Isabel über den Rücken. Verflucht sei Kols angeblich vorherbestimmtes Schicksal! Warum stellte er sich dem Feind so kühn entgegen? Er konnte getötet werden.

Die feindliche Streitmacht kam näher. Die raschen Schritte der Fußsoldaten hallten gleichmäßig durch das Tal. Wieder kniff Isabel die Augen zusammen und betrachtete das Banner. Jetzt erkannte sie es; es war ein zweischwänziger Fisch auf einem Hintergrund aus Grün und Silber. Nur ein einziger Mann trug ein solches Banner.

Ugbert of Wyfordon.

Ranulfs Rettung war in Gestalt seines Onkels aus dem Norden gekommen.

Sie suchte mit ihren Blicken das Feld nach Kol ab, doch nun bemerkte sie eine zweite Abteilung Reiter, die aus dem Wald hervorschoss und sich mit der ersten vereinigte. Inmitten der Männer sah Isabel den flatternden Mantel einer Frau auf einem weißen Pferd. Es war ihre Halbschwester Rowena.

Ugberts Kontingent hielt an; es war noch recht weit entfernt. Schweigen erfüllte das enge Tal und wurde nur vom stetigen Grollen des Ozeans unterbrochen.

Keine Befehle wurden gebrüllt, keine Hörner geblasen. Kein Kriegsschrei erhob sich.

Stattdessen setzten sich Kol und seine Offiziere an die Spitze des dänischen Heeres. Kol blieb aber nicht dort, sondern ritt weiter. Isabel richtete den Blick auf das offene Feld und sah, dass ein einzelner Angelsachse auf Kol zupreschte.

War dieser Mann Ugbert persönlich? Die Entfernung war so groß, dass sie es nicht genau erkennen konnte. Sie sah jedoch, wie sich behandschuhte Hände hoben …

Zum Gruß.

Und einander wie zur Besiegelung eines Paktes gereicht wurden.

Endlich begriff sie. Thorleksson und ihr Onkel.

Sie waren Verbündete im Kampf gegen Ranulf. Verbündete in diesem Verrat.

Siebzehntes Kapitel

Kol ritt neben Devon her, Ugberts Sohn. »Eure Männer können am Nordrand des Dorfes lagern.«

»Sehr gut.« Devon lächelte. Er war ein vierschrötiger, stämmiger Mann und saß viel tiefer im Sattel als Kol. Sein Blick wanderte über die Erdwälle und die Holzfestung dahinter. »Das habt Ihr gut gemacht, Thorleksson. Nicht eine einzige Bohle zerstört. Ich nehme an, Eure Belohnung war ausreichend?«

»Meine Männer sind zufrieden.«

»Ja, unsere angelsächsischen Frauen sind sehr gefällig, nicht wahr? Ich hoffe, Ihr habt während Eures Aufenthaltes hier mehr als eine genossen. Nehmt Euch ein paar mit, wenn Ihr geht. Meine wärmsten Empfehlungen werden Euch begleiten.«

Kol gab keine Antwort darauf, denn Isabel erschien. Die Prinzessin ging gerade über den Schutzwall, als er und Devon durch das Tor ritten. Sie bedachte Kol mit keinem Blick. Stattdessen sah sie ihren Vetter an. Sie stieg die Treppe hinunter wie ein wunderschöner dunkler Pfau, während ihr Mantel hinter ihr herflatterte.

»Was ist mit Ranulf?«, fragte Devon, der nichts von den Blickdolchen bemerkte, die Isabel in seinen Kopf trieb. »Ich sehe keinen abgeschlagenen Kopf auf einem Speer.«

»Er lebt noch.«

Devons Freundlichkeit fiel von ihm ab. »Er sollte tot sein, damit mein Anspruch auf den Thron nicht mehr streitig gemacht werden kann. Mein Vater wird darüber nicht erfreut sein.«

Kols Aufmerksamkeit galt weiterhin der Prinzessin. »Die Freude oder Verstimmung Eures Vaters geht mich nichts an.«

Devon zog die fetten, glänzenden Lippen angewidert hoch. Doch genauso rasch legte sich wieder ein Lächeln auf sein Gesicht. »Ranulf ist ein gewitzter Ziegenbock. Nicht leicht einzufangen. Ich glaube, ich werde es genießen, ihn zu jagen.«

Kols Blick glitt über diese Kröte von Mann neben ihm. Verbarg das Kettenhemd eine stämmige Statur oder nur die Dicklichkeit eines genusssüchtigen Schweins? Falls es einen Hals unter dem dicken Doppelkinn gab, dann konnte Kol ihn nicht sehen.

»Weder Ihr noch Euer Vater haben Aldriths Töchter erwähnt.«

»Töchter.« Er runzelte die Stirn. »Ach ja. Es sind zwei, glaube ich. Die Jüngere hat vor ein paar Jahren ein Kind von irgendeinem Heiden bekommen. Danach hat Ranulf sie nicht mehr verheiraten können.« Er grinste Kol an. »Habt Ihr Euer Glück bei ihr versucht? Vielleicht mag sie jemanden wie Euch. Ist das nicht das nordländische Ideal? Ein Schatz, Ruhm und die Hand einer ausländischen Prinzessin?«

Kol sah Devon finster an und wünschte, der Kerl möge vom Pferd fallen und auf dem Kopf landen. Isabel erwartete die beiden auf der Treppe zur Festung. Dort stieg Rowena mit Hilfe eines Kriegers aus ihrer Eskorte ab. Sie schritt die Stufen hoch und stellte sich ohne einen Gruß oder ein freundliches Wort neben Isabel. Kol schwang sich aus dem Sattel. Devon tat das Gleiche und schritt die Stufen hoch.

Unter Isabels Anblick aber schienen seine Glieder zu

erstarren. Er sah hinüber zu Kol und dann wieder zu Isabel. »Kusine?«

Sie nickte fast unmerklich und ließ sein Gesicht nicht aus den Augen.

Die Isabel, die dort auf der Treppe stand, war nicht dieselbe, die Kols Bett in der vergangenen Nacht gewärmt hatte und so sanft und gefällig gewesen war. Die Augen dieser Frau funkelten hart wie Juwelen und zeigten deutlich ihr Missfallen an Devon.

Der Narr lachte und streckte die Arme aus, wie um sie zu umarmen, während er die nächsten Stufen hochkletterte. Isabel versteifte sich, und auf ihrem Geicht spiegelte sich unmissverständliche Wut wider.

Ein Streit auf der Festungstreppe wäre sinnlos gewesen. Kol sagte daher vorsichtig und mit leiser Stimme: »Mylady, bitte geleitet Euren Vetter in die Halle und sorgt dafür, dass er alles hat, was er braucht.«

Sie lachte; es war ein bitterer Ton, der sich an den Kalksteinstufen brach. »Vergebt mir, Sir, aber ich glaube, Ihr haltet mich fälschlicherweise für die Herrin der Festung.« Sie sah Kol rasch an. »Ich bin hier nichts anderes als eine Gefangene.«

Devon hielt den Kopf schräg und lächelte sie an, als wäre er ihr in sie vernarrter Vater. »Na, na. So schlimm ist es doch nicht gewesen, oder? Du siehst gut aus, und jetzt, da ich hier bin …«

»Ich werde keinen Verräter im Hause meines Bruders willkommen heißen.«

Devons versöhnliche Art verschwand sofort. »Ich bedauere es, solche Worte von deinen Lippen hören zu müssen, Kusine, wo doch deine gesamte Zukunft jetzt von meinem guten Willen abhängt.« Er lächelte. »Genauso wie die Zukunft aller Bastarde, die du empfangen haben magst.«

Isabel sah Kol nur kurz, aber scharf an. Rowena drückte sich an Isabel vorbei und brach in den Armen ihres Vetters zusammen. »Devon! Dem Herrn sei Dank, dass du hier bist.«

Isabel starrte den Blondschopf ihrer Schwester ungläubig an und eilte dann die Treppe hoch und in die Festung hinein. Kurz hinter der Tür fing Kol sie ab. Sie wirbelte herum, als seine Hand ihren Arm berührte.

»Was hast du nur getan?«, zischte sie.

Kol beachtete die neugierigen Blicke der Umstehenden nicht, sondern drängte Isabel in eine Ecke, damit sie ungestört reden konnten. Sie riss sich von ihm los und drückte sich gegen die Wand. Dann zog sie ihre Gewänder enger um sich, als könnte sie den Gedanken nicht ertragen, dass er auch nur den Saum ihres Rockes berührte.

Wenn Kol die Gelegenheit dazu gehabt hätte, hätte er trotzdem nichts von dem, was er getan hatte, anders gemacht – außer vielleicht seine Zeit nicht mit Ranulfs unfähigem Verräter verschwendet. Dennoch wollte er, dass sie ihn verstand. »Als ich vor zwei Wintern Calldarington verließ, schwor ich deinem Bruder Rache. Welche Rache ist besser als die, die Blutsverwandten eines Mannes gegen ihn aufzubringen und ihnen zu erlauben, ihm das Königreich streitig zu machen?«

Isabels Wangen wurden rot. »Ist es das, was du mit mir vorhattest? Wolltest du um mich freien, mit mir schlafen und mir dann befehlen, meinem Bruder die Treue zu verweigern?«

Da die Erinnerung an ihre gemeinsame Nacht in der Höhle noch so lebendig war, schmerzten ihn ihre Worte sehr. Nicht sein Geist, sondern sein Herz reagierte darauf mit einem heftigen, aber unerwarteten Geständnis. »Ich habe mit dir geschlafen, *weil ich dich liebe*.«

Kol erstarrte; seine kühnen Worte klangen ihm in den Ohren. Auch Isabel schien schockiert zu sein, was an ihren farblosen Lippen und der erbleichenden Haut zu erkennen war.

Lautes Knirschen von Holz und Klirren von Metall durchbrachen den Augenblick, und die großen Türen der Halle schwangen auf. Devon marschierte herein. Die blonde Prinzessin ging lächelnd neben ihm und hatte ihre Hand auf seinen Arm gelegt. Sie und ihr zahlreiches Gefolge drangen in einer lärmenden Masse in die Halle ein.

Isabel zischte leise: »Wenn du mich wirklich lieben würdest, hättest du mich und meinen Sohn nicht zu Leibeigenen eines solchen Narren gemacht.«

Sie drückte seinen Arm beiseite und verschwand auf der Treppe, die zu den Privatgemächern im oberen Stockwerk führte. In ihrem Zimmer warf Isabel die beschmutzten Kleidungsstücke von sich. Kalte Luft umschmeichelte ihre nackte Haut und unterdrückte die Hitzewellen, die sie durchwogten. Ihre Beine zitterten. Kols heiseres Geständnis hallte in ihren Kopf wider.

Weil ich dich liebe.

Lügner. Er liebte sie nicht. Liebe überwand alle Grenzen. Besiegte jeden Hass. Wie konnte er sagen, dass er sie liebte, kurz nachdem er einen solchen Verrat begangen hatte? Es war nur eine Frage der Zeit, bis Kol Devon von Ranulfs fehlendem Geburtsrecht berichtete.

Die Stimme eines anderen Mannes erhob sich in ihrem Kopf.

Wenn ich besiegt und getötet werde, wird dein Sohn nicht mehr lange leben.

Auf der Freitreppe hatte Devon auf die zweifelhafte Abstammung ihres Sohnes hingewiesen. Isabel ergriff den Tonkrug auf ihrem Tisch und goss frisches Wasser in eine flache Schale.

Unsere Feinde werden von allen Seiten auf uns einstürmen und unser Blut von der Erde tilgen.

Mit festem Griff packte sie ein Leinentuch, machte es nass und wusch sich damit. Das kalte Wasser versetzte ihrer Haut einen Schock und machte ihr den Kopf klar.

Denke an deine adlige Abstammung. Und an deine Pflicht deinem Volk gegenüber.

Sie musste eine Entscheidung treffen. Doch eigentlich blieb ihr keine Wahl. In ihrem Kopf reifte dennoch ein Plan. Sie zog sich rasch an. Auf ihrem Bett breitete sie einen sauberen Wintermantel aus. Darauf legte sie Fäustlinge und Wollsocken und rollte alles zu einem festen Bündel zusammen. Ohne sich die Mühe zu machen, ihr Haar zu flechten, schritt sie hinüber zur Tür …

Und drehte sich sofort wieder um und ging an der Zwischenwand entlang. Sie legte die Hände auf die Holzbohlen und tastete mit den Fingerspitzen umher, bis sie es gefunden hatte. Das Loch.

Mit ruhiger Stimme flüsterte sie: »Dafür solltest du eine gute Erklärung haben, Ranulf. Und du solltest lange genug leben, um sie mir geben zu können.«

Isabel verließ das Zimmer. Unten hatte sich die Halle mit Kriegern und deren Familien gefüllt. Es war einfach für Isabel, mit ihrem Bündel unbemerkt durch eine Seitentür der Festung zu schlüpfen.

Der hintere Hof war mit einer dünnen Schneeschicht bestäubt. Sie eilte auf den Garten zu, in dem nur wenige Wintergewächse sprossen. Dort versteckte sie ihre Sachen. Heute Nacht würde sie zu den Streitkräften ihres Bruders stoßen, doch erst musste sie ihren Plan in die Tat umsetzen.

Würde er funktionieren? Sie konnte es nur hoffen. Das Nebengebäude, in dem jeden Tag die Speisen für die

Festung zubereitet wurden, lag nur einen Steinwurf entfernt, und sie eilte darauf zu.

Zu ihrer Enttäuschung wandten sich ihr bei ihrem Eintreten mehrere Gesichter zu. Unvertraute Gesichter.

»Seid gegrüßt«, stieß Isabel hervor.

Anscheinend hatten schon einige nordländische Frauen den Weg in die Küche gefunden. Sie waren gerade dabei, Körbe zu durchsuchen und an Krügen zu schnüffeln sowie die Vorräte zu überprüfen. Isabels Blick wanderte an den Röcken einer Frau vorbei zu einem niedrigen Schränkchen.

Sie wollte niemanden töten. Nicht wie jener Verräter, der ihr Kind ins Jenseits hatte befördern wollen. Sie wollte nur schreckliches Unwohlsein hervorrufen. Den Feind lahm legen, damit er angegriffen und besiegt werden konnte.

Dort, gegen die Wand geschoben und abseits von den anderen Küchengegenständen, sah sie die schmalen Tongefäße, nach denen sie gesucht hatte.

»Ich wollte euch helfen …« Sie zwang sich zu einem Lächeln. »Beim Vorbereiten eines Festes der Freundschaft und des Willkommens.«

*

Kol schritt den Stall der Länge nach ab. »Weißt du, erst als ich die Worte zu der Prinzessin gesagt habe, ist mir klar geworden, wie wahr sie sind.«

Er bückte sich und schaute den Mittelgang entlang, weil er sich versichern wollte, dass niemand in der Zwischenzeit den Stall betreten hatte. Zufrieden darüber, dass er weiterhin allein und ungestört war, ging er zurück zu seinem Beichtvater.

»Als ich mit der Ausführung meines Racheplans begonnen hatte, war mir nicht bewusst, dass sie Aldriths Tochter ist. Dieser Hornochse von Devon war genau der Richtige für meine Zwecke. Der Gedanke daran, dass Ranulfs Königreich in die Hände eines solchen Narren fällt, hat mir großen Spaß gemacht. Aber jetzt ... jetzt steht Isabels Leben und das ihres Kindes auf dem Spiel.«

Kol nickte und rieb sich mit dem Finger über die Unterlippe. »Ich weiß, welche Frage du mir stellen willst: Wie kann ich einfach fortsegeln, nachdem alles überstanden ist? Schließlich habe ich so lange mit diesem Hass gelebt, dass er für mich eher ein Bestandteil meines Blutes als nur ein Gefühl ist.«

Morke bot ihm nichts als mitfühlendes Schweigen und den Blick seiner braunen Augen.

Kol schaute finster drein. »Ich muss verrückt sein. Nur ein Narr berät sich mit seinem Pferd.« Er stieß das Tor so heftig auf, dass sein unterer Riegel eine saubere Furche durch den Erdboden zog.

Vekell stand vor ihm und machte ein verdammenswert unschuldiges Gesicht. »Mein Lord.«

Kol sah ihn verärgert an. »Was ist?«

Diesmal leuchteten Vekells Augen nicht vor Fröhlichkeit. In ihnen spiegelte sich etwas viel Verzwickteres. »Als ich in jener Nacht das hilflose Kind im Schnee gefunden habe, habe ich es gerettet in der Hoffnung, dass es leben würde.«

Kol antwortete steif: »Ich lebe.«

»*Nei*, Ihr atmet. Aber lebt Ihr auch?«

Schweigen lag wie ein Ozean zwischen ihnen.

Kol schaute hoch zu den Dachsparren. »Ich glaube, es fällt mir leichter, mit dem Pferd zu reden.«

»Ihr seid sehr beständig in Eurer Führerschaft, Thorleksson.« Vekell wich zum Eingang des Stalls zurück.

»Die Männer werden Euch folgen, wie Ihr Euch auch entscheiden mögt.«

*

Isabel entfernte sich von der Küchentür. Ihr Inneres brannte vor Aufregung. Beerensaft fleckte ihre Hände und waren der sichtbare Beweis für ihr heimliches Treiben. Sie rieb die Hände am Rock, aber die Flecken blieben. Sie verspürte die Befriedigung eines Feiglings: Stolz auf das, was sie vollbracht hatte, aber Erleichterung darüber, dass sie die schrecklichen Auswirkungen nicht mit ansehen musste. Zitternd eilte sie in den Garten.

»Prinzessin.«

Ihr Herz machte einen Satz. Vekell kam durch eine Furche im Garten auf sie zu; seine Zöpfe schwangen zu beiden Seiten seines Gesichts.

Als er bei ihr angekommen war, sah er hoch in den Himmel. »Die Nacht bricht bald herein.«

Obwohl er nicht lächelte, war sein Tonfall sehr sanft. Isabel mied seinen Blick. Sie wollte kein Bedauern für das empfinden, was sie getan hatte.

»Ja«, antwortete sie kühl. »Bald.«

»Mein Lord bittet Euch, ihm heute Abend in der Halle Gesellschaft zu leisten.«

Wut flackerte in ihr auf, und die abendliche Kälte wich zurück. Sie fühlte sich sofort bestätigt, dass sie das Richtige getan hatte. »Ich werde Devon of Wyfordon nicht in der Halle meines Bruders willkommen heißen. Für mich ist er nichts anderes als ein Verräter.«

Vekell zuckte die Achseln und trat von einem Bein auf das andere. »Vielleicht hat mein Lord etwas anderes im Sinn?«

Etwas anderes als einen Willkommensgruß? Neugier

zwang sie zu der Frage: »Ich bitte dich, sage mir, was das sein sollte.«

»Selbst ich weiß nicht immer mit Sicherheit, was mein *stallari* sagen wird, bevor er es ausspricht.«

Ihr Bündel lag nur einen Steinwurf entfernt. Isabel richtete ihre Aufmerksamkeit auf diese Stelle, um sich an ihre Pflicht zu erinnern. »Ich sehe nicht ein, dass meine Anwesenheit notwendig sein sollte. Welche Ankündigung dein Lord auch immer im Sinn haben mag, sie wird für meinen Sohn und mich doch nur Elend bringen.«

»Warum hört Ihr ihm nicht selbst zu?«

Isabel gab vor, kurz über seine Einladung nachzudenken. Wenn er nur fort ginge, damit sie fliehen konnte!

»Ich bin wirklich sehr müde von der Reise der vergangenen Tage. Bitte sag deinem *stallari,* dass ich es vorziehe, die Nacht allein in meinem Gemach zu verbringen.«

Mit stolz gereckten Schultern ging sie in Richtung Küche. Sie vermutete, dass er zu feige war, ihr dorthin zu folgen. Sobald er den Garten verlassen haben würde, würde sie hierher zurückkehren und ihre Sachen holen.

Vekell legte die behandschuhte Hand fest, aber sanft auf ihren Unterarm.

»Ich verstehe.« Sie sah ihn durch ihre zusammengekniffenen Augen an. »Aber diese Einladung zum Fest ist keine Einladung, sondern ein Befehl.«

*

Kol hob seinen Becher.

»Mehr Met, mein Lord?« Rowena stieg mit dem Weinkrug in der Hand auf das Podest. Es schien ihr zu gefallen, als Herrin der Festung zurückgekehrt zu sein. Wie es der Brauch vorschrieb, hatte sie ihren Vetter und seine angelsächsischen Krieger willkommen geheißen und symbolisch jedem Mann den Becher gefüllt. Jetzt beeilte sie sich, Kol einzuschenken.

»Met, Isabel?«, fragte er die schweigende Schöne neben ihm auf der Bank.

Isabel gab keine Antwort, doch der schneidend scharfe Blick ihrer Augen empfahl ihm, sie in Ruhe zu lassen. Sie saß steif da und hatte die Hände im Schoß gekreuzt, als ob sie nicht einmal die leiseste Berührung ihrer Nachbarn auf der Festbank ertragen könnte: die von Kol auf der einen und die von Devon auf der anderen Seite.

Kol seufzte und nickte Rowena zu, denn er hoffte, der Met würde den kommenden Ereignissen die Schärfe nehmen. Er würde Devon seine veränderten Pläne mitteilen – und sein Herz vor Isabel entblößen. Würde sie ihn annehmen oder zurückweisen?

Wie dem auch sei, er fühlte sich wohl mit der Entscheidung, die er getroffen hatte. In der Vergangenheit hatte er stets versucht, das Richtige zu tun. Im Hinblick auf Norsex hatte sich dieses Richtige ständig gewandelt. Nun gab es keine Garantie dafür, wie sich die beteiligten Parteien verhalten würden. Er erinnerte sich daran, wie Isabel mit ihren Messern auf seinem Bett gehockt hatte. Ein gewisses Maß an Wut wäre nicht so schlimm, solange ihre süße Kapitulation rasch danach erfolgen würde.

In der hinteren Ecke sang der Skalde auf seiner Webdecke Kols Loblied. *Kol der Furchtlose. Thorleksson der Tapfere.*

Kol spannte die Beinmuskeln an und wollte gerade aufstehen, da erschienen einige Küchenmägde mit großen Platten, auf denen Beerentorten aufgetürmt waren. Er knurrte aus tiefster Kehle und war verärgert über diese Verzögerung. Doch er würde warten, bis es keine weiteren Ablenkungen mehr gab.

Neben ihm beugte Isabel den Kopf. »Darf ich in meine Kammer zurückkehren?« Ihre Hände verkrallten sich krampfhaft in ihrem Rock.

»Du hast doch noch gar nichts gegessen. Bist du krank?«

Sie flüsterte: »Vielleicht.«

Er durfte ihr nicht erlauben zu gehen. Eine Magd stellte eine Platte vor sie. Das Innere der Beerentorten glitzerte dunkel und süß. Isabel erbleichte. Devon streckte die Hand aus, gab ihr einen groben Puff und ergriff mit seinen plumpen Händen je ein Tortenstück. Beide verschwanden gleichzeitig zwischen seinen fetten, glänzenden Lippen.

»Köstlich«, verkündete er. Purpurner Saft strömte ihm über das Kinn und verschwand zwischen den Falten seines Halses. »Ich nehme noch eines.«

Die Prinzessin starrte ihren Vetter mit einem Ausdruck des Entsetzens an. Zu Kol gewandt murmelte sie: »Ich will wirklich gehen.«

Sie sah in der Tat krank aus. Kol meinte sanft: »Vielleicht bist du nur müde. Letzte Nacht hattest du in der Höhle wenig Schlaf.«

Isabels Wangen wurden tiefrot.

»Ich wollte dich nicht verspotten, Isabel. Bitte, bleib noch eine Weile hier neben mir.«

»Ich habe keine Lust, mir deine Kundmachung anzuhören, worum es auch immer bei ihr gehen mag.«

Kols Atem ging gleichmäßig. Er würde ihr nicht erlauben, sein Vertrauen in das eigene Vorhaben zu untergraben. Überall um ihn herum genossen die Angelsachsen und Dänen den Kuchen. Kol wählte ein Stück für sich selbst aus und hob es an die Lippen. Der Skalde zupfte seine Harfe und sang von Kol, dem Vernichter der Bösen.

Neben ihm brummte Isabel: »Ich würde gern ein paar andere Verse vorschlagen. Wie wäre es mit Kol, dem Verräter der Frauen und Kinder? Oder besser noch, mit Kol, der großen nordländischen Laus?«

Kol stieß die Luft durch die Nase aus und legte das Kuchenstück auf den Tisch. Herr, wie sie ihn reizte – in jeder Hinsicht. Ihre Worte, die leise und von weinroten Lippen gesprochen wurden, verärgerten ihn nicht, sondern erregten ihn. Sein ganzes Selbst brummte vor Stolz und Freude, nur weil sie an seiner Seite saß.

Jetzt war die Zeit gekommen, meinte er. Er nickte Vekell zu. Der Krieger legte sein Stück Kuchen ab und wischte sich über den Mund. Er stand auf, hob die Arme und rief: »Seid still! Unser Lord wünscht zu sprechen!«

Vorfreude pulste durch Kols Adern. Er erhob sich. In wenigen Augenblicken würde Isabel in sein Herz blicken und er in ihres. Er schloss die Augen und erinnerte sich daran, wie nahe sie sich letzte Nacht in der Höhle gewesen waren. Isabels Liebe war ein süßeres und bedeutenderes Geschenk, als es die Rache je sein konnte. Endlich begriff er, dass er keine Schwäche zeigte, indem er ein solches Geschenk annahm.

Dann hörte er, wie sich jemand übergab.

Kol riss die Augen auf.

Devon ächzte laut auf.

Überall standen Männer und Frauen von den Bänken auf. Sie beugten sich vor und hielten sich den Bauch. Einige rannten aus der Halle, während andere sich dort erbrachen, wo sie gerade standen. Neben Kol sprang Isabel hoch. Etwas im Ausdruck ihrer aufgerissenen Augen brachte ihn dazu, ihr Handgelenk zu packen. Ihre Hände, die sie vorhin im Schoß verborgen hatte, wiesen purpurne Flecken auf.

Sofort wusste er, was los war. *Die Kuchen.*

Zwischen zusammengebissenen Zähnen knurrte er: »Was hast du hineingetan?«

Isabel kniff die Augen zusammen. »Hahnenfuß. Traubensilberkraut. Christophskraut. Die genaue Zusammensetzung weiß ich nicht mehr. Ich weiß nur, dass die Köche so etwas dazu benutzen, um die Hunde aus der Küche zu vertreiben.«

Ungläubig schaute Kol über die sich windende Menge in der Halle. Ein süß-saurer Geruch durchdrang die Luft. »Hattest du vor, sie alle zu vergiften?«

»Ja!«, rief sie. »Dich, meinen Vetter und alle, die dich unterstützen!«

Wut versengte seine Wangen. Warum hatte sie ihm nicht die Gelegenheit gegeben, die Dinge für alle Beteiligten ins Lot zu bringen? Vertraute sie ihm so wenig?

Auf der Bank neben ihnen saß Vekell und hielt sich den Kopf mit den Händen. Er stöhnte laut. Zu seinen Füßen lag ein halb aufgegessenes Kuchenstück. Kol glaubte, er sähe einen Schimmer des Bedauerns in Isabels Gesicht. Mit leiser Stimme sagte sie: »Es wird sie nicht töten.«

Doch in diesem Moment hätte er *sie* am liebsten getötet. Kol packte ihren Arm und schob sie zur Tür. »Geh auf dein Zimmer. *Sofort.* Und verlass es nicht wieder, bevor ich zu dir komme.«

»Nein.« Isabel stand mühsam auf. Nun war ihr Bedauern deutlich zu erkennen. »Ich bleibe hier und helfe.«

Sie ging auf Vekell zu. Doch Kol fing sie ab, bevor sie den Krieger berühren konnte.

»Glaubst du wirklich, irgendjemand will deine Hilfe haben, sobald sie wissen, dass du diejenige warst, die sie vergiftet hat?« In seinem Blick lag eine dunkle Warnung. »Tu, was ich dir gesagt habe. Geh weg von uns.«

Achtzehntes Kapitel

Isabel floh unter dem Türbogen hindurch, doch anstatt auf ihr Zimmer zu gehen, öffnete sie die Türen und rannte die Treppen zum Innenhof hinunter. Auch die kalte Luft vermochte nicht das Feuer in ihren Adern zu kühlen.

Eigentlich sollte sie Triumph empfinden, doch stattdessen fühlte sie sich schuldig und wütend zugleich. Warum sollte sie verurteilt werden, wenn sie versucht hatte, den Anspruch des Feindes auf das Königreich ihres Bruders zu vereiteln? Wenn sie versucht hatte, ihrem Eroberer zu entkommen? Sie wurde behandelt, als hätte sie sein Vertrauen gebrochen.

»Isabel!« Kols Stimme klang heiser vor Zorn.

Einen Augenblick lang blieb Isabel wie erstarrt stehen. Wenn er sie nun zurück in die Halle zerrte und vor den anderen bestrafte, würde sie vermutlich wie eine Närrin kreischen oder, schlimmer noch, in Tränen ausbrechen. Nie zuvor hatte sie die Kontrolle über ihre Gefühle so vollständig verloren.

Es gab kein Zurück. Sie musste in die Finsternis fliehen und sich zum Wald durchschlagen, wo hoffentlich Ranulf wartete, wie er gesagt hatte.

Einige Nebengebäude sprenkelten die Innenseite der Verteidigungswälle. Anstatt ihr Glück im offenen Gelände zu versuchen, wollte sie sich zwischen den Häusern Schutz suchen, während sie auf den Garten zuschlich, wo ihr Bündel lag. Sie raffte die Röcke und lief los.

»*Isabel!*« Kols Schrei zerschmetterte die Stille des Hofes. Eine Vogelschar wurde dadurch aufgeschreckt und flatterte aus dem Immergrün neben der Treppe.

Sollte er doch rufen. Sollte er sie doch verfluchen. Sie empfand keine Reue über das, was sie getan hatte. Sie beklagte nur, dass er nicht ebenfalls erkrankt war. Isabel suchte Schutz in den Schatten einer schmalen Hütte und fand rasch deren Tür. Über die Schulter sah sie den Schatten eines Mannes, dessen Umrisse sich riesenhaft vor der vom Mond erleuchteten Seite der Festungswand abzeichneten. Wenn sie quer über den Platz liefe, würde er sie unweigerlich sehen.

Sie betrat die Hütte und wollte in ihr warten, bis er vorbeigegangen war. Einen Augenblick lang nahm ihr die Dunkelheit jede Orientierung. Ein durchdringender Geruch schnürte ihr die Kehle zu. Reglos stand sie da, mit dem Rücken gegen die Tür gelehnt, und hoffte, dass sich ihre Augen bald an die Düsternis gewöhnten.

Von draußen drang das Knirschen des Kieses zu ihr. Ihr Herz schlug schneller.

Auf der Suche nach einem besseren Versteck machte sie mit ausgestreckten Händen einen Schritt in die Hütte hinein. Etwas knackte unter ihren Schuhen. Sie erstarrte. War es so laut gewesen, dass man es draußen hatte hören können? Mit einer Hand unterdrückte sie ein Niesen. Dieser Geruch! Was war das bloß? Sie vernahm keine weiteren Schritte.

Isabel beugte sich vor und berührte den Boden. Walnussschalen? Und der Geruch … ja, das war Alaun. Mit diesem Wissen und der allmählichen Gewöhnung ihrer Augen an die Dunkelheit erkannte Isabel nun ihren Unterschlupf. Entlang der Wand würde sie schmale Tongefäße sehen, die in ordentlichen Reihen auf Regalen standen und mit dem kostbaren Krapp des Färbermeisters gefüllt waren sowie mit Waidblättern und mit aufgebrochenen Nussschalen. Das alles wurde benutzt, um die Stoffe für die Festung zu färben.

Hinter ihr öffnete sich die Tür, und Isabel erhielt einen heftigen Schlag auf den Po. Sie fiel zu Boden.

»Autsch!« Schalen stachen ihr in die Handflächen. Ihr Kopf schlug gegen ein kupfernes Färbefass.

Sie wirbelte herum und hielt sich die Hand gegen die Stirn. Kol stand in der Tür; die Nacht hinter seinen Schultern war eine blauschwarze Ewigkeit. Er trug eine kleine Fackel.

»Du …« Sie rieb sich die Stirn. Wie sollte sie nun noch entkommen, da er sie gefunden hatte? Der Gedanke, auch nur einen weiteren Tag in seiner Gegenwart zu verbringen, war unerträglich. »Du Schweinefraß!«

»Du … hast … meine … Männer … vergiftet«, knurrte er und sprang durch die Tür.

»Oh!« Isabel huschte hinter einen hüfthohen Kupferkessel.

Kol warf seine Fackel in eine kleine Feuerstelle in der Mitte des Raumes und ging dann auf Isabel zu, wobei er gegen mehrere Färberhaken stieß, die von der Decke hingen und nun hin und her schwankten.

»Nicht nur meine Männer, sondern auch eine große Zahl deines eigenen Volkes.« Er machte einen Schritt zur Seite, als wollte er den Kessel umrunden.

»Devons Männer? Verräter! Allesamt!« Isabel wich in die entgegengesetzte Richtung aus.

»Warum fliehst du vor mir, Prinzessin?« Er packte den Rand des Kessels. »Hast du Angst?«

Isabel log und überdachte gleichzeitig die eingeschränkten Möglichkeiten einer Flucht. »Nicht vor dir, Nordländer.«

»Das solltest du aber«, höhnte er.

Bevor sie auch nur einmal blinzeln konnte, hatte er bereits den Kessel umgestoßen. Isabel keuchte auf und sprang zurück. Flüssigkeit spritzte über die Spitzen ihrer Schuhe und den Rocksaum. Kol umkreiste dem am Boden liegenden Kessel; mit den Stiefeln zertrat er die verstreuten Nussschalen und watete durch die Färbeflüssigkeit.

Isabel packte eine Schale mit Walnüssen, die auf der Fensterbank gestanden hatte. »Ich warne dich.«

Sie warf die Schale. Kol zerschmetterte sie. Die Nüsse hagelten zu Boden, und mit einem dumpfen Knall traf auch die Schale auf. Isabel kauerte sich hinter ein Trockengestell, über dem Leinenstoffe hingen. Vergossene Färbeflüssigkeit benetzte ihre Hände und Knie. Mit klopfendem Herzen kroch sie zur Tür, doch sofort verschwanden die Stoffbahnen. Der Rahmen wurde hochgehoben und gegen die Wand geschleudert. Kalte Luft strömte über ihre Haut. Sie kauerte so still da wie eine in die Ecke getriebene Maus und richtete den Blick auf die kaum sichtbaren Spitzen zweier großer Stiefel.

Isabels Haare hingen wild über ihre Schulter. Sie zwang ihr erschöpftes Herz zur Ruhe und schob sich einige widerspenstige Locken hinter die Ohren. Sicherlich würde Kol nicht die Frau töten, die er in der vergangenen Nacht geliebt hatte, auch wenn er sie bald danach kaum mehr beachtet hatte.

Mutig stand sie auf. »Du hast kein Recht, mich so zu bedrohen.« Sie stach ihm mit dem Finger in die Mitte seiner Brust, genau dorthin, wo ihre Lippen ihn in der letzten Nacht berührt hatten. Sie blinzelte diesen Gedanken fort und sprach weiter: »Du und deine Männer verdienen es, vergiftet zu werden, so wie ihr Norsex mit eurer Gegenwart vergiftet habt.«

Sie schüttelte ihre Faust in der Luft und verfluchte das

Schicksal. »Wenn du bloß wie die anderen ein Stück Kuchen gegessen hättest!« Mit weit aufgerissenen Augen und gekünstelter Stimme gurrte sie: »Aber ich vermute, du warst so beschäftigt damit, dich mit meinem Hornochsen von Vetter zu bereden, dass du gar keinen Hunger hattest.«

Kol beugte sch vor und kam ihr so nahe, dass sie ihn hätte küssen können – wenn sie es gewollt hätte. Ihr ganzer Körper spannte sich an.

»Liebste Isabel«, murmelte er. Seine Stimme war so süß wie sommerwarmer Honig. »Ich hatte vor, deinem abscheulichen Vetter einen Tritt in den Hintern zu geben, dass er bis nach Wyfordon fliegt, aber dann musstest du ja unbedingt die Sache selbst in die Hand nehmen.«

Bei seinen Worten fuhr ein Schock durch Isabels Glieder. Sie drehte sich von ihm fort. »Ich will nur, dass du dieses Königreich verlässt, denn du bist unwillkommen.«

»Gestern Nacht war ich nicht unwillkommen.«

Isabel hielt sich die Hände gegen die Ohren. »Sprich nicht von der letzten Nacht.«

Sie eilte hinter einen langen Tisch und von dort aus in Richtung der Tür. Mit einer raschen Bewegung hatte Kol den Tisch umgeworfen. Als er auf den Boden schlug, kreischte Isabel auf und drückte sich dicht gegen die Wand.

»Du kannst mir nicht entkommen.« Zu ihrem Verdruss mischte sich Befriedigung in den Zorn, der sich in seinem Blick widerspiegelte.

»Das werden wir noch sehen.« Isabel riss einen Haken aus der Decke und hielt ihn wie eine Waffe.

Kols Blick spießte sie auf; er war wie ein Strahl vernichtender Hitze. Ihre Hände wurden um den schmalen Griff des Hakens herum feucht.

»Na, na, süße Prinzessin.« Seine Stimme war kaum

mehr als ein Krächzen in der ansonsten vollkommenen Stille zwischen ihnen. »Hat dich dein bisheriges Versagen im körperlichen Angriff nichts gelehrt?«

Sie schwang den Haken. Er machte eine rasche Bewegung, um ihn zu fangen, doch Isabel hörte das Geräusch zerreißenden Stoffes.

»Oh.« Er schaute an seinem Hemd herunter und wieder hoch. *»Ein Fehler.«*

Wütend machte sie einen weiteren Ausfall. Er ergriff den Haken, riss ihn ihr aus der Hand und warf ihn auf den Boden. Dann presste er Isabel gegen die Wand. An ihrer Wange spürte sie den festen Druck seines Kiefers und auf der Haut die Haare seines Bartes. In kurzen Zügen sog sie die Luft ein und damit auch seinen Atem und erinnerte sich sofort an Kols Geruch und Geschmack. In diesem Augenblick schwankten ihr Körper und ihre Seele am Rande eines dunklen und alles verzehrenden Verlangens.

Kol starrte sie an. Seine Augen glitzerten in der Dunkelheit. Ganz leicht berührten seine Lippen die ihren.

Sie wandte das Gesicht ab. »Lass mich los.«

»Niemals.« Er reizte sie mit jedem Atemzug, mit jeder Bewegung. Er lud sie ein, ihn zu küssen. Sie befahl ihren Lippen, nicht darauf zu reagieren, sich nicht gegen die seinen zu pressen, aber der Sog wurde immer stärker.

Sie versuchte sich von ihm zu lösen. »Treuloser Mistkerl! Du hast mich verraten ...«

Er drückte seine Lippen auf ihre.

Mit einem Keuchen zuckte sie zur Seite. »Was tust du da?«

Beide hatten die Augen weit geöffnet und belauerten einander.

»Ich beende das hier.« Er vergrub die Hände in ihrem Haar. Als er den Mund auf ihren Hals legte, packte Isabel ihn an den Schultern. Er sagte gegen ihre Haut: »Ich verzehre mich nach dir.«

»Dein Pakt mit Devon.« Zur Warnung verkrallte sie ihre Hände in seinem Hemd. »Damit kann ich mich nicht abfinden.«

»Dieser Pakt ist beendet.« Er packte ihre Röcke an der Hüfte und zog sie hoch, sodass sie die Nachtkälte um ihre Knöchel und Knie spürte. »Es ist allein deine Schuld, dass er das noch nicht weiß.«

Beendet? Isabel hatte keine Gelegenheit, die Erleichterung zu genießen, die sich in ihr ausbreitete, denn Kols Mund beanspruchte jedes einzelne Bruchstück ihrer zerschmetterten Aufmerksamkeit. Sie fuhr mit ihrem Bein an seinem entlang und umschlang damit seine Wade.

»Was ist mit Ranulfs Geheimnis? Mit seinem fehlenden Geburtsrecht?«

»Davon weiß Devon nichts, und er wird es auch nicht erfahren.«

Sein Bart fuhr über ihre Haut. Kol duftete würzig und männlich und lebendig.

»Und dein Wunsch nach Ranulfs Tod?«

»Mein Verlangen nach dir übersteigt alles andere.«

Als er sie küsste, hielt sie ihn nicht auf. Sie hatte nicht länger den Willen dazu. Er packte ihre Hüften und drückte seine steife Rute gegen ihren Bauch. Mit dem Knie spreizte er ihre Schenkel.

Er presste sie gegen die Wand. Sein heißer und feuchter Mund fuhr über ihre Kehle. Er flüsterte dänische Worte.

Dann nahm er ihr Hemd in die Hand und zog es nach unten. Kühn legte er die Hand auf ihre Brust. Isabel bäumte sich auf, während seine Worte durch ihren Kopf hallten. Sie spürte, wie ihre Röcke bis zur Hüfte hochgeschoben wurden. Kalte Luft fuhr über ihre Schenkel, zwischen ihre Beine und kühlte den am stärksten erhitzten Teil von ihr. Er streichelte sie mit einer Eindringlichkeit, die ihr Verlangen noch weiter anfachte. Ihre Beine gaben nach, aber er presste sie so fest gegen die Wand, dass sie nicht zu Boden sinken konnte.

Er beherrschte ihren Körper und glitt zuerst mit einem, dann mit einem zweiten Finger in ihre Wärme. Sie keuchte auf. Solch großes Vergnügen empfand sie *dort*. Vergnügen und starke, heiße Anspannung, die durch die Arme und Beine bis zu den Fingerspitzen ausstrahlte. Doch seine Finger verließen sie fast sofort wieder.

Er sank vor ihr auf die Knie und hielt ihre Röcke dabei weiterhin um ihre Hüften geschlungen. Isabel erschauerte, als er ehrfurchtsvoll einen Kuss auf den Scheitelpunkt ihrer Schenkel drückte.

»Ich sollte dich hassen«, flüsterte sie.

»Das tust du aber nicht.« Er küsste sie dort und schmeckte sie.

Isabel stöhnte und packte seine Haare. »Dann solltest du mich hassen. Ich wollte dich und deine Männer mit dem Gift zu Fall bringen und meinem Bruder von eurem geschwächten Zustand berichten.«

»Aber nicht jetzt.«

»Nein«, gestand sie mit brechender Stimme. »Nicht jetzt.«

Als sie schon glaubte, sie würde vor Verlangen ohnmächtig, zog er sie herunter auf seine Beine, drückte sie in die Ecke und legte sich ihre Schenkel um die Hüfte.

»Meine Geliebte«, flüsterte er in ihr Haar. »Meine einzige Geliebte.«

Als sie diese Worte hörte, gab sich ihr Herz geschlagen. Sie fuhr mit den Händen über seine Hüfte, unter sein Leinenhemd und über die gespannte Haut seines Körpers.

Er tastete zwischen ihnen herum und verschaffte sich

Befreiung. Grob veränderte er ihre Position und spreizte ihr die Schenkel mit den Fingern. Sie spürte, wie sich sein Glied gegen sie presste, und keuchte auf unter der plötzlichen Anspannung ihres Körpers. Er bewegte sich langsam unter ihr und ermutigte sie, seinen Rhythmus aufzunehmen. Mit einer Hand streichelte er ihren Rücken und packte dann ihre Pobacken.

Plötzlich hielt er inne und fluchte. »Diese Nussschalen sind der Tod für meine Knie.«

Trotz der Anspannung des Augenblicks kicherte Isabel auf. Kols finsterer Blick wurde milder, aber nur ein wenig. Unter einem Knurren warf er sie beide herum. Er packte ein schweres Leinentuch. Warf es auf den Boden und legte Isabel darauf, ohne aus ihr herauszugleiten. Vergossene Färbeflüssigkeit leckte durch das Leinen und befeuchtete ihre Haut.

Kol stieß zu. Die Muskeln in seinen Armen traten wie Stränge hervor, als er sich über ihr abstützte. Seine blauen Augen glänzten im Feuerschein.

»Du bist mein.« Er hob eine dunkle, glitzernde Hand und berührte ihre Haut, bemalte sie mit der Färbeflüssigkeit. Isabel sah ihm durch ihre halb geschlossenen Lider zu. Er markierte sie mit dunklen Handabdrücken. Er brandmarkte sie. »Mein.«

Sie schlang die Beine um seine Hüfte und zwang ihn damit noch tiefer in sich hinein.

Für immer. Sie könnte ihn für immer in sich haben.

Selbst als sie vor Lust aufschrie, beschwerte ein bittersüßer Druck ihr Herz. Am Rande ihres Bewusstseins lauerten die Ereignisse der Vergangenheit und die Schrecken der Zukunft und verlangten von ihr, dass sie sie wahrnahm.

Die Wirklichkeit ging unter in einer Raserei aus Licht und Bewegung. Beim Höhepunkt schrie Isabel auf, und ihr Körper wurde von einem Mahlstrom aus Kraft und Licht überwältigt. Sie bäumte sich auf, traurig und glücklich zugleich, und wollte auf ewig mit Kol verbunden bleiben.

Kol versteifte sich und fuhr mit einem Schrei in sie, der Isabel sprachlos machte. Ihr eigener Körper war straff angespannt vor Vergnügen und genoss jedes Pulsieren seines Glieds in ihr.

Sanft sank er herab und küsste sie, wobei seine Haare auf ihrer Haut kitzelten. Er stöhnte neben ihrem Hals. Es dauerte lange, bis er sagte: »Ich glaube, jetzt brauchen wir vier Wände und ein Bett.«

»Ja.« Sie sehnte sich danach, mit ihm allein zu sein. Sie mussten jetzt so viel Zeit wie möglich miteinander verbringen. Sie machte sich keine falschen Vorstellungen davon, welche Schwierigkeiten das Tageslicht bringen würde.

Er rollte von ihr herunter und legte sich auf den Rücken. Die Hose war noch immer um seine Knie gerollt. Er hob leicht die Hüften und zog die Hose hoch. »Da wir anscheinend nicht die Hände voneinander lassen können, müssen wir zu einer Übereinkunft kommen.«

»Es ist doch mehr als das, oder?« Sie ließ die Röcke fallen und sah ihn an. »Was wir miteinander teilen, ist nicht nur reine Lust.«

»Ja«, antwortete er leise. Seine Wangenknochen schienen nun noch stärker hervorzutreten und sein Profil noch kantiger zu sein. »Es ist viel mehr als nur das.«

Er drehte sich auf die Seite, und ihre Blicke trafen sich. Sie erkannte in ihm wieder den Liebhaber aus der Höhle. Sein Gesichtsausdruck verbarg nichts vor ihr. »Du und dein Sohn werdet beschützt werden.«

Isabel schaute auf seine Brust, denn in diesem Augenblick fiel es ihr leichter, statt seiner Augen den gewebten

Stoff anzusehen. Eine Ehe wäre für sie niemals möglich, doch sie konnte ihre Liebe zu diesem Mann nie wieder verleugnen. »Ich bin offen für die Verheißungen der Zukunft.«

Doch sie vermochte nicht das Haupthindernis für ihr gemeinsames Glück zu vergessen. Wäre es Ranulf und Kol möglich, ihre Streitigkeiten beizulegen und Frieden zu schließen? Er streckte die Hand aus und hob ihr Kinn leicht an, sodass sie ihn wieder ansah.

»Woran denkst du gerade?«

»Ich kann mir nicht vorstellen, wie all die verstreuten Bruchstücke meines Lebens je wieder zusammenpassen sollen. Aber du gibst mir Hoffnung.«

»Hoffnung«, wiederholte er sanft. »Habe Geduld mit mir, denn ich habe ein ganzes Leben ohne dich verbracht.«

Sie musste es einfach fragen… »Was hast du mit Ranulf vor?«

Kol rollte sich wieder auf den Rücken und starrte die Deckenbalken an. Er presste die Lippen zusammen, als ob die Worte nicht kommen wollten. »Ich will mir anhören, aus welchen Gründen er mich einer solchen Folter unterworfen hat … und dann versuchen, ihn vorurteilslos zu richten.«

Sie stützte sich auf ihren Ellbogen und schaute ihm ins Gesicht. Ein eindringliches Blau entwaffnete sie, doch gleichzeitig machte es noch einmal seine Gefühle für sie deutlich. Es berührte sie tief, dass er versuchen wollte, seinen tief verwurzelten Hass aufzugeben, um ihr Frieden zu schenken.

»Das ist alles, worauf ich gehofft hatte.«

Kol packte sie bei den Schultern und drückte sie gegen den Boden. Er rollte sich herum und hockte sich auf sie. Seine männliche Geschmeidigkeit erregte sie auch nach ihrem Liebesspiel noch. Er flüsterte gegen ihren Hals: »Vertraue mir.«

Tränen perlten aus ihren Augenwinkeln. »Das werde ich. Ich werde nicht mehr an dir zweifeln.«

Er lächelte beinahe einfältig und sagte schließlich: »Deine Kleider sind ruiniert.«

»Ich habe nur noch wenige, woran du schuld bist.«

»Ich kann nicht behaupten, dass mich das reut.« Er pflanzte einen Kuss auf ihre Lippen und ging mit löwenhafter Anmut in die Hocke, damit er sich die Hose anziehen konnte. Färbeflüssigkeit befleckte seine Ellbogen und Knie. Isabel setzte sich auf und stellte fest, dass auch ihr Hemd davon durchtränkt war. Kol stand auf und untersuchte die Färbegestelle, dann kam er mit einem gelben Hemd zurück.

»Vermutlich sitzt es nicht besonders gut.« Er zog ihr die Kleidung über den Kopf. Schwielige Hände fuhren über ihre Hüfte und die Seiten ihrer Brüste. Sie zitterte.

Er beugte sich zu ihr herunter und küsste sie. Erregung glänzte in seinen Augen. Sie reagierte sofort darauf und packte seine Schultern. Es war, als ob der Liebesakt von vorhin ihr Verlangen nur teilweise befriedigt hätte.

Ein tiefer Laut kam aus seiner Kehle. Er hob das gelbe Hemd auf. »Zieh das hier an, und dann sollten wir uns für den Rest der Nacht einen angenehmeren Ort suchen.«

Als sie bekleidet war, nahm er sie bei der Hand und drückte die hölzerne Tür auf. Isabel folgte ihm. Plötzlich blieb er stehen, und sie stieß gegen seinen Rücken.

Überall um sie herum standen Männer und stießen Flüche und Klagen aus. Das Mondlicht wurde von erhobenen Keulen und Speeren zurückgeworfen. Isabel hielt sich an Kols Hemd fest.

»Tretet zurück«, befahl Kol ihnen. Sein Arm stahl sich nach unten, um Isabel abzuschirmen. Ihr Herz klopfte heftig.

Isabel erhaschte einen Blick auf einen Teil ihrer Feinde, indem sie um Kol herum spähte. Vekell trat vor; seine Haut war aschfahl, die Augen glasig. Flecken sprenkelten sein Hemd.

Mit einem langen, zitternden Finger deutete er auf Isabel. »Das haben wir Euch zu verdanken, Prinzessin. Ihr habt dieses Übel mit eigenen Händen gewirkt, als ihr diese bösen Kuchen gemacht habt. Verflucht seid Ihr, Fr...« Er legte eine Hand vor die Lippen und stieß herzhaft auf. Kurz danach brüllte er: »Frau! Haben wir Euch nicht mit Geduld und Freundlichkeit behandelt?«

Isabel zuckte innerlich zusammen.

Vekell fuhr mit seiner Hetzrede fort: »Diese Männer haben Euch wie Narren verehrt, weil Ihr ihrem Herrn das Leben gerettet habt, und Ihr habt ihnen solches Elend gebracht.«

Kol hob die Hand und gebot seinem Hauptmann Einhalt. »Aus deinen Worten erwächst nichts Gutes.«

Isabel klammerte sich an seinen Arm. »Nein. Vekell soll ausreden.«

Schweigen senkte sich über die Horde.

Vekell räusperte sich. »Es ist unser Recht zu verlangen, dass sie für dieses Verbrechen bestraft wird.« Sein finsterer Blick glitt von Isabel zu Kol. »Und dabei dachten wir nicht an die Bestrafung, die Ihr in dieser kleinen Hütte durchgeführt haben mögt, Thorleksson.«

Isabels Wangen brannten.

»Ja!«, riefen die Männer.

»Wir wollen aber, dass sie eine richtige Bestrafung erhält.«

»Ich sehe, dass ihr eure Waffen bereithaltet«, erwiderte Kol. »Sie hat niemanden umgebracht. Einer Hinrichtung werde ich nicht zustimmen.«

Vekell wischte sich mit der Hand über den Mund und schluckte schwer, als ob er das Wiederaufleben der Übelkeit unterdrücken wollte. Seine Stimme schwankte, als er sagte: »Wir verlangen keine Hinrichtung.«

Ragi erschien an Vekells Seite. Auch er stand unsicher auf den Beinen. Beerensamen sprenkelten seinen grauen Bart. »Wir hatten genug Zeit, die Sache zu bereden, als wir hier auf Euch beide gewartet haben.«

»Ja, wir haben eine Entscheidung getroffen«, stimmte Vekell zu.

Ragi schwenkte seine Keule vor Isabel. »Drei Tage im Gefängnis der Festung!«

»Drei Tage?«, höhnte Kol im lärmenden Johlen der Menge. »Die Prinzessin ist von adliger Abstammung und nicht gewöhnt an …«

»Ich nehme das Urteil an.« Isabel machte sich von seinem schützenden Arm frei und trat vor die Krieger. »Drei Tage im Verlies der Festung. Das ist das Wenigste, was ich für meine Tat verdient habe.«

»Isabel!«, warnte Kol.

»Mach nicht den Versuch, mich davon abzubringen.« Sie betrachtete die Gesichter der versammelten Männer und schaute ihnen in die Augen, einem nach dem anderen. »Bitte nehmt dies als mein Friedensangebot an. Indem ich mich eurer Bestrafung unterwerfe, verkünde ich euch allen mein Verlangen nach einer dauerhaften Vereinigung unserer beiden Völker.«

Ranulf wäre entsetzt gewesen, wenn er dies gehört hätte, aber sie vermochte die Sünden aus seiner Vergangenheit nicht länger als ihre eigenen anzusehen. Sie würde darum kämpfen, diesem Land den Frieden zu bringen.

Isabel streckte vor Vekell und Ragi die Hände aus, damit man sie fesselte, doch die Wut der Dänen schien sich gelegt zu haben. Sie starrten Isabels nach oben gerichtete Handflächen an, und auf ihren Gesichtern zeichnete sich Verblüffung ab. Dann sahen sie hinüber zu Kol.

Neunzehntes Kapitel

»Das ist es doch, was ihr wolltet, nicht wahr? Sie ist einverstanden«, murmelte er durch seine zusammengebissenen Zähne. Er weigerte sich, Isabel in die Augen zu sehen.

Unsicher ergriff Vekell Isabels Handgelenke und führte die Prinzessin auf die Halle zu. Die Menge taumelte und schwankte hinter ihnen her. Nachdem sie das Gebäude betreten hatten, stiegen nur Vekell und Kol mit Isabel die ausgehauenen Steinstufen zu den Verliesen hinunter. Fackelschein zuckte auf den Wänden.

»Hier entlang.« Vekell zerrte sie auf eine kleine Zelle zu.

»Nein«, sagte Isabel. Sie spähte in die Finsternis des Mittelgangs. »Bitte bringt mich in die hinterste Kammer.«

»Isabel?«, drang eine Stimme aus der Dunkelheit. Es war Aiken.

»Wie immer bemühe ich mich, Euch zu gefallen.« Vekell führte sie über den unebenen Boden an den anderen Zellen vorbei.

»Was macht ihr mit Isabel?«, rief Aiken durch die kleine Öffnung in seiner Tür.

Als sie an ihm vorbeischritten, sagte Isabel: »Es geht mir gut, Aiken. Hab keine Angst um mich.«

Sie warf Kol einen raschen Blick zu, weil sie sich vergewissern wollte, dass er ihr noch folgte. Seine Augen waren dunkel, und er verzog die Lippen.

Als sie das Ende des Korridors erreichten, schaute Isabel in die Düsternis derselben Zelle, in der sie Kol vor zwei Wintern gefunden hatte. Kol trat einige Schritte zurück; die Erinnerungen an jene Nacht und an die Schmerzen, die er hier erlitten hatte, waren in sein Gesicht eingeätzt. Isabel bezwang ihre Angst und betrat die Zelle.

Vekell warf die Tür nicht zu; er schloss sie nur mit einer sanften Bewegung. Sie wartete auf das metallische Drehen des Schlüssels, aber es kam nicht. Isabel sah nur Vekells Kinn durch die Stäbe. Sie selbst saß in vollkommener Dunkelheit.

Seine Lippen bewegten sich. »Alles Gute, Prinzessin.«

Das Knirschen seiner Stiefel kündete seinen Weggang an. Lange saß sie da und fragte sich, ob auch Kol hinausgeschlüpft war. Vielleicht waren die Erinnerungen zu lebendig für ihn gewesen.

Doch dann hörte sie seinen Atem und wusste, dass er immer noch vor ihr in der Dunkelheit stand. Sie sprang auf und drückte sich gegen die Tür. »Kol?«

Da stand er, das Gesicht in Schatten gehüllt. »Warum hast du diesen Bedingungen zugestimmt? Ich hätte die Männer aufhalten können.«

»Nein.« Sie schüttelte den Kopf und steckte die Hände durch die Gitterstäbe. Er packte sie. Seine warmen und starken Hände besänftigten ihre Ängste.

»Zweifelst du an ihrer Treue zu mir?«

»Es geht nicht um deine Führerschaft, sondern um die Zukunft unseres Volkes. Ich habe heute Abend einen Fehler gemacht. Das muss ich eingestehen und dafür die Verantwortung übernehmen.«

Sie erkannte seine Wut an dem angespannten Kiefer und den zusammengepressten Lippen.

»Wir beide haben Wunden, Kol. Du hast die meinen in der Nacht in der Höhle zum größten Teil geheilt.« Sie drückte seine Finger. »Vielleicht wird meine Gefangenschaft in dieser Zelle und das, was sie symbolisiert, einige von deinen heilen.«

»Isabel …«

Sie legte ihre Fingerspitzen auf seine Lippen. »Bring mir eine Decke und eine Laterne und schwöre, dass Godric zu mir zurückkehrt, sobald ich freigelassen werde.«

Er schloss die Augen. »Ja, das wird er. Ich verspreche es dir.«

»Diese drei Tage werden schnell vorübergehen.«

Plötzlich griff er zwischen die Stäbe. Er umfing ihr Kinn, drehte ihr Gesicht dem seinen zu und küsste sie glühend. Süß. Dann riss er sich von ihr los und lief den Korridor hinunter.

Isabel sank zu Boden und lehnte sich gegen die Tür.

Einen Augenblick später drang Aikens Stimme aus der Dunkelheit. »O Isabel, was hast du nur getan?«

*

»Ihr schlaft nicht, mein Lord?« Vekell erschien aus dem Innern der nachtdunklen Halle.

Kol saß gegen die Wand neben dem Eingang zum Verlies gelehnt. »Ich kann nicht, weil ich weiß, dass sie da unten ist.«

Vekell setzte sich neben seinen Lord auf den Steinboden. »Ich kann es auch nicht.«

»Ist deine Übelkeit vergangen?«

»Ja. Genau wie meine Wut.« Der Krieger zog belustigt die drahtigen Brauen hoch. »Nach langem Nachdenken bin ich zu dem Schluss gekommen, dass Ihr selbst für all das verantwortlich seid, was heute Abend passiert ist.«

Kol riss die Augen auf. »Ich? Wieso sollte ich daran schuld sein?«

»Wenn Ihr früher zu Verstand gekommen wäret, hätte sich nichts von all dem ereignet.« Vekell grinste. Nach einer Pause fügte er leise hinzu: »Isabel hat Euch von Anfang an das Herz gestohlen.«

Kol nickte. Das Leugnen dieser Tatsache hielt keinen Trost mehr für ihn bereit. »Was du im Stall gesagt hast, war die Wahrheit. Ich will mehr tun als nur atmen. Ich will leben. Irgendwie macht sie mir das möglich, weil sie mich versteht.«

Es tat gut, dieses Geständnis zu machen. Zur Liebe fähig zu sein. Er fühlte sich stärker denn je und im Einklang mit dem, was die Zukunft bringen mochte. Das Eingeständnis seiner Liebe zu Isabel – und zu ihrem Sohn – überwand in gewisser Weise den hasserfüllten Fluch seiner Mutter.

»Es ist eine Lektion für uns alle.« Vekell beugte sich zu ihm. »Was Isabels Lektion angeht, so habe ich mich mit unseren Herdgefährten besprochen, und alle sind der Meinung, dass eine Nacht im Verlies ausreicht.«

Kol blieb der Atem weg. »Wirklich?«

»*Nei*, nicht wirklich«, kicherte Vekell. »Aber die angelsächsische Magd, an die ich mein Herz verloren habe, ist wütend auf mich, weil ich ihre Herrin eingesperrt habe. Da nun meine eigenen Interessen auf dem Spiel stehen, habe ich die anderen davon überzeugt, dass sie milde in ihrem Urteil sein sollen.«

Kol traute seinen Ohren nicht. In der ganzen Zeit, die sie zusammen waren, hatte Vekell nie eine Frau einer anderen vorgezogen. »Um welche Magd handelt es sich denn?«

»Ihr Name ist Berthilde, und sie gibt mir das Gefühl, dass ich den Rest meiner Tage an diesem Ort hier verbringen könnte.«

Unter der Oberfläche von Vekells sanftem Geständnis

lag etwas, das von großer Tragweite war. Das Schicksal schloss sich eng um die beiden. Es war wie ein Abschied. Doch eine neue und aufregende Welt öffnete sich vor ihnen. Er wusste nicht, wie lange es ihm erlaubt sein würde, hier zu bleiben, doch ein einziger weiterer Tag mit Isabel würde ihm reichen.

Er drückte Vekells Schulter. »Dann geh zu deiner Berthilde.«

»Und Ihr … holt Eure Prinzessin aus der Zelle.«

*

Licht flutete durch Isabels Schlummer. Berthildes Gesicht strahlte zwischen den Bettvorhängen.

»Wacht auf, Prinzessin. Die Zeit wird knapp.«

»Die Zeit wird knapp?« Verwirrt stützte sich Isabel auf einen Ellbogen. Nach einigen Stunden im Verlies hatte der Schlaf sie schließlich dort übermannt. Warum erwachte sie nun in der Bequemlichkeit ihres eigenen Bettes? »Wer hat mich hierher gebracht?«

»Thorleksson.«

»Das ist unmöglich.« Isabel runzelte missbilligend die Stirn. »Ich war mit zwei weiteren Tagen im Verlies einverstanden. Ich dachte, das wäre ihm klar gewesen. Es ist nicht richtig von ihm, mir die gerechte Strafe zu ersparen.«

Berthilde hielt eines von Isabels Hemden gegen das Licht und suchte es nach Flecken ab. Dann schaute sie über ihre Schulter und lächelte. In ihren Augen blitzte es. »Eure Freiheit wurde ausgehandelt …«

Sie verstummte, doch Isabel glaubte zu hören, wie sie noch sagte: » … *auf höchst angenehme Weise*.«

»Ausgehandelt? Wie?«

Berthilde errötete. »Auf etwa dieselbe Weise, wie Ihr

diese großen blauen Handabdrücke überall auf Eurem Körper erhalten habt.«

»Berthilde!«, rief Isabel. Ein rascher Blick bestätigte ihr, dass sie nackt zwischen den Laken lag. Kols Handabdrücke bedeckten immer noch ihre Haut.

»Beeilt Euch. Ich habe Euch viel zu lange schlafen lassen.« Berthilde lief geschäftig umher und glühte vor Freude. »Ihr müsst Euch rasch waschen und anziehen, denn er hat Eure Teilnahme am Essen befohlen.«

»Was hat er vor?«, fragte sich Isabel berechtigterweise. Am vergangenen Abend hatte sie ihn bei dem unterbrochen, was er hatte sagen wollen.

»Das weiß ich nicht. Er hat mir nur gesagt, ich solle Euch von der Küche fern halten.«

*

Vekell setzte Isabel neben ihren Vetter. Devon sah sie kaum an, so sehr war er damit beschäftigt, ein Hammelbein mit den Zähnen zu zerreißen. Oder er beachtete sie aus Wut nicht. Schließlich war auch er ein Opfer ihres Beerenkuchens gewesen.

»Mehr Essen!«, rief er über die Schulter und besprühte dabei Isabel mit Speichel und winzigen Hammelstückchen. Sie zog ein quadratisches Leinentuch vom Tisch und wischte sich damit ab. Sie musste all ihre Kraft aufbieten, um ihren Abscheu nicht zu zeigen.

Isabel schaute Kol an und zog unwillkürlich Vergleiche. Kol war Devon an männlicher Anmut und an Manieren unendlich überlegen. Ihr Herz erfüllte sich mit Stolz. Wie hatte sie ihn je einen Barbaren nennen können, wo es doch solche Männer wie Devon gab?

Eine Dienerin brachte Devon eine weitere Platte mit Fleisch. Isabel hörte, wie das Mädchen aufschrie, und sah, wie es sich von ihrem Vetter loszumachen versuchte. Er hatte die Hand unter ihren Rock gesteckt, ihn hochgezogen und die Hinterbacken umklammert, sodass jeder es sehen konnte. Bevor dem Mädchen die Flucht gelang, zerrte er es auf seinen Schoß und küsste sie mit offenem, fettigem Mund.

»Hör auf damit«, zischte Isabel.

Devon erstarrte, richtete seine Schweinsaugen auf sie und knurrte: »Du hast mir nichts zu sagen. Du hast gar nichts mehr zu sagen.«

Kols Stimme fuhr zwischen die beiden. »Nicht jetzt, Angelsachse. Wir beide haben vieles miteinander zu besprechen.« Genauso schnell, wie er das Mädchen gefangen hatte, ließ er es wieder frei. Sie eilte hinter Kols schützenden Arm. Der Nordländer bedachte Devon mit einem eisigen Blick, doch Devon starrte Isabel weiterhin wütend an.

Nach einem langen Moment der Spannung zuckte Devon die Schultern, hob seinen Pokal und schüttete den Met herunter. Er rann ihm über die Wangen und in den Bart. Devon rammte den Pokal auf den Tisch und rief aus: »Natürlich! Natürlich.«

Er winkte einem seiner Männer zu, und kurz darauf wurde eine große Truhe vor das Podest gestellt. Als sie geöffnet wurde, kam ein Berg von glitzernden Goldmünzen zum Vorschein. Devon riss mit den Zähnen ein weiteres Stück Fleisch aus seiner Hammelkeule. »Die zwölf Pferde, über die wir gesprochen haben, gehören ebenfalls Euch.«

Angst krampfte Isabels Magen zusammen. Der Gedanke daran, unter Devons grausamer Hand leben zu müssen, zerschmetterte ihren inneren Frieden in tausend Stücke. Sie sah Kol an.

Vertraue ihm, empfahl sie sich selbst.

Kol sagte kein Wort. Er starrte Devon an; seine Augen waren kalt und glichen bodenlosen Abgründen. Nun schien Devon zum ersten Mal die Uneinigkeit zu spüren.

»Ein glorreiches Unternehmen, Thorleksson. Genau wie mein Vater es angewiesen hat.« Er lächelte hoffnungsfroh. »Bitte bedient Euch meiner Männer, um Eure Abreise vorzubreiten. Ich bin sicher, dass Ihr unverzüglich aufbrechen wollte, nun da ich hier bin.«

»Meine Aufgabe ist noch nicht erledigt.«

Kol nickte Vekell zu, der vor dem Podest stand. Vekell schritt auf den Goldhort zu, der im Feuerschein glitzerte. Mit einem gezielten Tritt schloss er die Truhe. Das metallische Klirren hallte durch die ganze stille Halle.

Sanft verkündete Kol: »Ich und meine Männer haben entschieden, das es in unserem Interesse liegt, in Calldarington zu bleiben.«

»Das ist nicht notwendig. Ich werde Ranulf aufspüren und ihn selbst erledigen.«

»Ihr selbst seid es, der erledigt ist, Angelsachse.«

Alles Blut wich aus Devons Gesicht. »Was habt Ihr da gesagt?«

Erst jetzt schien er zu bemerken, dass Isabel neben ihm saß, denn er wandte den Kopf in ihre Richtung. »Was hat er gesagt?«

Es machte ihr Freude, ihm in die Augen zu blicken und Worte zu sprechen, die, wie sie wusste, große Angst in seinem Herzen erregen würden.

»Anscheinend hat der Däne vor zu bleiben. Passt das nicht zu den Plänen, die du mit Norsex hast, Vetter?«

Sie schaute ihm über die Schulter, und ihr Blick traf sich mit dem von Kol. Wärme durchflutete sie.

Devon saß wie gelähmt da und hielt die schillernde Hammelkeule mit einer Hand gepackt. Seine vor Fett und Speichel glänzenden Lippen bewegten sich zwar, brachten aber keinen verständlichen Einwand gegen Kols Ankündigung hervor.

Kol lehnte sich auf seinem Stuhl zurück, doch seine Lippen bildeten immer noch eine schmale, harte Linie.

»Ich fordere ...«, begann Devon, aber seine Forderung verwandelte sich in ein Krächzen. Er räusperte sich. »Ich fordere, dass Ihr mir sagt, was Ihr vorhabt.«

Vekell trat neben der Truhe hervor. »Versteht Ihr etwa Eure eigene Sprache nicht, kleiner Mann? Mein Lord spricht sie klar und deutlich.«

»Doch, ich verstehe sie«, spuckte Devon giftig aus, während sein Blick zwischen den beiden Riesen hin und her wanderte. Gereizt warf er den Hammelknochen auf den Boden der Halle. Er landete mit einem dumpfen, fleischigen Laut vor Vekells Füßen. Wie zur Antwort schwelten die Augen des nordischen Riesen golden und heiß.

Devon stand von der Bank auf und wandte sich an Kol. »Ich verstehe nur allzu gut. Ihr habt vor, unseren Pakt zu brechen. Ich will wissen, ob dieser Bruch im Namen der Rache an meinem edlen Vetter Ranulf oder als Angriff gegen mich und die Autorität meines Vaters geschieht.«

Devons untersetzter Körper verbarg Kol zum Teil vor Isabels Blick, doch sie hörte seine Antwort. »Vielleicht ist es beides zugleich.«

Devon stampfte mit dem Fuß auf. »Ich hätte es wissen sollen, dass man Euch nicht vertrauen kann. Verfluchte Söldner! Diebe und Barbaren, ihr alle, und so treulos wie eine gewöhnliche Hure.«

»Ah.« In Kols Lachen lag keine Wärme. »Dann befindet Ihr Euch ja in passender Gesellschaft, Devon of Wyfordon.«

Devon blieb stehen, während alle anderen auf dem Podest noch saßen. Doch seine erhobene Stellung verlieh ihm keinerlei Autorität. Er sah eher wie ein Narr auf einem Fest aus. Wie ein Betrunkener, der mit flegelhaften Späßen und unpassenden Geschichten die Aufmerksamkeit auf sich gelenkt hatte.

Seine Brust hob und senkte sich. Sein Gesicht verzog sich zu einer Grimasse, und er verkündete: »Ich verlange eine Geste des guten Willens von Euch, Nordländer. Eine, die mich von Euren wohlwollenden Absichten gegenüber mir und diesem Königreich überzeugt.«

»Ich glaube, Ihr sorgt Euch nicht so sehr um dieses Königreich oder um irgendein Wohlwollen«, erwiderte Kol. »Sondern um Euer langes Leben an einem Ort, an dem Ihr Euch als Herrscher durchsetzen könnt.«

»Das wusstet Ihr von Anfang an, und Ihr hattet nichts dagegen.« Isabels Vetter hieb mit seiner fleischigen Faust auf die Tischplatte. Einige nordländische Krieger eilten auf das Podest zu. Devon beäugte sie argwöhnisch. »Ihr solltet mir und meinem Vater einen Beweis Eures guten Willens geben. Das verlange ich.«

»Ihr verlangt etwas von mir, einem Barbaren, der von tierischen Trieben und Lust nach Blut und Schätzen beherrscht wird?«

Isabel standen die Haare zu Berge, als sie die beiden Männer über die Herrschaft und Zukunft eines Königreiches streiten hörte, dessen Regent noch lebte. Langsam ließ sie den Blick durch die große Halle schweifen. Sie war angefüllt mit Kols wildesten Kriegern. Im Vergleich dazu wirkten die neu eingetroffenen Angelsachsen zwergenhaft.

Devon schüttelte den Kopf. »Ich habe eine ganze Legion bei mir, die geschworen hat, ihren Lord und das Königreich Norsex mit ihrem Leben zu verteidigen. Ich werde meinen Anspruch durchsetzen.«

»Ach ja, werdet Ihr das?«, fragte Kol leichthin und betrachtete seinen Pokal. »Es gibt jemanden, der berechtigtere Ansprüche hat.«

Isabel rutschte unbehaglich auf ihrem Stuhl hin und her. Sie wusste, dass er nicht von Ranulf sprach, und ein anderer legitimer Thronanwärter kam ihr nicht in den Sinn.

Devon versteifte sich und ballte die Fäuste. »Wer? Ich will seinen Namen wissen. Habt Ihr Euch mit diesem Thronräuber gegen mich verbündet?«

Kol senkte die Stimme. »Er war die ganze Zeit über hier.«

»Nennt seinen Namen.«

»Godric of Norsex. Den verbliebenen Mitgliedern von Ranulfs Rat zufolge ist er sein benannter Erbe.«

»Ein Bastardkind!«

Kol antwortete leichthin: »Geringere Verwandtschaftsgrade haben schon größere Throne gesichert.«

Isabel stieß scharf die Luft aus.

Kol richtete den Blick auf sie. Devon stand so steif da wie ein Baum an einem windstillen Tag. Nur die Schlagader an seinem Hals zeigte an, dass noch Leben durch ihn pulste.

»Wollt Ihr Euch auf Gedeih und Verderb mit einem Kindkönig verbünden?«, spottete er.

»Ich benenne nur die Mitspieler in diesem Spiel.«

Devons Gesicht war nun das eines Mannes am Ende eines schlüpfrigen Seils, auf den tief unten zerklüftete Felsen warteten. Schließlich fragte er mit leiser Stimme: »Was habt Ihr vor?«

»Der Junge wird beschützt und in der Hoffnung darauf erzogen werden, dass er dieses Königreich regieren wird, wenn er alt genug dazu ist. Angelsächsische und nordländische Krieger werden seine Wächter sein.«

Isabel schluckte schwer und bekämpfte die aufquellenden Tränen. Kol wusste, wie sehr sie um Godric fürchtete, und hatte sich entschlossen, die Zukunft ihres Sohnes zu verteidigen.

Doch wo war Ranulfs Platz in einem solchen Plan? Würde Kol auch für ihren Bruder wohlwollende Bedingungen aushandeln?

Neben ihr brummte Devon: »Und was ist mit meinen Wünschen?«

»Ihr werdet der Ratgeber des zukünftigen Königs von Norsex sein«, meinte Kol leichthin. »Das ist keine unwichtige Aufgabe.«

»Dann werde ich in der Übergangszeit herrschen?«, hoffte Devon.

»*Nei*. Ihr werdet Ratgeber sein.« Kol nickte und hob die Brauen. »Ja, ich glaube, das wird für einen Mann mit Euren Bestrebungen ausreichen.«

»Das lehne ich ab. Es reicht mir nicht.«

Kol beugte sich vor, und seine Haltung wurde sofort bedrohlich. »Dann nehmt wieder Euren Platz als Schoßhund Eures Vaters ein, denn Ihr werdet niemals an diesem Ort herrschen.«

Devon stülpte die Unterlippe vor und zog sie wieder zurück, während er die Backen aufblies. »Selbst wenn ich mit der Rolle als Ratgeber einverstanden sein sollte« – er schüttelte den Kopf –, »vertraue ich Euch immer noch nicht. Was würde Euch davon abhalten, mir im Schlaf die Kehle durchzuschneiden? Ich will einen Beweis Eures guten Willens.«

»Eure Forderungen verärgern mich allmählich«, murmelte Kol.

Devon ließ sich wieder schwer auf die Bank sinken. »Hier geht es um mein Leben. Verbündet Euch auf irgendeine Weise mit mir, oder ich werde den Kindkönig nicht unterstützen.« Nervös sah er sich in der großen Halle um. »Vielleicht habe ich nicht genug Krieger, um Euch zu besiegen, aber ich würde die gesamte Legion opfern, nur um Euch zu schwächen, sodass es für die Northumbrier – oder sogar für Ranulf – ein Leichtes ist, Euch zu überrennen und zu besiegen und dann Norsex für sich zu beanspruchen.«

Kol lehnte sich auf seinem Stuhl vor; es sah aus, als wolle er hochspringen und Devon angreifen. »Ihr würdet so viele Leben opfern, nur um Eure Eitelkeit zu befriedigen?«

Devons Oberlippe zitterte. »Ja, das würde ich.«

Nach langem Schweigen fragte Kol: »Wenn mein Wort uns nicht aneinander bindet, was dann?«

Isabel sah ihren Vetter an. Nachdenklich runzelte er die Stirn und schaute sich im Raum um, als könnte er dort die Antwort auf die Frage finden. Schließlich richtete er den Blick auf eine Stelle knapp unterhalb des Podests.

Dort stand Rowena mit einem Weinkrug in der Hand.

»Ihr müsst eine angelsächsische Prinzessin heiraten – eine Frau, die mit mir und dem zukünftigen König von Norsex blutsverwandt ist. Nur dann werde ich Euren Vorschlag kampflos annehmen.«

Die Stille im Raum schien noch dichter zu werden. Schmerzhaft drang sie Isabel in die Ohren. *Ihre Schwester Rowena?* Das würde Kol ablehnen. Sie wartete darauf, es aus seinem Munde zu hören.

Kols Lippen teilten sich. »Ich stimme Eurem Wunsch zu.«

Isabel drehte sich der Magen um. Hatte er sich wirklich einverstanden erklärt?

Isabels Halbschwester errötete. Sie schaute hoch zu dem dänischen Lord und lächelte.

»Aber ich muss darauf bestehen«, fügte Kol hinzu,

»dass Prinzessin Isabel meine Braut wird.« Er blickte an ihrem Vetter vorbei zu ihr und lächelte – viel zu kühn angesichts der augenblicklichen Spannung im Raum.

Vor allem hatte er sie als seine Braut bezeichnet. Isabel konnte sich nicht daran erinnern, je eine solch erregende, tiefe Zufriedenheit verspürt zu haben. Devon schaute ihn finster an. »Prinzessin Rowena ist die Ältere. Sie sollte erwählt werden.«

Rowena blinzelte und sah hoffnungsvoll von dem einen Mann zum anderen. Kol hingegen ließ Isabel nicht aus den Augen.

Vekell trat vor. »Mein Lord hat deutlich gemacht, wen er bevorzugt.« Herausfordernd zog er eine zottige Braue hoch.

Devon zuckte die Achseln. »Dann soll es so sein.« Er packte ein Hühnerbein und schüttelte es gegen Kol. »Aber diese Hochzeit wird schon morgen stattfinden.«

Vekell grinste und rief: »Feiert bis in die Nacht, versammelte Krieger, denn morgen nimmt sich unser Lord eine Braut!«

Zwanzigstes Kapitel

»Eure Schwester scheint ein wenig ungehalten über den Ausgang des letzten Abends zu sein.« Berthilde presste die Lippen zusammen, aber in ihren Augen funkelte es.

»Psst«, warnte Isabel und löste einen Knoten.

In Isabels Gemach saßen sie sich an einem kleinen Tisch gegenüber und besserten die Stickereien an dem Kleid aus, das ihre Mutter an dem Tag getragen hatte, an dem sie zu Aldriths Königin geworden war. Nun würde Isabel dieses wertvolle Kleidungsstück bei ihrer Hochzeit mit Kol tragen. Ihr Herz schlug jedes Mal schneller, wenn sie an die bevorstehende Zeremonie dachte. Liebe kam in ihrer Welt nicht oft vor. Selbst wenn der Tod sie schon morgen von Kol trennen sollte, würde sie doch die Erinnerung an diesen Tag für immer freudig im Herzen behalten.

Wenn nur Ranulf in Frieden zurückkehren und wieder ein Teil ihres Lebens werden könnte, dann wäre ihr Glück vollkommen.

Sie bedauerte es, dass ihr Sohn nicht bei der Hochzeit anwesend sein würde. In der vergangenen Nacht hatte Isabel Kol alles enthüllt, was Ranulf ihr in der Kirche gesagt hatte, besonders was seine Pläne anging, Calldarington anzugreifen und seinen Thron zurückzuerobern. Wegen dieser Bedrohung und der unsicheren Treue von Devons Truppen hatten sie entschieden, dass Godric vorerst in der Abtei in Sicherheit bleiben sollte.

Bei der Ablegung der Ehegelübde würde Kol ein Friedensgebot an Ranulf aussprechen. Hoffentlich begriff Ranulf die Ehre, die darin lag, Norsex Frieden zu bringen. Dann würde er den beiden Völkern erlauben können, friedlich Seite an Seite zu leben. Wenn Kol das Schreckliche vergeben konnte, was ihm angetan worden war, dann würde Ranulf sich bestimmt an ihm ein Beispiel nehmen.

Rowena schmollte auf einem Stuhl in der Ecke. Über ihrem Schoß lag das elfenbeinfarbene Wams, das Isabel heute tragen würde. »Ich hasse Stickereien. Ich hasse all diese schrecklichen Blätter und Beeren.«

Im nächsten Augenblick keuchte sie: »Ich habe mir in den Finger gestochen. Das ist bestimmt ein Omen dafür, dass die Hochzeit nicht stattfinden soll.«

Berthilde stand auf und nahm ihr das Wams ab. »Böses Mädchen! Ihr habt das Kleidungsstück absichtlich besudelt.«

Rowena zog eine Grimasse und sah dabei Isabel an. »Das ist ungerecht! Ich bin die ältere Schwester. Es hat mich zutiefst beleidigt, dass er dich mir vorgezogen hat. Vielleicht hast du ihm schon das Bett gewärmt, aber ich sollte seine Braut sein.«

Isabels Wangen röteten sich. »Rowena ...«

Berthilde unterbrach sie: »Ihr braucht die Eitelkeit Eurer Schwester nicht zu lindern.« Feierlich ergriff Berthilde Rowenas Arm und half ihr, vom Stuhl aufzustehen. »Es ist Zeit, dass Ihr in Eure Gemächer zurückkehrt. Ihr solltet das Glück dieses Tages nicht mit Euren geringschätzigen Eifersüchteleien zerstören.«

»Ich sehe die Herrschaft über dieses Königreich nicht als geringschätzige Sache an.« Rowena stürmte zur Tür. »Es war mein Recht als älteste Schwester, einen Mann von Bedeutung zu heiraten. Ich bin es, die an seiner Seite stehen sollte.«

Isabel legte ihre Nadel auf den Tisch. »Und was ist,

wenn Stancliff zufällig noch lebt und zurückkehrt, um dich wieder zur Frau zu haben?«

»Stancliff? Wieso sollte er noch leben?« Rowena sah sie mit zusammengekniffenen Augen an. Es war, als ob sie spürte, dass in Isabels Worten eine gewisse Wahrheit steckte.

Isabel zuckte die Schultern. »Möchtest du mit dem Dänen verheiratet sein, wenn deine wahre Liebe zurückkehrt?«

»Kleine Schwester, ich lasse mich nicht so sehr von meinem Herzen beherrschen wie du. Und genau deshalb sollte ich es sein, der heute von dem Dänen die Ehe versprochen wird. Ich würde Stancliff sagen, dass eine Frau von meinem Wert sich aus Gründen der Würde mit dem Sieger verbinden muss.«

Isabel nickte und presste die Lippen zusammen. »Ich verstehe.«

Rowena lächelte, aber ihre Mundwinkel zuckten. »Zum Mittag im Hof der Festung. Ich werde da sein.« Böse fügte sie hinzu: »Mit Bändern und Blumen im Haar.«

»Vielen Dank, Rowena«, sagte Isabel.

Als die Tür wieder geschlossen wurde, wandte Isabel ihre Aufmerksamkeit wieder den letzten Blättern am Ärmel zu.

Berthilde heulte.

Isabel sah ihre Kammermagd an. Zu ihrem Entsetzen liefen Tränen an Berthildes Wangen herunter. »Sag mir, Berthilde, was macht dir solche Sorgen? Warum weinst du?«

»Sie ist so grässlich zu Euch.«

Isabel zuckte die Achseln. »Sie ist verdorben. Ich darf nicht zulassen, dass das meinen Hochzeitstag ruiniert.« Sie lächelte und hoffte, die Magd werde ihr Lächeln erwidern. Unter dem Tisch klopfte sie mit den Zehen auf den Boden. Sie trug ein Hochzeitsgeschenk von Kol, ein neues Paar scharlachfarbener Schuhe. Überdies hatte er ihren juwelenbesetzten Dolch gewissenhaft poliert und ihn ihr zurückgegeben, damit sie ihn während der Zeremonie im Gürtel tragen konnte. »Vielleicht besticken wir bald *dein* Hochzeitsgewand. Du empfindest etwas für Thorlekssons Hauptmann Vekell, nicht wahr?«

Berthilde biss sich auf die Lippe und nickte. »Ja.«

»Das ist gut. Solche Verbindungen werden den Frieden zwischen unseren Völkern bringen.« Isabel zog den letzten Knoten am Ärmel fest und schnitt den Faden durch. »Die Nordleute haben deutlich gemacht, dass sie Frieden wollen. Wir sollten uns nicht vor ihnen fürchten.«

»Es sind nicht die Nordleute, vor denen ich mich fürchte, Mylady.«

Isabels Lächeln verblasste. »Vor wem hast du denn Angst?«

»Vor Eurem Bruder, Mylady. Vor Ranulf.« Berthildes Stimme wurde heiser. Ihr Gesicht legte sich in Falten, und Tränen drangen aus den nun fest geschlossenen Augen.

»Nein, meine Freundin.« Mit dem Aufschlag ihres Ärmels wischte Isabel Berthildes Tränen fort. »Warum fürchtest du dich vor Ranulf? Ist er dir kein ehrenwerter König gewesen? Dir und dem ganzen Volk von Norsex?«

»Ja, das war er.« Sie drückte ihr Gesicht gegen Isabels Handfläche, als ob sie eine schreckliche Schuld zu verbergen versuchte.

»Warum zitterst du dann so?«

»Weil er Euch kein ehrenwerter Bruder gewesen ist.«

Isabel legte die Nadel auf den Tisch. Sie nahm den Faden auf und wand ihn sorgfältig auf die Haspel. Mit trockenem Mund fragte sie: »Was meinst du damit?«

Berthilde rang die Hände im Schoß und schaute hoch zur Decke. Tränen rannen ihr über die Wangen. »Ranulf war mein König. Er hat mir befohlen, zu schweigen. Ich hatte so große Angst.« Sie sah Isabel in die Augen. »Als Eure Freundin hätte ich es Euch schon längst erzählen sollen.«

Nun dachte Isabel an nichts anderes mehr. »Was hättest du mir erzählen sollen, Berthilde? Du musst es jetzt sagen.«

»An jenem Morgen … nachdem Ihr gestanden hattet, dem Dänen bei der Flucht aus dem Verlies geholfen zu haben, rief Ranulf mich in seine Gemächer.«

»Rede weiter«, bedrängte Isabel sie mit bleierner Stimme.

»Er befahl mir, Schlafkräuter in Euren Wein zu mischen.«

Vor Isabels Fenster zog eine Wolke an der Sonne vorbei und verringerte die frühlingshafte Wärme im Zimmer. Isabel erzitterte. »Schlafkräuter?«

»Er war so wütend über die Flucht des Dänen. Ich habe ihn nie zuvor und auch später nicht mehr in einem solchen Zustand gesehen.« Berthilde schluckte und drückte sich die flache Hand gegen die Brust, als ob sie ihr wie rasend schlagendes Herz beruhigen wollte. »Also habe ich seiner Anweisung gemäß die Kräuter für Euren Abendwein gekocht.«

Isabel erinnerte sich an kaum etwas aus dieser Zeit und hatte die fehlenden Erinnerungen und ihre damalige Mattigkeit ihrem Leid zugeschrieben.

Berthilde zupfte an ihren Ärmeln. »Damals hattet Ihr den Kopf voller Unfug. Ihr seid um die Festung herumgewandert und auch um das Dorf, sogar in der Dunkelheit. Ich wollte nur, dass Ihr in Sicherheit seid. Und dass Ihr Euch benehmt.«

Isabel wurde das Herz schwer, doch zugleich empfand sie eine außerordentliche Erleichterung, als sie nun endlich eine mögliche Erklärung für das hörte, was ihr damals zugestoßen war. War der Angriff auf sie während jener Zeit des tiefen, künstlichen Schlafes erfolgt?

Laut sagte sie: »Das hätte ich gern früher gewusst, aber quäle dich nicht deswegen. Manchmal grenzte Ranulfs Fürsorglichkeit an Tyrannei. Was du auf seinen Befehl hin getan hast, war nichts Furchtbares.«

»Nein, Mylady, das allein war es nicht«, schluchzte Berthilde und legte sich die Hände vor die Augen. »Aber ich habe Angst, dass Ihr das, was ich Euch jetzt sagen werde, nicht so leicht vergessen werdet.«

Als Isabel dies hörte und sah, dass die Magd völlig aufgelöst war, wurde sie etwas besorgter. »Dann sag es mir. Ich muss zuerst dein Geständnis hören; erst dann kann ich entscheiden, was ich damit anfange.«

»Ein paar Nächte nach der Flucht des Dänen wart Ihr immer noch in Eure Gemächer eingeschlossen. Der König hatte Lady Rowena befohlen, unten zu schlafen, damit Eure ungestörte Ruhe und Genesung sichergestellt war. Nachdem Ihr eingeschlafen wart und ich wusste, dass Ihr nicht vor dem nächsten Morgen aufwachen würdet, verließ ich die Festung, um meine Schwester im Dorf zu besuchen. Ihr Kind sollte sehr bald zur Welt kommen.«

»Das ist doch in Ordnung. Ich hätte gewollt, dass du gehst.« Isabel klopfte ihr beruhigend auf den Arm.

»Bitte hört mir zu, Mylady. Ich will, dass Ihr alles erfahrt.«

Es entstand ein langes Schweigen, während Isabel ihrer Magd in die verweinten Augen schaute. »Fahre fort, wenn du willst.«

Berthilde schluckte schwer. »Als ich zurückkam, fand ich Ranulf bei Eurem Bett vor.«

Als Isabel das hörte, hatte sie kaum mehr genug Kraft, um etwas zu entgegnen. Jedes Wort blieb ihr in der Kehle stecken. »Was meinst du mit *bei meinem Bett*?«

Berthilde schaute hinüber auf das Lager, als ob sie sich nun erinnerte. Tränen strömten aus ihren Augen. »Er kauerte innerhalb des Bettvorhangs und betrachtete Euch, während Ihr schliefet. Als er mich eintreten hörte, zog er sich natürlich zurück. Ich glaubte, er wäre gekommen, um sich selbst von Eurem Zustand zu überzeugen, doch er wurde sehr wütend auf mich. Er befahl mir, Stillschweigen darüber zu bewahren, dass ich ihn gesehen hätte.«

Nun glitzerten auch auf Isabels Wangen Tränen. »Sicherlich ist das alles, was passiert ist.«

Berthilde bekam einen Schluckauf. »Aber Mylady, es gab noch andere Nächte, in denen ich ins Dorf gegangen bin. Was ist, wenn er Godrics …«

»Sag es nicht.« Isabel wandte sich zum Fenster.

»Es tut mir so leid, Mylady.« Isabel spürte Berthildes Hand auf ihrer Schulter. »Wie alle anderen, so habe auch ich den Dänen als den Schuldigen angesehen. Wenn ich geglaubt hätte, dass Ranulf … nun, dann hätte ich niemals so lange geschwiegen.«

Isabel schloss die Augen, weil sie keine Tränen vergießen wollte. Würde sie jemals erfahren, was damals geschehen war? Nur ein Gespräch mit Ranulf würde ihr eine Antwort darauf geben.

Isabel ergriff die Hand ihrer Kammerdienerin. »Zwischen uns beiden ist alles gut, Berthilde.«

»Euer Wams ist fertig. Es ist bald Mittag«, antwortete Berthilde mit schwacher Stimme.

»Ja, wir sollten die letzten Vorbereitungen treffen. Heute werde ich verheiratet.« Sie wollte nicht zulassen, dass Berthildes dunkle Enthüllung den Frieden zerstörte, den Kol in ihr Leben gebracht hatte.

Am Mittag begab sich Isabel, begleitet von Berthilde und Rowena, in den Hof. Die drei Frauen trugen ihre besten Kleider. Über ihnen wölbte sich der strahlend blaue Himmel. Obwohl der Tag zum Glück eher frühlingshaft als winterlich war, lag noch eine spürbare Kälte in der Luft.

Isabel bemerkte ein Ziehen an ihrem Ärmel. »Warte, Schwester.«

Rowena schürzte die Lippen und sagte dann: »Ich hätte heute Morgen nicht so ungehobelt sein dürfen. Es kann halt nicht alles nach meinem Willen gehen.« Sie lächelte und richtete Isabels Schleier. »Du sollst mit dem Wissen in diese Ehe gehen, dass ich dir alles Gute wünsche.«

Zu Isabels Überraschung umarmte Rowena sie.

Berthilde drängte leise: »Mylady, Euer Bräutigam wartet.«

*

Kol sah, wie Isabel den Garten mit ihren Blicken absuchte und dabei die Menge der Versammelten betrachtete. Dann wandte sich ihr Blick ihm zu. Liebe erglühte so stark darin, dass er Gottes Vergebung und die aller Menschen für jene Sünden spürte, die er während seines Erdendaseins begangen hatte.

Pater Janus trat vor. Kol sah Zustimmung, wenn nicht gar Freude im Lächeln des Priesters.

»Sollen wir anfangen?«, fragte der Mann und nahm seinen Platz auf den Stufen vor dem Altar ein.

»Ja«, antwortete Isabel und schritt auf ihn zu.

Devon trat an ihre Seite. Kol hätte beinahe laut aufgelacht, denn mit herabgezogenen Mundwinkeln und zusammengekniffenen Augen legte sie ihre Hand auf seinen Arm und erlaubte ihrem Vetter widerwillig, sie zum Altar zu geleiten.

Als sich die Menge beruhigt hatte und die einzigen Geräusche das Zwitschern der Vögel und das ferne Anbranden der Wellen waren, räusperte Devon sich und verkündete: »Ich, Devon of Wyfordon, gebe meine Kusine, die Prinzessin Isabel of Norsex, in die Ehe.«

Isabel wischte sich ihre nun wieder freie Hand an ihren Röcken ab und griff mit frischem Lächeln nach Kols. Ein Blick in ihre Augen reichte aus, um Devon und Ranulf zu vergessen. Nun schenkte er Isabel seine ungeteilte Aufmerksamkeit.

»Willst du diese Frau, Isabel of Norsex, im Namen des Herrn als deine Frau annehmen?«

Kol drückte Isabels Hände. Mit leiser Stimme sagte er: »Ich nehme dich, Isabel of Norsex, zu meiner Frau, im Namen Gottes.«

Isabel wiederholte denselben Eid, und dann segnete Pater Janus einen Ring mit Weihwasser.

Kol nahm den Ring und betrachtete ihn mit einer Feierlichkeit, die er nie zuvor gespürt hatte. »Ich hatte nie geglaubt, einmal die Liebe zu finden«, flüsterte er Isabel zu.

»Dann macht bitte weiter«, drängte Vekell, und überall um ihn herum erhob sich Lachen.

»Im Namen des Vaters.« Kol legte den Ring auf ihren Daumen. »Und des Sohnes.« Sanft schob er ihn hinüber zu ihrem Zeigefinger. »Und des heiligen Geistes.« Er steckte den Ring an ihren Mittelfinger; das Gold glitzerte im Sonnenlicht.

Pater Janus begann mit dem Segen, doch plötzlich ertönte vom Bollwerk her der Ruf eines Wächters.

Ein Horn erschallte leise und fern.

Jenseits des Hofes erhob sich der Kriegsschrei eines

ganzen Heeres. Kols Blut gefror. Isabels Miene der Feierlichkeit löste sich auf und wich einem Ausdruck der Angst. Die Gäste stoben davon.

»Komm«, befahl er. Hastig geleitete er sie vom Garten in den Hof.

Rowena folgte ihnen. »Was ist los? Greift Ranulf an?«

»Mein Lord!«, rief jemand und lenkte Kols Aufmerksamkeit ab.

Draußen vor den Mauern, aus der Richtung des Dorfes, ertönten Angstschreie und das Jammern von Kindern.

»Bleibt hier, bis ich zurückkomme.« Kol kletterte auf das hölzerne Bollwerk.

Ragi lief auf ihn zu. »Es ist Ranulf, mein Lord. Und bei ihm ist ein Söldnerheer, das so stark wie unser eigenes ist.«

Kol schaute über das Land, welches das Dorf umgab. Hundert, vielleicht auch zweihundert Männer drangen aus dem Wald. Wollte das Schicksal ihm nicht einmal eine Stunde des Friedens gewähren? Er blickte die Treppe hinunter, sah in Isabels Augen und erkannte, dass sie begriff. Sie würden keine Gelegenheit erhalten, Ranulf ein Friedensangebot zu unterbreiten. Ihr Streit würde im Kampf entschieden werden.

Er stieg die Stufen hinunter. Bevor Isabel etwas einwenden konnte, drückte er seine Lippen auf ihre und übergab sie danach der Obhut eines jungen Soldaten. »Bring deine Lady in das tiefste Verlies der Festung und verteidige sie mit deinem Leben.« Zu Isabel sagte er: »Mit Gottes Hilfe werde ich dich wiedersehen.«

*

»Das ist bestimmt Ranulf!« Ein Lächeln kräuselte Rowenas Lippen.

»Wie rasch deine Treue vom einen zum anderen wandert!«, rief Isabel.

»Meine Treue?« Rowena versetzte Isabels Schulter einen plötzlichen Schlag. »Gestehe erst einmal deine eigenen Sünden, Schwester.«

Isabels Herzschlag beruhigte sich wieder. »Was ich empfinde, ist keine Sünde, sondern Liebe. Selbst wenn Kol heute sterben sollte, wird meine Treue immer ihm gelten.«

Der Krieger führte sie über eine dunkle Treppe hinunter ins Gefängnis.

Ein beißender Gestank erfüllte Isabels Nase. »Ich rieche Rauch.«

Ein Zischen von Metall ertönte. Der Krieger stöhnte auf und brach auf dem Lehmboden zusammen. Bevor sich Isabel neben ihn knien konnte, erschienen etliche ungeschlachte Riesen. Ruß und Schmutz bedeckte ihre Haut und reichte bis zu ihren gelben Zähnen Um ihre Körper hatten sie verfilzte Tierhäute geschlungen.

Rowena kreischte auf. Isabel zog ihren Dolch.

»Senk die Klinge«, befahl eine Stimme aus der Finsternis. »Deine Rettung ist da.«

Einundzwanzigstes Kapitel

Stancliff trat aus der Dunkelheit. Er hatte den Helm aufgeklappt, sodass sein Gesicht deutlich erkennbar war, und streckte eine in Leder gehüllte Hand aus. Die andere hatte er um ein blutiges Kurzschwert gelegt. »Komm, ich bringe dich in Sicherheit. Dein Bruder erwartet dich bereits.«

»Stancliff!«, rief Rowena. »Mein Geliebter, du lebst!« Sie eilte vor und schlang die Arme um seinen Hals. Isabel stand steif daneben, als Stancliff ihre Schwester heftig und fest küsste. Offensichtlich hatte die Hitze der Schlacht seine Begierde entzündet.

Im nächsten Augenblick befahl er den beiden, ihm in die Finsternis zu folgen. Er hielt Isabels Handgelenk fest gepackt.

Isabel überlegte, ob sie sich gegen ihn wehren oder ob sie hier bleiben und an Kols Seite kämpfen sollte, egal was kommen mochte. Doch nach dem, was Berthilde ihr an diesem Morgen offenbart hatte, verspürte sie großes Verlangen, Ranulf gegenüberzutreten.

Sie musste ihn sehen. Sie musste die Wahrheit erfahren. Also erlaubte sie, dass sie abgeführt wurde.

Plötzlich schoss der Arm eines Mannes aus einer der Zellen. Isabel erkannte durch die Gitterstäbe hindurch Aikens Gesichtszüge.

»Lasst mich frei«, bat er. »Ich muss das Schwert ergreifen und an der Seite meiner angelsächsischen Brüder kämpfen.«

Ohne zu zögern, riss sich Isabel aus Stancliffs Griff los und eilte zu den Schlüsseln, die an einem nicht weit entfernten Haken hingen. Zwar hielt sie Kol die Treue, aber sie wünschte Aiken nichts Böses. Kurz darauf stand er im Gang neben ihnen.

»Wir müssen nach draußen«, drängte Stancliff. »In der Festung ist es für uns nicht sicher.«

Aiken humpelte neben ihnen her, während sie hinauseilten. In dem Versuch, sich Zutritt zu der Festung zu verschaffen, hatte sich das Heer ihres Bruders einen Weg durch den versiegelten Geheimgang geschlagen und gebrannt. Der Rauch von verkohltem Holz hing schwer in der geschwärzten Höhle. Stancliff zog Isabel an sich, so wie er auch ihre Schwester hielt, und führte sie durch ein schartiges Loch auf das Licht und die in vollem Gange befindliche Schlacht zu.

Stancliff zerrte Isabel und Rowena in den Schutz einer Hecke und meinte: »Wir überqueren das Feld und gehen in den Wald.«

Aiken rief: »Wenn es Gottes Wille ist, werde ich euch in diesem Leben wiedersehen. Ich bleibe hier und kämpfe.«

Stancliff warf ihm eine Streitaxt zu. Bevor Isabel ihm Lebewohl sagen konnte, war Aiken bereits im Kampfgetümmel verschwunden.

Stancliff drängte sie vorwärts, auf das Schlachtfeld zu. Riesenhafte Krieger rannten herbei und bildeten ihre Eskorte.

»Wer sind diese Männer?«, fragte Isabel.

»Söldner aus dem Norden.«

Als Isabel aufkeuchte, erklärte er: »Ja, es sind Nordmänner, und sie sind weitaus erbarmungsloser als Thorlekssons Kämpfer.«

Überall um sie herum herrschte Gewalt. Waffen schlugen auf Fleisch und Holz. Mehr als nur ein Schrei des Entsetzens drang von Isabels Lippen, als sie sich einen Weg durch das Getümmel bahnten, wobei sie an allen Seiten von den nordischen Soldaten verteidigt wurden.

Stancliff eilte mit ihnen fort vom Meereshafen und erstieg einen zerklüfteten Felsen, der sich neben Calldarington in den Himmel erhob. Auf dem Gipfelplateau hasteten sie zwischen die Bäume. Bald verblassten die Laute der Schlacht. Stancliff geleitete sie nordwärts, wie Isabel erwartet hatte, und trieb sie einen steilen Hang hoch, der zu den Höhlen führte.

Der Boden unter Isabels Füßen stieg steil an. Sie und Rowena rutschten immer wieder aus, doch Stancliff half ihnen zur Spitze hinauf. Nachdem sie eine schmale Böschung überwunden hatten, brachte er sie zum Eingang einer Höhle. Am Rande des Vorsprungs umstanden angelsächsische Offiziere ihren Bruder. Gemeinsam beobachteten sie den fernen Kampf und berieten über ihre Strategie.

Ein Krieger rannte an den Neuankömmlingen vorbei; sein Helm war blutig. Er fiel vor den Strategen auf die Knie und verkündete: »Der Angriff war erfolgreich. Wir sind in die Festung eingedrungen.«

Ihr Bruder nickte mit ernstem Gesicht und richtete den Blick auf Isabel. Sie sah das Funkeln in seinen Augen und die schmale Linie seiner zusammengekniffenen Lippen und erkannte, dass etwas Schreckliches in ihm brodelte. Ihr blieb keine Möglichkeit, weiter darüber nachzudenken, denn Stancliff führte sie und ihre Schwester nun an einigen Wachen vorbei in die Höhle.

Ohne Vorwarnung wurde Isabel heftig nach vorn gestoßen. Sie wäre beinahe auf den Steinboden gefallen, aber sie konnte sich gerade noch fangen. Sie wirbelte herum und war verärgert über Stancliffs unerklärliche Grobheit. Rowena hielt er noch im Arm.

»Stancliff?«, rief ihre Schwester. Sie drückte gegen seine Hand und versuchte offenbar verzweifelt, sich von ihm loszumachen. »Du tust mir weh!«

»Hast du etwa nicht versucht, mir wehzutun, meine Geliebte?« Brummend schob er sie zu Isabel. Mit feurigen Augen sah er die beiden an. »Antwortet eurem König.«

»Ja«, knurrte eine Stimme hinter ihm. Isabel spannte sich an. Stancliff trat beiseite, und da stand Ranulf. Seine Rüstung glänzte silbern im schwachen Licht. »Antwortet eurem König.«

Isabel schwieg, ihre Schwester hingegen nicht. »Ranulf, liebster Bruder, mein König.« Sie eilte vor und fiel auf die Knie. »Gott wird dir den Sieg über die Heiden gewähren. Ich habe darum gebetet.«

»Wann hast du gebetet, Schwester?« Ranulf beugte sich nicht zu ihr hinunter. Er senkte nur den leidenschaftslosen Blick und betrachtete ihren Kopf. Leichthin fuhr er mit dem Finger über ihre Wange, aber in seinen Augen lag keinerlei Zuneigung. »Als du neben unserem verräterischen Vetter Devon of Wyfordon gestanden hast, um der Hochzeit des Dänen und unserer Schwester zuzusehen? Einem Mann, den du gern selbst als Gemahl gehabt hättest?« Er steckte den Finger in die Blumenkrone und riss sie ihr vom Kopf. Rowena schrie kurz auf, hielt sich den Kopf und schluchzte.

»Ja, ich habe meine Spione. Deine Enttäuschung über die Verbindung unserer Schwester ist durchaus bemerkt worden.« Mit dem Stiefelabsatz stieß Ranulf die Blütenblätter in den Dreck.

Sein heißer Blick richtete sich auf Isabel. »Und du …«

Isabel trat einen Schritt zurück.

»Lass uns allein!«, brüllte Ranulf.

Stancliff stand stocksteif am Eingang. Er betrachtete Isabel; sein Gesicht war so düster wie das von Ranulf. »Mein Lord, wir befinden uns mitten in der Schlacht um die Herrschaft über Norsex.«

»Ich bin mir der Lage bewusst.« Ranulf wandte den Blick nicht von Isabel ab. »Lasst uns jetzt allein.«

Stancliff stürzte an Isabel vorbei und ergriff Rowenas Arm. Er riss sie auf die Beine und zerrte sie aus der Höhle.

Nun richtete Ranulf seine ganze Wut auf Isabel. Er schritt auf sie zu, Gewalt flackerte in seinen Augen, doch Isabel empfand ebenfalls Wut. Sie würde keine Zeit damit verschwenden, sich zu verteidigen, wo es doch Ranulf war, dem der Prozess gemacht werden sollte.

Sie wich vor ihm zurück und stellte sicher, dass sie außerhalb seiner Reichweite blieb. »Sag mir, ob es stimmt, *Bruder*. Bist du der Vater meines Sohnes?«

Ranulf erstarrte mitten in der Bewegung. Er erblasste, als ob sie ihm die Luft aus der Lunge gestohlen hätte. »Was?«

»Antworte mir.«

Nach einer Ewigkeit flüsterte er: »Bei Gott, nein.«

Isabel schluckte schwer, zwang aber die bösen Anschuldigungen über ihre Lippen. »Ich weiß von dem Guckloch.« Ihre Stimme schwankte. »Und von deinen Besuchen in meinem Zimmer, während die Schlafkräuter mich hilflos gemacht hatten.«

Schockiert riss Ranulf die Augen weit auf; es wirkte beinahe so, als wäre er von einem Speer durchbohrt worden. »Ich habe dich nie berührt.«

»Lüge mich nicht an.« Rasch trat Isabel vor. Sie musste seine Augen sehen. Sie musste sehen, ob er log oder die Wahrheit sagte.

Doch zu ihrem Entsetzen wich Ranulf vor ihr zurück

und kauerte sich gegen die Höhlenwand, als ob er die Schwere ihrer Anklage nicht ertragen könnte. »Beim Blute Gottes, ich schwöre es. Niemals.«

Es verblüffte sie, den großen Kriegerkönig durch ein paar Worte aus ihrem Munde besiegt zu sehen. Ihre Stimme wurde schrill. »Wenn du unschuldig bist, warum verkriechst du dich dann?«

»Ich habe so sehr darum gekämpft, mein Verlangen nach dir zu unterdrücken. Ich habe um Hilfe zu Gott gefleht, aber er hat mich der Sünde überlassen.« Ranulfs Augen glänzten vor Verzweiflung. Er bedeckte seinen Mund, als steckten darin tausend Geheimnisse. Doch dann erhob er sich und kam auf sie zu. »Aber ich habe dich nicht entehrt. *Niemals!* Meine Liebe zu dir übersteigt jede Leidenschaft, und ich ehre die Gebote Gottes, wenn auch vielleicht nicht in meinem Herzen, so doch in meinen Taten. Sag mir, Schwester, ist das der Grund dafür, dass du dich von mir abgewandt hast?«

Sie drückte sich mit dem Rücken gegen die Steinwand. Noch nie hatte sie solche Angst verspürt wie jetzt. Ranulf schien wahnsinnig zu sein. Isabel zuckte zusammen, als er die Hand auf ihre Wange zu bewegte. Sofort ballte er sie zur Faust, denn Ranulf erlaubte sich nicht, Isabel zu berühren.

»Natürlich«, flüsterte er matt. »Du musst mich ekelhaft finden.«

»Ja, das stimmt. In den Augen der Kirche und in meinem Herzen warst du mein Bruder.«

In einem plötzlichen Ausbruch von Gewalt warf er sie gegen die Steinwand. »Wenn ich schon für meine Sünden verdammt werde, warum sollte ich sie dann nicht auch begehen?«

Isabel versuchte ihn wegzuschieben. Ihr Atem ging in kurzen Stößen. »Nimm deine Hände von mir.«

»Ich begehre dich, Isabel, so wie ein Mann eine Frau begehrt. So lange habe ich mich nach dir gesehnt und dabei doch gewusst, dass wir niemals zusammen sein können.«

»Du bringst Schande über dich«, rief Isabel und wandte das Gesicht ab. Das Blut erstarrte ihr in den Adern, als sein kalter und feuchter Kuss ihre Wange traf. Sie drückte ihn so weit weg, dass sie in das Innere der Höhle entweichen konnte.

Ranulf verfolgte sie. »Wegen meiner Sünden hat sich Gott von mir abgewandt, und ich fürchte seine Strafe nicht mehr. Warum sollte ich auch, wo ich doch bereits Tag für Tag unter ihr leide?«

Isabel sah, dass Ranulfs Waffen ordentlich an der Wand aufgereiht waren, und sie ergriff einen kleinen Streitkolben. »Lass mich gehen.«

»Tu dein Bestes. Ich verdiene sicherlich den Tod für das, was ich getan habe.«

In Isabels Gedanken formte sich das Bild eines lächelnden Kindbruders, eines Bruders, der auf dem Schoß seines Vaters gesessen und helle Freude mit seinen Spielzeugsoldaten gehabt hatte, so wie Godric nun. Sie konnte ihn einfach nicht vergessen. Isabel drohte an ihren Gefühlen zu ersticken. »Nein, Ranulf. Es ist noch nicht zu spät. Komm, wir gehen zu Pater Janus. Er kann dir helfen.«

Ranulf schritt an der gegenüberliegenden Höhlenwand entlang, kam langsam auf sie zu und fuhr dabei mit der Hand über den grauen Fels.

»Ich habe dich immer geliebt, Isabel. Ich habe auf den Tag gewartet, an dem ich dasselbe Licht in deinen Augen sehen würde, das ich auch in meinen spürte. Ich wusste, dass wir keine rechtmäßige Verbindung eingehen konnten, aber es hätte eine heimliche Liebe sein können. Es wäre sinnlos gewesen, wenn du einen anderen Mann geheiratet hättest. Dadurch hätten wir nur mächtige Männer angelockt, die Norsex als ihr Eigentum haben wollen. Wir hätten einander in heimlicher Freude lieben können und damit das Erbe unseres Vaters geschützt.«

»Nein.«

»Ich habe dich und diesen Ort so sehr geliebt. Und als ich fürchtete, dass er mir weggenommen wird …«

»Dass er dir weggenommen wird?«

Ranulf blieb stehen und flüsterte: »Da habe ich ihn umgebracht.«

Isabel gefror das Blut. »Wen hast du getötet?« Doch sie kannte die Antwort bereits.

»Unseren Vater.«

Ein Schrei verkrallte sich in Isabels Kehle. Aber sie unterdrückte ihn, denn sie wusste, dass ihre Hysterie ihn über den Rand des Abgrunds hinwegtreiben könnte.

»Warum?«

»Du kennst mein Geheimnis bereits, Isabel. Ich war nicht sein richtiger Sohn.« Traurig schüttelte er den Kopf. »Ich habe so sehr versucht, ihm zu gefallen und zu dem Sohn zu werden, den er sich immer gewünscht hatte. Aber irgendwie muss ich sein Missfallen erregt haben. Ich habe ihn von ganzem Herzen geliebt, aber er wollte mich verstoßen und einen anderen Erben benennen.«

»Nein. Das hätte er niemals getan. Vater hat dich geliebt. Selbst wenn du nicht sein leiblicher Sohn warst …« Isabel erinnerte sich genau. Ihr Vater hatte Ranulf vergöttert und ohne jeden Zweifel geglaubt, dass Ranulf Norsex in eine sonnige Zukunft führen würde.

»Warum hat er dann diesen verdammten Dänen gerufen?« Er spuckte die nächsten Worte aus, und sein Gesicht war verzerrt vor Neid. »Deinen geliebten Söldner?«

Gerufen.

»Es stimmt, Isabel. Nur durch Zufall habe ich Vaters Brief an Ugbert zu Gesicht bekommen. Darin enthüllte er seinem Bruder seinen Willen, den *Thronräuber* …« Ranulfs Hand zitterte, als er sie hob, um sich den Schweiß von der Oberlippe zu wischen. »So hat er mich genannt, Isabel. *Den Thronräuber*.«

»Ranulf!«

»Er lag doch schon im Sterben, Isabel.« Ranulfs Augen erloschen, als stünden sie im Einklang mit seiner Behauptung. »Ich habe nur ein wenig nachgeholfen.«

»Um dir deinen Platz als Erbe zu sichern.«

»Jawohl.« Das Feuer in seinen Augen flackerte wieder auf. »Und niemand weiß es. Niemand. Niemand außer diesem Dänen.«

»Kol wusste es ebenfalls nicht.«

»Doch.« Ranulf schluchzte beinahe. Er fuhr sich mit der Hand über die Wangen, und seine Gesichtszüge verzerrten sich. »Ich habe die Verdammnis in seinen Augen gesehen, als er mich angeschaut hat.«

»Ist das der Grund, warum du ihn gefoltert hast?«

Mit einem kehligen Jammern hielt sich Ranulf die Fäuste vor die Augen. »Immer wenn er mich angesehen hat, habe ich gespürt, dass er um meine Sünden wusste, dass er um den Vatermord wusste, der an meinem Herzen genagt hat.«

Isabel sah ihm zu, wie er in der Höhle umherlief und seine Ängste von sich schleuderte, damit sie diese hören konnte – Ängste, die er so lange für sich behalten hatte. »Am nächsten Tag hätte ich ihm die Augen ausgestochen, denn sie haben mich die ganze Nacht in meinem Bett verfolgt. Aber am Morgen war er verschwunden. Befreit worden. Von dir.«

Isabel drückte sich gegen die Höhlenwand. Sie wusste, dass Ranulf ihr niemals erlauben würde, die Höhle mit dem Wissen um das zu verlassen, was er getan hatte. Sie würde hier sterben.

Langsam ging er auf sie zu. »Er wollte mir alles nehmen, Isabel.«

Von draußen drangen Rufe und das scharfe Geräusch von Pfeilen, die gegen den Fels prallten. Unvermittelt sprang Ranulf sie an. »Ich werde dich eher töten, als dass ich ihm erlaube, dich zu bekommen.«

Isabel war so abgelenkt von den Geräuschen außerhalb der Höhle, dass sie seinem plötzlichen Griff nicht mehr ausweichen konnte. Sie kreischte auf, als er eine Klinge über ihr erhob.

Eine Hand verhinderte sein Zustoßen.

»Ranulf!« Stancliffs Stimme erklang über ihnen. »Mein Gott, was tut Ihr da?« Mit einem Fluch zerrte Stancliff Ranulf weg. Isabel rannte auf den Höhleneingang zu.

Dort blieb sie stehen. Eine große Männermenge stürmte den Berg hoch. Es waren Angelsachsen und Dänen. Und dort, ganz vorn, war Kol. Er trug keinen Helm. Das Haar flog ihm wild um den Kopf, wurde von der Kraft seiner Bewegungen und des Windes hin und her geworfen. Überall um ihn herum fielen die Gegner; sie waren Opfer seiner Raserei.

Plötzlich hielt er inne, schaute den Felsen hoch, und sein Blick traf den von Isabel. Sie hob die Hand …

Und wurde von den Beinen gerissen. Eine Lanze prallte gegen ihren Unterleib. Sie keuchte auf, konnte nicht mehr atmen.

Ein gewaltiger Nordländer, einer von Ranulfs Söldnern, trug sowohl sie als auch Rowena auf den Waldrand zu.

»Wir sind in Sicherheit. Er hat den Befehl, uns zu beschützen«, ächzte Rowena. Ihre Lippen waren fast blau vom erstickenden Griff des Norwegers.

Sie bewegten sich in den Wald hinein. Um sie herum schwankte und taumelte die Welt, und bald wusste Isabel nicht mehr, wo sie sich befanden.

Der Söldner warf sie zu Boden. Isabel rollte gegen einen Baumstamm, genau wie Rowena neben ihr.

Isabel bekam eine Gänsehaut, als sie das leise Lachen des Norwegers hörte. Warum lachte er so? Die Antwort darauf erhielt sie sehr bald.

Wie ein Bär, der nach Beute sucht, streckte der Soldat eine fleischige Pranke aus und packte ihre Schwester. Mit einer raschen Bewegung zerriss er ihr Hemd. Rowena schrie auf.

Wie rasend suchte Isabel den Boden nach irgendeiner Waffe ab. Sie krümmte sich, als sie Rowenas Schreie und abermals das Reißen von Stoff hörte.

Verzweifelt ertasteten ihre Hände einen großen Stein, der so schwer war, dass sie ihn nicht anheben konnte. Wieder hörte sie das Lachen tief aus der Kehle des Mannes. Diesmal führte es dazu, dass sie nicht vor Furcht, sondern vor Wut zitterte.

Sie würde es nicht zulassen, dass ihre Schwester von diesem üblen Tier vergewaltigt wurde. Schon ein einziger Frauenschänder auf dieser Erde war einer zu viel, und wenn sie alle auslöschen musste, einen nach dem anderen, dann würde sie nun damit anfangen.

Mit plötzlicher Stärke schrie Isabel auf, hob den Stein in die Luft, über ihren Kopf.

Auf dem Boden hielt das Tier Rowenas Hände über ihrem Kopf fest und versuchte, ihre ausschlagenden Schenkel mit dem Knie zu spreizen.

Isabel taumelte unter dem Gewicht des Steins. Das Tier hatte nur Augen für seine Beute und bemerkte Isabel nicht. Ein Lächeln legte sich um ihre Lippen.

Sie stellte sich fest auf den Boden, nahm ihr Ziel ins

Visier und warf den Stein, der einen Bogen beschrieb. Er landete auf dem Kopf des Wikingers und belohnte ihre Ohren mit einem befriedigenden Knirschen. Rowena brüllte auf.

Der Stein fiel vom Schädel des Feindes herunter und rollte zur Seite, während der Söldner auf Isabels Schwester zusammenbrach.

»Ich bin hier, Rowena.« Isabel bückte sich und zerrte Rowena unter dem bewusstlosen Fleischberg hervor. »Er wird dir nichts mehr tun.«

Rowena kreischte immer noch, selbst nachdem Isabel sie befreit hatte. »Er wollte … er wollte …«

»Ich weiß, ich weiß. Aber er wird es nicht mehr tun können.«

»Ist er … tot?«

»Keine Ahnung.« Isabel warf einen Blick auf den Riesen. »Ich glaube schon.«

»Ich kann seinen Anblick nicht ertragen.« Als ob sie ihren Abscheu noch einmal verdeutlichen wollte, kreischte Rowena wieder auf.

Isabel konnte dieses Gekreisch nicht mehr ertragen und stellte sich vor ihre Schwester, sodass sie den Mann nicht mehr sah. »Beruhige dich, Schwester. Wir müssen überlegen, was wir jetzt tun.«

Plötzlich riss Rowena die Augen auf. Ein Schatten fiel über sie.

Rowena schrie aufs Neue.

Schmerzen fuhren in Isabels Kopfhaut; es war, als ob ihr die Haare vom Kopf gerissen würden. Über ihr bewegte sich der Himmel in kurzen, jähen Sprüngen. Der Riese riss an ihren Haaren. Schmerz schoss an ihrem Rücken entlang, als sich spitze Steine in ihren Schädel und Rücken bohrten. Verzweifelt schlug sie die Finger und Fersen in den Erdboden.

Er hielt an und hockte sich über sie. Die Lippen hatte er zu einem bösen Lächeln verzogen. Blut tropfte von seiner Stirn, die Nase herab und auf ihre Wange.

Diesmal war es Isabel, die kreischte. Obwohl sie wusste, dass ihre Kräfte den seinen unendlich unterlegen waren, winkelte sie den Arm an und rammte ihm die Faust mitten ins Gesicht.

Erstaunlicherweise machte sich völlige Leere auf seinem Gesicht breit. Er kippte zur Seite und brach zusammen. Isabel schob den bewusstlosen Haufen von ihrer Schulter und sprang auf die Beine. O Gott, der Gestank dieses Mannes! Er klebte überall an ihr.

Wie rasend suchte sie die kleine Lichtung nach Rowena ab, musste aber feststellen, dass sie völlig allein mit dem zu Boden gegangenen Norweger war.

Rowena war fortgelaufen und hatte sie ohne Hilfe zurückgelassen.

Der Mann zu ihren Füßen regte sich und ächzte. Isabel zögerte nicht mehr, sondern sprang ins Dickicht. Sie rannte. Unter ihren Füßen knisterte und wisperte das Laub. Ihr Atem hallte von den Bäumen wider.

»Rowena!«, rief sie. »Rowena!«

Sie machte eine Pause und lauschte auf Antwort, aber es kam keine. Nicht einmal der Schlachtenlärm drang bis hierher. Isabel hörte nur das verstohlene Schwirren und Schnalzen der Insekten sowie das Rascheln der Blätter. Vögel sangen. Die Natur achtete nicht auf das Vergießen von Menschenblut.

Hinter ihr ertönte Wutgebrüll, und Vögel flogen auf.

Isabel hielt sich die Hand vor den Mund und floh in den dichtesten Teil des Unterholzes.

Sie rief nicht wieder nach ihrer Schwester.

Zweiundzwanzigstes Kapitel

»Isabel!«, rief Kol in die Dunkelheit hinein. Er hatte nicht einmal angehalten, nachdem er den letzten Angreifer gefällt hatte, sondern war sofort in den Wald gerannt, um nach ihr zu suchen.

Ranulf floh nordwärts, aber Kol kümmerte sich nicht um ihn. Nichts war mehr wichtig. Nichts außer Isabel. Er musste sie finden. Er hatte gesehen, wie der Söldner sie und ihre Schwester in den Wald gebracht hatte.

Nun fiel die Abenddämmerung wie ein dichtes, erstickendes Laken über das Land. Wie lange würde er noch der Spur folgen können, die der norwegische Riese hinterlassen hatte?

Er stürmte voran, blieb der Bestie auf der Spur. Bald konnte er das zertretene Gras, die geknickten Blätter und gebrochenen Zweige bereits nicht mehr erkennen. Angst legte sich gleich einem eisernen Gürtel um sein Herz. Wenn Isabel tot war, lag die Verantwortung dafür nur bei ihm selbst und bei seinem Stolz. So lange Zeit hatte er nur für seine Rache gelebt, sich seinen Weg durch die Welt geschlagen und dabei all jene zertreten, die er eines Lebens für unwürdig hielt, das zu leben ihm nie erlaubt gewesen war.

Er hätte leben und lieben sollen, egal wie wenig Zeit ihm dazu verliehen sein mochte. Nun verblasste die Zeit auf der Erde und alle grausam errungenen Siege zu nichts angesichts der Erkenntnis, dass seine Braut möglicherweise tot war.

Kol fiel auf die Knie und schaute hoch durch die Kronen der Bäume in den purpurnen Dämmerhimmel. War ihr Tod nötig gewesen, um ihm die Erlösung zu bringen?

Er erstarrte, hatte ein Geräusch gehört. Ein leises Ächzen. Männlich.

Seine Nasenflügel bebten, als er das Schwert zog und es bereithielt. Aber als er den Mann fand, stellte Kol fest, dass er keine Bedrohung mehr darstellte. Er lag zusammengekrümmt auf dem Boden und hielt den Kopf mit den Händen fest. Blut klebte im Haar des Mannes und auf der Erde unter ihm. Ein großer Stein lag in der Nähe, auch er war blutverschmiert.

Dann sah er sie. Kleiderfetzen, feines Gewebe, zarte Farben. Stück eines Frauenhemdes. Kol schluckte schwer und umkreiste den Mann. Für Kol wurde die Dämmerung rot. Mit dem Fuß rollte er den Nordmann auf den Rücken.

Durch vor Wut zusammengebissene Zähne zischte er: »Wo ist sie?«

»Dänischer Bastard.« Der Norweger verzog die Lippen. Er versuchte Kol zu bespucken, benetzte aber nur sich selbst mit rotem Speichel.

Kol streckte ihm sein Schwert entgegen. »Mein Feind, dieser Tod wird leicht sein. Denn wenn ich herausfinden sollte, dass du ihr etwas angetan hast, dann werde ich dir in deine Hölle folgen und dich noch tausendmal töten.«

Er stieß zu.

Kol drehte sich um und spähte in den Wald um ihn herum. Eifrig suchte er Anzeichen für Isabels Fluchtweg.

Blut sprenkelte das Gras um den Baumstamm dort. In seiner Brust hämmerte es. Er brach durch den Wald, und sein Herz wurde mit dem Hereinbrechen der frostigen Nacht immer kälter. Obwohl sein Körper weiterhin wie der eines Kriegers arbeitete, wurde seine Seele immer kränker. Er kannte die Boshaftigkeit der Menschen und die Folgen menschlicher Irrungen. Zu deutlich erinnerte er sich an diese Schrecken und konnte es nicht verhindern, dass er inmitten von all dem Isabels Bild sah.

»Isabel!«, brüllte er seine Qualen in das farblose Fegefeuer, das ihn umgab.

Er lief weiter. Eine Ewigkeit lang, wie ihm schien.

Von irgendwoher drang das Murmeln von Wasser über Steinen, sanft und beruhigend. Er lief auf dieses Geräusch zu. Über ihm ahmte der Himmel den Lauf des Wassers nach, ein mitternächtliches Band aus Blau, enthüllt vom baumlosen Flussbett. Unter seinen Füßen klackten und regten sich die feuchten Flusssteine. Die letzten Schritte brachte er stolpernd hinter sich, als sich quälender Durst wie ein Feuerball in seiner Kehle bildete. Er kniete nieder, tauchte die Hände ein und trank, trank, trank.

Schließlich erkannte er, dass sein Durst nie gelöscht werden konnte, und starrte hinunter auf seine Hände. Das Wasser lief ihm durch die Finger, rann in feinen Bächen an seinen Unterarmen herunter und malte schwarze Streifen in Schmutz und Blut.

Seine Seele schrie unter dem Schmerz des Verlustes. Er kauerte sich hin und wollte sich übergeben. So lange hatte er darum gekämpft, weiterzuleben. Doch ohne Isabel war es ihm gleichgültig, ob er lebte oder starb.

Er hörte ein Geräusch. Oder glaubte es zu hören.

Lautlos stand er auf und versuchte durch das Rauschen und Platschen des Wassers etwas zu vernehmen. Stein schabte gegen Stein. Seine Nackenhaare richteten sich auf. Er hob sein Schwert und zog sich vom Fluss zurück.

Kol schloss die Augen und hielt den Kopf schräg, damit er die Quelle des Geräuschs besser ausmachen konnte. Es kam von flussaufwärts. Er schaute nach Norden, über das Wasser.

Aus der Dunkelheit trat eine schlanke Gestalt hervor. Er hörte lange, schluckaufartige Schluchzer, die sich unter das Getöse des Wassers mischten. Die Frau stolperte über die Steine und kniete sich kurz hin, als hätte sie gar keine Kraft mehr.

»Isabel!« War sie es wirklich, oder hatte sie sich zu den Schatten in seinem Kopf gesellt?

Das Wasser spritzte gegen seine Schienbeine, als er in den Fluss lief. Er wandte nicht den Blick von ihr und getraute sich nicht zu blinzeln, denn er hatte Angst, dass sie dann verschwunden sein könnte.

»Isabel!«, rief er aus der Tiefe seiner Seele. Seine Stimme durchschnitt die Nacht.

Ruckartig hob sie den Kopf. Ihr Gesicht leuchtete weiß unter den dunklen, wilden Locken.

Mühsam erhob sie sich und stolperte über den Saum ihres Rocks. »Kol!«

Sie fiel ihm in die Arme. Flecken sprenkelten ihr Hemd. Es war Blut, das roch er. Folgte ihr der Tod, knapp außerhalb seines Blickfeldes? Er schaute nicht in den Wald, denn er befürchtete, dort ein überweltliches Wesen zu sehen, das hinter ihr herschlich, von Dämonen begleitet.

Sie gehörte zu ihm. Der Tod würde sie nicht für sich beanspruchen. Niemand würde sie ihm nehmen. Nie wieder.

Wer hätte je gedacht, dass die Liebe zu einer Frau ihn einmal in die Knie zwingen würde? Wie rasend fuhr er mit den Händen über sie und erkannt schnell, dass sie nicht verwundet war. Es gab keine Anzeichen für eine Schändung.

»Da ist so viel Blut!«, rief sie und ergriff seine Arme. »Du bist verwundet.«

»Es geht mir gut«, murmelte er in ihr Haar. »Jetzt, wo du zu mir zurückgekehrt bist.«

Devon war tot, gefallen unter der Hand eines norwegischen Söldners, und er wusste nicht, wo Rowena war. Es war ihm egal. Isabel war ihm zurückgegeben worden, und er schwor, sie nie wieder gehen zu lassen.

*

Die Schreie der Verwundeten durchbrachen die Stille im Dorf. Schwarzer Rauch verschmolz mit dem tief hängenden Nebel. Diejenigen, die dazu fähig waren, krochen über den Schutt des Krieges und suchten nach ihren Vätern, Brüdern und Kameraden. In den kommenden Stunden würden sie sich um Wunden kümmern oder Nachtwache halten. Oder Gebete für die Toten sprechen.

Der Anblick des zerstörten Dorfes hätte Isabel überwältigt, wenn da nicht Kol gewesen wäre. Er geleitete sie durch die Verwüstungen und stützte ihr mit fester Hand den Rücken. Häuser mit Rieddächern schwelten. Flammen warfen unheimliche, zuckende Schatten in den Nebel.

Isabel betrachtete das Grauen durch den Schleier ihrer Tränen hindurch. »Ich hätte nie geglaubt, dass mein Bru…« Sie schluckte das Wort herunter. Fast hätte sie ihn *Bruder* genannt. Nie wieder. »Ich hätte nie geglaubt, dass Ranulf dazu fähig ist. Das hier war sein eigenes Volk.«

Kol schritt über einen am Boden liegenden Balken und führte auch sie hinüber. Sie wusste, dass er in seinem Leben schon weit Schlimmeres gesehen hatte.

Irgendwo schrie ein Kind nach seinem Vater, der vermutlich nie mehr zurückkehren würde. »Die Leute konnten doch nichts dafür, dass er nicht Aldriths leiblicher Sohn war.«

»Die gefährlichsten Männer sind diejenigen, die aus Verzweiflung handeln«, sagte Kol sanft. Er richtete den festen Blick seiner treuen Augen auf ihr Gesicht. »Ich werde nie wieder nach Calldarington zurückkehren, Isabel. Zumindest nicht lebendig. Das schwöre ich.«

»Inzwischen sehe ich ein, dass es so sein muss.«

»Mein Lord!«, drang eine Stimme durch die Dunkelheit. »Thorleksson.« Sie glaubte, dass es Svartkell war. Der Rauch war so dicht, dass sie den Krieger nicht sehen konnte, obwohl er bestimmt nicht sehr weit entfernt war.

»Hier entlang«, murmelte Kol und ergriff ihren Arm.

In diesem Augenblick sprang eine Gestalt aus der Finsternis. Isabel prallte zurück, doch der Mann brach vor ihr zusammen. »Mylady, helft mir.«

Der Mann lag mit dem Gesicht nach unten, aber die Stimme war eindeutig angelsächsisch.

»Thorleksson!«, rief Svartkell erneut.

»Geh zu deinen Männern. Ich bleibe hier und helfe den Verwundeten, so gut ich kann«, drängte Isabel ihn.

»Du solltest nicht allein umhergehen.«

»Es ist meine Pflicht, mich um sie zu kümmern. Sie sind mein Volk, jetzt mehr denn je.«

Kol betrachtete den Mann zu ihren Füßen. »Ich werde so schnell wie möglich zu dir zurückkommen. Bewege dich nicht von dieser Stelle fort.«

Isabel nickte. Als er gegangen war, beugte sie sich zu der am Boden liegenden Gestalt herunter. »Freund, zeig mir deine Wunden, damit ich dir helfen kann.«

»Prinzessin.« Die zusammengekauerte Gestalt richtete sich auf, wurde breit und stark. Unter der weit in die Stirn reichenden Kapuze des Männermantels sah sie dort, wo eigentlich das Gesicht hätte sein sollen, nur Dunkelheit. Angst ergriff sie. Sie trat einen Schritt zurück, aber eine Hand packte sie.

»Keine Angst.« Der Mann schob die Kapuze zurück. »Ich bin es.«

Vor ihr lag der Verlobte ihrer Schwester. Sein Gesicht war schlammverschmiert und beinahe unkenntlich. Obwohl sie sich ihrem Bruder und seinen Offizieren nicht mehr verpflichtet fühlte, wusste sie, dass dieser Mann über die Natur ihres Bruders genauso getäuscht worden war wie sie selbst. »Du musst gehen, Stancliff. Hier ist dein Leben in Gefahr.«

»Vielleicht sollte ich deinem Dänen die Mühe ersparen, mich zu töten.« Er fluchte leise. »Am liebsten würde ich Selbstmord begehen, weil ich einem solch Wahnsinnigen wie Ranulf meine Treue geschenkt habe.«

Isabel blinzelte ungläubig. Stancliff war immer Ranulfs eifrigster Anhänger gewesen. »Du hast dich von ihm abgewandt?«

»Er hat mich hintergangen.« Er kniete sich neben sie. Sein Gesicht zeigte große Müdigkeit. »Wie lange wusste er schon, dass er nicht Aldriths rechtmäßiger Sohn ist? Mir hätte er es doch anvertrauen können. Ich hätte ihn trotzdem unterstützt. Das Blut allein garantiert keinen Thron, nicht in dieser bösen Welt. Aber jetzt … ist er zu weit gegangen.«

»Rowena!«, keuchte Isabel. »Hat er ihr etwas angetan?«

»Gott möge sie beschützen; ich weiß es nicht. Ich schwöre, er ist vollkommen verrückt geworden. Er will nicht zulassen, dass ich sie sehe, und ich darf erst recht nicht mit ihr sprechen. Er hat vor, sie in Caervon einzusperren.«

Sie packte ihn an der Schulter. »Komm. Wir müssen mit Thorleksson reden. Er wird sie retten.«

»Darum bete ich.« Er schaute sie durch seine Haarsträhnen hindurch an. »Gott hat mich zu einer schwierigen Entscheidung geführt, aber jetzt stehe ich mit ganzem Herzen hinter ihr. Ich bin gekommen, um Thorleksson meine Treue zu schwören.«

Isabel stand auf. »Ich bringe dich zu ihm.«

»Warte.« Stancliff hielt sie fest. »Es gibt einen Grund für meine Heimlichtuerei. Es lauert Gefahr ...«

»Gefahr?«

Er leckte sich über die Unterlippe. Mit sanftem Griff nahm er ihren Unterarm, hielt ihn fest und bereitete sie so auf eine Enthüllung vor. »Du musst jetzt stark sein.«

»Was ist los?« Sie spannte sich innerlich an. »Sag es mir sofort.«

»Es geht um Godric.« In diesem Augenblick hörte die Welt um Isabel auf, sich zu drehen. Stancliffs nächste Worte schienen vom Boden eines tiefen Brunnens zu dringen. »Ranulf hat ihn aus der Abtei geholt.«

»Nein!« Sie wollte ihn beiseite schieben. Ihre Stimme klang in ihren eigenen Ohren gedämpft. Als ihre Beine versagten, fing Stancliff sie auf.

»Isabel, Ranulf ist außer sich vor Hass auf dich, seit er von der Hochzeit zwischen dir und dem Dänen erfahren hat. Er hat alle getötet, die das Kind beschützen wollten.«

»Bitte, nein!«

Stancliff schloss die Augen, als ob er damit einen schrecklichen Anblick ausblenden könnte. »Isabel, er hat mir gegenüber zugegeben, dass er Godrics Vater ist.«

Isabel machte sich von ihm frei und lief einige Schritte in die Dunkelheit hinein, bevor sie sich nach vorn beugte. Ihr Magen krampfte sich zusammen. Sie konnte nicht mehr atmen.

Hinter ihr sagte Stancliff leise: »Jetzt, wo er Godric hat, wird er nicht ruhen, bis er auch dich hat. Er hat mir geschworen, dass ...«

Sie drehte sich um und sah ihn an. Er presste die Lippen zusammen.

»Was? Was hat er geschworen?«

Er holte tief Luft. »Er hat geschworen, er würde mir Rowena zurückgeben, wenn ich dich zu ihm bringe.«

»Deshalb bist du also hergekommen.« Isabel starrte ihn entsetzt an. »Solch böse Spiele spielt mein falscher Bruder.«

Stancliff rieb sich mit der Hand über die Stirn. »Ich werde es nicht tun. Egal, wie sehr ich sie liebe, du bist mir so lieb wie eine Schwester. Wir werden einen anderen Weg finden.«

»Kol würde mir nie erlauben, ohne ihn nach Caervon zu gehen. Weiß Ranulf, dass du dich von ihm abgewendet hast?«

»Nein.« Er schaute auf seine Füße, als schäme er sich. »Ich glaube, er erwartet, dass ich dich zu ihm bringe.«

Isabel hob die Fäuste an die Wangen. »Wenn Kol Godric zu retten versucht, fürchte ich Ranulfs Wahnsinn und das, was er in seiner Wut mit meinem Kind anstellen könnte. Er ist schließlich wild entschlossen, es von mir fern zu halten.«

»Ja«, gab Stancliff zu. »Ich fürchte dasselbe.«

Isabel traf eine Entscheidung. Obwohl sie die Vorstellung hasste, ihren Gemahl zu täuschen, würde sie alles tun, um das Leben ihres Kindes zu retten, selbst wenn es bedeutete, dass sie ihr eigenes dafür hergeben musste. »Komm. Wir suchen uns Pferde, damit wir sofort nach Caervon reiten können.«

»Aber …«

Isabel richtete sich auf und reckte die Schultern. »Als Tochter Aldriths und Prinzessin dieses Königreiches befehle ich dir, das zu tun, was ich dir sage. Du wirst mich zu Ranulf bringen.«

Stancliff schloss die Augen; dann nickte er. »Ich werde tun, was dir beliebt.«

Gemeinsam eilten sie auf das zu, was von den Stallungen übrig geblieben war. Aus dem Dunst tauchte eine große Gestalt auf. »Isabel!«

Es war Kol. Isabels Hoffnung schwand, denn wie sollte sie nun noch ihr Kind retten? Er hatte sie bereits gesehen.

Rasch fasste Isabel einen neuen Plan. Sie packte Stancliff am Arm und betete, er möge ihr folgen.

»Mein Gemahl, Ranulfs Ratgeber ist hergekommen, um dir seine Treue zu schwören.«

Kol spähte durch den Rauch; sein Blick blieb an Stancliffs Gesicht hängen. »Ist er das?«

Stancliff trat vor und kniete zu Kols Füßen nieder.

Bevor Stancliff ihr Vorhaben zunichte machen konnte, sagte Isabel: »Er bringt die Nachricht, dass Ranulf meine Schwester …« Ihre Stimme versagte. Tat sie das Richtige? Konnte sie allein ihr Kind retten? »… und auch Godric in Caervon gefangen hält.«

Kein Misstrauen zeichnete sich auf seinem Gesicht ab. Kol ging an Stancliff vorbei und trat an ihre Seite. »Isabel.« Er zog sie zu sich.

Das Schuldgefühl überwältigte sie beinahe, aber sie sah keinen anderen Weg. »Was willst du unternehmen?«

»Wir werden unverzüglich nach Caervon aufbrechen.«

Isabel nickte. Darauf hatte sie gehofft. »Ranulf weiß nichts von Stancliffs Seitenwechsel. Du kannst ihn als Boten einsetzen.«

Früh am nächsten Morgen, als die Scheiterhaufen noch immer den Himmel erleuchteten, brachen sie nach Caervon auf und kamen dort an, als die Dämmerung dem Himmel allmählich ein tieferes Blau brachte.

Kol trat zwischen den Bäumen hindurch auf die Lichtung. Krieger waren aufgestellt worden, um das Lager während der Nacht zu beschützen. Die Männer scharten sich um ihn und entzündeten Feuer. Unter ihnen waren auch Angelsachsen, die Kol die Treue geschworen hatten, nachdem sie Zeugen der Gewalt geworden waren, die ihr abgesetzter König Calldaringtons unschuldigen Bewohnern im Namen der Rache angetan hatte.

Sein Blick traf sich mit dem von Isabel, die unter einem Baum saß und einen Riss in seinem Hemd nähte, der von einem Schwerthieb herrührte. Morgen früh würde er dieses Kleidungsstück unter seinem Kettenhemd tragen, wenn er zum Zweikampf mit Ranulf antrat.

Kurz zuvor hatte er Stancliff zu Ranulf geschickt, damit der übergelaufene Angelsachse unter dem Deckmantel des treuen Untertanen die Bedingungen für den Kampf ausrichtete. Kol würde Ranulf beim ersten Licht der Morgendämmerung auf dem Feld bei Caervon treffen. Sie würden bis zum Tod um das Königreich Norsex und das Leben von Isabels Schwester und ihrem Sohn kämpfen.

Pater Janus schritt an der gegenüberliegenden Seite der Lichtung entlang. Er sah zu Kol hinüber und nickte, bevor er auf einem dunklen Pfad verschwand.

Ein einzelner Rabe hockte auf dem Ast einer Eiche, krähte und streckte die Flügel. Kol kniff die Augen zusammen. »Verfluchter Vogel.«

Das Tier hielt den Kopf schräg und betrachtete Kol mit leidenschaftslosen schwarzen Augen. Derselbe Rabe war zuvor neben dem Weg her geflogen und hatte sich immer wieder auf Bäumen niedergelassen, während Kol und seine gesamten Streitkräfte in Richtung Caervon geritten waren. Kol hatte das Geflüster der Krieger gehört.

Er würde am nächsten Morgen sterben.

Kol hockte sich vor Isabel hin. Sie schaute auf. Tränen schimmerten in ihren Augen, als ob sie wüsste, dass ihnen nicht mehr viel Zeit miteinander blieb.

»Komm mit mir.«

Schweigend faltete Isabel das Hemd und ergriff seine Hand. Er führte sie aus der Lichtung über einen engen Pfad, der zwischen einigen mächtigen Eichen endete.

Dort erwartete sie Pater Janus, gehüllt in seine Messgewänder. »Euer Gemahl hat mich an den vorzeitigen Abbruch Eurer Hochzeitszeremonie erinnert.«

Tiefe Gefühle schnürten Kol die Brust zu. »Pater Janus hat mir versichert, dass wir bereits verheiratet sind, aber ich wollte …«

»Ja«, flüsterte Isabel. »Ich will dasselbe.«

Pater Janus hob die Hände »Dann bitte trete über die Schwelle in Gottes Kirche.« Er deutete auf die gewölbten Zweige über ihnen. Kol und Isabel folgten dem Priester dorthin, wo er eine Decke auf dem Gras ausgebreitet hatte. Gemeinsam knieten sie nieder. Die Wärme in Isabels Augen ließ Kol beinahe das Blut und den Ruß auf ihrem Hochzeitskleid und sogar den Raben vergessen, der nun auf einem Baum über ihnen hockte.

Pater Janus las die Messe für sie und spendete ihnen die heilige Kommunion. Als sie fertig waren, schienen bereits die ersten Sterne am Himmel.

»Jetzt dürft Ihr der Braut den Friedenskuss geben.«

Kol beugte sich nieder und presste seine Lippen auf Isabels. Er spürte ihr Lächeln an seinem Mund. »Mein Gemahl.«

»Meine Frau.«

Zu Pater Janus sagte Kol: »Verzeiht Ihr uns, wenn wir nicht länger hier bleiben?«

Pater Janus erschien nur ein wenig entsetzt. »Natürlich.«

Kol reichte ihr den Arm und führte sie ins Lager und zu einem Zelt, das größer als die übrigen war und ein wenig abseits stand. Drachenköpfe mit zurückgezogenen Lippen und entblößten Fängen hockten auf den gekreuzten Balken.

Seine Männer hielten sich in einiger Entfernung auf. Ein paar lächelten, andere riefen Ermunterungen. Kol drückte die Zeltklappe beiseite, und Isabel ging hinein. Wärme umspielte ihn in erregenden, verführerischen Wellen. Den Raum erfüllte ein leichter Dunst, der von einem kleinen Feuer in der Mitte des Bodens aus Erde herrührte.

Ein Bett stand teilweise hinter einem schweren Vorhang verborgen; in das Gestell waren Ranken und Raben geschnitzt. Kols Rüstung hing daneben. Seine polierten und ordentlich aufgereihten Waffen glitzerten im Feuerschein.

Segen und Verzweiflung überspülten ihn gleichzeitig. Ihm blieb nur eine einzige Nacht, um Isabel eine Liebe zu beweisen, die über den Tod hinausreichte.

Sie zog ihn zu einem Stuhl vor dem Feuer und kniete sich nieder. Mit den Handflächen fuhr sie über das Leder seiner Stiefel. Sanft löste sie die Riemen und zog ihm die Stiefel aus.

»Was für eine wunderbare Frau du bist«, flüsterte er. Als sie aufschaute, erkannte er ihre Angst.

Es war deutlich, dass auch sie glaubte, diese Nacht wäre ihre letzte.

»Nur für dich, mein Herr.«

Er streckte die Hand nach ihr aus und berührte ihr Haar. Ihre Augen glühten.

»Siehst du das kleine Kästchen neben dem Bett? Bring es mir.«

Isabel stand auf und holte das schmale Kistchen. Als

sie zu ihm zurückkehrte, zog er sie auf seinen Schoß. Er drückte sie gegen seine Schulter. Nie wollte er ihre Sanftheit und den Duft ihrer Haut vergessen. Er würde diese Erinnerungen bei Tagesanbruch mit sich nach Caervon nehmen, und sie würden seine Stärke sein. Auch im Tod.

Er holte einen Elfenbeinkamm aus dem Kästchen. »Dein Haar hat mich schon immer bezaubert.«

»Wirklich?«

»Ja.« Er hob eine seidige Locke und zog den Kamm hindurch. »Dein Haar und deine scharlachfarbenen Schuhe.«

Isabel lehnte den Kopf gegen ihn und hob die Füße an. Sie trug immer noch ihr Hochzeitsgeschenk. »Weißt du, was mich an dir bezaubert?«

»Ich fürchte mich davor, es zu erfahren.«

»Alles.« Ihr Lachen war nicht ohne Traurigkeit.

Er legte ihr einen Finger auf das Kinn und drehte es, damit er sie küssen konnte. Es war ein kurzer, keuscher Kuss, doch in ihm schwelte es.

»Komm, wir gehen zu Bett. Ich will dich in den Armen halten.«

Sie setzte sich auf. »Du willst *schlafen*?«

Er stieß leise die Luft aus. »Nein, ich will nicht schlafen.« Er legte den Kamm beiseite. »Aber ich weiß, dass du mit dem Herzen bei deinem Sohn bist, so wie es sein sollte. Ich will nicht …«

Sie legte ihm die Fingerspitzen auf den Mund.

Dann stand sie von seinem Schoß auf und stellte sich mit dem Rücken zum Feuer.

»Mein Herz ist auch hier, bei dir.« Beim letzten Wort schwankte ihre Stimme. »Ich bin gestern zur Ehefrau geworden, und heute Nacht will ich mit meinem Gemahl schlafen, damit er den morgigen Tag mit meiner Liebe als

Schild und Stärke überstehen kann.« Langsam band sie ihr Wams auf und ließ es zu Boden fallen.

Er stand ebenfalls auf, machte aber keinen Schritt auf sie zu.

Isabel zog Hemd und Rock aus und stand nackt vor ihm. In ihren Augen glomm es so dunkel, dass er ihre Farbe nicht mehr erkennen konnte.

Sie streckte die Arme nach ihm aus. »Komm, mein Gemahl.«

»Isabel ...« Seine Stimme versagte.

Sie flüsterte: »Du hast mich gebeten, dir zu vertrauen. Jetzt bitte ich dich um dasselbe.«

Dreiundzwanzigstes Kapitel

Isabel erwachte in der Dunkelheit und geriet in panische Angst. Grundgütiger Gott, sie war eingeschlafen. Hatte sie ihre Gelegenheit verpasst, unbemerkt zu entschlüpfen?

Das Feuer vor ihr wurde zu Asche. Sie drehte sich nach Kol um, fand aber nur ein leeres Kissen. Stimmen ertönten draußen vor dem Zelt. Nackt kroch sie aus dem Bett und lauschte.

Eine Stimme – die von Vekell – sagte soeben: »Ihr seid ihm überlegen. Ich hege keinen Zweifel daran, dass Ihr gewinnen werdet.«

Es entstand ein langes Schweigen. Schließlich meinte Kol: »Falls ich sterben sollte …«

Vekell lachte; es klang unsicher. »Die Norweger haben Ranulf verlassen. Seine Streitkräfte sind zu nichts zusammengeschmolzen.«

»Mein Schicksal wartet da draußen auf mich. Du weißt um diese Wahrheit genauso wie ich. Wir müssen uns über eine Siedlung für die Männer und ihre Familien unterhalten.«

Vekell lachte nicht mehr. Mit ruhiger Stimme fragte er: »Was soll ich tun?«

Isabel wich zurück. Sie wollte nichts mehr darüber hören, was geschehen würde, wenn Kol tot war. Die Zeit ihres Aufbruchs war gekommen.

Hastig zog sie Kols Wollhemd an. Nachdem sie in seine zu großen Stiefel geschlüpft war, schlurfte Isabel dorthin, wo Kols Kettenhemd und sein Helm am Ständer hingen.

Weder Kol noch seine Männer würden ihr erlauben, das Lager zu verlassen, doch niemand würde die Taten ihres Lords in Frage stellen. Selbst wenn ihre Verkleidung ihr nur einen winzigen Vorsprung gab, konnte sie den Männern entkommen und sich an Ranulf ausliefern. Dadurch würde sie das Leben all jener retten, die sie liebte.

Sie hielt nur kurz inne, um ihre scharlachfarbenen Schuhe zu küssen und sie nebeneinander auf Kols Kissen zu stellen.

Sie schlüpfte in Kols Rüstung, auch wenn sie unter dem Gewicht schwankte. Von seinen Waffen wählte sie ein scharfes Messer mit langer Klinge. Sie stach es in die rückwärtige Bahn des Zeltes und fuhr durch den kräftigen Stoff. Mit klopfendem Herzen betrat sie den Unterstand, in dem Morke die Befehle seines Herrn erwartete.

*

Kol ging mit Vekell an seiner Seite durch das Lager. »... und du wirst sie sicher nach Calldarington zurückbringen. Von diesem Tag an bist du Isabel und ihrem Kind verpflichtet.«

Vekell stimmte mit grimmiger Miene zu. »Ja, mein Herr.«

Kol schätzte die Zeit an der Blautönung des Morgenhimmels. »Ich glaube, ich sollte mich fertigmachen.«

»Ich warte hier auf Euch, mein Lord.«

Kol ging auf das Zelt zu. Der Duft des Frühlings schwebte durch die Luft, und die Erde unter seinen Füßen fühlte sich wie neu geschaffen an. Wie sehr er sich danach sehnte, mit Isabel weiterzuleben!

Er betrachtete das Zelt. Wie sollte er ihr Lebewohl sagen?

Ihm blieb keine Zeit, um über diese Frage nachzudenken, denn plötzlich erschien hinter dem Zelt ein Reiter in Kettenhemd und Helm. Ein Krieger? Der Reiter kam näher.

Er sah sich selbst.

Es war eine schwankende, verdächtig kleine Version seiner selbst. *Auf seinem eigenen Pferd*. Der Reiter zerrte an den Zügeln und trieb Morke zu vollem Galopp an. Kols Haar peitschte ihm um den Kopf, als der Reiter an ihm vorbeipreschte.

Die Luft brachte ihren Duft mit.

»Isabel!«, brüllte er. Die Pferdehufe wirbelten Erdklumpen in die Höhe, die überall um ihn herum niedergingen.

»Haltet sie auf!«, rief er. Doch sie hatte seine Männer schon hinter sich gelassen, die die Reiterin verblüfft anstarrten. Verwirrt drehten sie sich zu Kol um, als er ihnen abermals seinen Befehl zurief.

*

Isabel ritt auf Morke mit hoher Geschwindigkeit den schmalen Pfad entlang. Sie kannte den Weg nach Caervon, denn sie war früher schon einmal dort gewesen, vor vielen Jahren, zusammen mit ihrem Vater. Es handelte sich um eine alte Festung, die bereits vor langer Zeit aufgegeben worden war. Blätter peitschten sie, Zweige verfingen sich in Kols Kettenhemd.

Sie packte den Sattelknauf von Kols Pferd fester. Isabel musste darum kämpfen, unter dem Gewicht des Helms und der Rüstung aufrecht im Sattel sitzen zu bleiben.

Man würde ihr folgen. Sie musste es nur bis hinter die Lichtung schaffen.

Es galt, keine Zeit zu verschwenden. Ranulf sollte sie so schnell wie möglich sehen und ihre Bereitschaft erkennen, seine Gefangene zu sein. Sie packte das Kinnteil des Helms und wollte ihn anheben …

»Oh …« Schmerz durchbohrte ihre Schulter.

Unter dem Klappern und Scharren der Rüstung stürzte sie zu Boden. Der Himmel über ihr leuchtete in einem strahlenden Blau durch die schmale Schneise der Bäume. Die Luft wurde aus ihr herausgepresst.

Sie wand sich und rollte herum. Der Geruch der Erde bedeckte sie. Sie verlor das Bewusstsein, kam wieder zu sich, und erneut schwanden ihr die Sinne.

»Fasst sie nicht an«, befahl eine Männerstimme. Isabel wollte nicht aufwachen und sehen, wer da gesprochen hatte. Die Dunkelheit schützte sie vor den Schmerzen. Jemand hob sie hoch. Ein scharfer Stoß ging durch ihre linke Seite.

Feuchte Lippen drängten sich gegen ihre Wange. » … meine Liebste … dachte mir, dass du hier bist …«

Isabel versuchte die Augen zu öffnen, aber ihre Lieder waren so schwer.

»… hätte nicht dazwischentreten sollen …«

So vertraut. Selbst sein Geruch rief verschwommene, vage Erinnerungen in ihr wach.

»Bald werden wir zusammen sein.«

*

Jemand rollte einen schweren Stein auf Isabels Brust. Sie riss die Augen auf, sah aber keinen Stein, sondern nur einen kahlköpfigen Mann in einer Robe, der auf dem Boden neben der Pritsche saß, auf welcher sie lag. Er hielt einen Leinenstreifen in der Hand und beugte sich über sie.

»Seid gegrüßt, Prinzessin.« Sanft brachte er sie in eine sitzende Position und wickelte ihr das Leinen fest um Arm und Schulter. »Ich bin der Arzt. Ihr werdet nicht an der Wunde sterben, aber Ihr müsst Euch ausruhen.«

»W… wer …«, krächzte sie. Ihr Mund war völlig trocken.

Der Mann hob einen groben hölzernen Pokal an ihren Mund. »Trinkt.«

Sobald die Flüssigkeit ihre pergamentene Zunge benetzt hatte, fragte sie: »Wer hat mich hierher gebracht?«

Der Mann schien ihre Frage nicht gehört zu haben. Ruhig wandte er sich von ihr ab und legte einige kleine Werkzeuge in einen Lederkoffer. Als er damit fertig war, stand er auf, verließ das Zimmer und schloss die Tür hinter sich.

Der Raum, in dem Isabel lag, wurde allmählich deutlicher. Sie befand sich in einem teilweise zerstörten Turm. Das erkannte sie an dem runden Grundriss der Kammer und den hohen, spitz zulaufenden Deckenbalken. Durch große Löcher in dem durchhängenden Dach hörte sie, wie die Vögel einander riefen. Zweige und Blätter bedeckten den Boden und den Tisch in der Mitte des Raumes.

Männerstimmen drangen von draußen herein. »Das ist die einzige Möglichkeit, Euch den Sieg zu sichern, mein König.«

Die Tür wurde aufgestoßen. Sie sah Ranulfs Hinterkopf, als er sich umdrehte und mit den anderen Männern redete.

»Das gefällt mir nicht. Ich werde beim Kampf nur meine eigene Kraft und meine eigene Geschicklichkeit einsetzen. Wenn Gott mich als würdig erachtet, wird er dafür sorgen, dass ich gewinne.«

»Gott wird nicht wollen, dass dieser dänische Bastard Euer Königreich erhält. Es gehört von Rechts wegen Euch.« Stancliff folgte Ranulf in den Raum. »Nehmt dieses Recht wahr.« In seinen Händen hielt er ein Schwert. Die Waffe glitzerte im Sonnenlicht.

In diesem Augenblick erkannte Ranulf, dass Isabel nicht mehr bewusstlos auf der Pritsche am anderen Ende des Gemachs lag, sondern wach war und ihn beobachtete.

Er stürzte vor und fiel neben ihr auf die Knie. »Gott, Isabel.« Er nahm ihre Hand. «Wenigstens hat sich Gott in der Lage gesehen, eines meiner Gebete zu beantworten.«

Isabel betrachtete die Krone auf Ranulfs Kopf.

Als er aufsah, bemerkte sie, dass Tränen in seinen Augen glänzten. Sie las seine Bitte: *Vergib mir*.

Laut sagte er: »Man sollte es nicht glauben, aber dieses dänische Schwein hat veranlasst, dass man dir in den Rücken schießt.« Seine Hand zitterte, als er sie nach dem Tisch neben der Pritsche ausstreckte und nach einem zerbrochenen Pfeilschaft griff. »Dafür werde ich ihn heute töten.«

Traumartige Erinnerungen keimten in ihr. ... *hätte nicht dazwischentreten sollen ... meine Liebste.*

Die Erkenntnis überspülte sie wie eine Welle kochenden Wassers. Sie zwang sich, tief und gleichmäßig zu atmen. Doch sie wusste genau, dass kein dänischer Pfeil ihre Schulter durchbohrt hatte.

Stancliff hatte ihr einen Hinterhalt gelegt, weil er geglaubt hatte, sie wäre Kol.

Aber warum wollte Stancliff Kols Tod, wo er ihm doch Lehenstreue geschworen hatte? Aus seinem Gespräch mit Ranulf schloss Isabel, dass er die beiden Männer gegeneinander ausspielen wollte.

»Warum bist du von dem Dänen weggelaufen?« Ranulf beugte sich vor und richtete das Kissen unter ihrem Kopf, wodurch er den Blick auf Stancliff freigab.

»Weil ich begriffen hatte, dass ich dasselbe Ergebnis wünsche wie du«, log Isabel und sah Stancliff fest in die Augen. »Ich wollte dir vor dem Duell meine Treue beweisen.«

Stancliff stand steif und reglos da. Er hielt noch das Schwert in den Händen. Einen Augenblick später kroch ein Lächeln über seine Lippen.

Sie drehte die Wange zum Kissen hin, denn sie ertrug es nicht mehr, die beiden Männer anzusehen. »Ich bin so müde. Darf ich jetzt Godric sehen?«

»Godric?« Es entstand eine kurze Pause, und irgendwie wusste Isabel, was Ranulf sagen würde, noch bevor er es aussprach.

»Er ist noch in der Abtei. Ich werde ihn sofort holen lassen, sobald ich das Duell gewonnen habe.«

Isabel wusste, dass sie Stancliff nicht länger ausweichen konnte. Himmel, er starrte Löcher in ihren Schädel! Ihr war klar, dass er sie beobachtete und abwartete, wie sie auf Ranulfs Unwissenheit über den Aufenthaltsort des Jungen reagieren würde. Die ganze Zeit über hatte er gegen ihren Bruder gearbeitet und wollte Isabel für sich selbst haben.

Godrics Leben konnte jetzt von ihrer Reaktion abhängen.

Als Ranulf aufstand, lächelte Isabel Stancliff zu; es war ein leises, verstohlenes Lächeln. *Soll er doch glauben, dass wir Verschwörer sind*. Es würde ihr ein wenig Zeit verschaffen, in der sie überlegen konnte, was sie tun sollte.

Erleichterung legte sich auf Stancliffs Gesicht. Seine Haut, die eben noch sehr blass gewesen war, rötete sich vor Wärme.

Als sich Ranulf wieder den beiden zudrehte, hörte sie auf zu lächeln.

»Ich muss jetzt gehen und mich vorbereiten.« Er reckte sich stolz. »Isabel, falls du zuschauen möchtest, brauchst du nur aus diesem Fenster zu sehen. Es überblickt das Feld, auf dem ich den Dänen besiegen werde.«

»Mein Lord«, unterbrach Stancliff ihn mit deutlichem Drängen. »Das Schwert.«

»In Ordnung«, murmelte er angespannt. »Ich werde das Schwert tragen.«

Stancliff hielt es ihm entgegen; seine Augen glühten. »Seid vorsichtig. Berührt nur den Griff und den Mittelteil der Klinge.«

Isabel drehte sich der Magen um, als sie begriff, dass die Klinge vergiftet war und Ranulf somit einen ungerechten Vorteil in dem Kampf hatte.

Ranulf ergriff das Schwert nicht. »Freund, bring bitte das Schwert nach unten und warte dort auf mich. Ich möchte einen Augenblick mit Isabel allein sein.«

Isabels Haut prickelte. Sie war umgeben von Mördern und Lügnern und wollte nur noch schreien. Aber was war, wenn Stancliff Godric irgendwo anders versteckt hielt? Falls er das Kind nicht schon eigenhändig umgebracht hatte.

Bestimmt nicht, beruhigte sie sich. Sicherlich wusste Stancliff, dass er nur ihren Hass erregen würde, wenn er dem Kind etwas antat. Sie betete, dass sich Godric immer noch in der Abtei aufhielt.

Stancliff presste die Lippen zusammen. Es war deutlich zu sehen, dass er die beiden nicht allein lassen wollte. »Selbstverständlich, mein Lord. Wie Ihr wünscht.« Er warf einen Blick aus dem Fenster. »Aber beeilt Euch. Die Dänen stellen sich schon am Rande des Feldes auf.«

»Sie sollen warten«, sagte Ranulf barsch. »Ich werde gleich kommen.«

»Ja, mein Lord.« Stancliff hielt das Schwert vorsichtig von sich, ging durch die Tür und ließ die beiden allein.

Isabel richtete sich auf.

»Leg dich wieder hin, Schwester.«

»Ranulf, du musst mir zuhören. Stancliff hat dich verraten.«

Ranulfs Brauen wölbten sich nach unten, und ein schwaches Lächeln zuckte über seine Lippen. »Was sagst du denn da?« Misstrauen lag in seiner Stimme.

»Stancliff hat mir gesagt, du würdest Godric als Geisel halten und den Jungen umbringen, wenn ich mich dir nicht ergebe.«

»Nein.« Ranulf wich vor ihr zurück. »Das ist unmöglich. Seit unserer Kindheit ist Stancliff mein engster Verbündeter.«

»Ich würde dich niemals anlügen, Ranulf, ich ...«

»Doch, das würdest du.« Ranulf fuhr sich mit den Fingern durch die Haare. »Du verachtest mich für das, was ... was ich Vater angetan habe.«

Mit verschatteten Augen sah er sie an. Plötzlich trat er vor und zerrte sie von der Pritsche. Sie schrie auf, als die Schmerzen ihre Schulter in scharfen Stößen durchzuckten.

Er zwang sie, aus dem Fenster zu schauen. Sogleich sah sie Kol unter einem großen Baum am südlichen Ende des Feldes hervortreten. Er trug weder Kettenhemd noch Lederwams, sondern nur ein Leinenhemd. Ein Lederriemen hielt sein Haar zurück, und sein Gesicht wirkte kantig und grimmig.

Er hatte die Augen auf das Fenster gerichtet, an dem Ranulf sie festhielt. Zu ihrer Überraschung stand Aiken inmitten von Kols versammelter Legion. War der Angelsachse sein Gefangener oder sein Freund?

Ranulf zischte neben Isabel: »Sieh mir zu, wie ich deinen Geliebten töte. Wenn er weg ist, wird dir nichts anderes übrig bleiben, als dich mir zuzuwenden.« Er warf sie auf einen Stuhl neben dem Fenster.

»Ranulf!«, ertönte Stancliffs Stimme scharf und voller Missbilligung von der Tür. Er trat ein und sah Isabel an.

»Isabel, Ihr solltet das Bett noch nicht verlassen.«

In Ranulfs Augen blitzte es. »Sie bleibt am Fenster, und sie wird zusehen, wie ich den Dänen töte. Erst dann wird sie ihn vergessen können.« Er wich von den beiden zurück. »Ich werde erst wiederkommen, wenn er tot ist.«

Er drehte sich rasch um und ging. Der Klang seiner Stiefel verblasste auf der engen Treppe.

Stancliff näherte sich Isabel. »Es wird bald alles vorbei sein.«

»Ja, das wird es.« Isabel versuchte, nicht die Fassung zu verlieren, aber sie musste unbedingt fragen: »Stancliff, mein Sohn ...«

»Er ist in Sicherheit. Gut bewacht und genährt. Du wirst ihn noch vor Einbruch der Nacht sehen.« Er lächelte anmaßend.

Sie musste Godric *sofort* sehen, weil sie unbedingt wissen wollte, ob Stancliff die Wahrheit sagte. »In der Abtei oder ...?«

»Ich muss gehen.« Er lächelte sie hoffnungsvoll an. »Ranulf wird mich draußen sehen wollen, wenn der Kampf beginnt.«

»Natürlich.« Sie zwang sich ebenfalls zu einem Lächeln, das sehr matt aussehen musste. »Ich werde hier warten. Auf dich.«

Mit rasendem Herzen wandte sich Isabel zum Fenster. Kol stand noch am Rande des Feldes und starrte hoch zu ihrem Fenster. Sie musste ihn vor der vergifteten Klinge warnen. Konnte er sie sehen? Die Sonne stieg höher, und sicherlich war Isabel in den Schatten verborgen.

Ranulf ritt unter der Mauer hervor. Er warf einen raschen Blick hoch zu ihrem Fenster und hatte das Gesicht zu einer Grimasse verzogen. Wenn er doch nur glauben würde, dass er von Stancliff hintergangen worden war!

Wie lange trieb Stancliff schon sein böses Spiel? Am Nordrand des Feldes stieg Ranulf ab. Er hielt inne und legte das Gesicht gegen den Sattel, als bete er um Stärke.

Er wandte sich an einen Angelsachsen neben ihm und streckte die Hand nach dem Schwert aus. Sein Kettenhemd rasselte, als er die Klinge hob und sie betrachtete. Das Metall glitzerte in der Sonne.

Isabel erinnerte sich an Ranulfs Stärke und an seine Verwegenheit. Selbst wenn Kol ihm eine tödliche Wunde beibringen konnte, würde Ranulf aller Wahrscheinlichkeit nach sein Ziel erreichen.

Wegen der vergifteten Klinge würde schon ein Kratzer genügen, um Kol zu töten.

Am anderen Ende des Feldes ergriff Kol sein eigenes Schwert und drehte sich dem Herausforderer zu. Sie sah, wie seine Blicke das Fenster suchten, an dem sie stand.

Er stieß das Schwert in die Luft und schrie: »Behalt mich in Erinnerung!«

Isabel öffnete den Mund und wollte eine Warnung rufen.

Doch eine große Hand legte sich über ihren Mund. »Ich wusste es. Ich wusste, dass du versuchen würdest, ihn zu warnen.« Stancliffs Atem schlug ihr heiß und stinkend gegen den Hals. »Treulose Hure.«

Ihr schwanden die Sinne vor Schmerz, als er gegen ihre verwundete Schulter drückte.

»Sieh zu. Sieh zu, wie dein dänischer Liebhaber stirbt.«

Stancliffs Brust presste sich gegen sie und hielt sie gefangen. Sie konnte nichts tun. Ranulf und Kol saßen an den gegenüber liegenden Enden des Feldes auf ihren Pferden. Beide brüllten und gaben ihren Tieren die Sporen. Die Hengste stürmten aufeinander zu. Speere wurden gehoben …

Isabel schrie in Stancliffs Hand. Er hielt sie noch fester und schlang den Arm um sie, sodass sie sich nicht mehr bewegen konnte. Isabel sackte in Stancliffs Armen zusammen. Er spürte, wie sie aufgab. Seine Hand glitt von ihren Lippen zum Hals.

»So ist es gut, meine Liebste. Bald werden wir zusammen sein.«

Sie schrie auf. Laut und durchdringend. Sie trat aus und hämmerte mit den Fäusten gegen Stancliff. Er verlor das Gleichgewicht, taumelte zurück, fiel zu Boden, mit ihr in den Armen.

Schmerz durchzuckte ihre Wunde, Blut dunkelte ihren Rock. Trotzdem sprang sie auf die Beine, trat Stancliffs zupackende Hände weg. Sie lehnte sich aus dem Fenster, sah beide Männer zu Fuß, taumelnd. Verwundet?

Sie rief so laut sie konnte: »Das Schwert! Vergif…«

Vierundzwanzigstes Kapitel

Unter den ermutigenden Rufen seiner Krieger sprang Kol vom Boden auf. Ranulfs Speer hatte ihn von seinem geliehenen Pferd gestoßen, ihn aber nicht verwundet. Er warf einen raschen Blick über die Schulter und sah, dass sein Speer zerbrochen auf der Erde lag, doch Ranulf stand aufrecht und schien keine Wunde davongetragen zu haben.

Vekell warf Kol Schwert und Schild zu. »Verdammt sei das Schicksal! Macht das Beste daraus, mein Lord!«

Kol packte beides, wirbelte herum und lief auf seinen Feind zu. Er hatte nur schattenhafte Erinnerungen an den Mann, der ihn im Verlies der Festung von Calldarington gefoltert hatte. Und so hatte er Ranulf als zu schwach und feige gehalten, um ohne die Hilfe einer Armee zu kämpfen. Aber der Mann, der nun mit erhobenem Schwert auf ihn zukam, war genauso groß und geschickt wie er selbst.

Auf der Lichtung wurde es still; man hörte nichts mehr außer dem Knirschen der Stiefel auf dem trockenen Gras. Ranulf fuhr herum, und das Klirren des Schwertes gegen die Schildnabe zeigte den Fortgang des Zweikampfes an.

Ein Schrei – Isabels Schrei – lenkte Kols Aufmerksamkeit ab.

Ranulfs Blick flog zu dem Fenster und enthüllte eine Besorgnis, die Kol verwunderte.

Kol wollte Isabel jedes Leid ersparen und rief seinem

Gegner zu: »Ich sehe, dass Ihr Euch um die Prinzessin sorgt. Lasst sie und den Jungen frei, und wir werden einander friedlich gegenübertreten und verhandeln.«

»Den Jungen?« Ranulf schüttelte den Kopf. »Du sollst nicht mit mir reden, Däne. Nur sterben.« Der Angelsachse hob sein Schwert hoch über den Kopf, erstarrte aber, als ein erstickter Schrei über das Feld flog.

Wut tobte auf Kols Lippen. »Verdammt seid Ihr! Warum schreit sie? Was tun sie ihr an?«

Kol führte einen mörderischen Schlag. Ranulf wehrte ihn mit beunruhigender Leichtigkeit ab; sein blondes Haar hing ihm auf den Wangen. »Es war kein Pfeil von uns Angelsachsen, der ihr in der Schulter steckte, sondern einer von euch Wikingern. Klage also nicht *mich* an, ihr Schmerzen zuzufügen.«

»Sie ist verwundet?« Sofort senkte Kol sein Schwert. Seine Verzweiflung war stärker als alles andere. »Schickt meinen Arzt zu ihr. Er steht da hinten am Rande des Feldes.«

Ranulf brüllte: »Ihre Wunde ist gut versorgt worden!«

»Warum schreit sie dann vor Schmerzen? Wer kümmert sich jetzt um sie?«

»Mein eigener Hauptmann«, knurrte Ranulf abwehrend. »Und jetzt sollst du dir nur noch Sorgen wegen meines Schwertes machen, denn jeder Schlag von ihm singt dein Todeslied.« Er ging in die Hocke, als wolle er angreifen.

Ein Verdacht breitete sich wie eine Krankheit in Kol aus. »Euer Hauptmann? Der Mann namens Stancliff?«

»Ja.« Ranulf verlagerte seinen Griff um den Schwertknauf. »Lenk nicht mehr ab, Feigling. Wir sollten jetzt das zu Ende bringen, was schon vor zwei Wintern hätte beendet werden sollen.«

Kols Blut pochte so stark in seinem Schädel, dass es

das Brüllen der angelsächsischen und dänischen Krieger am Rande des Kampfplatzes übertönte. »Ihr müsst ihn aufhalten. Er hat Euch und mich verraten. Er spielt uns gegeneinander aus.«

Mit einem wütenden Aufschrei machte Ranulf einige Schritte von Kol weg. Dann drehte er sich rasch um und zeigte mit der ausgestreckten Schwertspitze auf Kol. »Lügen!«

»Es ist sein Plan, dass wir uns gegenseitig umbringen.«

In diesem Augenblick drang ein weiterer Schrei aus der Festung.

Kol schaute in den Himmel und stieß ein verzweifeltes Gebet aus. »Gott, nimm nicht ihr Leben, sondern das meine.«

»Was betest du da?« Ranulf umkreiste Kol.

»*Sie ist meine Frau.*« Kol warf sein Schwert auf den Boden. Überall um ihn herum riefen die Männer in Protest. Er trat auf Ranulf zu und sagte: »Ich schwöre bei allen Heiligen Gottes, dass es kein Wikingerpfeil war, der Isabel verletzt hat. Es kann sich nur um einen angelsächsischen Hinterhalt gehandelt haben, weil Euer Hautmann glaubte, sie wäre ich. Wenn wir noch weiter zögern, wird Stancliff nicht nur Isabel, sondern auch noch Euren Sohn umbringen.«

»Godric ist *nicht* mein…« Ranulf machte mehrere Schritte zurück. »O Gott. Jetzt wird mir alles klar.«

Obwohl die Anstrengung sein Gesicht gerötet hatte, schien ihn eine gewisse Ruhe zu überkommen. Erst jetzt sah Kol das Blut, das aus der Seite des Königs tropfte. Sein Wikingerspeer musste zu Beginn des Zweikampfes doch die Rüstung durchdrungen haben.

Kol näherte sich Ranulf und sagte so leise, dass niemand sonst es hören konnte: »Ich weiß, dass Ihr sie liebt,

Ranulf – sie und Godric. Kommt, wir legen unseren Streit bei und retten die beiden. Zusammen, als Verbündete.«

Langsam und bedächtig zog Ranulf seine Klinge an seinem von Leder bedeckten Schenkel entlang, drehte sie auf die andere Seite und tat noch einmal dasselbe.

Zum ersten Mal sah er Kol in die Augen. »Sag Isabel … das ist ein Hochzeitsgeschenk von ihrem Bruder.«

Bevor Kol reagieren konnte, griff der Angelsachse an.

*

Isabel rollte sich herum und trat Stancliff gegen die Brust. Er packte ihr Bein und zerrte sie von der Wand weg. Dann warf er sich auf sie und drückte ihre Schultern gegen den Boden.

»Du wirst ihn vergessen.«

»Du bist verrückt!«

»Nein, ich verschaffe mir nur das, was ich haben will.«

»Du bist mit meiner *Schwester* verlobt!«

»Die zweite Wahl ist gar keine Wahl.« Er packte ihre Haare. »Dich habe ich gewollt. Immer. Vielleicht weil ich wusste, dass er dich begehrt und sich dieses Vergnügen nie erlauben würde. Aber Ranulf weigerte sich.«

»Nein.«

»Doch, das ist unsere Geschichte, meine Liebste.«

»Nein!«

»Ranulf wusste, dass du den Dänen freigelassen hast, und er hat mir seinen Verdacht mitgeteilt. Du bist immer die kleine Range geblieben, die in der Nacht herumschleicht und in Schwierigkeiten gerät. Wenn das Dorf die Wahrheit erführe, würden sie dich auf dem Scheiterhaufen verbrennen.«

Isabel keuchte; sein Gewicht drohte sie zu zerquetschen.

»Also hat er deiner Kammermagd befohlen, Kräuter in deinen Wein zu mischen, damit du nachts schläfst. Ich weiß es genau, denn ich habe die Kräuter selbst zusammengestellt. Ich muss gestehen, dass die Kenntnis um Kräuter – und übrigens auch um Gifte – ziemlich nützlich ist. Nachtschatten zum Beispiel hat bei deinem Vater sehr gut gewirkt.«

Isabel stöhnte auf; ihr Hass verzehnfachte sich.

»Aber du … du warst so schön in deinem Bett. Ich wollte dich eigentlich nur ansehen, doch deine Haut war so vollkommen, so glatt …«

»Du ekelst mich an!«, zischte Isabel. »Ich war wehrlos.«

»Aber du warst immer für mich bestimmt.«

Er beugte sich zu ihr herunter, als wollte er sie küssen. Isabel bekam einen Arm frei und versuchte ihm die Augen auszukratzen, aber rasch hielt er sie fest.

Hinter ihm ertönte ein Schrei. »Ich werde dich eigenhändig töten!«

Rowena schmetterte einen großen Topf auf Stancliffs Kopf. Wann hatte sie den Raum betreten? In dem Augenblick, als Stancliff zusammenbrach, kroch Isabel von ihm weg und kehrte zum Fenster zurück.

»Isabel!«, rief Stancliff.

»Widerwärtiger Betrüger!«, kreischte Rowena. »Mörder!« *Bong*.

Isabel wusste nicht, was gerade zwischen Rowena und ihrem treulosen Verlobten vor sich ging, so sehr war ihre Aufmerksamkeit auf das Feld unter ihr gerichtet. Einen Moment lang sah sie nichts als eine verschwommene Bewegung. So viele Krieger, die aufeinander zuliefen. Wo war Ranulf?

Ihr Herz hörte auf zu schlagen.

Wo war *Kol*?

Die Menge teilte sich wieder. Vekell kniete am Boden, und neben ihm …

»Nein!«, schrie sie »*Nein!*«

Sie riss sich an den Haaren und schloss die Augen, aber sie sah nichts außer dem Bild von Kols Körper, der leblos auf dem Feld lag. Seine Krieger knieten in tiefster Trauer um ihn herum. Ihr Schmerz war zu groß. Sie brach zusammen.

Ihr Gemahl war tot.

Stancliff kicherte und sah ebenfalls aus dem Fenster. Dann huschte er an ihr vorbei und durchquerte den Raum bis dorthin, wo der große Tsch stand. Auf ihm befanden sich eine Flasche mit Wein und einige Pokale. Isabel hörte, wie die Flüssigkeit in einen der Pokale gegossen wurde. Sie hörte ihn schlucken und zufrieden seufzen.

Unter ihrem zerzausten Haarvorhang hindurch beobachtete sie ihn mit all dem Hass, der in ihr brannte. Nicht weit von ihm entfernt rollte sich Rowena auf die Seite und jammerte. Obwohl Isabel sogleich zu ihrer Schwester hasten wollte, hielt die Vorsicht sie zurück.

Durch die zusammengekniffenen Augen sah sie zu, wie Stancliff ein Kissen ergriff und es neben ihre Schwester warf. Er lachte.

Dann nahm er eine Phiole aus dem Lederbeutel an seiner Hüfte und hielt das Gefäß an den Rand der Weinflasche. Gerade hatte er die leere Ampulle zurück in den Beutel gesteckt, als die Tür aufgestoßen wurde.

Ranulf taumelte hinein. Blut befleckte seinen Körper und durchtränkte seine Hose. Der Blick seiner glasigen Augen war auf Isabel gerichtet. »Er ist tot.«

Isabel vergrub das Gesicht zwischen den Knien und wünschte, sie könnte die Erinnerung an diesen Augenblick aus ihrem Gedächtnis löschen.

»Was ist mit Rowena passiert?«, wollte Ranulf wissen.

»Empfindsames Mädchen«, lachte Stancliff. »Sie hat vom Fenster aus zugesehen und ist in Ohnmacht gefallen, als sie miterlebt hat, wie Ihr den Dänen besiegt habt. Ich habe ihr ein Kissen unter den Kopf gelegt und erwarte, dass sie bald wieder zu sich kommt.«

Rowena jammerte.

»Aha, ich verstehe. Und Isabel?«

»Traurigerweise war es nötig, sie zur Vernunft zu bringen.«

»Hmm«, lautete die einfache Antwort ihres Bruders.

»Lasst uns auf den Sieg anstoßen.« Stancliff hob einen Pokal und füllte ihn mit dem vergifteten Wein. Dann hielt er ihn Ranulf entgegen.

Isabel schluchzte. Sie sollte Ranulf sterben lassen. Er hatte Kol getötet. Sie wollte, dass er ihr Urteil vernahm, bevor er zur Hölle fuhr.

»Feigling!«, schrie sie und deutete mit dem Finger auf ihn. Sie zitterte.

Auch Ranulf zitterte.

»Feigling?« Plötzlich sprang er auf sie zu. Sie kreischte, als er sie zu Boden drückte und ihr seine Umarmung aufzwang. Er roch nach Blut und Schweiß.

Sie wehrte sich, war voller Hass auf ihn, bis er ihr ins Ohr flüsterte: »Vertrau mir.«

Sie wurde ruhig. Was hatte er da gesagt?

»Nur dieses eine Mal. Vertrau mir.« Er presste die Lippen gegen ihr Ohr.

Dann zog er sich von ihr zurück und flüsterte: »Erlösung.«

Stancliff stand steif und wachsam da und versuchte zu verstehen, was Ranulf sagte. Der polierte Kelch glänzte sanft in seiner Hand.

Ranulf ging auf ihn zu und hielt sich dabei an Tischen

und Stühlen fest. Er ächzte leise unter dieser Anstrengung. Stancliffs Zähne leuchteten wie Perlen hinter seinem breitmundigen Lächeln.

Isabel wusste nicht, was sie tun sollte. Sie sah zu, als Ranulf Stancliff den Pokal aus der Hand nahm. Ranulf drehte sich um. Seine dunklen Augen glänzten siegesgewiss, als er Isabel ansah.

Irgendwoher wusste er, dass der Wein vergiftet war.

Sie schüttelte den Kopf. *Nein.* Er schenkte ihr ein schwaches Lächeln, hob den Pokal an die Lippen und trank.

Stancliff schaute ihn gehässig an. »Ihr seid der Sieger. Unser wahrer König.«

Ranulf schwankte und ließ sein Schwert fallen. Das Klappern hallte von den Wänden des Raumes wider; es war ein hässliches Geräusch. Er seufzte leise und stellte den Pokal auf dem Tisch ab.

Stancliff starrte ihn an, als wartete er auf etwas. Verflucht sei er! Sie sah, wie ein Lächeln seine Lippen verzog.

»Mein Lord?« Seine Frage kam ihm so weich wie Samt aus dem Mund. »Geht es Euch gut?«

Ranulf hustete. »Ja. Es geht mir gut.« Unter seinem Stiefel sammelte sich Blut und glich einem dunklen Fußabdruck. »Mein Schwert. Würdest du es mir geben, mein Freund?«

»Es ist mir eine Ehre«, erwiderte Stancliff überschwänglich. Er bückte sich, um das Schwert am Griff anzupacken.

Ranulf schürzte die Lippen vor Anstrengung, als er die beiden Pokale vertauschte. Stancliff hatte davon nichts bemerkt. Er stand auf und hielt Ranulf das Schwert entgegen.

»Bitte gib es mir in die Hand. Ich fühle mich so

schwach. Ein weiterer Schluck Wein wird mich stärken.«

Stancliff rückte den Pokal näher an seinen König heran. Das Metall gab ein leises, scharrendes Geräusch von sich, als es über die Tischplatte schabte.

Mit langsamen und zitternden Bewegungen ergriff Ranulf den Pokal. »Auf meinen treuesten Waffenbruder. Und meinen liebsten Freund.« Mit deutlich sichtbarer Anstrengung hob Ranulf den Pokal. Ob Stancliff die Wut in Ranulfs Stimme bemerkt hatte?

Eindeutig nicht, denn Stancliff lächelte mit der ganzen Zuversicht eines Siegers. Er senkte die Hand und ergriff den anderen Pokal.

Er hob ihn an die Lippen und trank.

Ein Ausdruck der Befriedigung wärmte Ranulfs Gesicht. »Und auf meine Isabel«, keuchte er.

Auch Stancliffs Blick richtete sich auf sie. In ihm lag eindeutiger Hunger. Sie zitterte vor Ekel. Beide hoben abermals ihre Pokale. Als sie ausgetrunken hatten, stellten sie die Kelche auf den Tisch zurück.

Die beiden Männer starrten einander an. Ein schwaches Lächeln breitete sich über Ranulfs Gesicht aus. Schweißtropfen glitzerten auf seiner Oberlippe. »Ich glaube, ich muss mich setzen. Der Kampf hat mich müde gemacht. Wie mein Kopf schmerzt!«

»Ich werde den Arzt holen. Eure Wunden müssen behandelt werden.«

Rowena lag noch immer auf dem Boden und jammerte.

Ranulf hob die Hand. »Es ist kaum der Rede wert. Aber vielleicht sollte Rowena ...«

»Ja.« Stancliff lächelte, doch plötzlich wurde sein Lächeln bitter. Er ächzte auf und fuhr sich mit der Hand an die Kehle.

»Ist alles in Ordnung mit dir, mein Freund?« Ranulfs Augen glänzten.

»Ja, natürlich«, antwortete Stancliff mit hohl tönender Stimme. Er hustete.

Ranulfs Miene wurde so hart wie Schiefer. »Bist du etwa krank? Seltsam, ich spüre es auch – das Brennen im Hals.«

Sein Lachen verursachte bei Isabel eine Gänsehaut, denn es war das Lachen eines Mannes, der dem Tod gegenüberstand.

»Vielleicht war das Frühstück nicht in Ordnung?«

Stancliff glotzte niedergeschlagen in Ranulfs Augen. »Vielleicht.«

»Meine Eingeweide fühlen sich an ...« – Ranulf machte eine Pause und legte sich die flache Hand auf seinen Bauch –, »... als würden sie kochen.«

»Ja«, flüsterte Stancliff. Er hob die Brauen und öffnete den Mund, als hätte er Schwierigkeiten beim Atmen.

Ranulf kicherte. »Mein Mund ist trocken, und ich kann nicht mehr schlucken.«

Stancliff sah Ranulf an und begriff plötzlich.

Ranulf lehnte sich auf seinem Stuhl zurück und schloss die Augen. »Fahr zur Hölle, Stancliff.«

Stancliff starrte ihn mit offenem Mund an und stützte sich auf der Tischplatte ab. Ranulf beobachtete ihn durch seine halb geschlossenen Lider.

»Ich bedauere nur, dass ich ein klein wenig vor dir sterben werde.« Seine Hände zitterten und schlossen sich um den Griff seines Schwertes, das er noch zwischen den Beinen hielt.

Plötzlich riss er die Augen weit auf. »Vater!« Ein sanftes Lächeln legte sich über seine Lippen.

»Ranulf!«, kreischte Isabel, als er den Blick seiner sterbenden Augen auf sie richtete.

Er sagte: »Ich habe dich wirklich geliebt, Isabel. Auf eine ehrenhafte Weise.« Er hustete; es war ein wässeriger, grausiger Laut. Zu Stancliff sagte er flüsternd: »Und du – dich erwarte ich in der Hölle.«

Ranulfs Kopf rollte nach hinten.

Isabel schrie vor Kummer auf. Sie hatte ihn verachtet, weil er ihren Vater getötet und Kol so grausam bestraft hatte. Aber er war Ranulf. Trotz seiner Sünden hatte sie ihn so lange als ihren Bruder geliebt. In ihrem Kopf tauchte ein Bild von ihm als kleiner blonder Junge auf, der seit ihrer Geburt ihr Beschützer gewesen war. Ja, er hatte sie geliebt, trotz der Dämonen, die ihn in seinen späteren Jahren gequält hatten.

Stancliff richtete plötzlichden Blick voller Erkenntnis auf Isabel. »Du hast es ihm gesagt. Du hast mich verraten.«

»Wo ist mein Sohn?«, fragte sie ihn flehend. »Du musst es mir sagen.«

»Ich war der Held. Ich wäre König geworden und du meine Königin. Ich hätte dir alles gegeben.«

Isabel machte einige Schritte auf die Tür zu. Er sprang ihr nach und stellte sich ihr in den Weg. Aus seinem Gürtel zog er einen langen Dolch. »Ich gehe nicht. Nicht ohne dich.«

Seine Haut war ganz blass geworden, aber Isabel wusste, dass immer noch genug Leben in ihm war, um sie zu töten. Er machte eine rasche Bewegung auf sie zu. Sie kreischte.

Hinter Stancliff wurde die Tür aufgeworfen. Sie schlug gegen die Wand.

Über ihr hob Stancliff den Dolch ...

Er brach zusammen, starrte mit schrecklichem, eifersüchtigem Blick auf sie herunter. Ein langer Todeslaut drang aus seiner Kehle. Sie sah zu, wie er in die Knie ging, dann mit dem Gesicht nach unten auf den Boden fiel.

Isabel schaute hoch.

Kol kniete auf dem Boden hinter Stancliff. »Verdammter Verräter.«

Ihr Blick traf sich kurz, bevor ein abgerissener Seufzer von seinen Lippen drang und auch er auf dem Boden zusammenbrach.

*

Kol weigerte sich, in Caervon zu sterben. Wenn er anderswo stürbe, würde er die Pläne seiner Feinde vereiteln – der Feinde, die nun in Leinen gewickelt auf ihr eigenes Begräbnis warteten.

Isabel ging neben seiner Bahre her. Er war zu schwach, um ihre Hand zu ergreifen, und so hielt sie die seine zwischen ihren Händen. Als sie sich auf das Lager zu bewegten, hörte sie Rowenas Stimme und auch die von Aiken, der zusammen mit vielen anderen angelsächsischen Kriegern Kol die Treue geschworen hatte. Die gesamten angelsächsischen Streitkräfte waren zusammengekommen. Es hatte keinen Angriff auf die Abtei gegeben. Godric war unverletzt geblieben.

Kol sah Isabel nicht in die Augen, und er sah auch nicht seine Männer an. Als sie in seinem Zelt angekommen waren, bestand Isabel trotz ihrer eigenen Verletzung darauf, die Wunde an Kols Schenkel selbst zu behandeln. Danach breitete sie Felle über seinen Körper aus, die ihn warm hielten.

»Isabel, hol Pater Janus.«

»Das werde ich nicht tun.« Sie kniete sich neben das Bett und legte die Wange gegen seine Brust. »Meine Gebete werden Gott erreichen. Am heutigen Tag hat es schon zu viele Todesfälle gegeben. Ich werde ihm nicht erlauben, dass er mir auch dich noch wegnimmt.« Ihre Tränen flossen auf seine Laken, aber sie allein konnten Ranulfs Gift nicht aus seinen Adern spülen.

»Liebste, hol den Priester.«

Epilog

»Mmmh. Sehr gut für einen toten Mann.«

»Glaubst du wirklich? Sollten wir es nicht noch einmal tun, um ganz sicher zu gehen?«

Kol lag neben Isabel. Beide waren nackt, ihre Glieder steckten zwischen den Bettlaken. Noch nie hatte ihm die körperliche Liebe so großen Segen geschenkt. Mit Isabel fühlte er sich in vieler Hinsicht endlich vollständig.

Isabel rollte auf die Seite und pflanzte einen Kuss auf seinen Mund. Mutwille flackerte in ihrem Blick. »Geht es dir tatsächlich rundum gut?«

»Das habe ich doch wohl soeben bewiesen.«

»Zweifellos«, schnurrte Isabel.

»Ich bin Ranulf zu großem Dank verpflichtet.« Sein Lächeln veränderte sich, es wurde nachdenklicher. »Er ist der Grund dafür, dass ich überlebt habe. Wenn er nicht den größten Teil des Giftes von seiner Klinge gewischt hätte, wäre ich auf dem Kampfplatz gestorben.«

»Dadurch hat er unser beider Leben gerettet.« Isabel zog sich die Bettlaken vor die Brust. »Ich glaube, dass er irgendwie die Erlösung bekommen hat, nach der er gesucht hat. Er hatte furchtbare Geheimnisse mit sich herumgeschleppt, aber er war kein durch und durch böser Mensch. Ich wünschte, du hättest ihn als Jungen gekannt.«

Kol gab keine Antwort darauf, sondern schob nur eine einzelne, wilde Locke hinter Isabels Ohr.

Nach langem Schweigen fragte Isabel: »Würdest du

mich für böse halten, wenn ich ein Geheimnis vor dir hätte?«

Kols Herzschlag setzte aus. Er drückte sie flach auf den Rücken, hockte sich über sie und schaute hinunter in ihre großen, violetten Augen. »Keine Geheimnisse zwischen uns. Davon habe ich für den Rest meines Lebens genug. Sag mir, was du mit ›Geheimnis‹ meinst.«

Zu seiner Überraschung leuchteten Isabels Augen vor Erregung. »Sei vorsichtig, wenn du die Wahrheit von meinen Lippen erfahren willst.«

Kol hob fragend die Brauen. »Was willst du damit sagen?«

Isabel betrachtete ihn unter ihren gesenkten Wimpern hindurch. »Was ich damit sagen will, ist ... dass du bestimmt nicht unser Kind verletzen willst.«

Kol erstarrte über ihr. Tausend verstümmelte und verworrene Gedanken schossen ihm durch den Kopf. »Unser Kind?«

»Ja, Liebster«, flüsterte Isabel. Ihre Augen leuchteten, weil plötzlich Tränen in sie getreten waren. »Unser Kind wird geboren sein, bevor der Winter zurückkehrt. Godric wird einen Bruder oder eine Schwester bekommen.«

Kol sprang das Herz beinahe aus der Brust.

»Isabel.« Er nahm ihr Gesicht zwischen die Hände und küsste ihre Lippen, die Wangen, die Augenlider. Sogar ihre Nase. Eine Kraft, die er nicht zurückhalten konnte, durchdrang seine Glieder. Er sprang aus dem Bett.

Mit der Leinendecke vor der Brust setzte Isabel sich auf; die Haare fielen ihr über die Schulter. »Mein Gemahl?«

Er stieß die Fensterläden auf. Draußen schlief Calldarington unter einem Tuch aus Sternen. Aber nicht mehr lange. Alle sollten diese gute Neuigkeit mitbekommen.

Er schrie: »Ich werde *Vater*. *Vater!*«

Von den Brustwehren kam fröhliches Gejohle, und Speerschäfte wurden gegen die hölzernen Stege geschlagen.

Die letzten Überreste der Flüche seiner Mutter – ob sie nun wirklich oder eingebildet waren – fielen von ihm ab. Die wenigen Dämonen, die bisher bei ihm geblieben waren und gespottet hatten, sein Segen werde keinen Bestand haben, zerfielen zu Staub.

Er wandte sich Isabel zu. »Wie kann ich mich eines solchen Geschenks als würdig erweisen?«

»Du bist seiner würdig, Kol.« Sie lächelte, war sichtlich zufrieden mit ihrer Welt. »Du bist würdig, bist willkommen und wirst niemals vergessen sein.«

Danksagung

Zuerst und vor allen anderen möchte ich meiner Agentin Kim Lionetti sowie meiner Lektorin Gina Bernal vom Verlag Berkley danken. Sie haben die Magie in meinem Manuskript gespürt, und ohne ihre sachkundige Anleitung wäre diese Geschichte niemals zu einem Buch geworden. Ihretwegen wird für mich die Veröffentlichung meines ersten Romans immer eine ganz und gar wunderbare Erfahrung bleiben.

Ein tief empfundener Dank geht an meine Eltern Lewis und Ella Dawn, die mir beigebracht haben, dass ich alles erreichen kann, was ich mir ernsthaft vornehme. Und an meinen Bruder Army Maj. Kelly Eiland, der selbst ein beeindruckender Schriftsteller ist.

Ferner danke ich meinen fantastischen Kritikern und Schriftstellerkolleginnen, die mich von Anfang an unterstützt haben: Kim Starrett, Julia Templeton, Sydney Miles, Pam Litton, Amy Loos und all den anderen Damen des romantisch-historischen Romans.

Große Dankbarkeit schulde ich den Experten der Northveger Society, dem Icelandic Language Institute und dem Ða Engliscan Gesiþas. Es war mir sehr wichtig, dieser frühen Zeit und diesem Schauplatz Gerechtigkeit widerfahren zu lassen, und das wäre mir ohne die Nachforschungen, die Gelehrsamkeit und die Hilfe der Mitarbeiter o.g. Vereinigungen nicht möglich gewesen. Tiefer Dank geht auch an Stephen Pollington, dessen wundervolle Bücher über das England in der Zeit vor William dem Eroberer auf meinem Schreibtisch standen, während ich diesen Roman geschrieben habe.

Und schließlich möchte ich jenen Meisterinnen der Feder danken, die mich fortwährend inspirieren: Laura Kinsale, Kathleen Woodiwiss, Anita Gordon, Katie MacAlister, Susan Squires, JoAnn Ross sowie der verstorbenen Christine Monson.